Autoboyographie

Première publication par Simon & Schuster Books for Young readers
une division de Simon & Schuster Children's Publishing Division

Collection dirigée par Dorothy Aubert
Ouvrage dirigé par Dorothy Aubert

Pour la présente édition :

34-36, rue La Pérouse
75116 - Paris
www.hugoetcie.fr

ISBN : 9782755637137
Dépôt légal : avril 2018
Imprimé en France par CPI Brodard et Taupin - N° d'impression : 3026546

CHRISTINA LAUREN

Autoboyographie

Traduit de l'anglais (États-Unis)
par Anaïs Goacolou

Hugo Roman
New Way

Pour Matty, parce que sans toi,
ce livre n'existerait pas.

Et à chaque ado qui a eu un jour
besoin de l'entendre :
Tu es parfait, juste comme tu es.

« Et l'amour est l'amour est l'amour
est l'amour est l'amour est l'amour
Ne peut être détruit ou balayé d'un geste. »

Lin-Manuel Miranda

1

Nos dernières vacances d'hiver se terminent un peu comme on entame un tour d'honneur. On a déjà passé sept semestres de lycée, il n'en reste plus qu'un et, franchement, il est plutôt symbolique. J'ai envie de fêter ça : du temps pour moi et quelques heures à glander sur YouTube. Malheureusement, je ne vais pas y avoir droit.

Parce qu'en face de moi, à côté de son lit, Autumn me foudroie du regard en attendant que je m'explique.

Je n'ai pas encore choisi mes matières alors que les cours commencent dans deux jours et que les plus intéressants sont pris d'assaut. Car « c'est tellement toi, Tanner ».

C'est pas qu'elle ait tort, hein. C'est vrai, c'est moi tout craché. Mais j'y suis pour rien si elle est la fourmi et moi la cigale. Notre relation a toujours été ainsi.

– Pas de panique.

– Pas de panique ? répète-t-elle en reposant son crayon d'un geste vif. Tu devrais te faire imprimer ce mantra sur un tee-shirt.

Autumn est mon roc, mon refuge, la crème de la crème. Mais quand il est question de scolarité, elle est coincée à un point... Je me retourne sur le dos et scrute le plafond depuis son lit. Pour son anniversaire, il y a deux ans – alors que je venais d'emménager ici et qu'elle m'avait pris sous son aile –, je lui ai offert un poster de chaton qui plonge dans une piscine de boules. Encore aujourd'hui, le poster est là-haut, bien accroché. Le chat est très mignon, mais déjà, en première, la mignonnitude innocente avait été assez vite remplacée par sa bizarrerie naturelle. Du coup, à la place du « FAUT SE LANCER, P'TIT CHAT ! » d'origine, j'ai collé des Post-it qui proclament « BOUGE TON BOULE ! ». C'est plus l'idée.

Autumn a dû être d'accord, parce qu'elle n'a rien touché.

Je tourne la tête vers elle.

– Pourquoi tu t'inquiètes ? C'est mon emploi du temps.

– Je suis pas « inquiète », me corrige-t-elle tout en croquant une pile de crackers. Mais tu sais bien que les cours se remplissent hyper vite. Je veux pas que tu te retrouves avec Hoye en chimie, parce qu'il donne deux fois plus de devoirs que les autres, et ça affecterait ma vie sociale.

Pas faux. C'est moi qui ai une voiture et, la plupart du temps, je lui sers de taxi. Mais ce qu'elle ne supporte pas, c'est que je remette les prises de décision à la dernière minute et que j'arrive tout de même à obtenir ce que je veux. On est aussi bon élève l'un que l'autre, chacun à notre façon. On a tous les deux fait péter les scores aux exams de niveau pour l'entrée en fac. Mais là où Autumn gère le travail comme un chien avec son nonos, moi, je suis plutôt du genre matou allongé sur un rebord de fenêtre en plein soleil : si les devoirs sont à ma portée et intéressants, je veux bien bouger mes coussinets.

– Ah, ta vie sociale ! Pardon ! J'oubliais que c'était notre priorité.

Je rampe un peu sur le lit et j'époussette une traînée de miettes de crackers collées à mon avant-bras. Elles ont laissé de petites marques rouges sur ma peau, comme du gravier. Autumn pourrait appliquer ses obsessions au nettoyage de sa chambre.

– Autumn, sérieux, t'es une porcasse ! Regarde ton lit.

Pour toute réaction, elle engloutit une nouvelle série de biscuits et laisse échapper une nouvelle fournée de miettes sur ses draps Wonder Woman. Ses cheveux dans les tons de roux sont rassemblés n'importe comment sur sa tête et elle porte le même pyjama Scooby-Doo depuis ses quatorze ans. Il lui va encore... à peu près.

– Si jamais tu fais venir Eric ici, il sera horrifié.

Eric est l'un de nos amis, et il fait partie des quelques élèves à ne pas être membre de l'Église de Jésus-Christ des saints des derniers jours, autrement dit, mormon. Bon, sur le principe, ses parents le sont, mais ils entrent dans la catégorie appelée « Jack Mormon » : ils prennent beaucoup de libertés avec leur religion. Ils s'impliquent auprès de leur Église sans en faire des caisses et ils boivent, de l'alcool comme de la caféine. « Le meilleur des deux mondes », prétend Eric. Même si on voit très bien que les autres élèves saints des derniers jours du lycée de Provo ne sont pas du même avis. En termes d'échelle sociale, « Jack Mormon », c'est pareil que ne pas être mormon du tout. Comme moi.

Autumn tousse en feignant la répulsion, ce qui fait voler quelques brisures de crackers.

– Je veux pas faire venir Eric sur mon lit.

Et pourtant, moi, je suis vautré dessus. Déjà, je peux entrer dans sa chambre, c'est dire comme sa mère me fait confiance. Mais peut-être que Mme Green sent bien qu'il ne se passera jamais rien entre Autumn et moi.

Pourtant, c'est arrivé une fois, pendant les vacances d'hiver en seconde. Je vivais à Provo depuis cinq mois seulement, et on avait tout de suite flashé l'un sur l'autre. Notre statut partagé d'hérétiques nous avait rapprochés. Dommage, de mon côté, l'alchimie a disparu au premier rapprochement physique, et par miracle, on est arrivés à dépasser la gêne qui a suivi. Je ne veux surtout pas risquer de nouveau notre amitié.

Autumn semble prendre conscience de notre proximité au même moment que moi : elle se redresse et tire sur son haut de pyjama. Je m'assieds contre la tête de lit, posture moins risquée.

– Tu as qui en première heure ?

Autumn regarde son emploi du temps.

– Polo, en littérature contemporaine.

– Moi aussi.

Je chipe un cracker et, comme un être humain civilisé, je le mange sans faire de miettes. En suivant du doigt les matières sur ma feuille, j'ai un bon pressentiment pour ce dernier semestre.

– Sincèrement, il est pas trop mal, mon emploi du temps. Il me manque juste une matière en quatrième période.

– Tu pourrais t'inscrire au Séminaire ! s'écrie Autumn en battant des mains.

Ses yeux sont comme des phares qui projettent leur enthousiasme dans la pénombre de la pièce. Elle rêve de ce cours depuis sa première année de lycée.

Le Séminaire. Je ne plaisante pas : quand on en parle dans les bulletins d'infos du lycée ou sur le panneau d'affichage, il y a toujours une majuscule. C'est surréaliste tellement c'est prétentieux. ÉCRIVEZ UN LIVRE EN UN SEMESTRE, nous défie joyeusement le catalogue des cours, comme si ça ne pouvait arriver que dans ce cadre. Genre, une personne normale n'est pas capable d'aligner assez de mots en quatre mois. Quatre mois ! C'est toute une vie.

Les élèves qui s'inscrivent doivent avoir suivi au moins un cours de littérature niveau avancé et obtenu une très bonne moyenne. Cela concerne soixante-dix personnes rien que pour les terminales, mais le prof n'accepte que quatorze élèves.

Il y a deux ans, le *New York Times* a écrit un article à ce sujet, en le qualifiant de « cours brillamment ambitieux, diligemment et fougueusement dirigé par le professeur Tim Fujita, qui a publié des livres devenus best-sellers du *New York Times* ». Je suis sûr de la citation, parce que l'article a été agrandi à environ cinq cents fois sa taille d'origine, imprimé et placardé dans le bahut. Je râle régulièrement contre l'abus criminel d'adverbes, ce qui selon Autum, prouve que je suis mesquin. L'an dernier, un terminale appelé Sebastian Brother a participé au Séminaire et un gros éditeur a décidé de le publier. Je ne vois que vaguement qui c'est, mais j'ai entendu l'histoire des centaines de fois. Fils de prêtre mormon ! Auteur d'un roman de fantasy ! Une histoire incroyable ! M. Fujita avait envoyé le manuscrit à un agent, qui l'a proposé à des gens de New York et, après une espèce de baston civilisée, paf, l'auteur est lancé. Il est à l'université d'en face, Brigham Young University, et apparemment, il a reporté la mission d'évangélisation obligatoire des mormons pour pouvoir faire une tournée de promotion et devenir le nouveau Tolkien.

Ou le nouveau L. Ron Hubbard. Quoique... certains mormons pourraient ne pas apprécier la comparaison avec la scientologie. Ils n'aiment pas qu'on les assimile à des sectes. Mais, en même temps, les scientologues non plus.

Bref, quand on parle de Provo, à part l'équipe de foot de la fac et l'abondance de mormons, c'est le Séminaire qui est cité.

– Tu as été acceptée ?

Ça ne me surprendrait pas. Ce cours est fait pour elle. Non seulement elle remplit les critères mais elle dévore des romans non-stop dans l'espoir d'écrire un jour le sien.

Elle acquiesce et son sourire s'élargit, limite à relier l'Atlantique au Pacifique.

– T'es une badass.

– Tu pourrais aussi, si tu en parlais à M. Fujita. Tu corresponds aux critères, tu écris bien et, en plus, il adore tes parents.

– Bof.

J'attends des lettres d'acceptation pour des universités, de n'importe où mais pas d'ici. Si je suis accepté quelque part, ce sera sous condition que mes notes soient bonnes ce dernier semestre. Même si je pense que c'est dans la poche, ce n'est pas le moment de prendre des risques.

Autumn triture un ongle délaissé.

– Parce que, du coup, il faudrait... houlà... que tu finisses un truc ?

– J'ai fini mon assiette tout à l'heure.

Elle tire sur un poil de ma jambe et j'émets un couinement d'une tonalité féminine surprenante.

– Tanner, je plaisante pas. Ça serait super pour toi. Tu devrais faire ce cours avec moi.

– M'intéresse pas.

– Mais c'est le Séminaire, abruti ! gronde-t-elle. Tout le monde veut le faire.

Voyez ? Elle a mis ce cours sur un piédestal et c'est tellement première-de-classe que ça me donne un peu envie de la protéger quand elle sera lâchée dans le vaste monde, à livrer ses batailles-à-la-Hermione. Je lui renvoie mon plus beau sourire.

– Si tu le dis.

– Tu as peur de ne pas trouver un sujet assez original ? me demande-t-elle. Je peux t'aider.

– Tu parles ! Je suis arrivé ici à quinze ans. Ce qui est, on est d'accord, le pire âge pour passer de la Californie au fin fond de l'Utah ! J'avais un champ de bagues dans la bouche et aucun ami. J'ai de quoi raconter.

Et encore, je zappe que je suis un bisexuel à moitié juif dans une ville d'hétérosexuels mormons.

Ce détail-là, je n'en parle pas. Même à Autumn. À Palo Alto à treize ans, ce n'était pas la fin du monde quand je me suis rendu compte que j'aimais autant l'idée d'embrasser des garçons que des filles. Ici, ce *serait* l'apocalypse. Autumn, c'est ma superpote, oui, mais je ne veux pas risquer d'apprendre qu'elle n'est tolérante qu'en théorie, et pas quand un mec bi squatte sa chambre.

– On portait tous des appareils, et tu m'avais, moi, rectifie-t-elle en s'affalant sur le lit après s'être levée. Et personne n'aime avoir quinze ans, Tanner. C'est l'âge des règles et des piquets de tente à la piscine, des boutons, du mal dans sa peau et des bourdes en société. Je te garantis que sur quinze élèves de ce cours, dix vont écrire sur les affres de la vie au lycée, parce qu'ils n'auront rien de plus profond comme matière.

Feuilleter rapidement les pages de mon passé me met carrément sur la défensive. Et si elle avait raison ? Je ne suis peut-être pas capable d'arriver à pondre quelque chose de poignant et d'intéressant. Et la fiction, il faut que ça vienne des tripes. J'ai des parents qui me soutiennent – peut-être trop ! Une famille élargie spéciale, mais super. Une sœur en plein trip *emo*, mais pas insupportable. J'ai une voiture à moi. J'ai pas été trop bousculé, dans la vie.

Alors, je botte en touche.

– Qu'est-ce qui te donne tant de profondeur, à toi ? dis-je en lui pinçant la cuisse.

C'est une blague, bien sûr. Autumn ne manque pas de sujets d'inspiration. Son père est mort en Afghanistan quand elle avait neuf ans. Ensuite, sa mère, en colère et le cœur brisé, s'est retirée complètement de l'Église mormone, ce qui dans cette ville est une sacrée révolution. Ici, plus de neuf habitants sur dix sont des SDJ : saints des derniers jours. Si on ne l'est pas, on est automatiquement en marge de la société. Pour couronner le tout, avec le seul salaire de Mme Green, elles ont tout juste de quoi vivre.

Autumn me regarde d'un air sévère.

– Je comprends que t'aies pas envie, Tann. C'est beaucoup de boulot, et t'es une feignasse.

***

Le lundi de la rentrée, pendant notre trajet vers le lycée, elle est toute pincée quand je lui annonce que j'ai été pris au Séminaire.

Je sens son regard indigné sur moi pendant que je bifurque sur Bulldog Boulevard.

– Fujita a signé ton bulletin d'inscription ? Comme ça ? insiste-t-elle.

– Autumn, tu vas quand même pas m'en vouloir ?

– Et donc ? enchaîne-t-elle sans tenir compte de ma petite intervention. Tu vas le faire ?

– Ben oui, pourquoi ?

Je me gare sur le parking des élèves. Évidemment, on est en retard et il n'y a plus de place près de la porte, alors je m'arrête sur un emplacement du fond.

– Tanner, tu te rends compte de ce que c'est, comme cours ?

– Comment je pourrais être un digne élève de ce lycée sans savoir ce qu'est le « Séminaire » ?

Elle lève les yeux, elle déteste quand j'utilise mon ton railleur.

– Tu vas devoir écrire un livre. Tout un livre.

Quand je me mets en colère, c'est pas méchant, comme on pouvait s'en douter : je claque la portière plus fort que la normale dans l'air glacial.

– Mais Autumn, qu'est-ce que tu délires ? Tu m'avais pas conseillé de m'inscrire aussi ?

– Si, mais si tu n'en as pas envie, tu ne devrais pas suivre ce cours.

Je dégaine de nouveau mon plus beau sourire, celui qui lui plaît. Je devrais pas, je sais, mais bon, chacun utilise les outils à sa portée.

– T'avais qu'à pas me traiter de feignasse.

Elle émet un feulement qui, pour le coup, me plaît à moi.

– T'as une chance de dingue et tu t'en rends même pas compte.

J'attrape mon sac dans le coffre. Elle n'est franchement pas claire.

– Tu vois ce que je veux dire, quand même ? recommence-t-elle en trottinant pour me rattraper. Moi, j'ai dû m'inscrire, puis passer un entretien et genre, ramper, quoi. Toi, tu es allé à son bureau et il t'a signé le papier.

– C'est pas tout à fait vrai. Je suis allé à son bureau, je l'ai un peu phrasé, je lui ai donné des nouvelles de mes parents, et ensuite seulement, il m'a signé le papier.

Je n'ai droit qu'au silence, et en me retournant, je m'aperçois qu'elle est partie dans une autre direction, vers une entrée latérale. Je lui crie :

– On se voit au déj, amie de moi !

Elle me lance un doigt d'honneur.

La chaleur qui m'accueille dans le couloir est paradisiaque, mais le sol est trempé à cause de la neige fondue. Je me dirige vers mon casier, avec mes chaussures qui couinent. Il est pris en sandwich entre celui de Sasha Sanderson et de Jack Thorne, deux des élèves les plus beaux – et les plus sympas – de Provo High.

Niveau social, on a un peu de tout ici. Même deux ans et demi après mon arrivée, j'ai encore l'impression d'être le nouveau, sûrement parce que la plupart des lycéens se connaissent depuis la maternelle. Ils font partie des mêmes paroisses, ce qui signifie qu'ils sont dans la même congrégation et qu'ils se voient en dehors des cours pour des centaines d'activités de l'Église. Moi, j'ai surtout Autumn, Eric et quelques amis qui sont mormons sans être coincés : ils ne nous font pas la morale et leurs parents n'ont pas peur qu'on les corrompe.

À Palo Alto, quand j'avais quatorze ans, je suis plus ou moins sorti avec un mec pendant quelques mois, et personne dans le groupe de potes que je voyais depuis la maternelle n'a levé un sourcil en me voyant lui tenir la main. J'aurais dû davantage apprécier cette liberté sur le moment.

Ici, les filles flirtent avec moi, mais comme en général elles sont mormones, jamais, jamais de la vie elles ne seraient autorisées à sortir avec moi. Pour la plupart, les parents saints des derniers jours espèrent que leurs enfants trouveront un conjoint dans leur Temple. Un non-membre comme moi, c'est hors de question. Sauf si je me convertissais, ce qui est encore plus improbable !

Avec Sasha, par exemple, je sens bien qu'il y a un truc entre nous. Elle me sourit souvent, mais d'après Autumn, c'est clair, c'est une impasse. Et mes chances sont encore plus nulles avec les mecs, SDJ ou autres : à Provo, ville super-religieuse, j'évite complètement de jouer dans cette cour-là. Je trouve Jack Thorne hypercraquant depuis la seconde, mais il n'est pas envisageable pour trois raisons importantes : c'est un garçon, il est mormon, on est à Provo.

Avant de s'énerver sur moi ce matin, Autumn m'avait passé, sans faire de commentaire, une planche de stickers dinosaures. Je les ai mis dans ma poche sans poser de questions : elle me file souvent des trucs qui me serviront un jour ou l'autre, et je la laisse me surprendre. En ouvrant mon casier, je comprends ses raisons : je suis notoirement nul pour me souvenir de quel jour on est. Ici, l'emploi du temps du jour alterne une journée sur deux. Chaque semestre, j'ai besoin de scotcher mon emploi du temps sur ma porte de casier, et chaque semestre, je me retrouve sans scotch.

– Belle présence d'esprit, me dit Sasha en voyant ce que je suis en train de faire. Et... oh, c'est pas vrai, trop mignon ! Des dinosaures ! Tanner, tu as huit ans, ou quoi ?

– C'est Autumn qui me les a donnés.

Dans le silence de Sasha, j'entends sa réaction. *Ils sont ensemble, ou pas ?* Tout le monde se demande si Autumn et moi, on couche ensemble de temps en temps.

Comme toujours, je laisse cette question sans réponse. Ses soupçons sont tout bénef pour moi. Sans le savoir, Autumn est ma couverture.

– Jolies, tes bottes, dis-je à Sasha.

Elles arrivent à une hauteur suggestive, juste au-dessus des genoux. Je me demande de qui elle cherche à attirer l'attention : des mecs au lycée ou de ses parents à la maison ? Je lui donne un autocollant dinosaure accompagné d'un bisou sur la joue, puis je m'éloigne dans le couloir avec mes affaires de cours.

Provo n'est en aucun cas un établissement religieux, n'empêche que parfois, c'est l'impression que ça donne. S'il y a un truc qu'on apprend vite à propos des mormons, c'est qu'ils se focalisent sur le positif : bonheur, joie, félicité. Du coup, le cours de littérature contemporaine avec Mme Polo commence sur une touche négative inattendue qui jette un froid : en premier, on va étudier *La cloche de détresse* de Sylvia Plath, qui s'est suicidée à l'âge de trente ans.

Je sens de légers mouvements dans la salle : les élèves bougent sur leur chaise pour croiser mine de rien le regard d'un autre, de façon tellement évidente que leurs efforts de discrétion sont inutiles. Mme Polo, avec ses cheveux dans tous les sens, ses jupes à fleurs, ses bagues aux pouces, enfin, vous voyez le tableau, fait comme si de rien n'était. On dirait même qu'elle apprécie le choc qu'elle a créé. Elle se balance sur ses talons et attend qu'on se remette à lire le programme du semestre.

Elle nous réserve aussi *Les yeux dans les arbres* de Barbara Kingsolver, *La nuit* d'Élie Wiesel, *L'insoutenable légèreté de l'être* de Milan Kundera, *Le château de verre* de Jeannette Walls, et ça continue, jusqu'à *Sula* de Toni Morrison et même les fausses mémoires de James Frey ! Le plus hallucinant, c'est peut-être *Elmer Gantry* de Sinclair Lewis, un roman qui traite du fanatisme religieux, avec un personnage de prêtre bien glauque. Mme Polo a tapé juste. Elle est culottée, et je suis pas le dernier à apprécier de voir leur cadre bousculé.

À côté de moi, Autumn, qui me fait toujours la gueule, ouvre de grands yeux. Elle a déjà lu presque tous les livres de cette liste, et si je la connais bien, elle est en train de se demander : « Est-ce qu'il est encore temps de choisir plutôt le cours sur Shakespeare de M. Geiser ? »

Elle me regarde en plissant les yeux et lit aussi dans mes pensées. Elle pousse un nouveau grognement, et je ne peux pas me retenir de rire.

J'ai lu presque tous les bouquins aussi, c'est Autumn qui me les a recommandés avec insistance.

Je croise les bras derrière ma tête et je lui envoie encore un beau sourire.

C'est du gâteau. Le semestre s'annonce facile.

2

Quand arrive la quatrième heure de la journée, Autumn est sur les nerfs. Elle est survoltée de commencer le Séminaire, mais toujours irritée que j'aie réussi à m'y incruster à la dernière minute. J'essaie de lui cacher mon rictus incontrôlé quand elle fait exprès de s'éloigner de moi pour se diriger vers quelques chaises libres.

– Par ici, Autumn !

Au dernier rang, je lui tends une chaise à côté de la place que j'ai choisie.

Soit elle me rejoint, soit elle est obligée de paraître capricieuse, pour une raison trop mystérieuse, donc elle rapplique en traînant des pieds.

– T'es trop chiant, fait-elle avec un regard assassin.

– Je t'aime, mais juste un peu.

Elle rit.

– Tu me fous pas mon projet en l'air, hein ?

Et voilà. Je pourrais bousiller un truc où elle a mis tout son cœur. Elle pense sincèrement que c'est ce que je souhaite ?

Vu mon comportement, oui, sans doute.

– Je vais rien te foutre en l'air.

Je dégaine ma gomme porte-bonheur, celle qu'elle m'a offerte pour Noël il y a deux ans, avec Musclor version années 80 dessus. Mais il n'a plus qu'un visage et une jambe.

Autumn plisse son nez plein de taches de rousseur en me dévisageant avec mauvaise humeur, mais le cœur n'y est plus. Je suis pardonné.

Monsieur Fujita arrive, chargé d'une grosse pile de livres qui menacent de dégringoler. Il les dépose en catastrophe sur son bureau, situé au centre du demi-cercle des tables, et ne s'émeut pas qu'ils s'effondrent en un tas chaotique. Un exemplaire du *Fléau* de Stephen King tombe et atterrit ouvert, pages contre terre. Le prof ne fait pas un geste. Du coin de l'œil, je vois Autumn se raidir, je la sais angoissée à l'idée que plus le pavé restera ainsi, plus ses pages se froisseront sous son propre poids.

– Bonjour, quelle belle matinée ! entonne M. Fujita avant de regarder la pendule. Oups ! Après-midi. Je suis Tim Fujita, mais tout le monde m'appelle juste Fujita.

Je l'ai toujours bien aimé, ce prof, mais sa façon de nous donner lui-même son surnom le fait descendre d'environ sept pour cent dans mon appréciation.

On murmure des bonjours en retour, doucement parce qu'on est intimidés ou sur la digestion, et il nous regarde un par un en souriant. J'en profite pour faire aussi un tour d'horizon de la classe : Josh, Dustin, Amanda. Julie, Clive, Dave le burrito. Sabine, Dave du foot, Asher. Kylie, McKenna, James, Levi.

Tous mormons, sans exception. Les cheveux coupés court, les manches qui n'en révèlent pas trop, une position bien comme il faut. Au dernier rang, Autum et moi, on ressemble à deux arbres non taillés sur une pelouse ultra-bien entretenue.

Fujita m'envoie un clin d'œil. Il considère ma mère comme une super-héroïne. Discrètement, Autumn souffle pour signifier son exaspération. À cause de ma mère génie de l'informatique et de mon père, chirurgien cardiaque renommé qui, d'après les journaux, a sauvé le gouverneur de l'Utah, j'ai droit à un traitement de faveur de la part des profs. Fujita qui accepte un élève supplémentaire au Séminaire, c'est un avantage typique.

– Bienvenue à tous ! dit-il en étendant les bras, avant de balayer la pièce du regard. Où est-il ?

Devant notre silence perplexe, le prof fouille de nouveau la salle du regard.

– Qui ça ? finit par demander Dustin, assis juste devant, comme toujours.

Fujita consulte sa montre, comme pour s'assurer qu'il ne s'est pas trompé de cours.

– J'espérais vous faire une chouette surprise, et je pense que ça en restera une, mais apparemment, il est en retard.

Nous répondons par un silence, dans l'expectative. Lentement, ses sourcils se soulèvent.

– Nous avons droit à un assistant spécial pour ce semestre, nous annonce-t-il. (J'imagine bien l'effet roulement de tambour qu'il cherche à obtenir, mais en fait sa pose théâtrale nous laisse plutôt sceptiques.) Vous allez être heureux d'apprendre que vous allez tous avoir pour tuteur Sebastian Brother !

Un chœur d'exclamations enthousiastes s'échappe des quatorze autres bouches dans la salle. Un héros mormon qui va venir passer du temps avec nous. Même Autumn a la main sur la bouche. Pour elle, Sebastian est une célébrité locale.

Les mains jointes devant lui, Fujita poursuit :

– Seb a un programme très chargé, évidemment. (Je gémis intérieurement au petit surnom.) Mais lui et moi sommes tous les deux convaincus que son expérience peut vous être profitable à tous. Pour ma part, j'estime qu'il va vous inspirer. Après avoir suivi ce cours-ci, il est, à seulement dix-neuf ans, sur le point d'entamer une prestigieuse carrière littéraire. (Fujita prend le ton de la confidence.) Et, bien sûr, j'ai lu son roman. Qui est éblouissant. Éblouissant !

Je chuchote à Autumn :

– Faut qu'il arrête de s'extasier sur son âge ! Christopher Paolini, il connaît pas ?

Elle me fait signe de la fermer par un regard glacial. Fujita sort une liasse de papiers d'une chemise écornée et entreprend de les distribuer.

– Je suppose qu'il est inutile de vous demander pourquoi vous vous êtes inscrits à ce cours. Vous êtes là pour écrire un livre, pas vrai ? (Tout le monde, ou presque, hoche la tête avec énergie.) Et c'est ce que vous allez faire. Quatre mois, ce n'est pas long, bien entendu, mais vous allez y arriver. Vous trouverez. C'est pour ça que je suis là. On va se lancer tout de suite, continue-t-il tout en se déplaçant dans la pièce. J'ai une liste de lectures théoriques et différentes ressources sur les processus d'écriture existants, mais pour être franc, la seule façon d'écrire un livre, c'est de l'écrire. Comment vous le faites, c'est là votre processus.

Je regarde le programme, avec la proposition d'avancement du manuscrit. Tout à coup, je sens la chaleur me monter au visage et la panique me piquer la nuque.

J'ai le reste de la semaine pour trouver une idée.

Une semaine.

Comme je sens l'attention d'Autumn sur moi, je me retourne pour lui lancer un sourire nonchalant. Mais si je comprends bien, il n'est pas aussi nonchalant que prévu. Son propre sourire s'efface d'un côté.

– Tu peux y arriver, me dit-elle doucement.

Elle a très bien compris. Tu peux me demander la dérivée d'une fonction, je la trouverai sans problème. Donne-moi des molécules à assembler et je te créerai un magnifique composé organique. Mais si tu me demandes de sortir quelque chose de mes tripes pour l'exposer au monde... Chaos dans ma tête. Je n'adore pas particulièrement travailler, mais pour compenser, je déteste faire du mauvais boulot, quel que soit le domaine. Je n'ai jamais essayé d'être créatif jusqu'ici, et je ne m'en rends compte qu'une fois assis dans cette salle de classe.

Histoire d'empirer les choses, Fujita ajoute :

– Bon, d'après mon expérience, la plupart d'entre vous ont déjà une idée. Pendant cette semaine, Sebastian et moi allons vous aider à la développer. La fignoler. Et ensuite : on se lance !

Autumn repose ma gomme Musclor sur mon bureau, ce qu'elle utilise comme excuse pour me presser la main.

La porte s'ouvre et les chaises grincent un peu sous le mouvement des gens qui se tournent. On sait tous de qui il s'agit, mais ça ne nous empêche pas de regarder.

***

La seule fois où j'ai vu Autumn bourrée, c'était l'été dernier, et c'est également la seule fois où elle m'a avoué être amoureuse de moi. Je croyais qu'on était réglo depuis qu'on s'était embrassés il y a deux ans, mais apparemment non. Après quatre cocktails, elle a blablaté pendant une heure au sujet des sentiments qu'elle avait pour moi en secret depuis tout ce temps. De la brume de ma propre ivresse et du méli-mélo de ses propos incohérents, je me rappelle seulement trois phrases claires :

Ton visage me parle.

Des fois, j'ai l'impression bizarre que je ne te suffirais pas.

Je t'aime, mais juste un peu.

Le seul moyen de passer au-dessus de ce gros malaise a été d'en rigoler pendant une semaine entière.

« Je t'aime, mais juste un peu » est devenu la nouvelle devise de notre amitié. Autumn a essayé plusieurs fois d'expliquer la logique de mon visage qui lui parlait, sans y parvenir vraiment. Une histoire de symétrie des traits, qui lui plaisent d'instinct... Maintenant, c'est une de mes manières de trancher quand je vois qu'elle stresse sur quelque chose. Il suffit que je lui dise : « Autumn, calme-toi. Ton visage me parle » et, chaque fois, elle se détend.

Sur le fait de ne pas me suffire, elle a tapé un peu trop juste. Moi qui tentais de rassembler mon courage pour lui parler du fait que j'aime aussi les garçons, j'ai changé d'avis. Les paroles d'Autumn ont fait résonner cet accord dissonant en moi, le conflit intérieur sur ce que ça signifie d'être bisexuel. Sur une épaule, j'ai le démon, la perception non éclairée que je trouve partout, y compris dans la communauté queer qui dit que la bisexualité, c'est l'indécision. Qu'il est impossible à un bi d'être satisfait avec une seule personne et que c'est une façon de ne pas s'engager. Et sur l'autre épaule, il y a l'ange, celui des bouquins et brochures positives qui me donnent de l'espoir, qui dit que non, ça signifie juste que je suis susceptible de tomber amoureux de n'importe qui. Je veux bien m'engager, mais c'est la personne qui importe plus que ses organes.

Mais comme je n'ai jamais été amoureux, jamais ressenti ce besoin douloureux d'une personne, je ne sais pas lequel aura raison. J'ai fait mine de ne pas me souvenir de cette troisième tirade. Le problème, c'est que je me la rappelle parfaitement. En fait, ça me turlupine, pendant que je fais semblant de ne pas attendre impatiemment le moment où quelqu'un me renversera, me rendra sûr d'une façon dont je n'ai jamais été sûr de rien d'autre de toute ma vie.

Alors, quand Sebastian Brother entre dans la classe, qu'il me voit, que je le vois, j'ai l'impression de glisser de ma chaise.

Je suis saoul.

Et maintenant, je comprends ce que veut dire Autumn à propos des visages.

Je l'avais déjà croisé dans les couloirs les années précédentes, mais sans prêter trop attention à lui. C'est l'un des élèves parfaits, ultra-mormon, fils d'évêque et, a priori, hyperpratiquant.

Mais cette fois-ci, je n'arrive pas à déscotcher. Sebastian n'est plus un ado. Je remarque sa mâchoire bien définie, ses yeux en amande un peu tombants, ses joues rosies et sa pomme d'Adam qui se déplace quand il déglutit, anxieux, sous le poids de nos regards.

– Bonjour, tout le monde, commence-t-il avec un petit geste de la main.

Il avance d'un pas heurté pour aller serrer la main de Fujita. Une quinzaine de paires d'yeux le suivent.

– Qu'est-ce que je vous avais dit ? s'exclame le prof, rayonnant.

Sebastian a les cheveux bien courts sur les côtés et flottants au-dessus. Son sourire est tellement large, éclatant et pur... Il est trop beau, ce mec. Mais il y a encore autre chose, dans sa manière de bouger, qui déclenche ma fascination. C'est peut-être sa façon de ne pas poser son regard sur quelqu'un trop longtemps. Ou la légère méfiance que je ressens à notre égard.

Maintenant qu'il est face à la classe, ses yeux s'éclairent quand ils rencontrent les miens. Une fraction de seconde, et puis encore une, comme un prisme qui capte la lumière, parce que son regard revient sur moi. Ce temps infime est assez long pour qu'il discerne mon attraction immédiate. Merde, comme il la reconnaît vite. Ça doit lui arriver souvent de recevoir un regard adorateur depuis l'autre bout d'une pièce. Mais pour moi, être aussi instantanément attiré, ça m'est complètement étranger. Dans ma poitrine, mes poumons sont des animaux sauvages qui griffent les barreaux de leur cage.

– Oh purée, marmonne Autumn à côté de moi. Son sourire me fait fondre.

Ses mots sont un lointain écho de mes pensées : son sourire me fout en l'air. Cette sensation me met mal à l'aise, c'est un gros sursaut qui me dit que je dois m'approcher de lui, sinon, ça n'ira pas.

Sans se rendre compte de mon propre émoi intérieur, elle soupire, déçue :

– Dommage qu'il soit mormon.

3

Lundi après-midi : nous n'avons pas de devoirs, ma mère est rentrée tôt et elle le prend comme un signe qu'il est temps d'emmener ses enfants faire du shopping. Ma sœur, Hailey, est ravie de cette occasion d'acheter encore des fringues d'enterrement. J'accepte de venir sans enthousiasme, car si je me retrouve seul, je vais encore passer des heures sur mon ordi avec des tas d'onglets ouverts à la recherche d'infos sur Sebastian Brother.

Heureusement, Autumn vient avec nous. Le superpouvoir de ma mère, je crois que c'est sa capacité étonnante à trouver les vêtements les plus hideux possible pour ses enfants. Sur ce point, Autumn est très utile. Malheureusement, avoir les trois autour de moi signifie que toute recherche concernant Sebastian doit être faite en cachette. Si elle me surprenait à googler des images de notre tuteur super-sexy, Autumn risquerait de tiquer. Maman et Hailey sont au courant que j'aime aussi les garçons, mais ma mère n'apprécierait pas du tout que je m'intéresse actuellement au fils de l'évêque du coin.

La religion organisée n'a pas vraiment la cote à la maison. Mon père est juif, mais il n'a pas mis les pieds à la synagogue depuis des années. Ma mère a été élevée chez les Saints des derniers jours à Salt Lake City, donc près d'ici, mais elle a quitté l'Église mormone au moment où sa sœur cadette, Emily, a fait son coming out. Leurs parents et l'Église l'ont rejetée. Je n'étais pas né, mais j'ai entendu certains récits et je vois la veine sur le front de maman palpiter dès que le sujet de l'étroitesse d'esprit chez les mormons apparaît. Elle n'avait pas envie d'arrêter de voir ses parents mais, comme tout être humain normal et compatissant, elle n'envisageait pas de bannir quelqu'un qu'elle aimait à cause de quelques vieilles règles gravées dans un livre.

Mais alors, allez-vous demander, pourquoi on habite là, dans l'endroit le plus mormon du monde ? C'est aussi à cause de ma mère, paradoxalement. Il y a deux ans et demi, une start-up de logiciels pétée de thunes a réussi à l'arracher à Google, où elle était le seul ingénieur de logiciels de sexe féminin, et la meilleure de loin. NextTech lui a proposé un poste de gérante, mais elle a préféré être nommée directrice technique. Elle dispose d'un budget quasi illimité et son équipe développe un genre de logiciel de création d'hologrammes pour la NASA.

Pour toute famille, quitter la Silicon Valley et ses loyers hallucinants aurait dû être une décision facile. Une augmentation de salaire, déjà très élevé, dans un endroit où une maison nous coûterait notre plus petit placard de Palo Alto ? Deal. Mais à cause du passé de maman, la décision de déménager a été très difficile.

Je me souviens encore de mes parents qui se disputaient tard dans la nuit, pendant que Hailey et moi, on était censés dormir. Papa pensait que c'était une opportunité qu'elle ne pouvait pas refuser, et qui nourrirait son imagination. Maman était d'accord, mais s'inquiétait de l'effet sur nous deux.

En particulier sur moi. Deux mois avant, j'avais avoué à mes parents que j'étais bi. Enfin, « avoué », c'est m'accorder trop de crédit. Pour sa thèse d'informatique, ma mère avait mis au point un logiciel indétectable pour que les employeurs puissent savoir ce que font leurs employés sur le Net. Il est tellement facile à utiliser et a une interface tellement jolie qu'une version pour le marché public a été créée et vendue à presque chaque foyer des EU. J'aurais dû faire le lien et comprendre que mes parents l'utilisaient sur notre réseau familial avant de chercher à regarder du porno sur mon téléphone.

La conversation qui en a découlé fut un peu pénible, mais on est arrivés à un compromis : je pouvais me rendre sur certains sites, et ils ne chercheraient pas à en savoir plus tant que je ne visionnais pas des « représentations donnant des attentes irréalistes du sexe ou de notre corps », a dit ma mère.

Au bout du compte, mes parents ont embarqué leur fille emo et leur fils bi au merveilleux pays des mormons. Pour atténuer leur culpabilité de m'obliger à faire preuve d'une grande prudence (traduire : en gros, n'en parler à personne), mes parents ont fait de notre maison un antre de fierté gay. Autumn et moi passons notre temps chez elle et Hailey déteste à peu près tout le monde – en tout cas, personne parmi ses amis en colère ne pose un pied chez nous – donc je suis couvert de livres LGBT, de brochures et de tee-shirts arc-en-ciel à n'importe quel moment, avec une embrassade et un regard lourd de fierté. De temps en temps, maman glisse un autocollant destiné à l'arrière d'une voiture sous mon oreiller, et je le trouve quand il me pique la mâchoire la nuit.

SI TU N'EXISTAIS PAS, RIEN NE SERAIT PAREIL !

LE COURAGE, C'EST ÊTRE TOI-MÊME DANS UN MONDE QUI TE DIT D'ÊTRE AUTREMENT !

L'AMOUR NE CONNAÎT PAS DE LIMITES.

NORMAL, C'EST JUSTE UN TYPE DE POKÉMON !

Autumn en a bien trouvé un ou deux, mais elle marmonne un truc blasé sur l'esprit San Francisco et elle en reste là.

C'est drôle de penser à ça dans la voiture, tout en faisant défiler des photos de Sebastian, tout en évitant de baver en me repassant les trois seules phrases qu'il a prononcées de sa voix grave et douce.

Bonjour, tout le monde.

Le livre ? Il sortira en juin.

Je suis là pour vous aider, sur n'importe quel plan, donc n'hésitez pas à vous servir de moi.

Quand il a prononcé cette phrase, j'ai failli perdre mes moyens.

La recherche sur Internet ne m'apprend rien de nouveau. La plupart des résultats pour « Sebastian Brother » donnent un grill à Omaha, des articles sur le Séminaire ou des annonces de la sortie du livre.

C'est sur Google images que je fais jackpot. Des photos de lui en train de jouer au base-ball et au foot – oui, j'en enregistre une – et quelques-unes d'interviews avec des journaux locaux. En les parcourant, je n'en apprends pas beaucoup sur lui, parce que les réponses sont assez standard, mais il porte une cravate sur beaucoup de photos, et avec les cheveux qu'il a, ça me donne envie d'entamer un dossier « Sebastian Brother version BDSM ».

Vraiment, c'est le mec le plus sexy que j'aie jamais vu.

Sur Facebook, c'est l'impasse. Son compte est privé (évidemment), donc non seulement je ne peux pas voir ses photos mais je n'ai pas non plus accès à sa situation amoureuse. Bon, je m'en fiche, ou je m'en ficherai d'ici quelques jours. C'est un plaisir pour les yeux, mais cette attirance subite pour un mormon n'ira pas plus loin. On est de part et d'autre d'une barrière très large.

Je ferme tous les onglets sur mon téléphone avant de tomber dans le plus bas des moyens de traquer quelqu'un : la recherche futile de comptes Snapchat ou Instagram. L'idée même d'y trouver un selfie de Sebastian au saut du lit et torse nu a un effet désastreux sur mes nerfs.

Au centre commercial, Autumn et moi suivons ma mère qui passe en revue le rayon hommes de Nordstrom. Entre leurs mains, je suis une pâte à modeler qui s'emmerde à cent sous de l'heure. Maman soulève plusieurs hauts pour les mettre devant moi. Elle plisse les yeux, demande l'avis d'Autumn, et elles s'accordent en silence pour en rejeter la plupart. Moi, je ne fais pas de commentaires : je connais la musique.

Ma sœur est partie de son côté pour acheter ses propres trucs, ce qui nous offre un bon répit dans son besoin constant de se chamailler avec nous. Autumn et ma mère s'entendent bien et, quand elles sont ensemble, je n'ai plus à faire l'effort d'écouter, parce qu'elles s'occupent entre elles.

Maman met devant moi une atroce chemise style cow-boy, et celle-là, je ne peux pas l'éviter. Malgré mon « non » clair et net, elle regarde Autumn pour avoir son avis. Heureusement, cette dernière fronce le nez pour montrer son dégoût.

Maman raccroche la chemise sur le portant et lui demande :

– Alors, ton emploi du temps du semestre ?

– Je suis super-contente, répond Autumn en tendant à maman une chemisette bleue style surfeur. (Je lui fais discrètement signe que celle-ci me plaît.) Je vais peut-être choisir Shakespeare plutôt que lettres modernes, et les maths avancées vont m'achever, mais sinon, tout va bien.

– Oh, Tanner se fera un plaisir de t'aider en maths, dit maman, et Autumn lève discrètement les yeux au ciel à mon intention. Et toi, chéri ?

Je m'appuie au portant et croise les bras.

– J'ai pris bio l'après-midi, et maintenant, je m'endors en dernière heure.

Ma mère a des cheveux blonds bien lisses et relevés en queue-de-cheval, et en revenant du travail, elle a enfilé un jean et un pull. Elle fait plus jeune comme ça, et si Hailey arrêtait son plan Mercredi Addams, elle et maman ressembleraient à des sœurs.

Comme si on l'avait appelée, Hailey se matérialise derrière moi et balance un énorme ballot de tissu noir dans les bras de maman.

– J'ai pas aimé les pantalons, mes ces hauts-là sont cool. On peut aller manger ? J'ai trop faim.

Maman regarde les fringues, et je la vois compter jusqu'à dix dans sa tête. D'aussi loin que je me souvienne, nos parents nous ont toujours encouragés à être nous-mêmes. Ils m'ont dit que leur amour ne dépendait pas d'où je baladais ma queue.

Bon, ils n'ont pas utilisé ces termes-là. J'aime juste le penser.

L'an dernier, quand ma sœur a décidé qu'elle voulait ressembler à un cadavre, ils se sont mordu la langue et l'ont soutenue pour qu'elle s'exprime comme elle le souhaitait. Nos parents ont une patience de saints, mais j'ai l'impression qu'elle s'émousse.

– Tu en choisis trois, dit maman en rendant le lot à Hailey. Je t'avais dit trois hauts et deux pantalons. Des tee-shirts noirs, tu en as déjà une dizaine. Tu n'as pas besoin d'une dizaine de plus. (Elle se retourne vers moi.) Et donc, la bio t'endort. Sinon ?

– Autumn devrait garder litté contemporaine. À mon avis, ça lui ferait une bonne note facile.

– Ah, et notre tuteur de Séminaire est ultra-canon, l'informe Autumn.

Comme par instinct protecteur, maman glisse un bref regard vers moi.

– De qui s'agit-il ?

– Sebastian Brother, soupire distraitement Autumn.

Derrière nous, ma sœur grogne et on se retourne, prêts pour l'inévitable.

– Sa sœur Lizzy est dans mon niveau. Elle est toujours trop *heureuse*.

Je me fiche ouvertement d'elle :

– Ah, quelle horreur, c'est sûr !

– Tanner, me reprend maman.

– Ta gueule, me dit ma sœur en me poussant.

– Hailey !

Autumn tente de nous rediriger vers la conversation initiale.

– Sebastian avait suivi ce cours l'an dernier et, apparemment, son livre était vraiment très bon.

Maman me tend un tee-shirt au motif bariolé tellement immonde que je refuse même de le regarder.

Elle me le pose de nouveau sur le torse avec une tête tellement maternelle.

– Ah oui, il va être publié, c'est ça ?

– Oui, répond Autumn. J'espère qu'il va être adapté en film et qu'il jouera dedans. Il a des cheveux tout légers, tout doux, et un sourire... Wah !

– Et il rougit très facilement, dis-je sans réfléchir.

Derrière moi, maman se tend, mais Autumn ne trouve rien de bizarre et approuve :

– Carrément.

Maman remet le tee-shirt à sa place et émet un rire contraint.

– Celui-là, il risque de poser problème.

Elle regarde Autumn, mais je sais bien que c'est à moi qu'elle s'adresse.

Mon intérêt pour les charmes de Sebastian Brother n'a pas faibli au moment du cours de vendredi. Pour la première fois depuis mon déménagement, j'ai du mal à passer inaperçu. Si c'était une tutrice par qui j'étais attiré, ça ne serait pas bien grave que quelqu'un me surprenne à la regarder béatement. Mais ici, avec lui, c'est impossible. Et les efforts que ça me demande de la jouer cool sont sincèrement épuisants. Fujita et Sebastian font le tour de la classe régulièrement pendant qu'on note des idées en vrac : déroulement de l'histoire, phrases qui nous viennent, paroles de chansons, dessins. Moi, en gros, je griffonne des spirales sur une feuille blanche, juste pour m'empêcher de le suivre du regard. À côté de moi, Autumn déballe un millier de mots à la minute sur son ordi portable sans reprendre son souffle, ce qui me distrait et me rend furax. C'est irrationnel, mais j'ai l'impression qu'elle aspire mon énergie créative.

Au moment où je me lève pour aller à un autre endroit de la pièce, je manque percuter Sebastian.

Torse à torse, on se regarde pendant quelques secondes avant de reculer, synchro.

– Pardon.

– Non, non, c'est moi.

Il a une voix à la fois grave et étouffée, qui a un rythme hypnotique. Je me demande si un jour elle lui servira à prêcher, à rendre des jugements.

– Fujita m'a recommandé de travailler avec toi de plus près, m'annonce-t-il.

C'est là que je comprends qu'il venait me parler. Mon visage se met à rougir.

– Il a dit que tu étais un peu, euh, en retard pour développer l'intrigue et que je devrais t'aider à trouver des idées.

Dans mes veines, nervosité et réflexe de défense créent un mélange bizarre. Nous avons eu trois cours et je suis déjà en retard ? Et c'est de lui que je l'apprends ? Ce fou de Bible coincé que j'arrive pas à me sortir de la tête ? Je ris, trop fort.

– Oh, ça va ! Sérieusement, je vais me rattraper ce week-end. Je veux pas que tu prennes sur ton temps...

– Ça ne me dérange pas, Tanner.

Il déglutit et, pour la première fois, je remarque comme sa gorge est lisse, son cou long. Mon cœur tambourine dans ma poitrine. Je ne veux pas être affecté à ce point par sa présence.

– J'ai besoin de débrouiller tout ça dans ma tête, dis-je avant de passer à côté de lui pour m'éloigner, mortifié.

J'avais cru que ma fascination pour Sebastian serait de courte durée, une nuit à fantasmer et on passe à autre chose. En fait, rien que le regarder se déplacer dans la classe me chavire. Me trouver aussi près de lui m'a limite provoqué une crise de panique. Il en impose, mais pas par sa carrure d'athlète ou sa virilité débordante. On dirait juste que la lumière se pose sur ses traits d'une manière différente par rapport à tous les autres autour.

Quelques minutes plus tard, Autumn me rejoint dans mon nouveau coin et me pose la main sur le bras.

– Ça va ?

Pas du tout.

– Impeccable.

– T'as pas à angoisser que tout le monde soit plus avancé que toi.

Je ris, ramené à mon autre motif de stress : le roman.

– Ah, trop gentil, Autumn.

Elle pousse un grognement en posant la tête sur mon bras et rit aussi.

– C'est pas ça que je voulais dire...

Lorsque je regarde de côté, j'aperçois Sebastian qui détourne vite la tête. Autumn s'étire pour m'embrasser sur la joue.

– Toujours partant pour l'anniversaire de Manny, ce soir ?

Un laser-game pour ses... dix-huit ans. Dans l'Utah et nulle part ailleurs...

– Je sais pas trop...

J'aime bien Manny, mais pour être honnête, je ne suis qu'humain. Je ne peux encaisser qu'un certain nombre de soirées laser-game.

– Allez, Tann. Eric y sera. Il me faut quelqu'un avec moi, pour ne pas être mal à l'aise devant lui.

Le lycée, c'est un tout petit monde incestueux. Autumn en pince pour Eric, qui voudrait être avec Rachel, la sœur de la fille que j'ai embrassée après le bal d'automne l'an dernier, et qui est sortie avec le frère de la meilleure amie d'Hailey, il me semble. Tu peux choisir n'importe qui, tu es sûr d'être à six degrés de quelqu'un que tu as peloté.

Mais c'est pas comme si on avait mieux à faire.

On entend la musique et les gimmicks électroniques filtrer à travers la porte en double vitrage de Fat Cats. Le parking est plein à craquer. Dans une autre ville, je serais plus surpris, mais là, c'est vendredi soir : mini-golf, laser-game et bowling phosphorescent, c'est ce qu'il va y avoir de plus osé dans le coin.

Autumn est avec moi, et la lumière de son téléphone éclaire son profil alors qu'elle fait de son mieux pour taper et marcher en même temps sur le trottoir gelé.

Je lui prends le bras et la guide pour contourner un groupe de collégiens, les yeux rivés à leurs propres téléphones, et arriver à l'intérieur.

L'année suivant mon arrivée ici, on a pris la Prius de papa pour aller au mariage de ma tante Emily, à Las Vegas, avec sa copine Shivani. Ma sœur et moi, on a passé le week-end à halluciner : les panneaux d'affichage lumineux, les clubs de strip-tease, l'alcool, les corps dénudés... Où qu'on regarde, c'était le spectacle.

Ici, hormis les différences évidentes, comme la taille et l'absence notable de serveuse en petite tenue, il y a la même frénésie dans l'air. Fat Cats, c'est comme un Las Vegas pour enfants et abstinents. Des clients aux yeux défoncés introduisent jeton après jeton dans des machines clignotantes dans l'espoir de gagner quelque chose, n'importe quoi.

Je repère des gens du lycée. Jack Thorne joue à un vieux jeu d'arcade, sans vidéo. Dave joue au flipper avec

Clive et, sans surprise, il a un ballon de foot entre les pieds. Notre ami Manny Lavea, celui dont c'est l'anniversaire, déconne avec ses frères à côté d'une rangée de tables, au fond. Au désespoir d'Autumn, pas d'Eric en vue.

Je cherche parmi les silhouettes devant les écrans géants suspendus au-dessus des pistes de bowling – « L'Allée éclair » – avant de renoncer. Je me tourne vers Autumn, qui est toujours passionnée par son téléphone.

– Vous vous envoyez des textos ?

– Non.

– Alors pourquoi tu es scotchée à ton portable, ce soir ? Tu décolles pas de l'écran.

– Je prenais juste quelques notes, dit-elle en m'attrapant la main et en me menant vers les tables. Pour le livre. Tu sais, des idées qui me viennent comme ça ou des bouts de dialogue. C'est une bonne façon de faire. Fujita voudra qu'on ait quelque chose lundi.

Le stress me serre le bide et je change de sujet.

– Viens, Autumn. Je vais te gagner une peluche.

Je lui gagne un tigre gigantesque, qui partira bientôt à la décharge, j'en suis conscient non sans culpabilité. Puis on repart vers la salle de réception, où les organisateurs sont en train de disposer la nourriture. Une femme un peu affolée appelée Liz essaie de mettre un minimum d'ordre avant de jeter un plateau de légumes et de sauces sur la table du milieu. Franchement, on est tous venus tellement de fois que Liz pourrait très bien sortir fumer tout un paquet de clopes, on se débrouillerait très bien.

Eric nous rejoint au moment où la mère de Manny distribue des assiettes en carton et tout le groupe – une vingtaine en tout – fait la queue des deux côtés des grandes tables. Il y a le quota habituel de mauvaises pizzas et de Sprite, mais je me sers également de ce que sa mère a cuisiné. Leur famille vient de Tonga, et quand je suis arrivé ici en seconde, après la baie de San Francisco et sa fabuleuse diversité, ç'a été un soulagement de trouver une personne à la peau foncée dans une mer souriante de visages blancs. Avec le succès des missions mormones à Hawaï et dans les îles du Pacifique, il y a un nombre étonnant de Polynésiens dans l'Utah. Manny et sa famille en font partie, mais ils sont de ceux qui ne cherchent pas à rester entre mormons. Manny est costaud, hilarant, et il sourit à peu près tout le temps. Je m'intéresserais sans doute à lui si ce n'était pas une perte de temps aussi évidente : il envoie des ondes hétéros à 100%. Et je suis prêt à parier tout mon argent de poche qu'il n'arrivera pas vierge au mariage.

Je m'apprête à taquiner Autumn parce qu'elle n'a qu'un gressin sur son assiette et rien d'autre, mais mon cerveau fait un court-circuit : Sebastian Brother est à l'autre bout de la salle, en train de parler à deux des frères de Manny. Mon pouls s'élance au galop.

Je ne savais pas qu'il serait là.

Autumn m'entraîne vers un banc et boit un peu d'eau d'un geste absent. Maintenant que je la regarde de plus près, je vois qu'elle s'est préparée avec plus d'efforts que d'habitude ce soir : elle s'est lissé les cheveux. Elle porte du gloss bien brillant. Et il me semble bien que son haut est tout neuf.

– Tu manges pas ?

Pour prouver qu'elle n'a pas les yeux fixés sur Eric, elle prend un Snap de son gressin, examine le résultat et tape quelque chose sur son téléphone avant de le tourner vers moi. En légende, elle a mis : « dîner ».

Sérieux, mais sérieux...

– La pizza dégoulinait de graisse et le reste, c'était des trucs bizarres, dit-elle, geste à l'appui vers mon assiette. La salade, là, y a du poisson cru dedans.

Je regarde discrètement par-dessus mon épaule pour constater que Sebastian s'est installé à la table qui jouxte la nôtre. Il a un sac à dos sur le banc. Aussitôt, je me demande où il était avant. À la fac ? La bibliothèque ? Est-ce qu'il vit sur le campus ou chez ses parents ? Je me concentre de nouveau sur ma nourriture.

– C'est le *ceviche* que tu as goûté au petit resto de Park City. T'avais aimé.

– Je me rappelle pas avoir aimé, conteste Autumn, qui tend quand même sa fourchette vers mon assiette pour me piquer une bouchée. Au fait, tu as vu qui est là ?

Comme si je pouvais le louper.

Elle commence à parler de tout et de rien avec Eric, et même si je n'écoute pas spécialement, je suis suffisamment la conversation pour remarquer leur gêne. Autumn rit trop fort. Après de gros blancs, ils se mettent à parler en même temps. Peut-être qu'Eric l'aime bien aussi, ce qui expliquerait qu'ils se comportent comme des collégiens. C'est mal de ma part d'être soulagé qu'il plaise à Autumn, même si ça pourrait foirer et tous nous affecter ? Mon amitié avec elle, c'est ce qui m'importe le plus et je ne veux pas qu'il reste une miette de romantisme entre nous. Si tout pouvait revenir à la normale pour de bon, je pourrais éventuellement finir par tout lui avouer.

J'aurais éventuellement quelqu'un à qui parler du problème Sebastian.

Et mes pensées, comme des oreilles de chat, se sont retournées sur elles-mêmes, pour se concentrer derrière moi. C'est comme si la simple présence de Sebastian vibrait. Je veux savoir où il est à chaque seconde. J'ai envie qu'il me remarque.

Contretemps : Manny nous entraîne vers le coin laser-game. Je suis le mouvement avec réticence, et on attend les instructions dans la salle de devant.

Autumn a opté pour rester dans la zone d'observation dans la salle d'à côté, alors je reste avec Eric en me demandant s'il n'y a pas moyen de m'éclipser une fois que le jeu aura commencé. Mais quand je me tourne vers la porte, j'aperçois Sebastian et Kole, le frère de Manny, qui entrent. Je m'étrangle presque avec mon chewing-gum.

Je ne fais même pas semblant d'écouter ce que nous dit le maître de jeu. Je suis incapable d'arracher mon regard de Sebastian, de sa mâchoire, de son visage et ses cheveux, sous cet éclairage. Il doit avoir du mal à faire attention aussi, parce que son regard s'échappe pour balayer la salle, et il me voit.

Pendant une,
deux,
trois secondes,
il me regarde aussi.

Il me reconnaît et, quand il sourit, mon estomac fait un soubresaut, comme si le sol s'était dérobé sous mes pieds.

Au secours.

Je lui souris en retour, flageolant et décomposé.

– Vous avez choisi les deux capitaines ?

Je cille plusieurs fois et me force à me tourner vers l'avant.

Comme personne ne se porte volontaire, le maître de jeu nous fait signe de le suivre au vestiaire.

Dans le déplacement, Eric se retrouve en bout de file et je suis placé juste à côté de Sebastian. Merci, Eric. De chaque côté de la pièce, des rangées de gilets dotés de capteurs. Tony nous montre comment les enfiler et les fermer en mimant comme une hôtesse de l'air au décollage.

– Prenez un pistolet sur un chargeur et appuyez sur la détente, nous dit-il. Vous verrez un nom de code apparaître sur l'écran à LED. Tout le monde voit le sien ?

Le petit écran m'annonce que je suis « le Patriote » et un clin d'œil furtif vers celui de Sebastian m'apprend qu'il est « sergent Blue ».

– Gardez ce nom en tête. C'est comme ça que votre score sera affiché sur les écrans dehors, à la fin du jeu. Pour gagner, vous devez descendre vos adversaires de l'autre équipe. Vous pouvez le faire dans six endroits différents, explique Tony, qui attrape Manny par la manche pour l'amener à côté de lui. Voilà où vous devez viser, explique-t-il en pointant le doigt sur chacun des endroits éclairés du gilet.

– Si vous êtes atteints à l'épaule ou dans le dos, votre gilet se mettra juste à clignoter. Dans la poitrine, votre pistolet sera bloqué. Vous pourrez encore être touchés, mais vous ne pourrez pas riposter. Il faudra vous mettre à couvert, le temps que votre pistolet soit de nouveau utilisable.

Après avoir lâché Manny, il enchaîne :

– Chacune des deux équipes dans l'arène a sa couleur. (Il désigne les points lumineux sur le gilet de Kole.) Équipe rouge. (Puis sur celui de Sebastian.) Équipe bleue. Tirez sur ceux qui ne sont pas de votre couleur. La base de chaque équipe est en rouge ou bleu, et vous triplez vos points en détruisant vos adversaires.

À côté de moi, Sebastian bouge légèrement et je le vois regarder brièvement vers moi, ses yeux descendent jusqu'à mes pieds avant de remonter. J'en ai la chair de poule.

– Quelques règles avant de commencer. On ne court pas. On ne s'allonge pas. On ne se touche en aucun cas, et c'est valable pour ceux qui voudraient s'embrasser dans le noir. Nous vous voyons.

Je m'étrangle et tousse. Sebastian se balance nerveusement sur place.

Tony nous prévient qu'il est interdit de nous taper dessus avec les pistolets et d'utiliser un langage grossier – ouh là là, surtout pas ! Ensuite, c'est le moment de commencer.

Dans le vestiaire, la lumière était tamisée, mais j'ai tout de même besoin d'un temps pour que mes yeux s'accoutument à l'obscurité de l'arène. Nos équipes s'éparpillent entre des murs genre briques fluo, et je repère notre base au centre. À part ça, on ne distingue pas grand-chose. Le son des pistolets qui s'enclenchent un à un forme comme une vague au-dessus de l'arène et le compte à rebours commence au-dessus de nous.

Cinq...

Quatre...

Trois...

Deux...

Un...

Un bruit de sirène déchire l'air. Je cours pour contourner un mur, puis un autre du labyrinthe. Il fait tellement noir que j'y vois à peine, mais les cloisons et le contour de la salle sont signalés par de la peinture phosphorescente ou des rayons lumineux. Un module de recharge vert brille dans le coin. J'aperçois un éclair rouge et perçois du mouvement devant.

J'appuie sur la détente, et le gilet s'illumine en rouge pour montrer que j'ai touché ma cible. Mon propre gilet clignote au moment où je tourne dans un coin.

– Touché, m'annonce mon pistolet.

Ça ne devait pas être au cœur : quand je tire sur quelqu'un qui s'esquive devant un mur, j'arrive à atteindre son capteur sur le torse et à désactiver temporairement son arme.

Deux autres joueurs arrivent de deux côtés opposés et je cours vers ma base. Il fait très chaud ici, avec zéro vent. La transpiration dégouline sur ma nuque et mon pouls est à fond. La musique et les effets sonores hurlent au-dessus de nous ; si je fermais les yeux, ce serait facile de m'imaginer qu'on est à une rave, et pas en train de se courir après dans une pièce noire et de se tirer dessus avec des flingues en plastique. J'atteins deux autres joueurs et j'arrive à canarder la base de l'équipe rouge avant d'être touché, dans le dos cette fois.

En retournant sur mes pas, je rencontre Eric.

– Il y en a deux près du module de recharge, m'annonce-t-il. Ils restent là, à attendre que les gens passent.

Je hoche la tête. Dans le noir, je ne vois que le blanc de son tee-shirt et les points lumineux sur son gilet. Je crie pour couvrir la musique :

– Je fais le tour. Essaie de les prendre à revers.

Eric me tape sur l'épaule et je m'élance derrière un mur.

L'arène est un labyrinthe à deux niveaux, avec des rampes qui aident à sauter pour éviter une attaque ou pour monter dessus afin de mieux viser.

– Touché, touché, touché, me dit mon pistolet.

Mon gilet clignote. Des pas précipités derrière moi. Quand je relève mon arme pour riposter, rien. J'ai été touché au cœur. Je cherche autour de moi. Où est ma base ? Y a-t-il un endroit où se cacher ? Soudain, je sens un corps foncer sur moi et m'entraîner dans un coin, juste au moment où Kole et un autre membre de l'équipe adverse passent en courant.

– Oh, pu... Merci, dis-je en m'essuyant le front.

– Pas de souci.

Mon pouls fait un raté. J'avais presque oublié que Sebastian était là. Hors d'haleine, il expire et un frisson court dans mon dos en sentant sa chaleur.

Il y a trop de bruit pour parler et on est trop près pour que je me retourne vers lui sans que ce soit bizarre, trop intime. Alors, je reste immobile pendant que mon cerveau déraille.

Il n'a pas lâché mon gilet et j'ai le dos collé à son torse. Ça dure moins de dix secondes – le temps que mon pistolet se débloque –, pourtant, je les sens s'égrener une à une. Mon souffle est fort dans mes oreilles. J'entends les battements de mon pouls, même avec la musique. Je perçois encore le souffle de Sebastian, chaud contre mon oreille. Mes doigts fourmillent à l'idée de lui toucher une joue pour voir s'il rougit, là, dans le noir.

J'ai envie de rester toujours dans ce coin sombre, mais je sens que mon pistolet est de nouveau alimenté. Sebastian n'attend pas : il me pousse vers l'avant en me criant de le suivre, vers la base rouge. On retrouve Eric au coin et on se précipite pour contourner une cloison.

– Par là, par là ! nous crie Sebastian, et on fait feu à l'unisson.

Il nous suffit de quelques tirs avant que la base clignote et qu'une voix préenregistrée annonce :

– Base rouge détruite. Fin de la partie.

4

Pour la première fois de ma carrière de lycéen, je n'ai pas besoin de consulter mon emploi du temps collé à mon casier par des autocollants dinosaures pour savoir où je dois aller. Pendant la première semaine, le Séminaire de Fujita a lieu les lundi, mercredi et vendredi. Cette semaine, c'est donc mardi et jeudi, et l'alternance se poursuivra jusqu'à la fin de l'année.

Je vois trois scénarios différents :

Scénario 1, j'adore, parce que ça fait trois possibilités de voir Sebastian.

Scénario 2, je déteste, parce que ça fait trois possibilités de voir Sebastian, mais qu'il ne vient qu'une fois sur trois.

Scénario 3, je déteste, parce que ça fait trois possibilités de voir Sebastian, et que malgré sa présence à chaque fois, il n'est pas à la hauteur de mes espérances.

Dans ce dernier cas de figure, je déprime de ne pas arriver à me débarrasser de cette attraction pour un mormon endurci, je me noie dans les frites au fromage, je prends du bide, j'ai des résultats pourris en classe et je perds mon admission à l'université de mes rêves, loin d'ici.

– Tu penses à quoi ? lance Autumn, qui apparaît derrière moi et pose le menton sur mon épaule.

– Rien.

Je claque la porte de mon casier et referme mon sac à dos. En vrai, je suis en train de me dire que ce n'est pas juste de traiter Sebastian de mormon endurci. Je ne sais pas comment l'expliquer, mais il ne semble vraiment pas se limiter à cette définition.

Autumn pousse un soupir agacé et se dirige vers la salle du Séminaire.

Je la rejoins en évitant un groupe de premières qui font une course dans le couloir, chacun avec un élève perché sur le dos. J'ai de l'entraînement en matière d'Autumn, alors je lui renvoie sa question.

– Et toi, tu penses à quoi ?

Sa réponse détaillée devrait me distraire de ma plongée dans la folie. Elle m'attrape le bras :

– Je me demande où en est ton plan de roman.

Ah, mon plan. Le document squelettique, les quelques brins d'herbes couchés par le vent de la toundra.

– Tout va bien.

Un... deux... trois...

– Si tu veux, je peux regarder vite fait, avant qu'on rentre ?

Je lui lance un grand sourire.

– Non, Autumn, je suis bien, là.

Elle s'arrête juste devant la porte.

– Tu l'as terminé ?

– Terminé quoi ?

Au gonflement de ses narines, je sais que ma meilleure amie m'imagine gisant par terre dans une flaque de sang.

– Ton plan !

Je revois mon document Word avec ses deux lignes solitaires que je n'oserais montrer à personne : *Un ado queer, moitié juif, moitié rien, déménage dans une ville infestée de mormons. Il n'attend qu'une chose : partir.*

– Non.

– Tu crois pas que tu devrais ?

Pour toute réponse, je hausse un seul sourcil.

Ce n'est que le quatrième cours de la journée et, malgré l'aura de sérieux de la salle, on a déjà notre routine, on trouve un certain réconfort à faire n'importe quoi en attendant l'arrivée de Fujita. Dave dingue-de-foot se met à taper dans son éternel ballon, un pied après l'autre, pendant que Dave fan-de-burritos tient les comptes du nombre de fois où il y arrive sans le laisser retomber à terre. Julie et McKenna parlent du bal de fin d'année d'une voix forte, et Asher fait mine de ne rien remarquer. Il faut dire qu'avant, Asher et McKenna formaient un couple qu'on appelait les McAsher, et qu'il l'a larguée de façon pas très jolie sous nos yeux ébahis. Autumn me tanne pour que je lui montre mon plan (toujours le chien avec son nonos) et je la distrais par un jeu de pierre-feuille-ciseaux, parce qu'à l'intérieur, on a encore dix ans.

Le silence se fait soudain et je relève les yeux, mais ce n'est pas Fujita : Sebastian entre, un dossier sous le bras. L'effet de le voir, c'est comme une aiguille qui crisse sur un tableau pour mon cerveau, et je produis pour

Autumn un symbole inconnu de la main, qui ressemble de loin à des serres d'oiseau.

– La pierre gagne contre ton truc, dit-elle en me donnant un coup sur le bras.

– Bonjour, vous allez bien ? dit Sebastian avant de poser son dossier.

La seule personne à ne pas lui accorder toute son attention, c'est Autumn qui serait prête à continuer à jouer. Moi, je suis de retour dans l'arène du laser-game, avec Sebastian tout contre moi. Il scrute la pièce de son regard calme et lointain.

– Vous n'êtes pas obligés d'arrêter de parler quand j'arrive, ajoute-t-il en riant.

McKenna et Julie tentent sans conviction de reprendre leur conversation, mais c'est difficile de sortir des propos subtilement scandaleux quand tout le monde est aussi silencieux, et c'est aussi compliqué en présence de Sebastian, qui est tellement... présent, voilà. Il est beau, bien sûr, mais il irradie aussi la bonté, comme un être humain authentiquement altruiste. Ça fait partie des choses qu'on peut voir de l'autre bout de la salle. Il sourit à tout le monde, avec ce que ma mère qualifierait de très bonne posture corporelle, et je parie tout l'argent de mon compte en banque qu'il n'a jamais prononcé – ni pensé – mes gros mots préférés.

Une pensée atroce me vient et je me tourne vers Autumn.

– Tu crois qu'il porte des pyjamas Jésus ?

Si elle trouve cela étrange que je lui demande si Sebastian porte les sous-vêtements décents des adultes mormons respectueux de la foi, elle ne le montre pas.

– Tu n'as pas droit aux sous-vêtements sacrés avant d'obtenir ta dotation.

– De quoi ?

Ma mère devrait mieux éduquer ses enfants.

– Jusqu'à l'ordonnance du Temple, soupire Autumn.

– Donc, il ne l'a pas encore fait ?

– Ça m'étonnerait, mais comment je saurais ?

Elle se met à fouiller dans son sac à dos.

Je hoche la tête, même si ça ne me renseigne pas vraiment. Je ne peux pas non plus poser la question à ma mère, parce qu'elle saura pourquoi je demande.

Autumn se redresse avec un crayon bien aiguisé.

– Il le fera quand il sera prêt à se marier ou à partir en mission.

Je tapote mon crayon sur ma lèvre et parcours la pièce du regard comme si je ne l'écoutais qu'à moitié.

– Ah.

– Je pense pas qu'il soit marié, poursuit-elle, maintenant curieuse, avec un signe de tête vers lui.

Il est en train de lire quelque chose au bout de la pièce, et un temps, je reste sans voix. Il pourrait être marié ! Il doit avoir dix-neuf ans...

– Il ne porte pas d'alliance, remarque Autumn. Et il a repoussé sa mission pour le lancement de son livre.

– Ah bon ?

Elle regarde vers lui, puis vers moi. Vers lui, puis vers moi.

– Je ne comprends pas ce que tu essaies de me dire.

– Il est devant nous, s'énerve-t-elle. Quand tu pars en mission, pour deux ans, c'est juste après le lycée, généralement.

– Donc, c'est non pour le pyjama ?

– Oh, mais Tanner, arrête ! Qu'est-ce que tu en as à faire de son froc ? Si on parlait du plan de ton bouquin, plutôt ?

Vous connaissez, ces moments ? Ceux où une fille s'écrie « j'ai mes règles » au milieu de la cantine, ou qu'un gars braille « je croyais que j'avais pété, mais en fait, j'ai un peu chié dans mon froc », et qu'autour, d'un coup, c'est le silence ? C'est ce qui est arrivé. Maintenant. À un moment, entre « donc, c'est non pour le pyjama » et « oh, mais Tanner, arrête », Fujita est entré dans la salle et tout le monde s'est tu, à part Autumn et moi.

Fujita rit légèrement et secoue la tête.

– Autumn, dit-il, avec bienveillance, je vous promets qu'aucun sous-vêtement masculin n'est aussi intéressant que vous l'espérez.

Tout le monde rit, ravi de ce scandale niveau CE2. Elle ouvre la bouche pour le contredire, expliquer que c'était moi qui l'interrogeais sur la question, mais dès que Fujita enchaîne sur les plans, l'occasion est passée. Je me demande ce que Sebastian a pensé de notre échange. Par une volonté propre, mes yeux se dirigent vers lui, et les siens s'empressent de regarder ailleurs.

Ses joues ont pris cette teinte rosée irrésistible.

Fujita nous fait raconter nos scénarios, et sérieux, c'est comme si tout le monde déroulait d'immenses parchemins ultra-détaillés. Autumn pose une liasse de feuilles reliées entre elles avec un bruit sourd. Je ne prends même pas la peine d'ouvrir mon ordi pour révéler mes deux phrases minables. Je préfère sortir une pochette de feuilles vides que je tape sur ma table d'un air affairé.

– Tanner, tu veux commencer ? me propose Fujita, attiré par le bruit.

– Ahem… (Je baisse les yeux, et seule Autumn voit que mes pages sont blanches.) Je pensais à un roman d'apprentissage sur un ado… (Je zappe le côté queer.)

Il déménage d'une grande ville pour une ville euh... assez religieuse, et...

– Super, super ! C'est encore en construction, je vois. Tu devrais y réfléchir avec Sebastian, d'accord ?

Fujita me fait déjà des signes de tête approbateurs, comme si c'était moi qui venais de le suggérer. Je ne sais pas trop s'il me sauve la peau ou s'il me punit.

– Qui d'autre voudrait partager son projet de roman ?

Toutes les mains se lèvent, hormis celle d'Autumn. Ce qui est intéressant, sachant que c'est sûrement elle qui a le plan le plus détaillé. Elle y travaille depuis presque un an. Mais c'est aussi ma meilleure amie, et je suis certain qu'elle ne veut pas passer après mon bredouillage incohérent, pour ne pas le faire paraître encore plus lamentable.

La classe se répartit en groupes et on échange des idées pour s'aider à élaborer nos intrigues. Je suis coincé avec Julie et McKenna, et comme le bouquin de McKenna parle d'une fille qui se fait larguer, se transforme en sorcière et prend sa revanche sur son ex, nous ne passons qu'une dizaine de minutes à parler vraiment du livre avant de passer de nouveau aux histoires concernant le bal et la rupture des McAsher.

C'est tellement intéressant que je déplace ma chaise pour me pencher sur ma feuille, dans l'espoir d'être frappé par l'inspiration.

J'écris le même mot sans fin :

Provo.

Provo.

Provo.

C'est un endroit à la fois spécial et typique. Comme je suis d'ascendance hongroise et suédoise, je n'ai pas de traits qui, n'importe où ailleurs dans les États-Unis, me signalent comme différent, mais à Provo, avoir les yeux et les cheveux noirs, ça suffit à me faire sortir du lot. Dans la baie de San Francisco, on voit peu de mormons blonds aux yeux bleus. Et là-bas, personne n'avait besoin d'expliquer ce que ça veut dire d'être bisexuel. Je suis conscient d'être attiré par les garçons depuis mes treize ans, mais je savais déjà que j'aimais les filles également.

Mes mots se forment lentement, mutent en autre chose, un visage, une pensée.

Je ne te connais même pas.

Alors pourquoi ai-je l'impression

Que je pourrais t'aimer?

(Mais juste un peu.)

Je regarde par-dessus son épaule, inquiet qu'Autumn puisse me surprendre à utiliser notre réplique alors que je pense à quelqu'un d'autre, mais j'arrête de respirer d'un coup en le voyant en train de lire mes quatre lignes.

Joues roses, sourire incertain.

– Comment ça se passe, le déroulement du roman?

Je hausse les épaules, avance une main sur ma folie couchée sur le papier.

– J'ai l'impression que tout le monde est vachement en avance sur moi, je réponds d'une voix un peu tremblante. Je pensais pas avoir besoin d'un plan avant de commencer. Je partais du principe qu'on ferait ça ici.

Sebastian se penche vers moi et me dit doucement:

– Moi, je n'ai pas eu de plan pendant plusieurs semaines.

Je suis pris de chair de poule. Il sent tellement le mec... une touche de déo et cette virilité difficile à définir.

– Ah bon?

Il se redresse et confirme de la tête.

– Non, j'ai débarqué ici sans avoir aucune idée de ce que je faisais.

– Mais à l'arrivée, tu as obtenu un truc brillant, apparemment, dis-je avant de faire un geste vers ma page blanche. La foudre ne va pas frapper deux fois au même endroit en deux ans.

– On ne sait jamais, observe-t-il avec un sourire. J'ai senti l'Esprit avec moi quand j'écrivais. J'étais inspiré. Tu ne peux pas savoir ce qui t'appellera. Reste ouvert, et ça viendra.

Il passe au groupe suivant et je reste complètement démonté.

Sebastian sait – il se doute forcément – qu'il m'attire. Mes yeux reviennent désespérément à son visage, son cou, son torse, son jean, dès qu'il est dans la classe. A-t-il lu ce que j'avais écrit ? Dans ce cas, pourquoi me parler de l'Esprit ?

Est-ce qu'il jouerait avec moi ?

Autumn croise mon regard de l'autre bout de la pièce et forme un « quoi ? » des lèvres. Je dois avoir l'air d'être en train de procéder à une performance mathématique complexe dans ma tête. Je la secoue et retire ma main, ce qui révèle de nouveau les mots sur la page.

L'ombre d'une idée s'agite en moi, le fil qui relie cette nuit lointaine, dans la chambre d'Autumn, à l'instant présent.

L'ado bi. L'ado mormon.

Et je le rappelle :

– Sebastian.

Il regarde de nouveau vers moi, et c'est comme si nos yeux étaient reliés par une attache invisible. Au bout de trois secondes, il se retourne et se dirige vers moi. Avec mon plus beau sourire, je lui rappelle :

– Donc, Fujita pense que j'ai besoin de ton aide...

– Est-ce que toi, tu penses que tu as besoin de mon aide ?

– J'en suis à deux phrases.

– Alors, sans doute oui.

Je m'attends à ce qu'il propose qu'on se retrouve au CDI aux heures d'étude. Et pas à ce qu'il réponde :

– J'ai un peu de temps, en fin de semaine. Je pourrais t'aider à ce moment-là.

Quand il prononce ces mots, c'est comme si le reste de la classe s'évanouissait. Mon cœur se met à courir un sprint.

C'est sûrement une très mauvaise idée. Oui, il m'attire, mais j'ai peur qu'en cherchant plus loin, il ne me plaise plus.

Mais ce serait pour le mieux, non ? Ça ne ferait pas de mal d'avoir un peu de temps, en dehors de ce cours, pour trouver une réponse à ma question : est-ce qu'on pourrait seulement être amis, sans même parler de plus ?

Eh ben, je vais devoir marcher sur des œufs.

Il avale sa salive et, comme d'habitude, je regarde sa pomme d'Adam se déplacer.

– Ça t'irait ? demande-t-il en relevant les yeux vers mon visage.

– Oui. (Cette fois, c'est lui qui me regarde déglutir.) À quelle heure ?

5

Quand je me lève samedi, mon père est accoudé à la table du petit déj, dans son uniforme vert de chirurgien. Il est penché sur son bol de porridge comme si celui-ci allait lui révéler les grands secrets de la vie. Ce n'est qu'en me rapprochant que je me rends compte qu'il dort.

– Papa...

Il sursaute et fait valser le bol avant de le rattraper maladroitement. Il reprend une position normale, en portant la main à son cœur.

– Tu m'as fait peur.

Je le saisis par l'épaule en me retenant de rire tellement il a un look de savant fou.

– Pardon.

Il pose la main sur la mienne ; lui assis et moi debout, je me sens immense. C'est vraiment bizarre d'être aussi grand que lui, maintenant. Je n'ai hérité d'aucun trait de ma mère. De papa, j'ai les cheveux noirs, la haute stature et les longs cils. Hailey a pris la stature de maman, son teint et son sens de la repartie.

– Tu rentres juste ?

Il hoche la tête et plonge de nouveau sa cuillère dans son bol.

– Un patient est arrivé vers minuit avec la carotide entaillée. J'ai été appelé pour l'opération.

– La carotide ? Merde ! Il a survécu ?

Il répond d'un très léger signe négatif de la tête.

Aïe. D'où son attitude prostrée.

– Merde.

– Il avait deux enfants. Trente-neuf ans seulement.

Je m'appuie au comptoir et je pioche des céréales directement dans la boîte. Papa fait comme s'il s'en fichait.

– Comment il a...

– Accident de voiture.

Mon ventre fait un soubresaut. L'année dernière seulement, il nous a raconté, à Hailey et moi, que trois de ses meilleurs amis du lycée s'étaient tués dans un accident de la route, juste après leur diplôme. Mon père, qui était dans le véhicule aussi, a survécu. Il a quitté New York pour l'université californienne de Los Angeles, puis il a déménagé à Stanford pour la fac de médecine, où il a rencontré et épousé ma mère, qui avait abandonné la foi mormone – ce qui n'a pas soulevé l'enthousiasme de Bubbe, ma grand-mère, et du reste de la famille restée en Hongrie. Et comme il n'habite plus sur le lieu de son enfance, chaque fois qu'il revient dans l'État de New York, la perte de ses amis revient le frapper de plein fouet.

C'est l'un des seuls sujets sur lesquels lui et maman se sont disputés devant nous : maman était vraiment pour que j'aie ma propre voiture. Papa pensait que je pouvais me débrouiller sans. C'est maman qui a gagné. Le problème de Provo, c'est qu'il n'y a absolument rien à faire, nulle part. Du moins, à pied. Mais l'avantage, c'est que c'est vraiment pas dangereux : personne ne boit et tous les usagers de la route conduisent comme des octogénaires.

Mon père remarque seulement que je suis habillé et prêt à l'action.

– Pourquoi tu es levé aussi tôt ?

– Je vais travailler sur un projet avec un ami, dis-je, la bouche pleine de céréales.

– Qui ça ?

Zut, pourquoi j'ai dit « ami » ? J'aurais dû dire « quelqu'un de ma classe ».

– Sebastian. (Comme ça ne dit visiblement rien à papa, je précise.) C'est le tuteur de notre Séminaire.

– Le gamin qui publie son livre ?

Je ris.

– Oui, le gamin qui publie son livre.

– Il est mormon, non ?

– Comme tout le monde, non ?

Papa hausse les épaules et se remet à manger son porridge.

– Pas nous.

– Et on est quoi, nous ?

– Nous sommes des juifiens unitaristes libérés, proclame maman, qui débarque dans la pièce dans son pantalon de yoga, un chignon haut improvisé sur la tête.

Elle s'approche de papa pour l'embrasser longuement, et cette vision d'horreur me fait replonger dans ma boîte de céréales. Ensuite, elle se rue vers la cafetière.

En se servant une tasse, elle demande à papa :
– Paulie, tu es rentré quand ?
Il consulte la pendule d'un air absent.
– Il y a une demi-heure, à peu près.
Je résume pour maman :
– Carotide endommagée. Pas survécu.
– Tanner, gronde papa avec un air désapprobateur.
– Quoi ? Je résumais pour que tu n'aies pas à réexpliquer.
Maman retourne auprès de lui et lui prend le visage entre ses mains. Je n'entends pas ses paroles, mais même pour moi, le murmure de sa voix est réconfortant.
Dans un pyjama sombre, Hailey, rictus boudeur, arrive en traînant des pieds.
– Pourquoi vous faites autant de bruit ?
Rigolo qu'elle ait choisi le moment le plus silencieux pour débarquer avec cette récrimination.
– C'est le bruit que font les humains qui fonctionnent à plein régime, lui dis-je.
Elle me met un coup de poing dans le torse et essaie de convaincre maman de lui donner du café. Comme prévu, maman refuse et lui propose du jus d'orange.
– Le café, ça ralentit ta croissance, dis-je à ma sœur.
– C'est pour ça que t'as une toute petite...
– Tanner va rejoindre quelqu'un pour travailler, l'interrompt papa fort à propos. Quelqu'un qui s'appelle Sebastian.
– Ah ouais, le mec qu'il aime bien, fait Hailey.
Aussitôt, je sens mes entrailles s'agiter sous l'effet de la panique.
– N'importe quoi !
Elle m'envoie un regard très sceptique.
– S'tu l'dis.

Soudain plus réveillé, papa demande :

– Qu'il aime bien, comme « il s'intéresse à lui » ?

– Comme c'est quelqu'un de sympa qui peut m'aider à avoir une bonne note. C'est juste mon tuteur.

Papa me décoche un grand sourire, son rappel enthousiaste que même si je ne suis pas attiré par le mec en question, il-n'a-aucun-problème-avec-ma-sexualité. Il ne manque que le sticker pour voiture.

Hailey pose son verre de jus dans un bruit sourd.

– C'est juste ton tuteur, mais Autumn le décrit comme « supersexy » et tu remarques qu'il rougit tout le temps.

– Mais il t'aide juste pour écrire ton livre, hein ? intervient maman.

Je m'empresse d'acquiescer. N'importe qui croirait que ma mère stresse du fait que ce soit un garçon, mais le problème, c'est qu'il est mormon.

– D'accord, articule-t-elle comme si on venait de conclure un marché. Bien.

Un incendie se déclenche dans mon estomac, à entendre l'inquiétude dans sa voix, qui me vrille de l'intérieur. Je pique le verre de Hailey et je finis son jus d'orange pour éteindre les flammes. Elle regarde vers maman pour que justice soit faite, mais mes parents sont en pleine communication parentale silencieuse.

– Je me demande s'il est possible pour quelqu'un de super-mormon d'être pote avec quelqu'un de super-pas-mormon, dis-je.

– Donc, tu vois ça comme un genre d'expérience ? m'interroge papa d'un ton méfiant.

– Ouais, un peu.

– OK, mais ne joue pas avec lui, m'avertit maman.

Je gémis. Ça devient lourd, là.

– Oh, arrêtez, dis-je en allant prendre mon sac de cours à l'autre bout de la pièce. C'est pour le lycée. On va juste parler de mon plan.

On va juste parler de mon plan.

On va juste parler de mon plan.

On va juste parler de mon plan.

J'écris cette phrase environ dix-sept fois dans mon cahier en attendant l'arrivée de Sebastian à notre lieu de rendez-vous : l'alcôve des écrivains à la bibliothèque municipale de Provo.

Quand il m'a écrit son adresse mail de son écriture parfaite, je suis sûr qu'il s'attendait à ce que je lui propose qu'on se retrouve au milk-bar (surtout pas au Starbucks, hein). Mais l'idée d'être vu avec lui par n'importe qui du lycée me mettait trop mal à l'aise. Je n'en suis pas fier, mais si quelqu'un me voyait et s'imaginait que je vais me convertir ? Si quelqu'un *le* voyait et se demandait ce qu'il fait avec quelqu'un qui ne partage pas sa foi ? Et si c'était Dave dingue-de-foot, qu'il avait remarqué que je suivais Sebastian du regard en classe ? Si l'évêque se renseignait sur moi auprès de contacts à Palo Alto et apprenait que j'aime aussi les garçons ? Qu'il en parlait à Sebastian, qui en parlerait à tout le monde ?

Clairement, je réfléchis trop.

On va juste parler de mon plan.

On va juste parler de mon plan.

On va juste parler de mon plan.

En entendant des bruits de pas monter l'escalier derrière moi, j'ai juste le temps de me lever et de faire tomber mon cahier, et Sebastian est là. Il ressemble à une pub pour la Patagonie, avec sa doudoune bleue, son pantalon gris et ses chaussures de rando.

Il sourit. Son visage est rosi par le froid, mais je prends comme un coup en pleine poitrine d'aimer autant le regarder.

Pas bon. Pas bon du tout.

– Salut, me dit-il, légèrement essoufflé. Désolé pour les quelques minutes de retard. Ma sœur a reçu une énorme maison de Barbie pour son anniversaire et j'ai dû aider mon père à la monter avant de partir. Il y a, genre, un million de pièces.

– Pas de souci.

Je commence à lui tendre la main, puis je la retire parce que, merde, qu'est-ce que je fais ?

Sebastian remarque et recule aussi la main.

– Fais comme si t'avais rien vu, dis-je.

Il rit, perplexe mais amusé.

– On dirait que c'est ton premier jour avec un nouveau bras.

Oh, putain, c'est une cata. On est juste deux mecs qui se retrouvent pour du boulot. Des potes. Les potes ne stressent pas. *Sois un pote, Tanner.*

– Merci de venir m'aider.

Il hoche simplement la tête et se penche pour ramasser mon cahier. Je le lui arrache vite avant qu'il puisse lire. Il évite mon regard et préfère balader le sien sur la pièce vide.

– C'est ici ? demande-t-il.

J'acquiesce et il me suit en se penchant pour regarder par la fenêtre. Des nuages de neige planent au-dessus de la chaîne des Wasatch en une brume épaisse, comme des fantômes sur notre ville tranquille.

– Tu sais ce qui est bizarre? dit Sebastian sans se tourner vers moi.

J'essaie de ne pas remarquer le rayon qui illumine le côté de son visage.

– Quoi ?

– Je ne suis jamais monté ici. J'ai regardé dans les rayonnages, mais je n'ai même jamais fait le tour de la bibliothèque.

Ça me démange de répondre : « C'est parce que tout ce que tu fais en dehors de ta scolarité, ça se passe à l'église. » Mais je ravale mes pensées. Il est venu pour m'aider.

– Elle a quel âge, ta sœur ?

Il cille et me sourit à nouveau. Il a le sourire tellement facile, tellement constant.

– Celle qui a une maison Barbie ?

– Oui.

– Faith a dix ans.

Il fait un pas vers moi, puis un autre, et d'une voix inconnue, mon cœur me crie OUI, VIENS, mais alors, je me rends compte qu'il me fait signe qu'on devrait se mettre à travailler.

Un pote, Tanner.

Je me retourne et nous nous installons à la table que j'ai réservée... même si ce n'était pas très utile. Il n'y a personne à la bibliothèque à neuf heures un samedi matin.

Sa chaise racle par terre dans un bruit discordant, il rit en s'excusant à voix basse. Tout proche de lui, je hume son odeur et c'est un peu comme une drogue.

– Mais tu as d'autres frères et sœurs ?

Il m'envoie un regard en coin et je suis tenté de m'expliquer : je n'exprimais pas de préjugé désagréable sur la taille des familles religieuses : je sais que Lizzy a des cours en commun avec Hailey.

– Mon autre sœur, Lizzy, a quinze ans. Ensuite, j'ai un frère, Aaron, qui a treize ans.

– Lizzy est aussi à Provo High, c'est ça ?

– En seconde.

Je l'ai croisée et Hailey n'a pas tort : Lizzy sourit tout le temps, et aide souvent le personnel de la cantine au moment de sa pause déjeuner. Elle est si joyeuse qu'elle en vibre presque.

– Elle a l'air gentille.

– Elle l'est. Faith est très mignonne aussi. Aaron, bon, il aime tester les limites. Mais c'est une bonne personne.

Je hoche la tête sans rien dire, Tanner Scott, gros neuneu maladroit jusqu'au bout. Sebastian se tourne vers moi. Je peux sentir son sourire.

– Et toi, des frères et sœurs ?

Tu vois, Tanner ? C'est comme ça qu'on fait. On fait la conversation.

– Une sœur. Hailey. Elle a des cours en commun avec Lizzy, je pense. Elle a seize ans et c'est le démon incarné. (Puis je me rends compte de ce que j'ai dit.) Oh, mon Dieu, j'aurais pas dû dire ça. Argh, ça non plus.

Sebastian gémit :

– Je vais devoir arrêter de te parler.

Je sens mon expression se faire dédaigneuse. Trop tard, je viens de comprendre qu'il blague. Et maintenant, il ne sourit plus non plus.

– Pardon, me dit-il en relevant un coin de la bouche. Je rigolais.

Il ne paraît pas mal à l'aise. Un brin amusé, même.

La honte me saisit et j'ai du mal à retrouver mon sourire assuré, celui qui m'obtient toujours ce que je veux.

– Vas-y mollo avec moi. J'apprends encore à parler le mormon.

À mon grand soulagement, Sebastian rit franchement.

– Je te ferai la traduction.

Là-dessus, il regarde les quelques pauvres lettres affichées à l'écran de mon ordi :

Un ado queer, moitié juif, moitié rien, déménage dans une ville infestée de mormons. Il n'attend qu'une chose : partir.

Je le sens se figer à côté de moi et je me rends compte de mon erreur : je n'avais pas encore changé ma formulation. Mon cœur tombe dans ma poitrine.

Ça ne me dérange pas qu'il sache que je suis impatient de partir. Même l'expression « infestée de mormons », je ne m'en sens pas coupable ; je devrais peut-être. Mais ce sont des détails par rapport au fait que j'ai oublié de supprimer le mot *queer.*

Personne ici n'est au courant.

J'essaie discrètement de jauger sa réaction. Il a les joues roses et ses yeux vont et viennent sur les mots.

J'ouvre la bouche pour parler – m'expliquer – juste au moment où il demande :

– Donc, c'est le thème général, c'est ça ? Tu vas écrire à propos de quelqu'un qui est homosexuel et qui vit à Provo ?

Le soulagement envahit mes veines. Mais bien sûr, il ne part pas du principe que c'est une autobiographie.

J'opine du chef avec vigueur.

– Je me disais qu'il serait bisexuel, mais oui.

– Et il vient d'arriver...

Je hoche encore la tête, et puis je me rends compte qu'il y a quelque chose de lourd dans son ton, une compréhension. Si jamais il a pris le moindre renseignement sur Tanner Scott, il est au courant que j'ai emménagé ici pendant le lycée et que mon père est un médecin juif à l'hôpital de Utah Valley.

Il sait peut-être même aussi que ma mère a été excommuniée.

Quand il croise mon regard, il me sourit. Il a l'air de maîtriser très prudemment ses réactions. Je vois qu'il a pigé.

– Personne n'est au courant.

Il secoue la tête, juste une fois.

– Pas de problème, Tanner.

– Je veux dire, personne. (Je me passe une main sur la figure.) Je voulais supprimer ce mot. C'est en partie pour cette raison que j'arrive pas à avancer. Je n'arrête pas de rendre le personnage principal bi, et je vois pas comment j'écrirais ce livre pour ce cours-là. Je ne pense pas que Fujita l'accepterait, et mes parents non plus.

Sebastian s'approche de moi pour me regarder dans les yeux.

– Tanner, tu devrais écrire le livre que tu as envie d'écrire.

– Ma famille m'interdit formellement d'en parler ici, à moins que je sois en totale confiance.

Je n'en ai même pas parlé à ma meilleure amie, et là, en deux secondes, je déballe tout à la personne avec qui je devrais sans doute le moins partager ce secret.

Lentement, la surprise se peint sur son visage.

– Ta famille est au courant ?

– Oui, oui.

– Et ça ne crée pas de problème ?

– Ma mère témoigne même son soutien de manière... excessive, pour tout dire.

Après un temps de silence, il se retourne vers l'ordi.

– Je pense que c'est une très bonne idée de coucher ça sur le papier, dit-il doucement en levant l'index vers l'écran. Il y a beaucoup de choses, en seulement deux phrases. Beaucoup de cœur, et de cœur brisé. (Ses yeux se posent de nouveau sur les miens. C'est un mélange hallucinant de vert, de brun et de jaune.) Je ne sais pas trop quelle aide je pourrai t'apporter sur ce sujet en particulier, mais je veux bien qu'on en discute.

Je reçois la dissonance de ces paroles et je fronce le nez.

– Tu m'aiderais autant si j'écrivais sur des dragons ou des zombies, non ?

– Tu n'as pas tort.

Son rire est en train de devenir le son que je préfère au monde.

Il me faut encore une vingtaine de minutes pour que mon rythme cardiaque revienne à la normale, mais dans ce laps de temps là, Sebastian parle. Comme s'il percevait mon état de panique, comme s'il cherchait à me rassurer, il égrène des mots à une cadence tranquille, hypnotique.

Il me dit que ce n'est pas grave d'en être encore au stade de l'idée, et qu'autant qu'il sache, tous les livres commencent ainsi : une phrase, une image, un bout de dialogue. Ce que je dois décider, c'est qui est le protagoniste, à quel conflit il est en proie.

– Focalise-toi sur deux aspects forts de sa personnalité, dit-il en levant un doigt. Il est anti-mormon et...

Son deuxième doigt reste en l'air, sans étiquette. Je termine pour lui :

– Il aime aussi les garçons.

– Voilà. (Il déglutit et replie ses doigts.) Est-ce qu'il déteste tous les mormons et prévoit de s'échapper pour que finalement, ses parents se convertissent et le désavouent une fois qu'il s'en va ?

– Non... La famille va plutôt le soutenir, je pense.

Apparemment, il n'a pas pris tant de renseignements sur moi.

Sebastian réfléchit :

– Est-ce qu'il déteste l'Église de Jésus-Christ des saints des derniers jours, et qu'il quitte l'Utah, mais se fait embrigader par une autre religion « sectaire » ?

Je le dévisage, bluffé par sa capacité à voir sa foi avec les yeux d'un non-croyant, d'une manière aussi détachée.

– Pourquoi pas ? dis-je. Mais je ne pensais pas diaboliser la religion mormone non plus.

Sebastian croise mon regard avant de vite détourner les yeux.

– Quel rôle joue sa bisexualité dans le roman ?

C'est la première fois depuis le début qu'il vacille. La rougeur s'étend en une carte thermique sur son visage.

J'ai envie de lui répondre : *J'aimerais bien savoir si je pourrais te plaire un jour, si quelqu'un comme toi pourrait être ami avec quelqu'un comme moi.*

Mais il est là, déjà généreux et sincère avec « quelqu'un comme moi ». Je m'attendais à ce qu'il vienne et soit un bon tuteur, qu'il réponde à quelques questions et me mette sur les rails pendant que je le reluquais. Je ne m'attendais pas à ce qu'il me pose des questions sur moi ou qu'il soit si compréhensif. Je ne m'attendais pas à ce qu'il me plaise vraiment. Maintenant, le conflit paraît évident, ce qui comprime en moi une boule d'anxiété, parce qu'il y a encore plus effrayant sur quoi écrire.

– Réfléchis-y, me dit-il avec douceur, tout en actionnant régulièrement une pince à papier. Il y a tellement d'histoires possibles, et là-dedans, une grande partie dépend de son parcours, de sa découverte. Il commence en étant malheureux d'être là, en se sentant étouffé par la ville. Trouve-t-il la liberté en restant ou en partant ? Trouve-t-il quelque chose qui le fait changer d'avis ?

Je hoche la tête en regardant mon écran, je ne peux pas affronter son regard. J'ai le sang qui bout de la chaleur de ma fascination.

Dehors, il commence à neiger. Heureusement, on va s'installer dans des fauteuils près de la fenêtre pour contempler le paysage, et on laisse de côté le sujet du bouquin cinq minutes. Sebastian est né ici, à quelques kilomètres sur la même route. Son père est avocat fiscaliste, appelé à servir comme évêque il y a deux ans. Sa mère était dans la finance à Vivint avant sa naissance. Elle est maintenant mère à plein temps et femme de l'évêque, ce qui la rend en quelque sorte mère de leur paroisse. Elle aime ça, me dit-il, mais ça signifie que lui et Lizzy doivent s'occuper davantage de Faith et Aaron. Il joue au foot et au base-ball depuis ses six ans. Son groupe préféré est Bon Iver. Il joue du piano et de la guitare.

Je lui donne quelques détails sans conséquence : ma naissance à Palo Alto, le métier de mes parents. Ma mère se sent coupable de ne pas être là plus souvent, mais dans l'ensemble, je suis hyperfier d'elle. Mon groupe préféré, c'est Nick Cave and the Bad Seeds, mais je n'ai aucun talent musical.

On ne revient pas sur ma sexualité, pourtant je sens le sujet bien présent, comme une troisième personne dans la pièce, assise dans un coin sombre, en train d'écouter notre conversation.

Entre nous, le silence s'étire tandis que nous observons le trottoir gris gelé juste sous la fenêtre, qui se recouvre de blanc. De la vapeur s'élève de la surface d'une grille, sur le bord, et dans un soubresaut étrange et frénétique de mon cœur, j'ai envie d'en savoir plus sur lui. Qui il a aimé, ce qu'il déteste, si c'est possible qu'il s'intéresse aux mecs.

– Tu ne m'as pas parlé de mon livre, dit enfin Sebastian.

Il fait référence au sien.

– Oh mince. Pardon. Je voulais pas être impoli.

– Ce n'est pas impoli, me dit-il en s'orientant face à moi et en me souriant comme si on connaissait le même secret exaspérant. C'est juste ce que tout le monde fait.

– Je trouve ça cool, dis-je en plongeant les mains dans mes poches avant de m'étirer dans mon fauteuil. Je veux dire, c'est génial, bien sûr. Tu imagines, ton livre sera ici, dans cette bibliothèque.

– Ah, peut-être, fait-il, surpris.

– Tu dois en avoir marre qu'on t'en parle.

– Un peu, avoue-t-il avec un petit haussement d'épaules.

Il me sourit, l'air de dire que ça lui plaît que je n'aie pas évoqué ce sujet, que je ne l'aie pas fait venir pour vivre par procuration sa mini-célébrité de petite ville.

– Mais j'aurais du mal à m'en plaindre, parce que je réalise combien je suis béni.

– Oui, bien sûr.

– Je me suis toujours demandé ce que ça faisait de débarquer ici quand on n'a pas été élevé au sein de notre Église, dit-il de but en blanc. Tu avais quinze ans quand tu as déménagé ?

– C'est ça.

– C'était dur ?

Il me faut une seconde pour trouver quoi répondre. Sebastian sait de moi quelque chose que personne d'autre ne sait, et ça me met mal à l'aise. Il a l'air sympa, mais tout sympa qu'on soit, connaître des infos, c'est détenir un pouvoir.

– Provo peut être étouffant.

Sebastian acquiesce et se penche pour mieux voir par la fenêtre.

– On a l'impression que la religion est partout. Je m'en rends bien compte moi aussi. Comme si elle imprégnait chaque petit détail de ma vie.

– Tu m'étonnes.

– Je comprends que de l'extérieur, ça puisse paraître suffocant, mais l'Église peut faire aussi beaucoup de bien.

Je comprends soudain l'intérêt pour lui de cette séance de tutorat. Voilà pourquoi il a accepté de venir. Il me recrute. Maintenant, il sait tout de moi, raison de plus pour essayer de me sauver.

– Je sais qu'elle accomplit de bonnes actions, je réponds prudemment. Mes parents... connaissent bien. C'est difficile de vivre ici et de ne pas voir à la fois le bon et le mauvais de ce que fait la religion mormone.

– Ouais, fait vaguement Sebastian sans me regarder. Je vois ça.

– Sebastian ?

– Oui ?

– Je... voulais juste que tu saches, au cas où... (Je m'arrête et grimace en sentant que je détourne le regard.) Je ne t'ai pas demandé de m'aider pour me convertir.

Quand je repose les yeux sur lui, les siens sont grands ouverts.

– Pardon ?

Je regarde de nouveau de côté.

– Je t'ai peut-être donné l'impression que je voulais passer du temps avec toi parce que je me pose des questions sur moi, ou que j'avais envie de me joindre à vous. Je ne me questionne pas. Je t'aime bien, mais je ne suis pas là pour me convertir.

Le vent siffle derrière la vitre. Il fait très frais, aussi près. Sebastian me dévisage, sans expression.

– Je ne m'imaginais pas que tu voulais te convertir. (Il a rougi. *C'est le froid. Le froid. Pas ce que tu viens de dire, Tanner.*) Je ne croyais pas que c'était pour ça que... (Il secoue la tête.) Ne t'en fais pas. Je n'essaierai pas de te vanter notre Église. Pas après ce que tu viens de me confier.

D'une voix inhabituellement timide, je demande :

– Tu n'en parleras à personne ?

– Sûrement pas, répond-il aussitôt. (Il garde les yeux à terre, bouge la mâchoire sans que je puisse savoir pourquoi il hésite. Enfin, il attrape quelque chose dans sa poche.) Je... Tiens.

D'un geste presque impulsif, il me tend un petit bout de papier. Il est chaud, comme s'il était resté un moment dans sa main.

Je le déroule et reste fixé sur les dix chiffres qu'il y a inscrits. Son numéro.

Il a dû l'écrire tout à l'heure, peut-être même avant de partir de chez lui, et le garder dans sa poche pour me le donner.

Est-ce qu'il se rend compte que c'est comme me passer une grenade ? Je pourrais tout faire exploser avec ça, notamment son téléphone. Je n'ai jamais été du genre à envoyer des textos en rafale, mais là...

vu comme je me sens obligé de suivre le moindre de ses mouvements quand il est dans la classe, c'est comme si j'étais possédé par le démon. Savoir que je peux le contacter à n'importe quel moment, c'est une torture.

– Je suis pas... (Il s'arrête et regarde derrière moi.) Tu peux m'envoyer des SMS ou m'appeler. Comme tu veux. N'importe quand. Pour parler de ton plan si tu as besoin.

Ma poitrine est contractée à en avoir mal.

– Ouais, super. (Je serre les paupières. J'ai l'impression qu'il va s'enfuir, et le besoin de prononcer les mots me met la pression.) Merci.

Il se lève.

– Pas de quoi. N'hésite pas.

– Sebastian ?

– Oui ?

Nos yeux se rencontrent, et je n'arrive pas à croire ce que je vais dire.

– Je veux bien qu'on se retrouve une autre fois, oui.

Ses joues se colorent de nouveau. Fait-il la bonne traduction dans sa tête ? Et d'abord, qu'est-ce que je lui dis ? Il sait que j'aime les mecs, donc il doit comprendre que je ne parle pas que du livre. Il scrute mon visage, passe de mon front à ma bouche, mon menton, mes yeux, encore ma bouche, puis détourne complètement le regard.

– Je vais devoir y aller.

Je suis un paquet de nerfs. Dans ma tête, une cacophonie de voix me crie quoi faire.

Précise que c'était juste pour le cours !

Parle du livre !

Excuse-toi !

Au contraire, fonce et dis-lui que tu as des sentiments !

Mais je me contente de faire un signe de tête en le regardant sourire d'un air contraint, trotter vers l'escalier et disparaître au détour d'un virage de chêne bien ciré.

Je retourne à mon ordi, j'ouvre un document vierge et j'étale tout ça sur les pages.

6

Tiens, voilà mon numéro.
Au fait, c'est Tanenr.
Euh, Tanner, je veux dire.
J'arrive pas à croire que je viens de faire une faute à mon propre nom.

Ha ha ! J'entre ton nom comme ça dans mes contacts.
Sebatsian
(Tu vois, moi aussi.)

Je souris en regardant mon téléphone pendant les vingt minutes suivantes, et je relis encore et encore notre échange. L'appareil est collé à ma paume. Mes parents se demandent ce que je fais, je le vois à leur air inquiet à la table du dîner.

– Repose ton téléphone, Tann, me demande papa.

– Pardon, dis-je en le déposant face contre table.

– À qui tu envoies des messages ? s'informe maman.

Je sais que ça ne va pas leur plaire, mais je ne veux pas mentir.

– Sebastian.

– Le tuteur ?

– Vas-y, lis, dis-je en lui passant mon téléphone. De toute façon, tu pourrais t'y prendre autrement, non ?

À contrecœur, elle prend l'appareil avec l'air de s'attendre à voir beaucoup plus. Elle se détend en découvrant les mots sans arrière-pensée.

– C'est mignon, mais, Tanner...

Elle ne termine pas et cherche du regard le soutien de mon père. Peut-être ne se trouve-t-elle pas hypercrédible avec son tablier arc-en-ciel floqué du mot PRIDE.

Papa prend le téléphone et son visage se relaxe quand il lit, mais ensuite, un nuage passe dans son expression.

– Vous vous fréquentez ?

Hailey pouffe.

– Non, dis-je sans faire attention à elle. Putain, vous exagérez. Il m'aide pour le Séminaire.

Un silence sceptique et étouffant tombe sur la table.

Maman ne peut s'empêcher de demander :

– Il est au courant que tu... ?

– Que je me transforme en troll au coucher du soleil ? Je crois pas, non.

– Tanner, reprend-elle d'une voix douce. Tu sais ce que je veux dire.

Je sais. Malheureusement.

– Bon, calmez-vous. C'est pas comme si j'avais des cornes sur le front.

– Chéri, dit maman, horrifiée. Tu fais exprès de mal interpréter...

Devant papa, mon téléphone vibre et il le prend.

– Encore Sebastian.

Je tends la main.
– S'il te plaît ?
Il me le rend, non sans froncer les sourcils.

Je ne serai pas au cours cette semaine. ☹
Je voulais juste t'avertir.

C'est comme si ma poitrine s'ouvrait en deux, si une faille se formait au milieu, et elle se bat avec le soleil qui commence à y briller parce que Sebastian a pensé à m'avertir.

Tout va bien ?

Oui. Je dois juste aller à NY.

C'est vrai ? On s'envoie des textos comme ça, maintenant ?

Wah, la classe.

Ha ha ! Je parie que j'aurai l'air perdu 100% du temps.

Tu pars quand ?

Maman pousse un soupir bruyant.
– Tanner, tu vas arrêter le téléphone à table ?
Je m'excuse à voix basse et je pose mon portable sur le comptoir de la cuisine avant de revenir à ma chaise. Mes deux parents sont en mode silence accusateur, et un coup d'œil à ma sœur m'apprend qu'elle s'éclate à me voir me faire engueuler, pour une fois.

Au milieu des raclements des couverts sur les assiettes et du tintement des glaçons dans les verres d'eau, une idée pèse lourd et la gêne qui en résulte me noue l'estomac. Mes parents savent qu'il m'est arrivé de craquer sur des garçons avant, mais jusqu'ici, mes préférences n'avaient jamais eu de réalité pour eux. Maintenant, il y a un mec, qui a un nom et un numéro de téléphone. On a tous été cool à ce sujet, mais je me rends compte, assis à cette table silencieuse, qu'il existe des degrés à leur acceptation. C'est peut-être facile pour eux d'être « cool à ce sujet » alors qu'en gros, ils m'ont interdit de voir des mecs à Provo. Est-ce que je serai autorisé à flasher sur des mecs seulement une fois que j'aurai terminé le lycée, et parmi une sélection parentale de garçons intelligents, progressistes et non-mormons ?

Papa se racle la gorge, signe qu'il cherche ses mots, et on le regarde en espérant qu'ils vont sortir. J'imagine qu'il va formuler ce que l'on attend tous, mais en fait, il part en terrain sûr :

– Alors, racontez-nous un peu vos cours du deuxième semestre.

Hailey se lance dans une redite de l'injustice d'être en seconde : elle est naine avec un casier en hauteur, les odeurs du vestiaire des filles sont ignobles, les mecs, tous chiants. Nos parents écoutent en affichant un sourire patient avant de se concentrer sur ce qui leur importe vraiment : maman s'assure qu'elle est réglo avec ses amis. Papa s'inquiète surtout qu'elle fasse péter les scores dans toutes les matières. Je décroche pendant qu'elle se vante de ses résultats en chimie. Avoir mon téléphone à moins de trois mètres, ça veut dire que j'ai les neuf dixièmes de mon cerveau occupés à me demander si Sebastian a répondu et si je pourrai le voir avant qu'il parte.

Je suis sur des charbons ardents.

Pour être honnête, les repas en famille sont assez spéciaux dans tous les cas. Papa vient d'une énorme famille de femmes dont la satisfaction principale dans la vie est de s'occuper de leur mari et de leurs enfants. C'était également vrai au foyer mormon de ma mère, mais chez mon père, c'est centré sur la bouffe. Les femmes ne se contentent pas de faire à manger : elles cuisinent. Quand Bubbe vient nous voir, elle remplit notre congélateur de plats traditionnels, style bœuf braisé ou boulettes *kugel,* histoire qu'on en ait pour des mois, et elle fait des réflexions globalement bien intentionnées sur le fait que ses petits-enfants survivent en se nourrissant principalement de sandwichs. Avec le temps, elle a surmonté sa déception que mon père n'ait pas épousé une femme juive, mais elle a toujours du mal avec les horaires surchargés de maman et notre consommation de fast-food et de surgelés.

Même remontée contre la religion comme elle l'est, ma mère a aussi été élevée dans une culture où les femmes sont les fées du logis. Pour elle, ne pas nous préparer tous les jours notre repas pour le lycée ou ne pas être à l'asso des parents d'élèves, c'est un cri de ralliement féministe.

Même ma tante Emily culpabilise parfois de ne pas plus se focaliser sur son intérieur. Mon père, tout progressiste qu'il se considère, reste accroché à certaines visions traditionnelles, dont l'épouse qui cuisine. Bref, le compromis de maman a été de laisser Bubbe lui apprendre à préparer certains plats, et elle cuisine d'énormes quantités le dimanche pour que ça nous dure la semaine. Choix contestable, mais Hailey et moi, on s'en fiche un peu. Papa, c'est une autre histoire : il est difficile.

Maman surveille la vitesse à laquelle il vide son assiette : plus il avale vite, moins il apprécie. Ce soir, c'est tout juste si on le voit mâcher. Maman, naturellement souriante, a les coins de la bouche qui retombent.

Les observer me distrait un peu, mais tout juste.

Je jette un regard vers mon portable. Comme je l'ai posé écran vers le haut, je peux épier si un message arrive... Et l'écran s'allume. J'engouffre ma soupe aux boulettes de matzo en me brûlant la langue, jusqu'à ce que j'aie tout englouti, puis je m'excuse en me relevant avant qu'un des deux puisse protester.

– Tanner, me gronde doucement papa.

– J'ai des devoirs.

Je rince mon bol et le mets au lave-vaisselle. Il me suit des yeux avec un air entendu, parce qu'il sait que je lui ai servi la seule excuse incontestable. Comme je m'apprête à sortir, Hailey me crie :

– C'est ton tour de vaisselle !

– Non. J'ai fait la salle de bains à ta place le week-end dernier.

Ses yeux m'envoient des éclairs.

– Moi aussi, je t'adore, petit chat.

Je file en haut et plonge dans mes textos.

Mon cœur fait des spasmes. Cinq.

Cinq !

Je pars mercredi après-midi.

J'ai un rendez-vous avec le directeur de collection et mon éditrice jeudi.

Je n'ai pas encore rencontré l'éditrice. J'avoue, je stresse.

Je dois te déranger pendant ton dîner avec ta famille.

Désolé, Tanner.

Je réponds, les doigts frénétiques :

Tkt, dsl, mes parents m'avaient confisqué
mon téléphone.
Trop content pour toi.

Je tape ce qui me vient en retenant mon souffle bien fort dans mes poumons, et j'appuie vite sur « envoyer » :

J'espère que ton voyage sera génial,
mais ça me manquera de ne pas te voir en cours.

J'attends une minute qu'il réponde.

Cinq.

Dix.

Il n'est pas débile. Il sait que je suis bi. Il comprend forcément qu'il me plaît.

Je me change les idées en faisant défiler le Snapchat d'Autumn. Ses pieds emmitouflés dans ses chaussons. Un évier débordant de vaisselle sale. Un gros plan sur son visage contrarié avec, en légende, « humeur du moment ». Enfin, je lâche mon portable et j'allume mon ordi.

Il faut que je sache à qui j'ai affaire. Pendant mon enfance en Californie, je savais que ma famille maternelle était mormone, mais à la façon dont en parlait maman – les rares fois où elle abordait le sujet –, j'avais plutôt l'impression qu'il s'agissait d'une secte cheloue. Ce n'est qu'en débarquant ici que je me suis rendu compte que je ne connaissais rien d'autre à ce sujet que des clichés. J'ai été surpris d'apprendre que, même si l'Église n'est pas forcément d'accord, les SDJ se considèrent comme chrétiens. Une énorme partie de leur temps libre est consacrée à aider les autres. N'empêche, encore aujourd'hui, à part les règles sur l'abstinence côté caféine, alcool, jurons et sexe, la religion mormone est pour moi un magma flou de bondieuseries.

Comme d'hab, Google est mon ami.

Mes blagues sur les pyjamas Jésus sont un peu exagérées, n'empêche qu'il existe réellement des sous-vêtements appropriés. Question de pudeur. C'est un rappel physique des alliances contractées avec Dieu. D'ailleurs, le mot « alliance » est partout. L'Église semble avoir son langage propre.

Au sein du groupe, il n'y a que des hommes dans la hiérarchie. Là-dessus, maman a carrément raison : les femmes se font complètement avoir. OK, ce sont elles qui accouchent – ce qui, selon eux, fait partie intégrante des desseins du Seigneur – et elles peuvent partir en mission si elles le choisissent, mais elles ne détiennent pas beaucoup de pouvoir. Elles ne peuvent pas prendre de décisions qui influent sur la politique officielle de l'Église.

Ce qui me préoccupe le plus en ce moment (en dehors des sous-vêtements de Sebastian), c'est LE truc qui irrite le plus ma mère : l'historique atroce de l'Église SDJ au sujet des gays.

L'Église condamne désormais la thérapie de conversion, mais ça ne signifie pas qu'elle n'a pas existé ni bousillé des tas de vies. D'après ce que maman m'a raconté, voici la situation : si un mormon avouait son homosexualité à sa famille, celle-ci l'envoyait vite quelque part pour le « guérir ». Un internement qui impliquait des électrochocs. Parfois, on s'en tenait aux médicaments, mais la technique n'était pas moins violente : faire vomir quelqu'un pendant qu'il regardait des films érotiques entre personnes du même sexe. D'après Internet, dans des versions plus « bénignes », les gays avaient droit à un conditionnement à la honte, une rééducation aux comportements masculins et féminins, à l'hypnose et à un truc appelé le reconditionnement par l'orgasme, et là… au secours !

Quand ma tante Emily a annoncé qu'elle était lesbienne il y a vingt-huit ans, ses parents lui ont proposé le choix entre la thérapie de conversion et l'excommunication.

De nos jours, la position de l'Église mormone sur les LGBT est tout sauf claire. D'après toutes les déclarations qu'on peut trouver sur la question, les relations sexuelles ne peuvent se produire qu'entre un mari et son épouse. Mais bizarrement, l'Église établit une distinction entre l'attirance envers le même sexe et le « comportement homosexuel ». Pour résumer, si un garçon se sent attiré par d'autres mecs, on fera comme si de rien n'était. S'il y a bisou, c'est le mal.

Donc, un mormon gay doit faire profil bas, être malheureux et insatisfait toute sa vie au nom de Dieu. Mais attention, l'ironie, c'est qu'officiellement tout le monde mérite d'être traité avec amour et respect. Il est dit que les familles ne doivent jamais, au grand jamais, exclure ceux qui choisissent un mode de vie différent. En même temps, elles doivent toujours rappeler à ceux qui choisissent une autre route les conséquences éternelles de leurs choix.

Et, bien entendu, tout le monde ici connaît le grand chamboulement qu'on a vu aux infos il y a quelques années : une modif dans le guide a décrété que les gens ayant épousé une personne de même sexe étaient des apostats (c'est-à-dire des personnes ayant renoncé à leur foi, merci Google). Les enfants vivant dans ces foyers n'ont pas le droit de participer à des activités de l'Église mormone avant d'être assez âgés pour renoncer à la pratique de l'homosexualité et se convertir.

En résumé : amour et respect, mais seulement si vous voulez bien vous plier à leurs règles. Sinon, vous êtes exclus, point final.

Voyez ce que je veux dire ? Tout sauf clair.

Quelque part sur mon lit, mon téléphone vibre. Comme je suis seul dans ma chambre, personne ne peut me voir plonger littéralement dans les plis de ma couette pour le récupérer.

Je suis à la fac toute la journée demain.
Et ça me manquera aussi de ne pas te voir.

Il se passe quelque chose entre nous. Il y a un truc depuis le moment où nos yeux se sont rencontrés, le premier jour du semestre.

Je veux le voir avant qu'il quitte la ville. Je me fiche de ce que dira maman. Je me fiche de ce que dit la doctrine.

Après tout, ce ne sont pas mes croyances.

En principe, on ne peut pas sortir de l'enceinte du lycée pendant la pause déjeuner, mais c'est une règle officielle que personne ne suit. Le domaine de l'établissement est entouré de fast-foods. Les trois quarts du temps, on sort pour s'acheter à manger.

Je sais que Sebastian a choisi littérature en discipline majeure (pas eu besoin d'une longue enquête pour le comprendre), mais je sais aussi, grâce à ce qu'il m'a confié à la bibliothèque, qu'il aime se réfugier au Centre des Beaux-Arts pour être au calme.

Je passe donc chez Panda Express acheter deux menus.

Avant de déménager dans l'Utah, j'entendais des ragots de gens qui n'ont jamais fait partie de l'Église mormone. *Ils marient leurs filles quand elles ont douze ans ! Ils sont polygames !*

C'est faux, la polygamie est interdite depuis 1890. Avant d'arriver, je m'attendais à ce que les ados ressemblent à n'importe quel jeune que je croisais dans les rues de Palo Alto. Le truc dingue, c'est que non. Vraiment pas. Ils sont très-très propres, leurs fringues sont très-très décentes et ils sont très-très bien apprêtés.

Je baisse les yeux sur mon tee-shirt Social Distortion passé sur un autre haut bleu à manches longues et mon jean en plus ou moins bon état. Sur le campus de l'université Brigham Young, je ne pourrais pas me sentir plus à part si je mettais un déguisement de poulet violet et que je faisais du moonwalk sur la pelouse. Le semestre n'est pas très avancé et il y a un genre de programme pour les jeunes devant le plus gros foyer des étudiants. Beaucoup de jupes longues et de chemisiers boutonnés jusqu'au col, de cheveux coupés bien droit et de sourires chaleureux.

Quelques mecs jouent au Frisbee. L'un d'eux le loupe et lâche placidement :

– Bon sang, fait suer !

Trois filles chantent en tapant dans les mains, comme à la maternelle.

La fac est exactement comme je l'imaginais, et sans doute exactement comme l'espéraient ses fondateurs, même cent quarante ans plus tard. Il suffit de traverser la rue depuis le lycée de Provo High, on a l'impression d'entrer dans un autre monde.

À l'intérieur du Centre des Beaux-Arts, c'est étonnamment sombre et calme. L'architecture moderne donne un ton plus « génie civil austère » que « bâtiment artistique », et les étages ouverts en rectangle donnent sur le rez-de-chaussée. Chaque son – mes pas sur le marbre, un murmure de voix qui arrive d'en haut – résonne dans tout le hall.

Sebastian n'est pas dans les fauteuils de l'accueil ni à un des petits bureaux qui parsèment le premier étage, et rétrospectivement, mon gros sac rempli de bouffe paraît un peu ridicule. La honte. Je me demande si mes mouvements sont suivis par des caméras, si des flics de la fac vont arriver, estimer que je ne suis pas à ma place et me raccompagner courtoisement à la limite du campus, me souhaiter bon voyage et promettre de prier pour moi.

Au bout de quelques minutes à arpenter la salle, je suis prêt à partir et avaler mes deux parts de nourriture vaguement asiatique, quand j'aperçois une paire d'Adidas rouges qui dépassent de sous un bureau. Je m'avance et déclare :

– J'ai une tonne d'aliments les moins sains du monde à partager.

Sebastian sursaute et, le temps qu'il se retourne, je souhaite déjà remonter le temps et ne jamais avoir improvisé cette tirade.

Au début de la terminale, une fille de première année m'a donné une enveloppe avant de s'enfuir, littéralement. Décontenancé, j'ai ouvert. Mes chaussures ont été recouvertes de paillettes et la lettre à l'intérieur, pleine d'autocollants et d'une écriture à grandes boucles, m'annonçait que nous étions sans doute des âmes sœurs. Je ne connaissais même pas son prénom avant de regarder sa signature : Paige, avec un autocollant cœur à paillettes pour former le point sur le i. Je crois que jusque-là, je n'avais jamais réalisé à quel point c'est jeune, quatorze ans.

Mais, alors que je suis planté là à attendre que Sebastian parle... d'un coup, je comprends Paige. Je suis un bébé niveau émotionnel. Et là, j'ai l'impression d'être un harceleur flippant. Ou complètement immature. *Mais qu'est-ce que je fous ?*

Lentement, il retire ses écouteurs.

J'en tomberais presque à la renverse de soulagement : ses joues rouges me disent tout ce que je veux savoir.

– Tanner ? Salut ! fait-il avec un sourire gigantesque.

– Salut, ben, je...

Avec avoir consulté l'horloge de son ordi, il énonce l'évidence :

– Tu es sorti du lycée.

– Comme tout le monde, non ?

– En fait, non.

Il me regarde de nouveau, légèrement perplexe.

– Je... t'ai apporté à manger, dis-je, les yeux sur mes sacs de nourriture. Mais maintenant, j'ai l'impression d'être un délinquant.

– Panda Express ?

– Ouais. Je sais, c'est dégueu.

– Totalement. Mais bon, puisque tu es là...

Il m'adresse un grand sourire, et je n'ai pas besoin d'invitation plus explicite.

J'ouvre le sac, dont je sors un pack de nouilles et un autre de poulet à l'orange.

– J'ai aussi des crevettes.

– Le poulet, c'est très bien. (Il l'ouvre, pousse un gémissement qui me fait me raidir tout entier.) Je meurs de faim. Merci, Tanner.

Vous voyez, ces moments tellement surréalistes que tu te demandes si tu es vraiment là ? Quand ce n'est pas une hyperbole, mais que, pendant une fraction de seconde, tu as l'impression de ne plus être dans ton corps ? C'est ce qui est en train de m'arriver. J'ai le vertige d'être ici avec lui.

– Mon père appelle ça du poulet sauce au gras, me dit Sebastian pendant que je m'assieds à côté de lui.

Je cille et fais des efforts pour reprendre le contrôle de mon cerveau et des battements de mon cœur.

– Si tu ne lui dis rien, je promets d'emporter le secret dans ma tombe.

Il rit.

– Il en mange au moins deux fois par semaine, donc t'en fais pas.

Je le regarde prendre une fourchette plutôt que des baguettes et parvenir à porter à sa bouche un tas de nouilles sans se graisser le menton. Il a un côté imperméable : toujours bien repassé, propre, comme il faut. Je m'interroge sur ce que je dégage. Je ne suis pas un gros crado, mais je n'ai pas ce caractère immaculé.

Il avale, et un million d'images érotiques se bousculent dans ma tête dans les dix secondes qui s'écoulent.

– Pourquoi tu es venu ici ? me demande-t-il.

Encore une manœuvre parfaite pour porter une fourchette de poulet à sa bouche.

Il cherche à me faire parler ? Ou il pense vraiment que je viendrais sur le campus de Brigham Young pour une autre raison que pour le voir ?

– J'étais de passage dans le coin. (Je prends une bouchée en souriant.) Je venais chanter et danser.

Ses yeux pétillent. Apparemment, ça ne le dérange pas que je ne sois pas mormon et encore moins que je me moque un peu de l'ambiance.

– Ah, cool.

Je regarde vers les fenêtres au bout du couloir.

– C'est un endroit plutôt festif.

Je me penche vers lui.

– J'ai même entendu quelqu'un dire : « Bon sang, fait suer. »

– Que pourrait-il dire d'autre ?

Il se fout encore de moi. Nos yeux s'accrochent. Les siens sont vert et jaune, pailletés d'éclats bruns. J'ai l'impression d'avoir sauté d'une falaise sans connaître la profondeur de l'eau.

Enfin, Sebastian cligne des paupières et regarde son poulet.

– Désolé pour mon départ un peu abrupt, l'autre jour.

– Pas grave.

Je crois qu'il ne va rien dire de plus sur le sujet, mais en fait, à la façon dont il n'arrive pas à relever les yeux vers moi, à la façon dont la rougeur s'étend sur ses joues, j'en apprends beaucoup.

C'est vrai, il se passe quelque chose entre nous. Oh, putain.

D'un étage en dessous, la voix grave d'un homme âgé résonne :

– Bonjour, frère Christensen.

En retour, le frère Christensen murmure une réponse polie qui monte vers nous et, à mesure qu'ils s'éloignent du hall, leurs voix prennent de la distance.

– Une seconde, dis-je en regardant Sebastian, dans une prise de conscience. Sebastian Brother. Ce qui veut dire que tu seras le frère Brother.

Il sourit d'un air ravi.

– Toute ma vie, j'ai attendu qu'on me fasse cette blague. Mais les gens à l'église sont trop gentils pour oser.

J'hésite, incapable de déchiffrer l'étincelle dans ses yeux.

– Tu te fiches de moi.

– Oui. (Si c'est possible, son sourire s'élargit encore et creuse un espace dans ma poitrine quand il éclate d'un rire franc.) Mais je trouve encore mieux l'idée que Lizzy sera Sœur Brother.

– Elle trouve ça drôle ?

– On trouve tous ça marrant.

Il s'interrompt et me dévisage quelques secondes, comme si c'était lui qui essayait de percer mes mystères. Puis il retourne à son déjeuner.

Je crois que je me suis planté. J'ai l'impression bizarre que les mormons sont fades, sérieux et secrètement méchants. Ça me paraît impossible qu'ils aient cette autodérision.

– Je suis vraiment con.

Le mot s'échappe de mes lèvres et je grimace, comme si je venais de jurer dans une cathédrale.

Sebastian secoue la tête en avalant.

– Quoi ? Non.

– Je ne suis pas...

– ...habitué à notre Église, termine-t-il à ma place. La plupart des gens ne comprennent pas.

– On vit à Provo. La plupart des gens sont briefés, au contraire.

Il me regarde sans ciller.

– Tanner, je suis conscient que nous ne sommes pas un reflet exact du monde. On le sait tous. Par ailleurs, et c'est en toute gentillesse que je dis ça, il est probable que les ados qui ne sont pas membres ici ne s'appesantissent pas sur les côtés positifs quand ils en parlent. Je me trompe ?

– T'as sans doute pas tort.

Je farfouille dans mon plat, auquel je n'ai pas fait grand mal. Sebastian me rend nerveux, léger. Quand je le regarde de nouveau, la contraction dans ma poitrine est presque douloureuse. Il est concentré sur sa bouchée suivante, ce qui me laisse quelques secondes pour le contempler de façon éhontée.

Dans ma tête, une voix faible essaie de m'atteindre, comme depuis le fond d'une salle bondée. *Il est mormon ! C'est foutu d'avance ! Fuis !*

Je contemple sa mâchoire, sa gorge, la peau de son cou, une partie des os de la clavicule.

J'ai l'eau à la bouche.

– Merci encore...

Je relève les yeux et surprends l'éclat dans les siens : il m'a surpris à le mater.

– T'as jamais quitté le campus, vraiment ?

C'est la tentative d'enchaîner la plus maladroite du monde, mais il mâche une autre bouchée avant de faire un signe négatif de la tête.

– Quelque part, j'ai envie que tu ne sois pas toujours sage.

Oh, la vache. Qu'est-ce que je viens de dire ?

Sebastian rit, s'étrangle un peu et boit de l'eau.

– J'ai séché les cours, une fois.

Je hoche la tête pour qu'il continue, tout en enfournant de la nourriture dans l'espoir de calmer mon ventre capricieux et mon esprit dérangé.

– L'an dernier, j'avais rendez-vous chez l'orthodontiste et quand je suis revenu, la moitié du cours était quasiment passée. Après, c'était la pause déjeuner, et... (Il secoue la tête et rougit encore, rah...) Je me suis rendu compte que j'avais trois heures pour faire ce que je voulais.

J'avale tout rond une bouchée de crevette. J'attends qu'il me raconte qu'il est rentré chez lui pour googler des photos de mecs qui s'embrassent.

– Je suis allé au cinéma et j'ai mangé toute une boîte de biscuits. (Il se penche vers mois, les yeux moqueurs.) J'ai même bu un Coca.

J'ai le cerveau emmêlé. Impossible à analyser. Quelle émotion transmettre à ma circulation sanguine ? Attendrissement ? Perplexité ? Putain de merde, là, c'est Sebastian au top de la rébellion.

Il me regarde d'un air amusé, et je comprends que c'est moi, le naïf dans l'histoire.

Quand il se renfonce dans son siège pour rire, je sais que je suis foutu. Complètement mort.

Je ne peux pas lire en lui. Je ne peux rien deviner.

Je ne sais pas ce qu'il pense, s'il me fait marcher ou s'il est vraiment si irréprochable, mais je n'avais jamais éprouvé une envie aussi violente de m'avancer vers quelqu'un pour l'embrasser dans le cou et le supplier de vouloir de moi.

7

Je reprends la voiture vers chez moi dans une brume de stupeur, à peine conscient de tout ce qui a suivi la pause déjeuner. Les cours sont un brouillard. Après, j'ai longuement aidé Autumn en maths, mais je ne suis pas sûr d'avoir été très utile.

J'ai repassé mile fois dans ma tête la conversation avec Sebastian et, chaque fois, je me demande s'il avait l'air aussi content de me voir que je l'ai cru. On a flirté... enfin, je crois ? L'idée du gentil garçon propre sur lui qui sèche les cours juste pour faire quelque chose d'interdit crée un grave dysfonctionnement dans mon cerveau.

J'essaie aussi de me faire à l'idée que Sebastian ne sera pas là pendant toute une semaine. Le voir au Séminaire est à peu près le seul truc qui rend ce dernier semestre de lycée supportable.

Une idée me vient et je cherche mon téléphone d'une main fébrile.

Tu pourras m'envoyer des messages
pendant ton voyage ?

Je regrette de l'avoir envoyé presque aussitôt, mais je me dis qu'au point où j'en suis, qu'est-ce que j'ai à perdre ? Heureusement, il ne me laisse pas trop longtemps dans mon gouffre et mon écran se rallume.

Je ferai des révisions avec mon éditrice et je ne connais pas mon emploi du temps exact, mais oui, j'essaierai.

Je sors de ma voiture et ferme la portière, souriant toujours à mon téléphone en entrant dans la cuisine d'un pas incertain.

Maman est devant l'évier, dans son pyjama arc-en-ciel, en train de faire la vaisselle.

– Coucou, chéri.

– Hello. (Je range mon téléphone et je retire mon blouson. Comme je suis à la ramasse, je manque le faire tomber deux fois avant de réussir à l'accrocher.) Tu es rentrée tôt.

– Disons juste que j'avais envie d'un verre de vin, dit-elle en refermant le lave-vaisselle. Ton assiette est dans le frigo.

Je la remercie d'un baiser sur la joue. Je n'ai pas particulièrement faim – repenser à mon déjeuner avec Sebastian suffit à renvoyer mon estomac sur des montagnes russes –, mais si je ne mange pas, je vais juste disparaître dans ma chambre, où je relirai ses textos comme un malade et risque de m'aventurer sur un terrain un peu glissant. Ce qui, soyons francs, va sûrement arriver de toute façon.

Dans l'assiette, un post-it collé à mon wrap m'affirme : TU ES MA JOIE ET MA FIERTÉ. Je le retire en souriant, même si je sens que je suis trop frénétique, les yeux écarquillés.

Maman me dévisage depuis l'autre côté de l'îlot de cuisine.

– Tu m'as l'air un peu... fébrile. Ça va ?

– Ouais, carrément. (Le poids de son attention me suit pendant que je réchauffe mon wrap et que je me sers à boire.) Qu'est-ce qui s'est passé au travail ?

Elle contourne le comptoir et s'y appuie comme si elle allait répondre. À ce moment précis, mon téléphone vibre. Comme d'habitude à cette heure-ci, c'est Autumn.

Mais il y a aussi un SMS de Sebastian.

Merci pour le déjeuner, au fait.

Ce n'était pas une très bonne journée et tu as inversé la tendance.

Bonne nuit, Tanner.

Le wagon arrive au sommet des rails et se jette dans le vide.

– Tanner ?

Maman ôte un élastique de son poignet pour se faire une queue-de-cheval et je détache mes yeux de l'écran.

– Quoi ?

Elle hoche lentement la tête et se sert le verre dont elle parlait plus tôt, avant de me faire signe de la suivre.

– Si on discutait ?

Oh merde ! Je lui ai posé une question sur sa journée et je n'ai pas écouté. Je laisse mon téléphone sur le comptoir et la suis dans le séjour.

Sur l'énorme fauteuil cosy dans le coin, ma mère se pelotonne et me regarde m'asseoir.

– Tu sais que je t'aime.

Je grimace intérieurement.

– Je sais, maman.

– Et que je suis extrêmement fière de l'homme que tu es en train de devenir.

J'acquiesce. J'ai de la chance, je le sais. Il y a juste des moments où ces déclarations d'adoration deviennent un peu... excessives.

Elle se penche et, d'une voix douce, ajoute :

– Je m'inquiète pour toi, mon chéri.

Je suis désolée de ne pas avoir écouté.

– Ce n'est pas la question.

Je le sais déjà.

– Maman, Sebastian est juste mormon, c'est pas un psychopathe.

Maman lève un sourcil, comme si elle allait sortir une blague, mais elle ne le fait pas. Et je suis vraiment soulagé qu'elle s'abstienne. L'envie de le défendre crée une chaleur dans ma poitrine.

– Mais entre vous, c'est encore platonique ou... ?

Je commence à ne plus être très à l'aise. Dans notre famille, on parle de tout, mais je n'arrête pas de repenser à leurs expressions au dîner l'autre soir, quand je me suis rendu compte qu'ils avaient une idée bien précise de la personne avec qui ils voudraient que je termine un jour : quelqu'un d'exactement comme nous.

– Et si j'avais plus que des sentiments platoniques pour lui ?

L'air peiné, elle opine lentement du chef.

– Je ne suis pas entièrement surprise.

– Je suis allé le voir tout à l'heure au déjeuner.

Je la vois ravaler sa réaction comme si c'était du sirop pour la toux.

– Ça ne te pose pas de problème ?

– Que tu sortes avec un garçon ? Absolument aucun. Tu n'auras jamais à t'inquiéter là-dessus avec ton père et moi, c'est clair ?

Je sais que ce n'est pas la réalité pour bien des gens dans mon cas. Je suis conscient d'avoir une chance folle. D'une voix un peu troublée par l'émotion, je réponds :

– D'accord.

– Mais est-ce que je vais être OK pour que tu dragues un mormon, qu'il soit garçon ou fille ? (Elle secoue la tête.) Non, Tanner, c'est niet. Je suis honnête, là. C'est peut-être là que je ne suis plus tolérante, mais ça me gêne.

Ma gratitude disparaît aussitôt.

– Et en quoi ça diffère de ses parents à lui qui estiment que les garçons, c'est niet ?

– Ça n'a rien à voir. Sur la centaine d'autres raisons, aller à l'église est un choix. Être bisexuel, c'est une identité. Je te protège des messages toxiques des mormons.

Alors là, je ris.

– Et ses parents le protègent de l'enfer.

– Ce n'est pas comme ça que ça marche, Tann. Les SDJ ne menacent pas des feux de l'enfer.

Je pète un câble et j'élève la voix :

– Comment tu veux que je sache ce qu'ils disent sur un sujet ou un autre ? C'est pas comme si tu nous donnais un tant soit peu de recul sur leur fonctionnement. Tout ce que je sais grâce à toi, c'est qu'ils détestent les gays, qu'ils détestent les femmes, ils détestent, ils détestent, ils détestent.

– Tanner...

– J'ai pas l'impression que l'Église mormone soit si fermée. C'est plutôt toi qui les hais.

Elle ouvre de grands yeux et se détourne. Elle prend une profonde inspiration.

Oh, merde. Je suis allé largement trop loin.

Si ma mère était quelqu'un de violent, elle m'aurait collé une baffe. Je le vois à ses épaules raidies, à sa respiration saccadée.

Mais ma mère est pacifiste. Douce, patiente, et elle ne répond pas à ma provoc.

– Tanner, chéri. C'est tellement plus compliqué que tu peux l'imaginer. Si tu veux qu'on parle de mon passé mormon, aucun souci. En ce moment, c'est pour toi que je m'inquiète. Tu as toujours suivi ton cœur d'abord et ta tête après, mais là, je te demande vraiment de réfléchir. Toi et Sebastian venez de milieux très différents. Ce n'est pas la même chose, ce que nous avons vécu ton père et moi, ce que tante Emily a vécu, mais ce n'est pas si différent. J'imagine que sa famille n'est pas au courant qu'il est gay ?

– Moi, je ne sais même pas s'il l'est.

– Bon, imaginons qu'il le soit et qu'il ait les mêmes sentiments pour toi. Tu sais que, selon sa foi, il est possible de ressentir une attirance pour le même sexe, mais pas d'agir dans ce sens ?

– Oui.

– Tu serais capable d'être avec lui sans le toucher ? Ça te ferait quoi de rester un secret ? Ça ne te dérangerait pas d'agir dans le dos de ses parents ? Et si, dans sa famille, ils sont aussi proches que nous ? Comment tu te sentirais si ses parents coupaient les ponts avec lui à cause de votre relation ?

Cette fois, elle attend que je réagisse, mais honnêtement, je ne sais pas quoi dire. C'est un peu mettre la charrue avant les bœufs. Avant toute l'étable, même.

– Comment tu te sentiras s'il perd sa communauté ou si vous tombez vraiment amoureux l'un de l'autre mais qu'il choisit son église plutôt que toi ?

Je dévie par une petite blague.

– On s'envoie quelques textos, je n'en suis pas encore à le demander en mariage !

Elle voit très bien où je veux en venir et elle me décoche un sourire patient et triste.

– Je sais. Mais je sais aussi que je ne t'ai jamais vu dans cet état pour quelqu'un, et dans l'exaltation des premières fois, il est parfois difficile de penser à l'après. C'est mon rôle de faire attention à toi.

J'avale ma salive avec difficulté. D'un point de vue logique, je sais qu'elle n'a pas tort, mais la partie bornée de mon cerveau répète que les situations ne sont pas les mêmes. Je peux gérer celle-ci.

Même si maman a de bonnes intentions, mes pensées concernant Sebastian sont un train lancé à toute vitesse. Le mécano est parti et le moteur est en feu. Mon attirance est impossible à maîtriser.

Une fois de retour dans ma chambre, à réfléchir à ce qu'elle a dit, je me calme suffisamment pour comprendre qu'elle a partagé avec nous davantage que ce que je croyais. Quand Emily a rassemblé le courage de faire son coming out et que ses parents l'ont informée qu'elle n'était plus la bienvenue chez eux, elle était au plus mal. Elle a vécu dans la rue plusieurs mois avant d'être hébergée en foyer, et là, elle a fait une tentative de suicide.

Pour ma mère, c'est la goutte qui a fait déborder le vase. Elle a arrêté ses cours à l'université de l'Utah et emmené Emily avec elle à San Francisco. Là-bas, elle s'est inscrite à l'université et a travaillé de nuit dans un 7-Eleven pour les faire vivre toutes les deux. Ensuite, elle a passé un master à Stanford. Emilly a fini par obtenir un master elle aussi, à Berkeley.

Leurs parents – mes grands-parents, qui vivent maintenant à Spokane dans l'Arizona – ont rayé leurs deux filles de leur vie et de leur testament, et n'ont jamais essayé de les retrouver.

Maman essaie de faire comme si ce n'était plus douloureux, mais comment ça pourrait être vrai ? Même si ma famille me rend dingue parfois, je serais perdu sans elle. Celle de Sebastian le mettrait vraiment dehors ? Le déshériterait ?

Pfff, ça prend des proportions insoupçonnées. Je m'étais dit que ça serait juste un petit coup de cœur, une curiosité. Et maman n'a pas tort de me rappeler que draguer Sebastian est une très mauvaise idée. C'est peut-être pour le mieux qu'il parte à New York un moment.

Je passe le week-end chez Emily et Shivani, et bizarrement, je ne ressens même pas le désir d'envoyer un texto à Sebastian. Je suis sûr que maman a parlé à Emily de la situation, parce qu'elle essaie plusieurs fois d'évoquer « ma vie amoureuse », mais j'esquive le sujet. Si maman n'est pas sereine sur le thème, Emily tremble presque.

Elles m'emmènent voir un film d'art et d'essai super-space sur une femme qui élève des chèvres, et je m'endors en plein milieu. Elles refusent de me laisser prendre du vin au dîner, et je leur demande à quoi ça sert d'avoir deux tantes hérétiques. Puis, le dimanche, je joue au flipper avec Emily dans le garage pendant des heures, je me ressers environ six fois des pois chiches au curry de Shivani avant de rentrer chez moi en voiture, avec le sentiment que ma famille est géniale.

C'est fou comme un peu de distance et de perspective, ça aide à éclaircir ses idées.

Mais la semaine suivante, Sebastian vient en classe vêtu d'un tee-shirt tunisien gris foncé, le premier bouton ouvert et les manches remontées au milieu des avant-bras. Je fais face à un paysage de muscles, de peau lisse et de mains gracieuses, et... comment je suis censé gérer ?

En plus, il semble vraiment très content de venir lire mes premières pages. Il rit de l'histoire du poster à chat d'Autumn et me demande avec une curiosité pas vraiment dissimulée si le livre est autobiographique.

Comme s'il ne le savait pas déjà.

Est-ce que je fais partie des personnages ?

Ça dépend de toi.

À l'évidence, mes résolutions et « perspectives » n'ont pas tenu longtemps. Quelque chose me souffle qu'embrasser Sebastian, ce serait comme de l'eau qui tombe enfin sur une pelouse desséchée.

En dehors du lycée et de quelques Snap de ses repas, je n'ai pas beaucoup vu Autumn récemment. Quand elle vient dîner un soir, ma mère ne cache même pas son enthousiasme et l'invite à dormir. Ensuite, on disparaît dans ma chambre et c'est comme au bon vieux temps.

Sur mon lit, j'essaie de mettre dans l'ordre mes Post-it de la journée pour en faire un chapitre cohérent, pendant qu'Autumn fait l'inventaire de mes fringues et me met au courant des ragots du lycée.

Est-ce que je savais que Mackenzie Goble a fait une gâterie à Devon Nicholson dans les gradins pendant le match de basket la semaine dernière ?

Est-ce que je savais que certains élèves sont passés par les dalles du plafond des toilettes pour accéder au-dessus du vestiaire des filles ?

Est-ce que je savais que Manny avait invité Sadie Wayment au bal de fin d'année ?

Cette info-là m'intéresse, et je relève des yeux endormis sur Autumn qui a enfilé un de mes tee-shirts. Mes parents tiennent à ce que je garde toujours la porte ouverte quand quelqu'un vient – garçon ou fille –, mais cette règle ne s'applique apparemment pas à Autumn. Ce qui est à mourir de rire, parce que le temps que je regarde mes notes, elle s'est déshabillée pour faire des essayages.

– J'oubliais que les gens parlaient déjà du bal.

Elle me lance son regard signifiant que je suis demeuré.

– C'est dans moins de quatre mois. J'en ai parlé dans la voiture la semaine dernière.

– C'est vrai ? dis-je en me redressant.

Elle se regarde dans le miroir et tire sur le tee-shirt.

– On dirait que tu n'écoutes plus rien de ce que je te dis.

– Non, désolé. C'est juste... (Je repousse ma pile de feuillets jaunes pour lui faire face.) Je suis à fond dans mon bouquin. Redis-moi.

– Ah bon, fait-elle, et son agacement disparaît pour l'instant. Je t'avais proposé qu'on y aille ensemble pour pas en faire tout un plat.

Wah. Je suis un connard. En gros, elle m'a invité au bal et je n'ai pas réagi. Je n'y ai pas réfléchi du tout. C'est vrai qu'on est déjà allés à d'autres bals ensemble quand on n'avait personne, mais c'était avant.

Avant Sebastian ?

Je suis vraiment idiot.

Elle m'examine dans la glace.

– Je veux dire, à moins que tu veuilles inviter quelqu'un ?

Je détourne le regard bien vite.

– Non. J'ai juste dû oublier.

– Tu as oublié le bal ? Tanner, c'est notre bal de promo.

Je grogne en haussant les épaules. Elle quitte mon placard pour s'asseoir au bord du lit à côté de moi. Elle a les jambes nues et mon tee-shirt lui arrive à mi-cuisse. C'est dans de tels moments que je réalise à quel point ma vie serait plus simple si je ressentais pour elle ce que j'éprouve pour Sebastian.

– Tu es sûr que tu ne veux proposer à personne d'être ta cavalière ? Sasha ? Et Jemma ?

Je fronce le nez.

– Elles sont toutes les deux mormones.

Comme si ça m'arrêtait...

– Oui, mais des mormones cool.

Je me rapproche d'Autumn.

– On n'a qu'à attendre de voir avant de se décider. Je n'ai pas perdu l'espoir qu'Eric se prenne en main et fasse de toi une honnête femme. Comme tu as dit, c'est notre bal de promo.

– Bof, dit-elle sans conviction.

Je la tire vers moi et la roule en boule avant de la chatouiller. Elle piaille, rit et m'insulte, mais je ne m'arrête pas avant qu'Hailey tape sur mon mur et que papa nous crie d'y aller doucement, content que le sujet soit oublié.

La vie ici devient plus facile avec le changement de saison, quand les jours rallongent. En dehors d'une promenade ou d'une journée au ski par-ci, par-là, aucun de nous n'a passé de temps en extérieur depuis des mois. Ça m'a rendu nerveux, trop de trucs à penser. Arrivé à la mi-février, je ne supporte plus ma chambre, ma maison, le lycée, si bien qu'aux premiers jours de beau temps, je suis prêt à faire n'importe quoi du moment que ça se passe à l'extérieur.

La neige régresse sur les trottoirs un peu plus chaque jour, puis il ne reste plus que quelques plaques sur l'herbe.

Samedi matin, mon père m'a laissé la camionnette et une liste de choses à faire sur le frigo. Je déplace notre bateau dans l'allée et soulève la bâche. Des poissons d'argent s'égaillent dans tous les sens ; à l'intérieur, c'est sombre et ça sent le moisi, et là, je prends la mesure du travail qui m'attend. Il s'en faut encore de plusieurs mois avant qu'on puisse se balader sur l'eau, et ça va nécessiter une sérieuse remise à niveau.

Des flaques de neige fondue se sont formées dans l'allée. Mêlées à l'essence de la route, aux feuilles et aux branchages, c'est dégueu, mais je sais où ça mène : le soleil, l'extérieur, l'odeur de barbecue tout le week-end. On a prévu une réfection des sièges et des revêtements en avril, alors j'entreprends de dégager les vieux fauteuils ainsi que l'adhésif des murs. Je ne dirais pas que c'est agréable, mais comme je n'ai pas de boulot et que l'essence ne se paie pas toute seule, je fais ce que me demande mon père.

Je sors tout ce dont j'ai besoin, j'étends une autre grande bâche sur l'herbe pour que ce soit plus facile de tirer le bateau. Je viens de retirer le siège pilote quand j'entends des freins couiner derrière moi.

Quand je me retourne, Sebastian est là, perché sur un vélo, ébloui par le soleil.

Je ne l'ai pas vu depuis deux semaines et cette apparition crée un étrange effet en moi. Je me redresse et m'avance jusqu'au bout du pont.

– Salut.

– Salut, fait-il dans un sourire. Qu'est-ce que tu fais là-haut ?

– Je gagne le gîte et le couvert, je crois. Il me semble que tu appelles ça un « service », dis-je en formant les guillemets de mes doigts.

Il rit et mon estomac se noue.

– Un service, c'est plutôt « aider la veuve et l'orphelin » que « réparer le bateau de luxe de son père », mais bon.

Oh merde, il me taquine, avec ses guillemets en l'air qui imitent les miens. Je lui désigne les vestiges répandus sur la bâche.

– T'as vu un peu l'horreur ? C'est pas la gloire.

Je me mets à genoux pour me trouver à quelques centimètres de son visage.

– Et quel bon vent t'amène ?

– Je donnais un cours dans le coin, et je me suis dit que j'allais passer.

– Alors, tu es tuteur au lycée, tu écris, tu prends des cours à la fac, *et* tu es prof ? Je suis un gros flemmard.

– N'oublie pas le service pour l'Église. (Il recule d'un pas et détourne les yeux. Ses joues s'enflamment.) Mais c'est pas vrai, je... n'étais pas dans le coin.

Mon cerveau met un temps à aller du point A au point B, et quand enfin il fait le lien, c'est tout juste si je ne saute pas du bateau pour plaquer Sebastian au sol. Il est venu me voir exprès.

Mais, bien sûr, je me retiens. Je vois à sa manière d'agripper le guidon qu'il n'est pas très à l'aise de m'avoir fait cet aveu, et une bouffée d'espoir m'envahit. C'est de cette façon qu'on se révèle : ces quelques secondes de malaise, les réactions qu'on n'arrive pas à masquer.

Je projette sans doute mes propres désirs, mais malgré tout, j'ai envie de descendre, de détacher doucement ses mains de son vélo et de les prendre dans les miennes.

Au lieu de quoi, je lance :

– Tu ne contestes pas que je suis un flemmard, je note.

Il se détend visiblement et lâche le guidon.

– Je ne voulais pas remuer le couteau dans la plaie...

– Tu pourrais arrêter de m'insulter et venir m'aider.

Il dépose son vélo sur la pelouse et ôte son blouson, saute habilement sur la remorque, puis sur la poupe.

– Qu'est-ce qu'il faut faire ?

– Je dois sortir les sièges et arracher l'ancienne moquette. Ah, et le revêtement des murs, aussi. Alors, t'es toujours aussi content d'être quelqu'un de charitable, maintenant ?

Je lui passe mes gants et m'octroie trois secondes pour l'observer. Le moindre de ses vêtements est en place, pas un faux pli. Il a profité du soleil dernièrement. Sa peau a pris une teinte hâlée.

– Je n'en ai pas besoin, dit-il en me les rendant.

– On doit en avoir une autre paire au garage.

Je saute en bas, prends une seconde pour respirer en me dirigeant lentement vers le garage, puis en retournant vers le bateau. Si je suivais les conseils de ma mère, ce serait l'occasion parfaite de tracer une limite, d'énoncer clairement que même s'il sait quelque chose sur moi que personne d'autre ne connaît, il ne pourra jamais rien se passer entre nous.

Bientôt. Je lui dirai bientôt. Sans doute.

On arrive à dégager le deuxième siège de devant, ainsi que la banquette, et même s'il ne fait pas plus de quinze degrés – un record pour la saison –, au moment d'arracher la moquette, on est en nage tous les deux.

– Euh, ne le prends pas mal, me prévient Sebastian, mais pourquoi ton père te fait faire ça au lieu de... je sais pas... (D'un mouvement de tête coupable, il dirige les yeux vers ma maison.) De payer quelqu'un pour le faire ?

Je suis son regard. Notre quartier est probablement le plus sympa de Provo. Les maisons ont toutes des jardins. Tout le monde a un vrai sous-sol et beaucoup une pièce supplémentaire au-dessus du garage. C'est vrai que mes parents gagnent très bien leur vie, mais ça n'en fait pas des paniers percés.

– Ma mère n'est pas dépensière. Son raisonnement, c'est qu'elle a déjà laissé mon père acheter un bateau. Elle ne va pas en plus le laisser payer quelqu'un pour l'entretenir.

– Elle ressemble à la mienne, alors. (Sebastian attrape un morceau de moquette rebelle à pleines mains et tire avec un bruit satisfaisant.) Le côté économe, je veux dire. Son mantra, c'est « user, réparer, s'arranger ou s'en passer ».

– Je t'en supplie, n'en parle jamais à ma mère. Elle ferait imprimer ça sur un tee-shirt.

Ou sur un sticker pour bagnole.

La moquette enfin arrachée, Sebastian se redresse et la jette sur la bâche, où elle atterrit dans un bruit sourd et un nuage de poussière. Il s'essuie le front du revers du bras.

C'est un supplice de détacher les yeux de son torse.

Dans un regard circulaire, il fait l'état des lieux.

– Quand même. Vieux ou pas, c'est un chouette bateau.

– Oui, c'est sûr.

Je me relève à mon tour et redescends dans l'allée. Mais parents sont tous les deux sortis, et inviter Sebastian à entrer semble à la fois criminel et tellement tentant.

– Tu veux un truc à boire ?

– Avec plaisir.

Il me suit dans le garage, puis dans la maison. À la cuisine, j'ouvre le frigo, pas mécontent de recevoir de l'air froid sur le visage, et inspecte ce que nous avons. Papa est à l'hôpital et ma mère fait des courses avec Hailey.

Je suis extrêmement conscient que nous sommes seuls.

– On a de la limonade, du Coca, de l'eau de coco...

– De l'eau de coco ?

– Ma mère aime prendre ça après son sport. Perso, je trouve que ça a un goût de crème solaire diluée.

Sebastian s'avance derrière moi pour regarder dans le frigo et mon souffle se bloque dans mes poumons.

– On se demande vraiment pourquoi ils n'écrivent pas ce slogan sur la bouteille.

Quand il rit, je sens le mouvement dans son torse.

Je ne vais pas bien.

Il s'éclaircit la voix.

– Limonade, ça m'ira.

Je prends deux bouteilles et lui en tends une, profitant qu'il se retourne pour me passer l'autre sur le visage.

– Ton père est médecin, c'est ça ?

Il regarde partout et dévisse le bouchon, porte la bouteille à ses lèvres pour boire longuement. Mon cœur bat au rythme de chaque gorgée...

Un...

Deux...

Trois...

... et je suis à peu près sûr que je ne reprends pas ma respiration avant qu'il me montre l'exemple.

– Oui, à l'hôpital d'Utah Valley. (Je me retourne vers le réfrigérateur en espérant que ma voix va rester ferme.) Tu veux manger un truc ?

Il revient vers moi.

– Je veux bien. Ça ne te dérange pas que je me lave les mains ?

– Ah, pas bête.

Côte à côte devant l'évier, on se savonne généreusement, et nos coudes se heurtent. Quand je tends le bras devant lui pour attraper le torchon, ma hanche heurte la sienne. C'est juste une hanche, mais un instant, mon esprit pense hanches, bassin... Niveau esprit mal placé, je suis efficace.

Je lui passe rapidement le torchon et retourne vers le frigo.

– Sandwichs, ça te va ?

– Oui, merci.

Je sors de la viande et du fromage tranchés, et tout ce que je peux trouver. J'attrape des assiettes et quelques couteaux dans le lave-vaisselle. Sebastian a pris place sur l'un des tabourets de l'îlot.

– Alors, tu avances bien sur ton projet ?

– Mon projet ?

Il rit et se penche pour trouver mon regard.

– Tu sais, le livre ? Pour le Séminaire auquel tu t'es inscrit ?

– Ah, le livre, c'est vrai.

Le paquet de jambon n'est pas ouvert, ce qui me donne au moins dix secondes de répit, le temps de me concentrer sur la tâche. Malgré tout, ça ne suffit pas.

– Génial.

– Génial ? répète Sebastian, étonné.

Ces derniers temps, je n'écris que sur toi, mais tout va bien. Aucune raison qu'il y ait de la gêne entre nous.

– Oui, dis-je avec un haussement d'épaules, incapable d'aboutir à une réponse plus éloquente sous le poids de son regard. Je me sens plutôt bien.

Il arrache une feuille de la salade et la pose au milieu de son pain.

– Tu vas m'en faire lire plus ?

– Ouais, bien sûr, je mens avec aplomb.

– Maintenant ?

Ma réponse est trop abrupte :

– Pas tout de suite. Non.

– Tu pourrais venir chez moi après le lycée la semaine prochaine.

Une gorgée d'eau semble se solidifier dans ma gorge. Avec effort, je l'avale.

– Tu crois ?

– Bien sûr. Vendredi, ça t'irait ?

Ça me laisse une petite semaine pour réviser ce que j'ai écrit.

– D'accord.

– Apporte-moi les premiers chapitres, me dit-il, les yeux brillants.

J'ai à peine plus de cinq jours pour faire le tri. Changer les noms, au moins. Peut-être le transformer en roman plutôt qu'en journal.

Dieu du ciel, donnez-moi la force...

Nous mangeons en silence, en nous passant les chips de temps en temps, et puis Sebastian se lève pour aller regarder les photos placardées sur le frigo.

– Très beau, ce cliché. C'est où? Le bâtiment est hallucinant.

C'est une photo de moi pendant l'été après ma seconde. Je suis devant une basilique imposante aux formes originales.

– C'est la Sagrada Familia, à Barcelone.

Sebastian ouvre de grands yeux.

– Tu as visité Barcelone ?

– Mon père avait une grosse conférence là-bas et il nous a emmenés. C'était cool. (Je me poste juste derrière lui et passe une main par-dessus son épaule pour lui montrer une partie de la photo.) La perspective est différente sur toutes les façades. Dans ces tours, tu peux prendre l'ascenseur pour monter tout en haut, dis-je en désignant les sphères de pierre qui semblent s'étirer jusqu'aux nuages.

– Ton expression, fait Sebastian en riant. On dirait que tu connais un secret que le photographe ne sait pas.

Je baisse les yeux sur lui, je suis si près que je distingue les taches de rousseur qu'il a de part et d'autre du nez. J'ai envie de lui raconter que pendant ce voyage, j'ai rencontré un mec, le deuxième que j'ai embrassé dans ma vie. Il s'appelait Dax et il était là avec ses parents. On s'était éclipsés pendant un dîner avec des tas d'autres médecins, et on s'est embrassés au point qu'on ne sentait plus nos lèvres.

Oui, on peut dire que le photographe n'était pas au courant. Mais j'ai parlé de Dax à mes parents quelques mois plus tard.

J'ai envie de dire à Sebastian qu'il ne se trompe pas, juste pour jauger sa réaction quand j'expliquerai pourquoi, mais j'évite.

– J'ai le vertige. Alors, j'ai failli péter un câble quand mes parents m'ont dit qu'ils avaient acheté des tickets pour aller tout en haut.

Il relève le menton et me regarde.

– Tu es quand même monté.

– Oui. Je crois bien que j'ai tenu la main de ma mère tout le long, mais j'y suis arrivé. C'est peut-être pour ça que j'ai cet air un peu fier.

Sebastian recule et s'appuie à l'îlot.

– Une fois, on a fait soixante-cinq kilomètres jusqu'à Nephi. Niveau voyages en famille, je crois qu'on peut dire que tu gagnes.

Je toussote un rire.

– Nephi, ça a l'air plutôt cool.

– On a visité le temple de Payson. On a même assisté à une reconstitution des convois de pionniers mormons avec leurs charrettes à bras.

Donc... oui.

Maintenant, on rit tous les deux. Je lui pose une main compatissante sur l'épaule.

– OK, tu gagneras peut-être la prochaine fois.

– Je ne sais pas quand ce sera.

Il me sourit par-dessus son verre, ce qui me fait l'effet d'un shoot aux endorphines.

– On pourrait aller faire un tour en bateau, quand il sera retapé.

– Tu l'as déjà fait seul ?

– Ben, j'ai jamais conduit seul, mais je suis sûr que ça irait. Tu pourrais même venir quand on ira au lac Powell, en juillet.

Il se rembrunit une fraction de seconde, puis son masque de perfection se remet en place.

– Ce serait cool.

– Avec un peu de chance, les températures vont bientôt remonter et l'été sera en avance.

Je me demande s'il voit mon cœur cogner dans ma poitrine.

– J'espère.

8

Je passe ma semaine à modifier mon texte. À coups de rechercher-remplacer pour Tanner, Tann et Sebastian. Tanner devient Colin, Sebastian se transforme en Evan. Tous les gens du lycée acquièrent un nouveau nom. Autumn est Annie, Fujita est Franklin et le Séminaire se métamorphose en TP de chimie.

Je suis conscient de la futilité de l'exercice. Je sais que mes modifs sont à l'arrache et, au mieux, pas vraiment convaincantes.

Le vendredi après les cours, j'arrive sur le perron de chez Sebastian, mes quatre chapitres imprimés sous le bras. Je suis prêt à jurer sous serment que leur sonnette est la plus bruyante qui existe. C'est du moins l'impression que j'ai après avoir enfoncé le bouton. Mon pouls s'emballe sans prévenir : mes nerfs se font écraser par un poids-lourd.

Mais je ne peux plus reculer. Je m'apprête à entrer chez Sebastian. Dans la maison de l'évêque.

Ce n'est pas vraiment ma première expérience. Je suis déjà allé chez Eric, mais chez lui, le côté mormon est très light. Il y a bien une photo encadrée du temple au mur, mais ils ont aussi une cafetière, comme les gens civilisés.

Du coup, l'excitation que je ressens s'apparente à celle d'un archéologue avant d'entamer de grosses fouilles en Égypte : il va y avoir beaucoup de choses à déterrer ici.

Des pas lourds résonnent sur le parquet derrière la porte. Assez lourds pour me faire paniquer à l'idée que ce soit M. Brother qui vienne m'ouvrir. Je suis passé chez le coiffeur et j'ai mis mes vêtements les plus présentables, mais si au lieu d'avoir l'air vaguement mormon, j'ai l'air tout simplement gay ?

Et si le père de Sebastian discerne immédiatement mes intentions et me renvoie en m'interdisant de reparler à son fils ?

Ma terreur monte en flèche. Mon désir pour Sebastian est visible. Mon père est juif – c'est grave ? Il n'y a pas beaucoup de juifs à Provo, et comme on n'est pas vraiment pratiquants, je n'ai jamais pensé que ça pouvait faire de moi quelqu'un d'encore plus étranger. Merde, je ne sais même pas comment utiliser le mot « alliance ». Je sens la sueur perler sur ma nuque quand la porte s'ouvre en grand...

Mais ce n'est que Sebastian, avec un garçon prisonnier sous le bras.

– Je te présente Aaron, dit-il en se tournant légèrement pour que je distingue mieux son petit frère. Aaron, voici Tanner.

Son frère est tout en bras et en jambes, souriant, cheveux noirs : une version miniature de Sebastian. Bravo, la génétique.

Aaron se dégage pour me tendre la main.

– Bonjour.

– Enchanté.

Il a treize ans, mais putain, quelle poignée de main ! Il va falloir que j'arrête de parler comme un charretier, même dans ma tête.

Comme s'il devinait le Tchernobyl silencieux dans mon for intérieur, Sebastian renvoie Aaron à l'intérieur avant de me faire signe de le suivre.

– Entre, me dit-il en enchaînant avec un grand sourire. Tu vas pas prendre feu.

À l'intérieur, tout est tip-top. Et très, très mormon. Je me demande si la maison d'enfance de maman ressemblait beaucoup à ça.

L'entrée ouvre sur un séjour avec deux canapés face à face, un piano droit et une énorme photo encadrée du temple de Salt Lake City. À côté, un tableau représentant Joseph Smith, le prophète. Je suis Sebastian dans le couloir, nous passons devant une vitrine où j'aperçois une statue en plâtre blanc de Jésus, les mains tendues, des photos encadrées des quatre enfants et un cliché du mariage des parents, entièrement habillés de blanc. Ils ont l'air d'avoir à peine terminé leur adolescence, et la robe de la mariée lui remonte presque jusqu'au menton.

Dans la cuisine, comme je pouvais m'en douter, pas de cafetière sur le comptoir mais, ce qui m'émerveillera toujours, sur le mur juste à côté de la table, une énorme photo de Sebastian debout sur une belle pelouse verte, souriant jusqu'aux oreilles, un *Livre de Mormon* négligemment tenu à la main. Il me surprend à la détailler et s'éclaircit la gorge.

– Tu veux quelque chose à boire ? Un soda, du jus de fruits, de la limonade ?

Je me détache de la photo pour observer Sebastian en vrai. Bizarrement, il est très différent, en face de moi : les yeux plus méfiants, la peau sans défauts, même en l'absence de filtre, une ombre de barbe sur le menton. Et comme toujours, mes yeux sont attirés par ses joues rougies. Est-ce de la gêne, de l'excitation ? Je veux apprendre à connaître chacune de ses rougeurs.

– Je veux bien de l'eau.

Il se tourne et je le regarde s'éloigner avant d'examiner chacun des cadres surprenants de la maison. Par exemple, un document entouré d'un épais cadre doré, intitulé LA FAMILLE : PROCLAMATION AU MONDE.

Je n'ai jamais vu de choses pareilles. Chez moi, si on devait trouver quelque chose, ce serait plutôt un manifeste pour la tolérance.

Je suis arrivé au quatrième paragraphe, où l'église SDJ proclame que « les pouvoirs sacrés de la procréation ne doivent être employés qu'entre l'homme et la femme, légitimement mariés », quand Sebastian me met un verre d'eau fraîche dans la main.

Je suis tellement surpris que je manque le renverser.

– Intéressant, dis-je en m'efforçant de garder un ton neutre.

Je suis partagé entre l'envie de lire la fin et celle d'oublier ce que j'ai déjà absorbé.

Je commence à comprendre ce que veut dire maman par « me protéger des messages toxiques de leur Église ».

– Pour une seule page, c'est très dense, approuve Sebastian.

Cependant, sa voix ne trahit pas ses sentiments sur le contenu. Je savais déjà tout ça : le sexe n'est que pour les hétéros, les parents doivent enseigner leurs valeurs à leurs enfants, on ne couche pas avant le mariage et, surtout, on prie, on prie, on prie... Mais voir l'ensemble dans la maison de Sebastian rend tout ça plus réel.

Ce qui rend tout ce que j'ai pu ressentir jusqu'à aujourd'hui un peu *moins* réel.

Sur le moment, j'ai un peu le vertige de prendre conscience que, dans la famille de Sebastian, ils ne se contentent pas d'aimer l'idée de tout ça. Ils ne font pas que visualiser un monde idéal, ils ne jouent pas à un jeu d'imagination. Ils croient vraiment, authentiquement, à ce Dieu, à ces doctrines.

Je coule un regard vers Sebastian. Il m'observe, l'expression indéchiffrable.

– Je n'ai jamais vu de personne non-membre dans notre maison, me dit-il, comme s'il lisait dans mes pensées. Je te regarde juste assimiler tout ça.

Je décide d'opter pour l'honnêteté pure.

– C'est difficile à comprendre.

– Je me demande, si tu ouvrais *Le Livre de Mormon* et que tu en lisais un passage, est-ce que ça te parlerait ? (Il lève les mains en signe d'innocence.) Je ne cherche pas à te recruter, hein, simple curiosité.

– Je pourrais essayer.

Je n'en ai pas vraiment envie...

Il hausse les épaules.

– Pour le moment, si on s'asseyait et qu'on parlait de ton livre à toi ?

La tension de l'instant se dissout, et là seulement, je me rends compte que je retenais mon souffle, les muscles complètement crispés.

On se dirige vers le salon, qui est bien plus accueillant. Dans cette pièce, des tas de photos encadrées de la famille : ensemble, à deux, seul contre un arbre. Sur chacune, ils sourient. Sourires qui ne paraissent pas forcés, d'ailleurs. Chez moi, on est plutôt heureux, mais lors de notre dernière séance photo, ma mère a dû menacer Hailey de remplir son armoire de petites robes colorées de chez Gap pour qu'elle arrête de faire la gueule.

– Tanner, me dit Sebastian sans élever la voix.

Je le regarde. Un sourire s'étale lentement sur son visage, puis il éclate de rire.

– Qu'est-ce qu'il y a de si fascinant ? demande-t-il.

Son ton moqueur me fait sentir que je me comporte comme un homme préhistorique sortant de sa grotte.

– Désolé. C'est juste tellement plein de fraîcheur.

Il secoue la tête et baisse les yeux, mais sans se départir de son sourire.

– OK, donc ton livre.

Oui, Sebastian. Mon livre. Mon livre sur toi.

Mon assurance s'échappe, quitte la scène du crime. Je lui tends les pages imprimées.

– À mon avis, c'est pas encore génial, mais...

Mon commentaire lui fait relever les yeux, où brille l'intérêt.

– On va le rendre merveilleux.

Bon, au moins un de nous qui est optimiste !

Je relève le menton et lui fais signe d'attaquer. Il sourit et soutient mon regard avant de me souffler d'un ton railleur :

– Ne stresse pas.

Puis il se concentre sur les pages qu'il tient dans la main. J'observe ses yeux qui parcourent les lignes et mon cœur est une grenade dans ma gorge.

Pourquoi ai-je dit oui, d'abord ? Pourquoi ai-je essayé de réécrire ? Oui, je voulais passer du temps avec Sebastian aujourd'hui, mais ne serait-ce pas bien plus facile de garder mes écrits secrets jusqu'à ce qu'on sache où on en est, lui et moi ?

À peine j'ai eu cette pensée que je comprends que mon subconscient a déjà gagné : je voulais qu'il se cherche dedans. Il y a tellement de passages issus de nos conversations. Je suis là parce que je veux qu'il me dise quel personnage il veut être.

En terminant, il hoche la tête, puis relit le dernier passage.

Je ne m'attends pas à ce qu'il réponde :

– J'ai un peu de temps, en fin de semaine. Je pourrais t'aider à ce moment-là.

C'est sûrement une très mauvaise idée. Oui, il m'attire, mais j'ai peur qu'en cherchant plus loin, il ne me plaise plus.

Mais ce serait pour le mieux, non ? Ça ne ferait pas de mal d'avoir un peu de temps en dehors de ce cours, pour trouver une réponse à ma question : est-ce qu'on pourrait seulement être amis, sans même envisager plus ?

Il avale sa salive et, comme d'habitude, je regarde sa pomme d'Adam se déplacer.

– Ça t'irait ? demande-t-il en relevant les yeux vers mon visage.

– Oui. (Cette fois, c'est lui qui me regarde déglutir.) À quelle heure ?

Sebastian me sourit et me rend les feuilles.

– Eh ben.

Eh ben ? Je grimace. À l'évidence, il trouve ça nul.

– Je me sens vraiment bête.

– Faut pas, me répond-il. Tanner, j'aime beaucoup.

– Ah oui ?

Il confirme d'un signe et se mord les lèvres.

– Et donc... je suis dans ton livre ?

Je nie énergiquement. La grenade est dégoupillée.

– Il n'y a personne qu'on connaît. Enfin, à part Franklin, qui est Fujita, évidemment. J'utilise juste le cours comme structure.

Il se passe un doigt sous la lèvre inférieure et m'observe quelques secondes en silence.

– Je me dis... Enfin, je crois que c'est à propos de nous.

Je me sens pâlir.

– De quoi ? Non.

Son rire fuse.

– C'est au sujet de Colin et Ian. Un autre élève.

Oh putain. Oh putain.

– Mais... commence-t-il avant de baisser les yeux en rougissant.

– Quoi ?

J'ai du mal à ne pas montrer mes cartes.

Il retourne à une page précise.

– Là, tu as laissé une coquille en écrivant Tanner. Ton rechercher-remplacer ne l'a donc pas pris en compte.

ARGH.

Cette vilaine manie de taper mon nom trop vite et d'y laisser une faute de frappe.

– Oui, bon, d'accord. À l'origine, c'était à propos de moi et d'une personne théorique.

– Vraiment ? demande-t-il, les yeux pleins de curiosité.

Je triture la pince qui retenait les pages.

– Je sais bien que tu n'es pas...

Il passe à une autre page, qu'il me tend.

Je marmonne des jurons à voix basse.

Les mains jointes devant lui, Franklin poursuit :

– Seb a un programme très chargé, évidemment. (Je gémis intérieurement au petit surnom.) Mais lui et moi sommes tous les deux convaincus que son expérience peut vous être profitable à tous. Pour ma part, j'estime qu'il va vous inspirer.

Seb. Je n'ai pas pensé à faire une recherche pour le surnom.

Sebastian s'apprête à dire autre chose. Je n'arrive pas à déchiffrer son expression, mais il n'a pas l'air horrifié. À ce moment-là, une voix nous arrive de la porte.

– Sebastian, mon chéri ?

Nous nous retournons tous les deux. J'ai envie d'embrasser celle qui a mis fin à cette gêne atroce. Sa mère, que je reconnais d'après les photos, entre dans le salon. Elle est petite et mince, les cheveux blond foncé noués en queue-de-cheval, elle porte un chemisier tout simple et un jean. Je ne sais pas pourquoi je m'attendais à la voir en robe à volants à l'imprimé fleuri, avec un énorme nœud dans les cheveux, mais mes synapses se reconnectent vite.

– Coucou, maman, dit Sebastian. Voici Tanner. Il est au Séminaire ce semestre.

Sa mère me sourit, vient me serrer la main et me souhaiter la bienvenue. J'ai encore le cœur qui tambourine comme un malade dans ma cage thoracique et je me demande si j'ai l'air près de m'évanouir. Elle me propose quelque chose à manger. Elle s'enquiert de sur quoi on travaille, et on marmonne tous les deux des banalités sur le livre, sans se regarder.

Apparemment, notre réponse est suffisamment crédible, parce qu'elle enchaîne à l'intention de Sebastian :

– Est-ce que tu as rappelé Ashley Davis ?

Comme mus par leur propre volonté, les yeux de Sebastian se posent une seconde sur moi.

– Tu peux me rappeler qui c'est ?

L'explication lourde de sens me donne comme un coup dans le bide :

– La coordinatrice des activités. Celle qui organise la congrégation des célibataires.

– Ah. Pas encore.

– Bon, n'oublie pas de le faire, dit sa mère avec un sourire chaleureux. Je lui ai dit que tu l'appellerais. Je pense que c'est le moment.

C'est le moment ? Qu'est-ce que ça veut dire ? Ça contrarie ses parents qu'à dix-neuf ans, il n'ait pas de copine ? Je croyais que, pour partir en mission, il ne devait pas être dans une relation.

Est-ce qu'ils le soupçonnent d'être gay ?

Il commence à répondre, mais elle le coupe avec douceur, répondant au passage à une de mes questions.

– Je ne dis pas que tu devrais trouver quelqu'un. Je veux juste que tu rencontres des gens.

Tu parles, elle veut dire des filles.

– Comme ça, quand tu rentreras... poursuit-elle.

– OK, maman, dit gentiment Sebastian.

Encore une fois, il jette un rapide coup d'œil vers moi. Il sourit à sa mère pour atténuer le fait qu'il l'ait interrompue.

Elle paraît satisfaite et passe à autre chose.

– Avons-nous reçu ton emploi du temps pour ta tournée de promotion ?

Il grimace et secoue la tête.

– Pas encore.

Le sourire de sa mère faiblit et elle fronce les sourcils.

– J'ai peur qu'on n'ait pas le temps de tout coordonner. Nous devons encore nous occuper de tous les papiers pour le CFM. Si tu pars en juin, ça va être vraiment juste.

D'un coup, j'ai un autre déclic. Mon cerveau me fait l'effet de la vieille Buick de maman. Elle appuyait toujours sur l'accélérateur avant de débrayer si bien que le moteur était noyé, il lui fallait plusieurs secondes pour tourner normalement. Il me faut autant de temps pour percuter que Sébastian et sa mère sont en train d'évoquer l'été qui vient.

Traduction, cet été, il quittera Provo pour deux ans.

Le CFM, c'est le Centre de formation des missionnaires. Il part dans quatre mois.

Quatre mois, ça me semblait une éternité, avant.

– Je poserai la question à l'attachée de presse. Désolé, maman. La dernière fois que j'ai demandé, on m'a dit que j'aurais l'itinéraire dès qu'il serait au point.

– Tu as tant à faire avant de partir, dit-elle.

– Je sais, maman. Je tiendrai le rythme.

Avec un petit baiser sur le sommet de son crâne, elle s'en va et la pièce semble avalée par un silence tendu.

– Pardon, me dit-il.

Je m'attends à voir son visage crispé, mais quand je le regarde, il me sourit largement. La conversation gênante entre nous est oubliée. Celle avec sa mère aussi.

– Il y a tellement de choses à organiser. Il faut que je lui donne tous ces détails très vite.

– Oui.

Je me mordille la lèvre en essayant de trouver comment lui demander ce que je veux savoir.

Son regard est attiré par mon tic et son sourire s'efface.

C'est une toute petite pause, mais comme l'autre jour, quand il m'a avoué être venu simplement pour me voir, elle en dit long.

Elle en dit long parce que son sourire paraissait sincère jusqu'au moment où il a regardé ma bouche, et qu'alors, il a volé en éclats.

La pièce est pleine d'émotions contenues, suspendues au-dessus de nous comme des nuages.

– Tu pars où?

Il regarde de nouveau mes yeux, mais son sourire est introuvable.

– Après la tournée de promotion? Je vais faire ma mission.

– Oui, oui. (Mon cœur est l'équivalent d'une centaine de billes qui s'éparpillent au sol. Je ne sais pas pourquoi j'avais besoin qu'il le formule à voix haute.) Et tu ne sais pas encore où tu seras envoyé?

– Je le saurai en juillet, je pense. Comme tu l'as entendu, mes papiers ne sont pas encore partis, mais je ne peux pas m'en occuper avant la sortie du livre.

Pour les non-initiés, les missions sont difficiles à comprendre. De jeunes hommes – parfois des femmes, mais c'est moins courant – quittent leur foyer pendant deux ans pour aller là où on les envoie, n'importe où dans le monde. Leur boulot? Fabriquer de nouveaux mormons. Et pas de façon sexy. Les missionnaires accompagnent les nouveaux mormons par le baptême.

On les aperçoit souvent, à pied ou à vélo, dans leurs pantalons bien propres et leurs chemisettes amidonnées. Ils débarquent à notre porte avec de grands sourires, des cheveux bien peignés, des étiquettes noires affichant leur nom, et ils nous demandent si on veut en savoir plus sur Jésus-Christ, notre Sauveur.

La plupart d'entre nous leur répondent gentiment : « Non merci. »

Mais ma mère ne dit jamais non, elle. Quels que soient ses sentiments envers l'Église – et, croyez-moi, elle ne les laisse pas évoquer *Le Livre de Mormon* –, ils sont loin de chez eux. C'est ce qu'elle disait quand on vivait à Palo Alto, et c'est la vérité. Nombre d'entre eux sont effectivement loin de leur famille, et ils passent la journée à marcher. Si on les invitait à entrer, ils étaient aussi aimables et charmants qu'on peut l'imaginer. Ils acceptaient une limonade et un petit bout à manger, et nous remerciaient avec effusion.

Les missionnaires font partie des gens les plus adorables qu'il vous sera donné de rencontrer. Mais ils voudront aussi que vous lisiez leur bouquin, que vous voyiez la vérité telle que la leur montre leur foi.

Pendant leur mission, ils n'ont pas le droit de regarder la télé, d'écouter la radio ou de lire autre chose que quelques textes autorisés par l'Église. Ils sont là pour s'immerger dans leur religion plus que jamais, pour être seuls et devenir des hommes, pour aider l'Église à s'agrandir et diffuser l'Évangile. Et ils ne sont pas autorisés à laisser une petite amie derrière eux. Bien évidemment, ils n'ont le droit de pratiquer aucun acte charnel – et encore moins avec des membres du même sexe. Ils veulent te sauver, parce qu'ils pensent que tu as besoin d'être sauvé.

Sebastian veut être l'un d'eux.

Je n'arrive pas à m'enlever cette pensée de la tête, et on est là, chez lui, immergés dans la réalité de tout ça. Bien sûr qu'il veut être l'un d'eux. Il est déjà l'un d'eux. Le fait qu'il se soit vu aussi facilement dans mon livre, qu'il sache que j'ai des sentiments pour lui, ça n'y change absolument rien.

Je ne me préoccupe même plus de la vaste blague que constitue mon roman. Je lui laisserais lire la version originale, celle où clairement je ne peux pas m'empêcher de penser à lui, s'il me promettait de rester.

Il veut partir en mission ? Il veut s'éloigner d'ici et consacrer deux des meilleures, des plus sexy, des plus folles, des plus aventureuses années de sa vie à l'Église ? Il veut offrir sa vie à cette cause ? Vraiment, *offrir* sa vie ?

Je regarde mes mains en me demandant ce que je fous là. Je suis le roi des naïfs.

– Tanner.

Je relève les yeux vers Sebastian, qui me dévisage, et visiblement, m'a déjà appelé plusieurs fois.

– Quoi ?

Il essaie de sourire, nerveux.

– Tu as arrêté de parler.

Franchement, je n'ai rien à perdre.

– Je bloque toujours sur l'idée que tu pars en mission deux ans. Comme si je venais de l'apprendre.

Je n'ai même pas besoin d'en dire plus. Il comprend très bien le sous-entendu : *Je ne suis pas mormon, toi tu l'es. Combien de temps pourra-t-on vraiment être amis ? De toute façon, je ne veux pas juste être ton ami.* Je le vois dans ses yeux.

Et plutôt que d'éluder le sujet, de changer de conversation ou de suggérer que j'apprenne l'art de la prière, il se redresse en tirant sur sa chemise quand un pan se relève.

– Allez, viens. On n'a qu'à aller marcher. Ça fait beaucoup à digérer, pour tous les deux.

Il existe des tas de chemins pour grimper en haut de la montagne, et quand il fait beau dehors, on croise généralement des promeneurs sur chacun d'entre eux. Mais le temps dans l'Utah est imprévisible et le redoux est passé depuis longtemps. Personne ne se balade.

Nous avons la nature pour nous et nous gravissons la pente boueuse de la montagne jusqu'à ce que les maisons dans la vallée ne soient plus que d'infimes points au loin, et qu'on soit tous les deux hors d'haleine. Ce n'est qu'au moment où on s'arrête que je me rends compte qu'on a foncé sur le chemin, occupés à exorciser nos démons.

Peut-être le même.

Mon cœur cogne comme un sourd. On se dirige manifestement vers la discussion avec un grand D. Sinon, on aurait pu simplement allumer la Xbox, non ? Et l'éventualité me rend un tout petit peu cinglé.

Ça ne mène nulle part, Tanner. Nulle part.

Sebastian s'assied sur un rocher pour reprendre son souffle, les bras sur les cuisses.

Je suis les mouvements réguliers de son dos à travers son blouson, de ses muscles bien développés. Mais aussi sa posture droite, sa manière royale de se tenir. Et je l'imagine dans ma tête. Mes mains sur lui, partout. Ses mains sur moi, partout.

J'ai envie de lui.

Dans un léger grognement, je porte mon regard au loin, vers le monument de l'université Brigham Young, et sincèrement, c'est le dernier truc que j'ai besoin de voir. C'est un gros machin en béton qui est selon moi une insulte à l'art, mais en ville et sur le campus, il est vénéré.

– Tu n'es pas un grand fan du monument ?

– Bof.

Sebastian rit. Du ton que j'ai employé, probablement.

– D'après une histoire mormone, les Indiens vivant ici il y a de nombreuses années ont dit aux colons de l'Église avoir été prévenus par les anges que les gens qui déménageraient là seraient bénis et prospères.

– Intéressant que les Indiens ne vivent plus ici à cause des colons en question.

Sebastian se penche et capte mon regard.

– Tu as vraiment l'air contrarié.

– Je le suis.

– À cause de ma mission ?

– Pas à cause du monument, en tout cas.

Il hésite, ses sourcils s'abaissent.

– Mais tu ne savais pas qu'on est tous amenés à partir ?

– Si, mais je devais me dire...

Je regarde le ciel et aboie un rire.

Quel crétin je fais !

Y a-t-il eu un moment où j'aurais pu empêcher ce flux de sentiments de se déverser dans mes veines ?

– Tanner, je ne pars que deux ans.

Mon rire est tellement sec qu'il en est poussiéreux.

– Que deux ans. (Je baisse la tête et la secoue en cillant.) De suite, je ne suis plus contrarié du tout.

On tombe dans le silence, et c'est comme si un bloc de glace s'était abattu entre nous. Je suis un gros connard. Je me comporte de manière puérile et je rends la situation carrément embarrassante.

– Est-ce qu'au moins, tu pourras m'appeler ?

Je ne me soucie plus d'avoir l'air taré, mais Sebastian secoue la tête.

– Envoyer des mails ? Des textos ?

– Je peux communiquer avec ma famille, explique-t-il. Et je peux aller sur Facebook mais juste pour des posts en rapport avec l'Église.

Je sens quand ils se tourne vers moi, et le vent cingle mon visage si fort que ça fait mal, mais c'est aussi comme si le ciel essayait de me faire revenir à la raison en me mettant des claques.

Réveille-toi, Tanner. Réveille-toi, bordel !

– Tanner, je ne...

Il se passe une main sur le visage et secoue encore la tête. Comme il ne va pas au bout, je demande :

– Tu ne quoi ?

– Je ne comprends pas pourquoi tu es dans cet état.

Il me dévisage maintenant, les sourcils froncés, mais ce n'est pas de perplexité. Je ne crois pas, en tout cas. Je veux dire, je suis sûr qu'il sait. Est-ce qu'il veut juste que je l'avoue ? Que je le dise à voix haute, pour qu'il puisse m'expliquer gentiment pourquoi il nous est impossible d'être ensemble ? Ou est-ce qu'il veut connaître mes sentiments pour... ?

En fait, je m'en fous. Les mots pèsent tellement sur mes pensées que si je ne les évacue pas, ils vont tout écraser à l'intérieur.

– Tu me plais.

Mais quand je regarde vers lui, je vois que ces mots ne suffisent pas. Ils n'effacent pas l'expression sur son visage.

– Et je sais que ta foi ne te permet pas ce genre de sentiments.

Il attend, tellement immobile qu'on dirait qu'il retient son souffle.

– L'Église ne permet pas à des mecs d'éprouver des sentiments tels pour... d'autres mecs.

– Non, articule-t-il sur un ton à peine audible.

– Mais je ne suis pas mormon, dis-je, à peine plus fort que lui. Dans ma famille, ça n'a rien de mal. Et je ne sais pas quoi faire à partir de là ni comment arrêter de ressentir ça pour toi.

J'avais raison. Il n'est pas surpris du tout. Son visage se défronce, mais c'est simplement pour se raidir entièrement. Je me demande s'il aurait préféré que je ne dise rien du tout, ou que je fasse style qu'il était mon nouveau poto et qu'il allait me manquer juste comme ça, pendant que j'avancerais tant bien que mal sur cette débilité de livre.

– Je... commence-t-il.

Puis il exhale un souffle contrôlé, comme si chaque molécule d'air sortait l'une derrière l'autre.

– Tu n'es pas obligé de répondre quoi que ce soit.

J'ai le cœur à mille à l'heure. C'est un poing qui donne des coups, sans cesse, de l'intérieur. Débile, débile, débile.

– Je voulais juste expliquer pourquoi j'étais énervé. Et j'ajoute, même si j'ai envie qu'un gouffre s'ouvre pour me faire disparaître : pourquoi en gros mon livre raconte ce que c'est de tomber amoureux de toi.

Je regarde sa pomme d'Adam descendre pendant qu'il déglutit avec difficulté.

– Je crois que je le savais.

– Je crois aussi.

Son souffle est fort, saccadé. Ses joues sont roses.

– Tu as toujours... aimé les garçons ?

– Peu importe le genre, je suis bi. C'est la personne qui compte, je crois.

Sebastian hoche la tête, mais ne s'arrête pas. Il hoche, il hoche, il hoche en regardant ses mains coincées entre ses genoux.

– Alors pourquoi tu ne te trouves pas une fille ? demande-t-il doucement. Ça ne serait pas bien plus facile ?

– Ce n'est pas quelque chose qu'on choisit.

C'est encore pire que j'aurais pu l'imaginer. C'est même plus difficile que d'en parler à mon père. Quand il en a été question, j'ai bien vu qu'il s'inquiétait des obstacles que je rencontrerais et qu'il ne pourrait pas m'aider à surmonter. Mais cette réaction était dissimulée par une volonté de fer. Il veut que je me sente accepté et fait tout ce qu'il peut pour me cacher ses craintes.

Mais là... J'ai eu tort. Je n'aurais rien dû dire à Sebastian. Comment rester amis à partir d'aujourd'hui ? Je comprends l'expression « se faire briser le cœur ». Il n'y a pas un moment où ça éclate en morceaux. C'est juste une fissure lente et douloureuse en plein milieu.

– Je crois que... j'ai toujours été attiré par les garçons, murmure Sebastian.

Je relève les yeux d'un coup. Les siens sont embués.

– Je veux dire, je le sais, précise-t-il.

Oh, purée.

– Je ne suis même pas attiré par les filles. Je t'envie là-dessus. Je n'arrête pas de prier pour l'être un jour. (Il souffle un coup.) Je n'avais jamais dit ça à voix haute. (Lorsqu'il cille des yeux, les larmes coulent sur ses joues. Il regarde les nuages et laisse échapper un rire triste.) Je ne sais pas si ça me fait un bien fou ou un mal de chien.

Mes pensées sont un cyclone. Mon sang, une rivière qui déborde. Je rame pour trouver la meilleure chose à dire. Ce que je voudrais que quelqu'un me la souffle maintenant ! Le problème, c'est que pour lui, m'avouer ça, c'est énorme. Ça n'a rien à voir avec ce que j'ai pu vivre, même avec ma famille.

Je me fie à mon instinct et lui balance la première chose que mon père m'avait répondue :

– Tu peux pas savoir comme je suis content que tu me fasses confiance.

– Oui. (Il me regarde, les yeux humides.) Mais je n'ai jamais… (Il secoue la tête.) Je veux dire, j'en ai… eu envie… mais je n'ai jamais…

– T'as jamais été avec un mec.

Il secoua la tête de nouveau, rapidement.

– Non. Rien du tout.

– Moi, j'ai déjà embrassé des mecs, mais sincèrement… je n'ai jamais ressenti ça.

Il assimile un instant ce que je viens de dire.

– J'ai essayé de changer. Et… (Il regarde de côté.) De ne même pas m'autoriser à imaginer ce que ce serait… d'être avec…

C'est un coup de poing dans le plexus.

– Mais alors, je t'ai rencontré.

Un coup encore plus violent.

J'ai été extrait de mon propre corps et je nous regarde depuis le chemin. On est assis sur un rocher, côte à côte, les bras qui se frôlent, et je sais que ce moment sera gravé dans ma mémoire pour toujours.

– La première fois que je t'ai vu…

J'ai à peine commencé qu'il acquiesce déjà, comme s'il savait exactement ce que j'allais dire.

– Oui.

Ma poitrine se contracte.

– Je n'avais jamais senti ça avant.

– Moi non plus.

Je me tourne vers lui, et c'est rapide. À un moment, il me regarde, et à la seconde suivante, sa bouche est sur la mienne, chaude, lisse, et c'est tellement bon.

Oh, mon Dieu. Je lâche un son guttural que je n'arrive pas à contrôler. Il en fait un en retour, et le grognement se transforme en rire parce qu'il se détache de moi avec le sourire le plus grand que le ciel ait jamais vu, et puis il revient m'embrasser, encore, plus intensément, les mains sur ma nuque.

Il entrouvre la bouche et je sens sa langue hésiter contre la mienne.

La lumière éclate derrière mes paupières fermées, si forte que j'entends presque l'explosion. C'est mon cerveau qui fond, ou le monde qui prend fin, ou alors on a été atteints par une météorite et on m'offre un dernier moment parfait, avant le purgatoire pour moi, et un endroit bien plus élevé pour lui.

Ce n'est pas son premier baiser, je le sais. Mais c'est son premier vrai baiser.

9

Pendant la descente, je ne sais pas quoi faire de mes mains, et encore moins du fatras de mes émotions. Ce qui vient de se passer là-haut est tatoué sur chacune de mes synapses. Je suis sûr que je me souviendrai de ce moment, même dans quatre décennies.

Ma mère me dit toujours de prendre la température de mes sensations. Donc, en dehors de mon envie de lui à en avoir le vertige, je me sens :

Nerveux.

Hésitant.

Prêt à tout pour que ça se reproduise, et vite.

Mais les émotions les plus faiblardes sont englouties par le fait que je plane.

J'ai.

Embrassé.

Sebastian.

J'ai senti sa bouche sur la mienne, sa langue, son rire dans l'espace entre nous. On s'est embrassés, encore et encore. Toutes sortes de baisers. Rapides et hâtifs, et d'autres plus approfondis qui m'ont projeté dans de futurs longs après-midi planqués dans une chambre. Il m'a mordu la lèvre, je l'ai mordu en retour, et puis il a émis un son que j'entendrai résonner dans le tourbillon de mes pensées pendant le restant du week-end. C'était tellement... ce qu'il nous fallait, merde. Comme si ce que j'avais pu connaître avant, avec d'autres, ce n'était pas vraiment embrasser. Ça fait peut-être con, mais c'était comme si chaque cellule de mon corps s'était glissée dans ce baiser. Ça rend tout ce que j'ai vécu avant un peu fade, difficile à me remémorer. On s'est embrassés jusqu'à sentir le froid s'infiltrer sous nos vêtements.

En fait, maintenant que j'y pense, on s'est embrassés jusqu'au moment où Sebastian a reculé, parce que ma main s'aventurait au bas de sa chemise.

Il n'a jamais rien fait avec un mec, mais il est clair que le processus n'est pas nouveau pour lui, et je suis sûr qu'il a déjà eu une copine. Malgré tout, on tremblait tous les deux de la même voracité démente, donc c'était peut-être aussi unique pour lui que pour moi.

Est-ce qu'il a déjà... couché ? Je suppose que non. Autumn rigolerait et me dirait que certains des SDJ de notre lycée sont les plus obsédés, mais j'ai l'impression que Sebastian n'est pas comme eux, qu'à part ce qu'on a fait aujourd'hui, il respecte ce genre de règles.

Mais serait-il prêt à sauter le pas ? Avec moi ?

Cette question m'échauffe le sang en même temps qu'elle m'angoisse.

Je brûle des étapes, c'est clair, mais je suis excité puissance dix mille. Est-ce qu'on... sort ensemble ? Même seulement en secret ?

Veut-il me revoir ?

Dans mes pensées, ma mère me supplie de bien réfléchir à ce qui se passe. Mais cette idée s'évapore aussitôt.

Quand on s'est redressés et époussetés, c'était un peu comme crever une bulle. Et chaque pas vers la ville dissout un peu plus ce film protecteur. À nos pieds, Provo s'étend, vaste et bien rangée.

Je ne veux pas redescendre. Je ne veux pas rentrer chez moi.

J'ai beau adorer ma maison, ma famille, ma chambre, ma musique, j'aime encore plus être avec lui.

Comme on pouvait s'en douter, Sebastian ne dit rien. Il marche à une distance respectable, hors de portée, les yeux sur l'endroit où ses pieds vont se poser. Je suis sûr qu'il est encore plus en vrac que moi en ce moment, et j'ai du mal à trouver quoi dire. Est-ce qu'on devrait parler de ce qui vient de se passer ?

Dans ce genre de situation, avec une fille, on se donnerait la main et je serais en train de reprendre la maîtrise de mon corps pendant le trajet de retour. Avec un mec, ce serait la même chose, mais pas avec un mormon qui – notre silence et la distance suggèrent qu'on a pris conscience de ça au même moment – aurait droit à des tas de discussions et de prières si on le surprenait à redescendre d'une montagne main dans la main avec un autre garçon.

N'empêche, j'espère que son silence n'est pas mauvais signe. De temps en temps, il regarde vers moi et me sourit, ce qui m'éclaire de l'intérieur. Mais ensuite, je me souviens de son sourire tranquille (malgré le stress) après que sa mère a quitté la pièce, de son sourire quand les filles l'abordent à l'école (même s'il n'aime que les garçons), de son sourire sur les photos accrochées chez lui (où il doit cacher une des choses les plus importantes), et c'est une blessure de me demander si je peux faire la différence entre un sourire sincère et forcé.

– Tu vas bien ? je demande avec un tremblement dans la voix.

– Oui.

Je redoute ce qui va se produire dans cinq minutes, arrivés au trottoir devant chez lui. S'il y avait moyen de l'emmener hors de la ville, de rouler jusqu'à tomber en panne d'essence et passer la nuit à parler, à l'aider à débroussailler tout ça, je le ferais. Je sais ce qu'il va faire, parce que c'est une version amplifiée de ce qui m'est arrivé la première fois que j'ai embrassé un garçon ; il va retourner dans sa chambre, où il va se répéter que ce qui vient de se passer n'est que simple curiosité, et rien de plus.

– Qu'est-ce que tu fais ce week-end ?

Il inspire d'un coup, comme s'il devait d'abord se reprendre avant de répondre :

– Demain, j'ai un tournoi de foot, puis Lizzy et moi, on va à Orem pour aider une famille à emménager.

Ah, le service. Et Orem... Là-bas, les maisons sont parfois plus belles qu'à Provo, mais, si c'est possible, c'est encore moins animé.

– Ils arrivent d'où, les pauvres ?

– De Provo, fait-il avec un regard surpris.

– Tu en parles comme si on ne pouvait pas s'établir à Orem en venant d'ailleurs.

Ça lui arrache un vrai rire, et je me délecte de voir ses yeux se plisser.

– Non. Je veux juste dire... (Il réfléchit avant de rire de nouveau.) Bon, d'accord. Je ne pense pas qu'on puisse s'établir à Orem en venant d'ailleurs que de Provo.

– Diiiis, Sebastian ?

À mon ton, il rougit, et cette fois son sourire est en même temps timide et séducteur.

– Oui ?

– Ça ne te pose pas de problème, ce qu'on vient de faire ?

Il devient livide, et sa réponse vient trop vite à mon goût :

– Non. Aucun.

– T'es sûr ?

Timidité et séduction laissent place à de la magnanimité, et c'est comme si je lui avais demandé s'il aime vraiment le rôti trop cuit de ma mère.

– Évidemment.

Je tends la main, dans l'idée de lui toucher le bras, avec le besoin instinctif de l'atteindre, mais il a un mouvement de recul et regarde autour de nous, soudain paniqué.

– Nous... je... non... on... peut... pas.

Ses paroles sont hachées, comme s'il donnait des coups maladroits sur un tronc d'arbre.

– Désolé.

– Pas si près de la ville.

Clairement, je ne suis pas aussi doué que lui pour ne rien laisser transparaître de mes émotions, parce qu'il grimace et chuchote :

– Ce n'est pas méchant. C'est juste la réalité. Je ne peux pas... parler comme ça... pas ici.

Toute la soirée, j'évite maman qui me lance son regard « tu veux qu'on parle », et je prétends être submergé de devoirs, ce qui est vrai, à part qu'on est vendredi soir et que personne n'y croit. Autumn appelle. Manny appelle. Eric appelle. Tout le monde va quelque part, fait quelque chose, toujours les mêmes choses depuis presque trois ans ; boire et regarder des gens s'éclipser dans des coins sombres. Ce soir, non merci.

Je préfère rester seul, mais pas pour regarder de beaux mannequins sur Instagram. Je veux me repasser notre rando dans ma tête. Encore, et encore. Tout, à part la fin.

Pas ici.

Je pourrais me morfondre devant cette vérité déprimante, sauf qu'au moment de me coucher, je reçois un texto de Sebastian, avec juste un emoji de montagne enneigée. C'est comme balancer du kérosène sur la petite flamme vacillante dans ma poitrine.

Je me relève et marche de long en large dans ma chambre en souriant à l'écran.

Une montagne. Notre rando. Il est dans sa chambre, sans doute, en train de penser à tout à l'heure.

Mon cerveau fait un bond. Peut-être qu'il est au lit…

Une petite voix me dit attention, danger.

Je résiste à la tentation de répondre par un arc-en-ciel, une aubergine ou une langue et j'envoie plutôt un coucher de soleil. Il répond par un ballon de foot. Ah, ce week-end Je réponds par un emoji de bateau – rappel de ce qu'on pourrait faire cet été… s'il est encore là.

Mon téléphone vibre dans ma main.

On pourra reparler de ton livre ?

Oui, bien sûr.

Mon cœur s'emballe. Dans notre angoisse, nos aveux, nos baisers, j'ai oublié cette histoire de manuscrit. J'ai oublié – mais pas lui, c'est clair – que je vais devoir rendre un livre à la fin de l'année.

Je peux le reprendre.
Je peux modifier des choses pour que ça soit pas si évident.
On en parlera de vive voix, si tu veux bien.

Je grimace et me prends le front entre les mains. Fais gaffe, Tanner !

OK, bien sûr.

Après ça, il envoie simplement :

Bonne nuit, Tanner.

– J'ai environ quinze mille mots, déclare Autumn lundi après-midi en guise de salut.

Elle s'assied dans la salle du Séminaire et me regarde, l'air d'attendre. Je me gratte le menton en réfléchissant.

– Moi, j'ai environ soixante-dix Post-it.

C'est un mensonge. J'ai à peine quelques chapitres rédigés. Malgré ma promesse à Sebastian, les mots s'échappent de moi. Je n'ai rien modifié. J'ai fait des ajouts, dans l'envie de capturer chaque seconde.

– Tanner, me gronde-t-elle sur un ton de maîtresse d'école. Tu dois y penser en termes de volume de mots.

– Je ne pense à rien en termes de volume.

– Quelle surprise... Un livre, ça fait entre soixante mille et quatre-vingt-dix mille mots. Et tu écris sur un bloc de Post-it ?

– J'écris peut-être un album pour enfants ?

Elle baisse les yeux, l'air inquisiteur. Je suis son regard sur le feuillet qui déborde en bas de mon cahier, et dont les seuls mots visibles sont : *Lui lécher le cou*

– Ce n'est pas un livre pour enfants, je la rassure en le replaçant à l'intérieur.

Elle fait un grand sourire.

– Je suis ravie de l'apprendre.

– Il y a combien de mots sur une page, d'abord ?

Le soupir d'Autumn exprime une intense exaspération, et elle n'a sans doute pas besoin de se forcer pour l'émettre. Moi non plus, je ne pourrais pas me supporter.

– Environ deux cent cinquante pour une page en corps 12, double interligne.

Je fais le calcul rapidement.

– Tu as écrit soixante pages ?

Moi, j'en suis à plus de cent.

– Tanner, répète-t-elle, avec plus d'insistance cette fois. Nos livres doivent être terminés en mai. On est fin février.

– Je sais. Je gère, promis.

Je veux qu'elle me croie sur parole. Impossible de lui passer l'épisode où Tanner et Sebastian s'embrassent sur une montagne !

– Tu étais où, vendredi ? me demande-t-elle en enfonçant machinalement son crayon dans une fente de son bureau, créée par une centaine d'autres élèves qui ont eu exactement le même geste.

– Chez moi.

– Ah ? Pourquoi ?

– J'étais fatigué.

– Tu étais seul ?

Je réagis par un regard neutre.

– Oui.

– Je t'ai vu avec Sebastian monter à Terrace Mountain vendredi après-midi.

Mon cœur s'enfuit de la pièce pour se réfugier dans le couloir, sans un regard en arrière. Jusqu'ici, je n'avais même pas pensé que quelqu'un pourrait nous apercevoir. Mais Autumn s'intéresse de près à tout ce que je fais. Et elle nous a vus partir en rando. Rando au bout de laquelle on s'est roulé des pelles, comme des ados fougueux qui se respectent.

– On est juste allés se promener.

Elle décoche un grand sourire, comme si c'était évident. Mais est-ce que j'aperçois quelque chose sous la surface, comme des soupçons ?

Je ne la joue peut-être pas aussi cool que je le croyais. Je murmure :

– Autumn.

Juste à ce moment, Sebastian entre avec M. Fujita. Mon corps entier semble s'embraser, j'espère que personne ne le remarque. Autumn regarde droit devant elle, et Sebastian croise mon regard avant de détourner les yeux. Il rougit.

– Autumn, dis-je en lui tirant sur la manche, je peux t'emprunter un crayon ?

Je crois qu'elle perçoit une certaine panique dans ma voix parce qu'elle se retourne, l'expression adoucie.

– Bien sûr.

Quand elle me le passe, on se rend compte dans un bel ensemble que je tiens déjà un stylo. Je lui chuchote à l'oreille, comme si j'avais fait exprès juste pour qu'elle s'approche de moi :

– Ça m'est égal que tu penses ce que tu penses. Mais ça aurait de l'importance pour lui.

Elle fronce tout le visage, perplexe.

– Et je peux savoir ce que je pense ?

Mon cœur se décontracte.

Quand je regarde à l'autre bout de la classe, Sebastian se détourne vivement. On ne s'est pas vus depuis six jours. J'aurais voulu que notre première interaction après la marche porte un poids secret et précieux, mais en fait, elle est chargée de malaise. Il a dû me voir avec Autumn, en train de faire des messes basses et de le regarder. Craint-il que je lui aie tout raconté ? Que je lui aie fait lire mon livre dans sa version originale ? J'essaie de secouer la tête pour lui expliquer que tout va bien, mais il n'a plus les yeux sur moi.

Et il ne les repose pas sur moi de tout le reste du cours. Quand on se répartit en petits groupes, il passe le reste du temps avec McKenna et Julie, qui sont tout en émoi. À l'avant de la classe, Fujita parle caractérisation des personnages et arc narratif, et sur le côté, Sebastian parcourt une partie des écrits d'Asher.

À la sonnerie, il sort sans cérémonie et s'éloigne dans le couloir. Le temps que je balance mes affaires dans mon sac et que je le suive, je ne vois que son dos quand il sort du lycée, au soleil.

Pendant le déjeuner, je trépigne, occupé à chercher quel message lui envoyer pour lui faire comprendre, à mots couverts, qu'il n'a pas à s'en faire.

– Tu as l'air d'un taré, me dit Autumn depuis le bloc de béton où elle a posé son plateau de houmous et de crudités. Pose-toi un peu !

Je lui obéis pour la rassurer, lui pique une carotte et la croque en deux bouchées. Mais l'anxiété au sujet de Sebastian est un élastique qui m'enserre la cage thoracique. Et s'il est vraiment contrarié par l'histoire du bouquin ? Est-ce que je peux recommencer ? Oui.

Je peux recommencer. Je devrais.

Je me mets à agiter la jambe, pris d'une panique d'un autre ordre. Elle ne paraît pas remarquer.

– Je pense que tu devrais inviter Sasha au bal.

– Encore le bal. (Je commence à me ronger l'ongle du pouce.) J'ai pas trop envie d'y aller.

– Quoi ? Mais t'es obligé !

– En fait, non.

Elle me donne un coup sur le pied avec le sien.

– Bref... Eric m'a invitée.

– Quoi ? Et comment ça se fait que je sois pas au courant ?

– Aucune idée. Je l'ai posté sur Insta.

– C'est comme ça qu'on se donne des nouvelles, maintenant ? Sur les réseaux sociaux ?

Je dégaine mon téléphone. Effectivement, il y a une image de la porte du garage chez elle, couverte de Post-it colorés pour former le mot : « Bal ? »

Super-créatif, Eric.

– Tu devrais demander à Sasha. On irait tous les quatre.

Mon souffle se bloque dans ma trachée et je lui prends la main.

– Je peux pas, Autumn.

Elle essaie de masquer sa déception.

Ce n'est pas comme si Sebastian acceptait de m'accompagner, ça, jamais de la vie. Mais mon cœur lui appartient en ce moment et jusqu'à ce qu'il décide quoi en faire, je ne peux pas le reprendre.

Autumn m'observe, et on respire bizarrement à l'unisson pendant quelques secondes sereines. Je me défais de son étreinte et je lui vole une autre carotte, cette fois sans culpabilité.

– Merci.

Elle se lève en me laissant terminer son repas et m'embrasse sur le sommet du crâne.

– Je dois retrouver madame Polo avant la sixième heure. Tu m'envoies un SMS tout à l'heure ?

Avec un hochement de tête, je la regarde disparaître dans le bâtiment avant de m'emparer de mon téléphone. Après avoir effacé plusieurs tentatives d'arranger les choses, j'opte pour :

Comment s'est passé ton week-end ?

Je regarde les points de suspension qui m'indiquent qu'il est en train de répondre. Le sang circule trop vite dans mes veines.

Les points restent figés un moment, puis disparaissent, et je m'attends à une thèse sur le foot et les déménagements de Provo à Orem, mais tout ce que je reçois au bout de cinq minutes, c'est :

Bien !

Il se fout de moi ?

Je fixe mon téléphone. Mon cœur n'est plus juste dans ma trachée, maintenant. C'est comme s'il battait dans chaque organe, chaque creux dans mon corps. Si je fermais les yeux, je l'entendrais. Je ne sais même pas quoi dire. Alors, j'envoie juste un pouce levé et je range mon portable.

Quatre carottes plus tard, je le reprends.

Sebastian a répondu par un emoji montagne et, quelques minutes plus tard, autre chose.

Mes grands-parents de Salt Lake City viennent pour le week-end. Ma mère m'a proposé de t'inviter à dîner. Je suis sûr que l'idée est terrifiante pour toi, mais je te promets qu'ils sont gentils.

Et j'aimerais que tu viennes.

10

Je suppose qu'il y a un message secret enfoui sous l'invitation de Sebastian. C'est peut-être sa façon de me rappeler qu'on doit être prudents. Ou le seul moyen pour lui d'exprimer son anxiété par rapport à mon livre et le risque qu'il représente pour lui. Parce que, sérieusement, rien ne m'a donné une image aussi claire de la différence entre nos vies de famille que sa maison : il a même pu observer mon incrédulité.

Mais il y a aussi ce qu'on a fait sur la montagne. On s'est embrassés, pas un simple baiser vite fait ou accidentel, mais un vrai baiser, langue, mains, lèvres... Je n'arrive même pas à y repenser sans avoir l'impression d'être plongé dans de l'eau brûlante. En revenant sur le sentier, il arrivait à peine à me regarder sans rougir. Est-ce que c'est de la folie pure, ce plan dîner ?

Mais à quoi il joue ?

J'examine mon reflet dans le miroir à l'autre bout de la pièce. Mes vêtements sont neufs, donc au moins, ils me vont. J'ai grandi tellement vite pendant quelques années que mes manches étaient toujours un chouïa trop courtes, et mes pantalons au-dessus de la cheville. J'ai changé de haut sept fois et avec ma coupe de cheveux, je pense que je suis plutôt bien. Je m'inquiète d'être trop informel, en chemise Quicksilver à manches courtes. Mais bon, débarquer en chemise-cravate serait un peu présomptueux, genre c'est un rencard pour qu'il me présente à ses parents.

Ce qui n'est pas le cas. En tout cas, je ne pense pas...

– Alors, vous êtes, genre... ensemble ?

Hailey s'appuie à l'encadrement de ma porte, les bras croisés, l'air de me juger.

Je regarde de nouveau ma chemise.

– J'en sais rien, putain.

Elle claque la langue et vient s'effondrer sans grâce sur mon lit.

– Ils ne vont pas apprécier un tel langage.

Je marmonne encore une insanité, parce que merde, elle a raison. Je dois mieux me surveiller.

– Tu ne sais pas si vous êtes ensemble, mais tu vas dîner avec sa famille ? C'est bizarre.

– Comment tu es au courant ?

– Si c'était censé être un secret, t'aurais peut-être pas dû en parler avec les parents en plein milieu du salon.

– C'est pas vraiment un secret, mais...

Ça l'est quand même.

Hailey hoche la tête. Apparemment, elle n'a pas besoin que j'explique, et c'est sympa de voir ma sœur se comporter autrement qu'en gamine gâtée incapable de penser à autre chose qu'à son nombril. Quand ils ont décidé d'emménager ici, mes parents lui ont fait la leçon très clairement sur la discrétion. Même moi, je pouvais discerner la panique de maman quand elle essayait d'expliquer à Hailey que révéler que je suis bi dans un accès de colère serait un désastre. Le reste du monde ne serait pas toujours aussi compréhensif qu'on nous a appris à l'être, surtout ici, à Provo.

En me penchant pour ramasser le reste de mes habits, je me souviens que Hailey et Lizzy sont dans la même classe.

– Je vois Lizzy tout à l'heure. Je lui passe le bonjour de ta part.

Ma sœur prend un air dégoûté.

Je ris, range les tee-shirts dans les tiroirs et remets les chemises sur des cintres.

– C'est ce qu'elle ferait, à ta place.

Hailey se retourne sur le dos et grogne :

– Elle sourit tout le temps et elle dit bonjour à tout le monde dans les couloirs.

– Quel monstre !

– Comment on peut être aussi heureux en étant mormon, quoi ? (Dans ses paroles, pour la première fois, j'entends nos préjugés ignorants.) Je voudrais me foutre des baffes.

– C'est pas un peu débile comme réflexion ?

Apercevant mon portable en train de recharger sur ma table de nuit, elle le prend et tape mon code.

– Je parie qu'elle serait pas si heureuse si elle savait que tu cherches à te faire son frère.

– Hailey, ta gueule !

– Et quoi ? Tu crois qu'ils t'inviteraient toujours chez eux s'ils savaient ? Pour eux, tu es le démon qui essaie d'attirer leur fils en enfer.

– Ils ne croient pas vraiment à l'enfer, dis-je en cherchant à récupérer mon téléphone. Ne dis pas de trucs comme ça sans savoir.

– Ah, parce que Sebastian te coache aussi en culture mormone ?

– Non, c'est maman qui m'a dit ça. J'essaie juste de mieux le connaître, et ça signifie également comprendre d'où il vient.

Hailey perce très bien à jour mon plan indigné.

– Mais oui, bien sûr ! Vous discutez aussi de leur position sur le mariage gay ? Ou de celle où ils ont reconnu que la thérapie de conversion était une erreur ignoble et cruelle ? demande-t-elle, pleine de sarcasme. Il ne va pas miraculeusement réaliser qu'il t'aime plus que Dieu, Jésus ou Joseph Smith. Tu devrais laisser tomber.

Son argumentaire m'atteint au plus profond. Je me jette sur elle et récupère mon téléphone.

– T'es trop conne !

La maison de Sebastian n'est pas du tout moins intimidante la deuxième fois. De l'extérieur, on peut deviner tout ce qu'on a besoin de savoir sur la famille qu'elle abrite : blanche et bien rangée, scrupuleusement entretenue, mais rien de luxueux. Elle fait accueillante et sécurisante, mais me donne aussi le sentiment que je vais réussir à faire un faux pas, casser un truc, laisser des empreintes digitales... par exemple, sur le fils aîné.

La Suburban familiale est dans le garage ouvert et une Lexus récente est garée plus loin. Elle doit appartenir aux grands-parents. J'aperçois mon reflet dans la vitre passager, et ma nervosité redouble. Comment je vais tenir tout un dîner avec la famille la plus respectable de Provo sans montrer que je suis grave amoureux ?

Hailey avait peut-être raison.

J'aurais dû laisser tomber.

Je me prépare avant d'appuyer sur la sonnette. Elle résonne dans la maison, et puis la voix de Sebastian s'élève à l'intérieur :

– J'y vais !

Ma poitrine s'enflamme.

La porte s'ouvre, et Sebastian aspire tout l'oxygène autour de nous. Je ne l'ai pas vu depuis les cours, où c'était bizarre et silencieux. Il refusait de me regarder, mais maintenant, il le fait.

Sebastian ferme derrière lui et m'entraîne sur la terrasse. Il porte une chemise blanche amidonnée, déboutonnée au col. J'aperçois sa gorge lisse, ses clavicules, je devine son torse dissimulé sous le tissu. J'en ai l'eau à la bouche.

Je me demande s'il portait une cravate. Est-ce qu'il l'a retirée pour moi ?

– Merci d'être venu, me dit-il.

Le désespoir s'empare de mon pouls, et l'idée de faire quelque chose pour éviter ça crée une douleur entre mes côtes. Je veux le rassurer tout de suite sur mon intention de réécrire tout mon livre, mais à la place, je réponds simplement :

– Merci de m'avoir invité.

– Pas de souci, dit-il en me faisant signe d'entrer avec lui. Bon, ça va sûrement être ennuyeux à mourir. Je veux juste te prévenir. Et je suis désolé s'ils se mettent à parler d'histoires d'église. (Il passe une main dans ses cheveux, et je me retrouve sur la montagne.) Ils ne peuvent pas s'en empêcher.

– Tu rigoles ? J'adore les histoires d'église.

Il éclate de rire.

– Mais oui, c'est sûr.

Avec une profonde inspiration, il remet sa chemise en place et tend la main vers la poignée.

Je l'arrête, une main sur son bras.

– C'est bizarre, ou c'est juste moi ?

Je sais, je cherche une indication qu'il se souvient de ce qu'on a fait, qu'il a aimé.

Sa réponse me fait toute ma semaine.

– C'est pas juste toi.

Il croise mon regard, puis me lance le sourire le plus hallucinant que j'aie jamais vu. Aucun des portraits de famille qu'il y a dans la maison n'a jamais vu celui-là, pas une seconde.

Sur une impulsion, je lance :

– J'ai repris l'écriture.

– C'est vrai ? fait-il en écarquillant les yeux.

– Oui. (J'avale ma salive avec difficulté, en m'étranglant sur mon pouls.) J'arrête pas de… d'y penser, mais je sais aussi que je ne pourrai pas rendre ce que j'ai écrit.

L'anxiété de recommencer s'unit à la joie de le voir. Le trouble me rend les choses plus faciles pour mentir.

– J'ai commencé un nouveau texte.

Clairement, c'est ce qu'il voulait entendre.

– C'est bien. Je peux t'aider. (Il se donne trois secondes pour regarder ma bouche avant de relever les yeux au niveau des miens.) Prêt ?

J'acquiesce et il ouvre la porte, m'envoyant un regard encourageant avant qu'on entre.

La maison embaume le pain frais et la dinde rôtie, et comme il fait un peu plus froid dehors, les vitres sont couvertes de condensation. Je suis Sebastian à côté du petit salon de devant. Rebonjour, photo de Sebastian-sexy à dix-sept ans. Rebonjour, tous les Jésus partout.

Rebonjour, cadre oppressant. Et on continue dans le couloir, vers le séjour d'un côté et la cuisine de l'autre.

Un homme, sans doute le père de Sebastian, regarde la télé.

En nous voyant débarquer, il se lève. Il est plus grand que Sebastian de quelques centimètres, mais a les mêmes cheveux châtain et le même air avenant. Je ne sais pas à quoi je m'attendais. Une attitude plus intimidante, peut-être ? Mais je ne suis pas prêt quand il me serre la main et me décoche le même sourire à faire flancher les genoux.

– Tu dois être Tanner. (Ses yeux bleus pétillent de satisfaction tranquille.) J'ai beaucoup entendu parler de toi.

Il... il quoi ?

J'envoie un regard interrogateur du côté de Sebastian, qui regarde ostensiblement ailleurs.

– Oui, Monsieur. (Je me corrige vite.) Je veux dire Monsieur l'évêque.

Il rit et me pose une main sur l'épaule.

– Je ne suis évêque qu'à l'Église. Appelle-moi Dan.

Mon père ne serait pas d'accord pour que j'appelle un parent par son prénom, surtout pas, mais je ne vais pas discuter.

– D'accord. Merci, Monsieur... Dan.

Un homme plus âgé descend l'escalier. Il a des boucles sombres qui lui tombent sur les oreilles, et malgré l'austérité de son costume et la touche de gris sur ses tempes, ça le rend plus jeune.

– Aaron avait besoin d'expertise en Lego. Quand il a demandé comment je savais ce que je faisais, je lui ai dit que c'était parce que j'avais un diplôme d'ingénieur. Maintenant, il est décidé à devenir ingénieur dans le but de construire des Lego toute sa vie. Ma foi, du moment que ça fonctionne.

Sebastian arrive à côté de moi.

– Grand-père, je te présente Tanner. Un ami du Séminaire.

Le vieux monsieur m'inspecte de ses mêmes yeux bleu vif.

– Un autre écrivain ! commente-t-il avant de me serrer la main. Je suis Abe Brother.

– Enchanté, Monsieur. Mais je suis plus proche du singe à qui on a laissé l'accès libre à un clavier que d'un écrivain.

Dan et son père rient, mais Sebastian me fixe en fronçant les sourcils.

– C'est faux.

Je marmonne un vague « si tu le dis ».

Dans la cuisine, Sebastian me présente à sa grand-mère, Judy, qui veut savoir si j'habite dans les environs. Ce doit être le code pour « de quelle paroisse fais-tu partie ? ».

– Il vit du côté du country club, explique Sebastian.

Il demande si nous pouvons aider à quelque chose et quand on nous répond non, il leur dit qu'on va travailler à mon manuscrit.

La panique me glace soudainement.

– D'accord, chéri, répond sa mère. Le dîner sera prêt dans une quinzaine de minutes. Tu peux dire à tes sœurs de commencer à se laver les mains ?

Avec un signe affirmatif, il m'entraîne dans le couloir. Je monte derrière lui en chuchotant :

– Je n'ai pas apporté mon nouveau manuscrit.

Dans l'escalier, je fais de mon mieux pour garder les yeux sur mes pieds et pas sur lui.

En haut, ce sont les chambres.

Il s'arrête devant celle de Faith. À l'intérieur, c'est une monstruosité de rose et violet duveteux, avec quelques signes de révolte préado sur les bords.

Il frappe et passe la tête par l'embrasure de la porte.

– On mange bientôt, donc tu passeras te laver les mains, OK ?

Elle répond un truc et il ressort.

– Tu m'as entendu ? dis-je, un peu plus fort maintenant. Je n'ai pas apporté mon nouveau manuscrit.

Ai-je fait une énorme erreur en racontant que je travaille déjà sur un nouveau truc ? Est-ce qu'il va vouloir le voir bientôt ?

Il jette un regard derrière nous avant de me faire un clin d'œil.

– J'ai entendu. Je ne t'ai pas invité pour travailler.

– Oh… D'accord.

Un sourire machiavélique aux lèvres, il ajoute :

– Je peux te faire visiter.

Je me doute déjà qu'il n'y a pas grand-chose à voir – en haut, c'est une impasse avec quatre portes –, mais j'accepte.

– La chambre de mes parents, dit-il en désignant la plus grande des pièces.

Encore une photo du temple de Salt Lake City accrochée au-dessus du lit, ainsi qu'une devise encadrée : LA FAMILLE, C'EST POUR TOUJOURS. Des photos scolaires et des clichés de vacances sont alignés sur les murs ; des visages souriants rayonnent dans toutes les directions.

– La salle de bains, Faith, et là, Aaron. Ma chambre est tout en bas.

On redescend au rez-de-chaussée, puis on emprunte l'escalier qui va plus bas. Nos pas sont étouffés par la moquette épaisse, et les voix qui parviennent d'en haut sont moins fortes à chaque marche.

Pour un sous-sol, c'est plutôt lumineux. L'escalier ouvre sur un autre salon moquetté avec une télé, un canapé, des fauteuils poire d'un côté, et de l'autre, un mini-coin cuisine. Sur le côté, on trouve des portes et Sebastian désigne la première :

– Lizzy. (Il passe à celle d'à côté.) Et moi.

J'ai le cœur au bord des lèvres à envisager de voir la chambre de Sebastian.

Là où il dort.

Là où il...

Je suis déçu de la trouver aussi impeccable. Je vais devoir remiser pour une autre fois mes images de Sebastian dans des draps froissés. Une série de trophées de foot sont alignés sur une étagère, au-dessus d'une banderole aux couleurs des Cougars de la BYU, sa fac. Un grand doigt en mousse bleu vif frappé d'un immense Y est posé dans un coin. J'imagine Sebastian à un match, en train de crier avec le public, le sourire géant, le cœur tambourinant.

Sebastian reste près de la porte pendant que je fais un petit circuit dans sa chambre, sans toucher à rien, mais en regardant de plus près les photos et les titres des livres.

– Je regrette de ne pas avoir plus inspecté chez toi, dit-il, et je le regarde par-dessus mon épaule.

– La prochaine fois.

Je souris, et je suis momentanément rendu muet par la conscience qu'il y aura une autre fois.

– Je reconnais que j'ai été étonné d'être invité à dîner avec ta famille, après...

Je cherche les mots adéquats mais, en voyant la rougeur qui monte de son cou à ses pommettes, je sais qu'il a compris.

– Maman aime être impliquée auprès des gens que je fréquente. Je n'invite pas beaucoup d'amis à la maison.

– Ah bon.

– Elle voulait te connaître mieux, je pense. (Il lève les mains en un geste d'innocence.) Pas de recrutement, promis.

Une autre question s'échappe de ma bouche :

– Tu crois qu'elle se doute que je suis... ?

Je laisse mes sourcils s'agiter pour terminer à ma place.

– Je ne pense pas que ça lui viendrait à l'esprit. Elle veut juste connaître mes amis, surtout si elle ne les voit pas à l'Église.

Sa façon de m'observer lance une partie de flipper dans mon ventre. Je détache mes yeux et lance un regard circulaire. Il y a des livres partout : sur des étagères, empilés près du lit, en petits tas sur le bureau. À côté de son ordi, je vois une Bible reliée en cuir dans un étui à fermeture Éclair. Ses initiales sont gravées dessus en lettres d'or.

– Euh, c'est pour l'Église, ceux-là, explique-t-il en s'avançant d'un pas.

Il la tire de son étui et fait tourner ses pages fragiles.

– Elle est énorme ! Ça fait beaucoup de règles.

– Dit comme ça, oui. C'est vrai. (Il se penche devant moi pour l'ouvrir et me montre la table des matières.) Mais ce sont plusieurs livres rassemblés. Il y a la *Bible*, le *Livre de Mormon*, *Doctrine et Alliances* et la *Perle de grand prix*.

Je cligne des yeux en les relevant, surpris de le trouver aussi près.

– Tu as tout lu ?

– La plupart. Certaines parties plus d'une fois.

J'ouvre des yeux ronds. C'est clair, ces bouquins m'endormiraient. Je serais nul, comme mormon. Si je devais subir cette vie, je ferais un plan à la Rip Van Winkle[1], je pioncerais pendant vingt ans d'affilée.

– Quand je me pose une question, je sais que j'y trouverai les réponses.

Je regarde de nouveau le pavé. Comment peut-il être aussi certain ? Comment peut-il m'avoir embrassé l'autre jour et rester d'accord avec ce qu'il y a là-dedans ?

– Et donc, en quoi c'est différent d'une simple Bible ?

Je devrais déjà savoir, il me semble. C'est pas que non plus je sois très au fait de ce qu'il y a dans l'*Ancien* et le *Nouveau Testament*, mais je suis à peu près sûr que ce n'est pas la même chose.

– Tu n'as pas vraiment envie d'entendre ça, si ? s'étonne-t-il, pas très assuré.

– Tu pourrais me livrer la version *Mormon pour les nuls.*

Il rit et me prend le livre des mains pour le mettre à la bonne page. On se tient tout près, et j'envisage de me rapprocher encore en me disant que si quelqu'un entrait et nous voyait comme ça, il penserait simplement qu'on lit les Saintes Écritures ensemble.

– *Le Livre de Mormon*, c'est un autre témoignage de l'existence de Jésus et de sa filiation avec Dieu.

1 *Rip Van Winkle* est une nouvelle de l'écrivain américain Washington Irving, dont le personnage principal affublé d'une femme particulièrement acariâtre, part dans la forêt et s'endort au pied d'un arbre, pour se réveiller vingt ans plus tard. (NdT, ainsi que pour les notes suivantes.)

Il jette un œil de côté pour vérifier que j'écoute. Voyant que c'est le cas, il retient un sourire.

– Il vient à la suite de la *Bible*, si tu veux, et il met en lumière le plan de notre Père céleste pour Ses enfants.

Il me regarde de nouveau avant d'ajouter doucement :

– C'est-à-dire nous.

– J'avais compris, dis-je en riant.

Il laisse ses yeux sur les miens un moment, amusé.

– La partie *Doctrine et Alliances* contient les révélations que Joseph Smith et d'autres prophètes ont reçues de Dieu. Ce sont les enseignements de prophètes modernes dans des temps modernes. Celui-ci, dit-il en tournant les pages pour arriver vers la fin, c'est la *Perle de grand prix*, qui relate, dit-on, les jeunes années d'Abraham le prophète en Égypte. Avec l'expansion de l'Église, on a vu le besoin de regrouper ces narrations, traductions et récits historiques, pour que davantage de monde puisse en tirer des préceptes. Ces livres sont des outils, d'une certaine façon. Si tu lis et que tu pries sincèrement, tu trouveras des réponses, des guides, et tu sauras sans l'ombre d'un doute que ces paroles sont vraies.

Je ne me rends pas compte que je suis captivé avant de relever les yeux pour constater qu'il m'observe à nouveau. Je ne suis en accord avec rien de tout ça, mais il y a dans sa voix, dans la force de sa croyance, quelque chose qui me fait boire ses paroles.

– Tu es doué, dis-je, la bouche soudain sèche. Tu as déjà pensé à... je sais pas, partir en mission pour parler de ces trucs-là ? Te trouver un panneau qui annonce : « Parti baptiser » ?

Il rit, comme je l'avais espéré, mais maintenant qu'on a évoqué sa mission, j'ai envie de lui poser d'autres questions : Où pense-t-il se retrouver ? Que fera-t-il là-bas ? Avec qui sera-t-il ? Existe-t-il des possibilités de contourner cette interdiction de contact ? Y aura-t-il une place pour moi dans sa vie, même minime ?

– Un petit peu, dit-il avec un sourire.

Un instant de silence s'installe. Il baisse les yeux sur ma bouche.

A-t-il repensé autant que moi à notre marche ? C'est la dernière chose que je visualise avant de m'endormir, et presque la première quand j'ouvre les yeux. J'ai envie de l'embrasser, pas qu'à moitié, et si son expression et le rythme de sa respiration sont de bons indicateurs, je pense qu'il le voudrait aussi.

Quand nous débarquons dans la salle à manger, tout le monde est à table. Il y a quatre chaises face à face, et une à chaque extrémité pour ses parents. Sebastian prend la chaise vide tout près de son père, avec moi à sa gauche. J'ai Lizzy et Aaron à côté, puis ses grands-parents et Faith sont en face.

La table est couverte de plats et de saladiers constituant le repas, mais personne ne mange. Je comprends pourquoi quand Sebastian me donne un petit coup sur le pied, me faisant signe de regarder ses mains jointes.

Ah, c'est vrai. La prière.

– Cher Père Céleste, commence Dan, les yeux fermés et la tête courbée vers son torse, posture que je m'empresse d'imiter. Nous Vous remercions pour cette nourriture et pour l'abondance que Vous avez encore une fois placée devant nous. Nous sommes reconnaissants pour les êtres qui nous sont chers et les nouveaux amis que vous avez amenés à notre table. Veuillez bénir cette nourriture afin qu'elle nourrisse et renforce nos corps et nos esprits, pour que nous Vous fassions honneur. Veuillez bénir ceux qui ne peuvent être présents, et faire qu'ils rentrent sains et saufs. Nous Vous remercions pour cela, Seigneur, et Vous demandons de continuer à nous bénir. Au nom de Jésus-Christ, amen.

Une série de « amen » à voix basse se déplacent autour de la table et juste comme ça, le silence s'évanouit. Des couverts raclent sur les assiettes, des plats sont passés à toute vitesse et tout le monde attaque son repas. Faith demande des nuggets, Aaron veut savoir si son père jouera au ballon avec lui après l'école demain. Lizzy parle du camp des Jeunes Filles à venir.

J'inspecte le choix des boissons sur la table : eau, lait, smoothie fraise-kiwi et, encore pire, de la bière sans alcool. Absolument zéro caféine. Je me sers un verre d'eau glacée.

Dan passe à Sebastian un plat de dinde et me sourit.

– Alors, Tanner, Sebastian nous dit que tu viens de Californie ?

– Oui, Monsieur. De Palo Alto.

Sebastian se sert et me tend le plat avec un sourire encourageant. Mon petit doigt frôle le sien. Je sentirai ce semblant de contact pendant des heures.

Abe plante ses yeux dans les miens.

– De la Californie à l'Utah ? Cela a dû représenter un changement important.

– Oui, dis-je en riant.

La mère de Sebastian me regarde avec compassion.

– J'ai du mal à imaginer de passer du soleil presque toute l'année à de longs hivers lugubres et enneigés.

– C'était pas si horrible, dis-je. Les montagnes sont très belles, et là-bas, on avait beaucoup de brume.

– Est-ce que tu fais du ski ? s'enquiert Judy.

– Un peu. En général, on va à Snowbird ou aux Canyons au moins une fois par an.

– Avec toute ta famille ? intervient de nouveau la mère.

Je hoche la tête en prélevant des pommes de terre au fromage dans un plat.

– Oui. On n'est que quatre. J'ai une sœur cadette, Hailey.

– Hmm, très joli prénom, fait la mère de Sebastian.

– Mes parents aiment tous les deux les activités d'extérieur. Mon père adore faire du vélo et ma mère fait de la course à pied.

– Que font-ils dans la vie ? demande Dan. Sebastian disait que vous aviez déménagé ici pour le travail de ta mère ?

C'est qu'il a beaucoup parlé, ce Sebastian.

J'avale une gorgée d'eau avant de reposer mon verre.

– Oui, Monsieur. Elle est directrice technique à NextTech.

De petites exclamations intéressées fusent.

– Quand ils ont ouvert un bureau secondaire ici, ils lui ont demandé de le diriger. (Manifestations d'intérêt plus prononcées.) Elle code des logiciels. En Californie, elle travaillait pour Google, et elle est partie pour prendre ce poste.

– Eh bien, fait Dan, impressionné. Ce doit être un poste important, pour qu'elle ait quitté Google. Il paraît qu'ils traitent très bien leurs employés.

– Et son père est médecin à Utah Valley, ajoute Sebastian.

Je le regarde et lui souris. Il a l'air tout fier. Judy ouvre de grands yeux.

– J'y suis bénévole tous les mercredis ! Comment s'appelle-t-il ?

– Paul Scott. Il est en chirurgie cardiaque.

– Je vois très bien qui c'est ! Je ne passe plus beaucoup de temps dans ce service, mais il est charmant. C'est le cardiologue juif, c'est bien ça ? (J'acquiesce, surpris qu'elle le connaisse, mais aussi qu'elle le catégorise.) Très attentionné, les infirmières l'adorent. (Elle se penche et souffle, théâtrale.) Et très bien de sa personne, pour tout dire.

– Grand-mère ! s'exclame la petite Faith, scandalisée. Tu es amoureuse du papa de Tanner ?

Toute l'assemblée rit.

– Ah, tu sais bien que je n'ai d'yeux que pour ton grand-père. Mais je ne suis pas aveugle pour autant, dit Judy d'un air entendu.

Faith rigole au-dessus de son verre de lait.

– C'est vrai, intervient Abe. Elle m'a vu à un bal de l'Église et, depuis, elle n'a plus détourné le regard.

– Maman, toi et papa aussi, vous vous êtes rencontrés à un bal, non ? demande Faith.

– C'est vrai, confirme sa mère en regardant Dan en face. Je l'ai invité.

Je me tourne vers le père de Sebastian.

– Vous étiez ensemble au lycée ?

– Oui, confirme Dan. On s'est rencontrés en dernière année et on s'est mariés peu après mon retour de mission.

Mon cerveau pile net.

– C'est possible ?

– On nous dit de ne pas laisser de petite amie au moment où on part en mission, dit-il en souriant à sa femme, mais il n'y a pas de règle contre écrire des lettres une fois par semaine.

– Comme si on avait pu dire quoi que ce soit à ces deux-là ! se récrie Judy, qui regarde ensuite les enfants. Votre père ne va pas apprécier que je vous dise ça, mais vous auriez dû voir les lettres d'amour qu'il écrivait à votre mère. Il les laissait dans sa poche et je les trouvais toujours dans la lessive. Ils étaient fous l'un de l'autre.

Le reste de la conversation se déroule dans un brouillard. Toute autre complication mise à part, si on pouvait garder contact pendant son absence, ça ne serait pas si horrible. Deux ans, ce n'est pas si long, et de toute façon, je serai à la fac. D'ici là, le prophète actuel pourrait avoir une révélation...

Ça pourrait marcher, non ?

Juste un instant, je ressens de l'espoir.

Dan me tire de mon brouillard.

– Tanner, ta famille fréquente une synagogue à Salt Lake City ? (Il se tourne vers son père.) J'essaie de me rappeler où est la plus proche.

Là, c'est le malaise.

– Voyons, fait Abe. Il y a Har Shalom à Park City...

– Trop loin.

Dan secoue la tête, comme s'il avait décidé lui-même que ça ne nous convenait pas.

– C'est vrai, et il y en a plusieurs à Salt Lake...

Je me lance pour étouffer dans l'œuf leurs spéculations.

– En fait, non, Monsieur. Euh, Messieurs. On n'est pas pratiquants. Je dirais que mes parents sont agnostiques à ce stade. Ma mère a été élevée en SDJ, et mon père n'est plus très juif.

Dieu du ciel, qu'est-ce que je viens de dire ?

Le silence enveloppe la table. Je ne sais pas quelle gaffe était la plus maladroite : avouer que ma mère est ex-mormone ou parler de laisser tomber sa foi comme une patate chaude.

C'est Sebastian qui rompt le silence.

– Je ne savais pas que ta mère avait été SDJ.

– Si. Elle a grandi à Salt Lake.

Il a le front dégagé, la bouche délicatement heurtée. Sa mère dévie avec bonne humeur :

– Alors, ça signifie que tu as de la famille toute proche !

– En fait, mes grands-parents ont déménagé dans l'Arizona. (J'ai la présence d'esprit de ne pas mentionner que je ne les ai jamais rencontrés de mes dix-huit ans de vie et, dans ma tête, je me tape dans la main. À part que du coup, ma langue est laissée sans surveillance et qu'elle part en courant.) Mais on a ma tante et sa femme qui vivent à Salt Lake. On les voit tous les mois.

Le seul son dans la pièce est le léger bruissement de gens qui se tortillent sur leur chaise.

Dieu du ciel, qu'est-ce que j'ai encore balancé ?

Sebastian m'envoie un coup de pied sous la table. Quand je me tourne vers lui, je vois qu'il a du mal à ne pas rire. Je continue sans faiblir :

– Ma grand-mère paternelle vient nous voir souvent. Mon père a aussi trois frères et sœurs, donc ça fait une grande famille. (Je prends mon verre d'eau et remplis ma bouche, histoire de l'obliger à se taire. Mais une fois que j'ai avalé, un coup de folie supplémentaire s'échappe.) Bubbe va toujours à la synagogue une fois par semaine. Elle est très impliquée. Très croyante.

Le talon de Sebastian arrive de nouveau dans mon tibia, et je suis sûr qu'il me signifie de me calmer un peu, peut-être même que je n'ai pas besoin d'être lié à une religion pour être accepté. Qui sait. Mais c'est l'effet que ça donne, c'est sûr. Tout le monde ici est tellement bien mis. Ils mangent proprement, serviette sur les genoux. Ils demandent poliment pour se faire passer des trucs à table et les enfants complimentent leur mère sur sa cuisine. Leurs manières à table sont au top du top. Et, peut-être encore plus frappant, plutôt que de m'en demander davantage sur le parcours de mes parents ou sur Emily, les grands-parents de Sebastian s'écartent agilement de ma diarrhée verbale et posent des questions sur tel et tel prof et événement sportif à venir. Les parents font de gentils rappels à leurs enfants pour qu'ils ne mettent pas les coudes sur la table – je range vite les miens –, de ne pas trop saler leur assiette, de finir leurs légumes avant de demander à se resservir du pain.

Tout reste tellement comme il faut, tellement tranquille.

À côté, notre famille fait presque sauvage. Non qu'on soit des brutes qui font craquer leurs articulations et échangent par monosyllabes, mais il est déjà arrivé qu'à table, maman dise à Hailey d'arrêter d'être chiante et que papa emporte son assiette dans le salon pour échapper aux disputes entre elle et moi. Mais une différence encore plus notable, c'est la proximité que j'ai chez moi – et que je ne comprends réellement que maintenant que je me trouve ici – avec ce groupe d'étrangers chaleureux, mais dociles. Dans la famille Scott, on a pu tenir des conversations approfondies sur ce que ça signifie d'être bisexuel, avec spaghettis bolognaise au menu. Une fois qu'on mangeait des *kugel* de Bubbe, Hailey a même demandé à mes parents si on peut attraper le sida en faisant une fellation. Pour moi, c'était horrifiant, mais ils ont répondu sans hésiter. Maintenant que j'y pense, si Sebastian venait dîner, il y aurait des chances qu'il reparte avec un autocollant pour sa voiture de la part de ma mère.

Peut-être ce genre de conversations se déroulent-elles aussi ici, dans l'intimité – bon, pas celle sur la fellation –, mais ça m'étonnerait beaucoup. Là où mes parents pourraient éventuellement faire l'effort d'aller plus loin pour comprendre Sebastian et sa famille, je ne suis pas vraiment surpris que personne ne demande pourquoi ma mère a été excommuniée ou pourquoi mon père n'est pas croyant. Ces conversations ne sont pas faciles, mais je ne suis qu'une brebis égarée qui passe au milieu de leur troupeau obéissant, probablement pas pour longtemps. Et nous sommes sous le toit de l'évêque ! Bonheur, joie, félicité, vous vous souvenez ? Tout le monde se comporte au mieux, et personne ne va jouer les curieux ou me mettre mal à l'aise. Ce ne serait pas poli, et d'après ce que j'ai pu voir, les mormons sont polis avant tout. L'identité de Sebastian est là.

11

Quand je rentre chez moi, mes parents m'ont attendu, mug d'infusion refroidie devant eux et sourire crispé sur le visage.

Bien sûr, je ne pouvais pas leur mentir sur le lieu où j'allais manger, mais ce n'est pas pour ça qu'ils m'ont laissé y aller facilement. Ils sont restés devant l'entrée à me regarder partir, sans mot dire. Honnêtement, j'avais l'impression d'avoir volé quelque chose.

– Alors ? demande papa en tapotant le tabouret à côté de lui au comptoir.

Les pieds raclent sur le carrelage, ce qui nous fait tiquer. Je sais pas pourquoi, mais je trouve cette désagréable cacophonie très drôle, parce que c'est déjà un moment assez chargé – je reviens d'un dîner à la maison de l'évêque, père du mec dont je suis amoureux, malgré la désapprobation véhémente de mes parents – et l'horrible bruit ajoute à l'ambiance.

Mes parents ont leur propre langage secret ; une conversation entière se déroule dans l'unique regard qu'ils échangent. Je m'efforce de ravaler l'hystérie qui monte.

– Désolé, dis-je avant de m'asseoir et de me taper les mains sur les cuisses. Voilà. C'était un dîner.

– Un dîner, répète maman en écho.

– C'est bien. Je crois ?

Ils hochent la tête. Ils veulent en savoir plus.

– Sa famille est super-gentille, dis-je en écarquillant les yeux pour donner plus de poids à mes propos. Su-per gen-tille.

Maman rit, de façon pas très gentille, elle, mais papa paraît toujours plus inquiet qu'autre chose.

– C'était pas, voyez, un rendez-vous en tête à tête. Logique, quoi. C'était pas pour me « présenter à la famille ». C'était juste un repas.

Maman hoche la tête.

– Ils aiment savoir qui sont les amis de leur fils, surtout qu'ils ne te connaissent pas par l'Église.

Je la dévisage quelques secondes.

– C'est exactement ce que m'a dit Sebastian.

– Si tu y réfléchis, tous les gens qu'ils connaissent fréquentent la même Église. Si ton fils, surtout sachant que tu es évêque, passe du temps avec un non-mormon, tu vas vouloir t'assurer que c'est quelqu'un de bien.

– Sauf que je le suis pas, selon leurs critères.

Cette réponse n'est pas à son goût, c'est clair, mais elle me fait signe de continuer. Donc, je leur raconte que les parents se sont rencontrés au lycée, je relate mes gaffes sur Emily et le passé de maman. Qui fait la grimace, parce que ça ne devrait pas être des gaffes. Je leur dis qu'on a reparlé de sa mission, mais vite fait, et ils écoutent avec attention.

Malgré tout, je perçois l'inquiétude qui creuse leurs traits. Ils ont sincèrement peur que cette histoire se termine en cœur brisé. Ou cœurs brisés.

– Et donc... ils t'ont plu ? demande papa, sans tenir compte de maman qui le regarde comme s'il était un traître.

– Oui, oui. Je veux dire, je me suis pas senti dans ma tribu, mais ils étaient sympas.

Maintenant, c'est au tour de papa de faire la tête. La famille, c'est tout pour mes parents, mais surtout pour mon père, sachant que mes grands-parents maternels sont *out*. La famille de mon père compense à fond. Sa mère vient passer trois mois chez nous tous les ans depuis ma naissance. Comme mon grand-père est mort il y a six ans, elle n'aime pas rester seule chez elle, et papa est plus heureux quand elle est près de lui. Après, elle va chez mes oncles et tantes, à Berkeley et dans le Connecticut, respectivement, et tourne comme ça avec les petits-enfants.

Si je pouvais avoir Bubbe ici toute l'année, ce serait sans hésitation. Elle est super, a l'esprit vif et apporte dans notre maison un certain apaisement qu'on n'arrive pas à toujours trouver quand on n'est que tous les quatre. Mes parents sont géniaux, attention, mais Bubbe dégage plus de chaleur, je sais pas. Mes parents sont mariés depuis une vingtaine d'années, et dans ce temps, ma mère et elle sont devenues très proches. Papa voudrait une relation de ce genre avec moi quand il sera plus vieux, et pour nous avec nos beaux-parents aussi. Et franchement, ça l'embête que maman ne parle plus à ses parents, sans doute plus que ça ne mine maman elle-même.

Je vois ces pensées passer sur le visage de papa pendant que je parle, et je lui pose la main sur l'épaule.

– Tu as l'air stressé, papa.

– Je ne t'ai pas beaucoup vu... aussi investi dans une relation, dit-il avec prudence. On a peur que ça ne soit pas le choix idéal.

Il détourne les yeux, vers la fenêtre.

Je prends une grande inspiration et j'essaie de trouver la meilleure chose à dire. Même si ce qu'il dit est vrai, cette vérité est comme un opercule à la surface de mes émotions : facile à décoller. Je sais que Sebastian n'est pas la bonne personne pour moi. Je sais que j'ai toutes les chances d'avoir mal. C'est juste que je me soucie plus d'essayer que de me protéger.

Alors, je lui dis ce qu'il doit avoir envie d'entendre :

– C'est juste un coup de cœur, papa. Il est sympa, mais je suis sûr que ça va me passer.

Un instant, il s'autorise à le croire. Maman aussi reste remarquablement silencieuse. Mais quand mon père me dit bonne nuit, il me serre fort, le temps de trois longues respirations.

– Bonne nuit, dis-je avant de remonter l'escalier d'un pas alerte.

Il n'est que vingt heures un vendredi soir, et je sais que je ne vais pas avoir envie de dormir avant des heures. Autumn m'envoie un message pour me dire qu'elle va chez Eric. Soulagé de ne pas culpabiliser de refuser un plan avec elle, je lui envoie une longue file d'emojis aubergine et elle répond par une longue file de majeurs tendus.

Je me demande si Sebastian pourrait utiliser cet emoji, ou même s'il est capable d'en comprendre la signification.

Tout, absolument tout me ramène à lui.

Maman est en train de courir, papa est à l'hôpital et Hailey se déplace d'un pas lourd dans la maison en se plaignant que plus personne ne fait la lessive du samedi matin.

Je lui fais remarquer qu'elle n'a pas les mains cassées.

Elle me donne un coup de poing dans le flanc.

Je la coince sous mon bras et elle s'égosille en essayant de me griffer au visage.

– Je te déteste ! crie-t-elle, assez fort pour faire trembler les murs.

La sonnette retentit.

– Bravo, trouduc, dit-elle en se dégageant. Les voisins ont appelé les flics.

Je m'avance et ouvre avec mon meilleur sourire « c'est-pas-moi-c'est-elle ».

Et mon monde s'arrête de tourner.

Je ne savais pas ce que signifiait le mot « médusé » jusqu'au moment où je l'ai cherché l'an dernier. J'avais toujours cru que ça voulait dire un truc genre « amusé, tendance prout-prout », mais en fait, c'est pétrifié de surprise, et c'est exactement moi quand je vois Sebastian sur le perron.

– Mais qu'est-ce que... ?

Mon sourire étonné s'étire aussi loin que possible, d'est en ouest.

– Salut.

Il se gratte la nuque et son biceps apparaît quand il plie le bras, lisse et bronzé.

Je ne suis plus qu'une flaque par terre.

– Désolé, dis-je en lui faisant signe d'entrer. Tu arrives en plein meurtre.

Il rit et fait un pas.

– J'allais demander… (Et puis il sourit en regardant derrière moi. Ma sœur doit être juste là, en train de m'assassiner du regard.) Bonjour, Hailey.

– Bonjour. T'es qui ?

J'ai envie de la balancer contre le mur d'être aussi impolie, mais je résiste, parce qu'en aboyant cette question, elle a donné l'impression que je ne passe pas mon temps à chanter ses louanges.

– C'est Sebastian.

– Ah, d'ac. T'as raison, il est beau gosse.

Et voilà. En fait, j'ai vraiment envie de la repousser contre le mur.

Avec un petit rire, il lui tend la main pour la serrer. À ma grande horreur, elle la regarde une fraction de seconde avant de la saisir. Quand elle se tourne vers moi, je lève les sourcils, pour lui signifier : « Je terminerai de te tuer plus tard. » Si mes parents étaient là, elle serait super-bien élevée. Seule avec moi, elle est juste trop puérile.

– Tu veux monter ?

Sebastian regarde vers Hailey, qui a déjà gagné la porte de la buanderie d'un pas traînant, et il acquiesce.

– Où sont tes parents ?

– Ma mère est en train de courir et mon père est au travail.

Je crois qu'il saisit le sous-entendu. L'air crépite entre nous.

Sous nos pieds, les marches craquent et j'ai une conscience aiguë de la présence de Sebastian derrière moi. Ma chambre est la dernière au bout du couloir, et on s'y rend en silence. C'est comme si mon sang bouillonnait à la surface de ma peau.

On va dans ma chambre. Il va être dans ma chambre.

Il entre, regarde autour de lui et ne paraît pas tiquer quand je ferme doucement la porte derrière moi. C'est une infraction à la règle de mes parents, mais hé, ho, il est possible qu'on s'embrasse et Hailey est d'une humeur massacrante. Pas question que je laisse ouvert.

– Donc, c'est ta chambre.

– Oui.

J'essaie de la voir à travers ses yeux. Beaucoup de livres (dont aucun religieux), quelques trophées (surtout pour résultats scolaires), des photos disséminées (aucune où je tiens une Bible). Pour une fois, je suis content que mon père m'oblige à ranger et aspirer. Mon lit est fait. Le linge sale est cantonné au panier. Sur mon bureau, il n'y a que mon ordi portable et...

Merde!

Sebastian s'aventure là-bas et parcourt le bloc de Post-it. C'est déjà trop tard pour protester. Je sais ce qui est marqué sur celui du haut:

Nous nous séparons

Nous arrêtant à l'impasse habituelle.

J'imagine que là où il va, il y a un dîner calme

Avec des secrets collés comme du chewing-gum sous la table de la salle à manger.

Il imagine que là où j'irai, ce sera différent.

Au mieux: des rires déchaînés, une liberté à donner le vertige.

Au pire: des jurons, de vagues péchés.

J'ai peut-être droit à une gorgée de vin.

Mais même si c'est ce qu'il pense,

Il ne me juge pas.

J'espère qu'un jour il m'aimera.

Bonne nuit, dit-il.

J'ai envie de l'embrasser, de l'embrasser, de l'embrasser.

– Qu'est-ce que c'est ?

– Euh... (Je m'approche et détache la feuille du haut, comme si je n'étais pas certain de ce qu'il y a dessus, alors que je l'ai écrit hier soir.) Oh, rien.

Je compte jusqu'à cinq. Encore jusqu'à cinq. Encore jusqu'à cinq. Pendant tout ce temps, on garde les yeux rivés sur le Post-it bleu vif dans ma main.

Enfin, il le reprend.

– Ça parle de moi ?

Je hoche la tête sans le regarder. Dans ma poitrine, des pieds martèlent et des animaux rugissent.

Sa main remonte le long de mon bras, du poignet au coude, et tire doucement pour que je me retourne vers lui.

– J'aime beaucoup, me chuchote-t-il. Mais ça ne sera pas dans ton nouveau livre, ça ?

Je secoue la tête. Mensonge numéro deux.

– Il y en a d'autres ?

J'acquiesce d'un signe.

– Tu sais parler, Tanner, me dit-il, en terminant par un rire.

– Oui, il y en a d'autres, mais, ben, j'écris sur autre chose, maintenant.

Il hoche la tête.

– De quoi parle le nouveau roman ?

Je cille en direction de la fenêtre, et j'improvise !

– Je reste sur la même idée, mais il ne tombe pas amoureux du fils de l'évêque.

Je l'observe assimiler le mot « amoureux ». Il a une petite moue.

– Donc, tu me le feras lire ?

– Oui, dis-je aussitôt. Quand il y en aura suffisamment à lire.

Les implications me donnent la nausée, mais je sais qu'à un moment donné, je vais devoir arrêter d'écrire sur Sebastian et faire autre chose, que lui et Fujita puissent lire. Le plus bizarre, c'est que je n'en ai pas envie. C'est presque comme si j'avais besoin de continuer de tout noter pour savoir comment ça se termine.

Il me lâche le bras et va s'asseoir sur mon lit. Mon cœur lâche des combustibles dans tous les sens.

– J'ai reçu mes exemplaires d'auteur aujourd'hui. Je voudrais que tu lises mon livre, toi aussi, dit-il en tripotant une patère. Mais j'ai peur que tu trouves nul.

– Moi, j'ai peur de trouver génial et de me retrouver encore plus obsédé par toi que je ne le suis déjà.

Heureusement, il rit, comme je l'espérais.

– Je stresse.

– Sur la sortie du livre ?

Il opine.

– Tu en écris un deuxième ?

Il opine encore.

– J'ai signé pour trois livres. Et vraiment, j'adore. J'ai juste l'impression de faire ce que je dois faire. (Il me regarde et la lumière qui arrive de la fenêtre s'accroche dans ses yeux d'une façon qui paraît presque divine.) Après notre marche... (Il attend que je confirme de la tête, comme si c'était possible que je ne sache pas de quoi il parle.) Je suis rentré et...

Tu t'es caressé ?

– T'as flippé ta race ?

– Non, répond-il en riant. J'ai prié.

– Autre mot pour flipper sa race.

Il secoue la tête.

– Non. La prière, c'est apaisant. (Il regarde le mur, où j'ai encadré une photo du Golden Gate de San Francisco, prise par papa quelques années avant qu'on déménage.) Je n'ai pas ressenti de culpabilité, ajoute-t-il, plus doucement. Ce qui est… imprévu.

Je ne me rendais pas compte que j'avais tellement besoin de l'entendre dire ça jusqu'à ce qu'il le fasse. Je suis comme un bateau gonflable qui se dégonfle tranquillement au soleil.

– Si je me sens coupable, c'est le signe que ce que je fais n'est pas bien, dit-il. Et quand je me sens en paix, je sais que Dieu approuve ce que je fais.

J'ouvre la bouche, mais en fait, je n'ai aucune idée de quoi répondre.

– Parfois, reprend-il, je me demande si c'est Dieu ou l'Église qui est le plus catégorique sur ces choses-là.

– Si tu veux mon avis, dis-je prudemment, un Dieu digne de ton amour éternel ne te jugerait pas pour qui tu aimes pendant que tu es ici.

Il hoche la tête quelques secondes à ma réplique, puis m'envoie un sourire timide.

– Tu veux venir ici ?

Je m'assieds à côté de lui sur le lit, en tremblant. Je serre mes mains entre mes genoux pour les empêcher de donner des coups sur le matelas.

Je mesure dans les un mètre quatre-vingt-dix. Il mesure sans doute douze centimètres de moins, mais en ce moment, son aura de calme se répand sur moi comme l'ombre du grand saule dehors. Il pivote légèrement, pose un poing assuré sur ma hanche, et sa main remonte sur mon torse, appuie doucement, jusqu'au moment où je comprends qu'il me demande de m'allonger. Ayant perdu toute maîtrise de mes muscles, je m'effondre sur le matelas et il se place au-dessus de moi.

Il s'est fait couper les cheveux ce matin. Les côtés sont de nouveau ras et le dessus doux et flottant. Il m'observe de ses yeux qui miroitent comme un lac au soleil, et je suis envahi de chaleur.

– Merci d'être venu hier soir, dit-il tandis que son regard parcourt mon visage dans son intégralité.

Mon front, mes joues, plus longtemps près de ma bouche.

Puis il me regarde déglutir et je dis :

– Ta famille est sympa.

– Oui.

– Ils ont dû me prendre pour un malade mental.

– Juste un peu, répond-il avec le sourire.

– Tu t'es fait couper les cheveux.

Ses yeux se décentrent, fixent ma bouche.

– Oui.

Je me mords la lèvre, avec l'envie de rugir à cause de son regard sur moi.

– J'aime. Beaucoup.

– Oui ? Tant mieux.

Argh, ça suffit, de parler pour ne rien dire. Je l'attire contre moi, la main sur sa nuque, et il s'abaisse aussitôt, sa bouche sur la mienne, son poids en partie sur mon corps, le souffle quittant ses lèvres en une fois, soulagé. Ça commence si lentement, on s'embrasse avec soulagement, en douceur. D'abord avec des sourires incertains, puis avec l'assurance que c'est si bon – nous deux – que ça fait mal.

Et ça va crescendo ensuite, comme un avion au décollage, et on est contaminés au même moment par un truc plus intense, plus désespéré. Je ne veux pas penser qu'on est à ce point affamés parce qu'on joue contre la montre. Je ne veux pas jouer la partie d'échecs avec trop de coups d'avance. Je préfère penser qu'on est à ce point affamés parce qu'on éprouve quelque chose de plus profond. Quelque chose comme de l'amour.

Son torse repose contre le mien, ses mains sont dans mes cheveux et il émet de petits sons graves qui me font doucement perdre la raison, jusqu'à ce que je ne puisse que penser oui, encore et encore.

Tout est oui.

Sa bouche, oui, ses mains, oui, sur moi, sur mon corps, il bouge, oui, oui, oui.

Je passe les mains dans son dos, sous sa chemise, pour sentir sa peau chaude. Oui. Je n'ai pas le temps d'apprécier le fait d'avoir la réponse à ma question sous-vêtements, parce qu'ensuite, la chemise n'est plus là, mon tee-shirt non plus ; peau contre peau, c'est

O

U

I

et je n'ai jamais été en dessous comme ça, jamais noué la jambe autour de la hanche de quelqu'un, jamais senti ce mouvement, cette friction, et il me dit qu'il pense à moi à chaque seconde

oui

et il me dit qu'il n'a jamais éprouvé ça, qu'il aime aspirer ma lèvre inférieure, qu'il veut mettre le temps sur pause pour qu'on puisse s'embrasser des heures

oui

et je lui avoue en toute honnêteté que rien n'a jamais été aussi bon que ça, et il rit dans ma bouche, encore, parce que c'est évident que je suis complètement au taquet. Je suis un monstre sous lui, avec des hanches qui se cambrent vers lui, une pieuvre aux mains partout à la fois. Je crois que rien dans l'histoire mondiale n'a jamais été aussi bon.

– Je veux tout savoir de toi, souffle-t-il contre moi, devenu frénétique, sa bouche sur ma mâchoire, son soupçon de barbe contre mon cou.

– Je te dis tout ce que tu veux.

– Est-ce que tu es mon mec ?

Et puis, il aspire ma lèvre inférieure avant de rire de lui-même, comme si ce n'était pas le truc le plus énorme qu'on m'ait dit de toute ma vie.

– Euh, oui. Carrément.

Mon mec. Oui.

– Même si tu es mon mec maintenant, je n'en parlerai à personne, j'ajoute.

– Je sais.

Sa main vient sur moi, entre nous – oh, mon Dieu – et à travers mon pantalon de survêt, elle se fait à la fois si innocente et si perverse, mais l'aspect pervers est oublié quand je relève les yeux et vois qu'il regarde mon visage, l'air ébloui.

Et je comprends. Moi non plus, je n'ai jamais fait ça.

Je baisse la main aussi. Ses prunelles se lèvent, puis il ferme les yeux.

Ce n'est pas la réalité. Comment ça peut être vrai ?

Il s'avance contre moi une fois, une autre, et c'est la chose la plus merveilleuse que j'aie faite...

Je n'entends même pas les pas ni la porte, avant le « Oh » mortifié de mon père et la porte qui claque.

Sebastian s'envole et se tourne face au mur, le visage dans les mains. Dans le silence qui résonne, je ne sais plus trop ce qui vient de se passer.

Enfin si, je sais, mais c'est allé si vite que l'espace de quelques battements de cœur assourdissants, je crois pouvoir faire comme si lui et moi avions juste partagé la même hallucination.

C'est la cata à tant de points de vue. Je ne pourrai plus la jouer « on est juste potes » avec mes parents. Maintenant qu'on est vraiment dedans, je vais me prendre un savon.

Mais sans hésitation, c'est largement plus humiliant pour Sebastian. Je lui glisse :

– Hey.

– Ça ne va pas, chuchote-t-il.

Il ne rabaisse pas ses mains, ne se retourne pas vers moi. Il est dos nu, et c'est un chemin de muscles. Je suis noyé dans deux émotions contraires : trop heureux d'avoir un copain sexy, et terrifié que ce moment ait tout gâché.

– Bon, dis-je encore. Il ne va pas appeler tes parents.

– Ça ne va pas vraiment pas.

– Allez viens, d'accord ?

Il se retourne lentement, revient sur le lit sans me regarder.

– Ton père nous a surpris, gémit-il.

Je mets un moment à trouver la meilleure réaction, et je me décide pour :

– Oui, mais il est sans doute plus mort de honte que nous.

– J'en doute vraiment.

Je savais que ce raisonnement ne le convaincrait pas, mais ça valait le coup d'essayer.

– Regarde-moi.

Au bout de dix secondes, il lève les yeux. Je le vois s'adoucir, et le soulagement me donne envie de me lever pour me frapper le torse.

– C'est pas grave, dis-je dans un murmure. Il n'en parlera à personne. Juste à moi plus tard, probablement.

Traduction : juste à moi plus tard, certainement.

Avec un soupir vaincu, Sebastian ferme les yeux.

– D'accord.

Je me penche vers lui, et il doit sentir ma proximité, parce qu'il se retient de sourire. Je pose ma bouche contre la sienne, je lui offre ma lèvre inférieure, celle qu'il aime prendre entre les siennes, et j'attends qu'il réponde. Lentement, il le fait. Rien à voir avec le coup de chaud de tout à l'heure, mais il ne fait pas semblant.

Il se détache de moi et se relève, attrape sa chemise.

– Je vais rentrer.

– Et moi, je vais rester juste là.

Sebastian réprime un nouveau sourire devant mon sous-entendu, et puis je vois le masque se remettre progressivement en place. Son front se détend, une lueur de vie revient dans ses yeux. Le sourire tranquille dont j'apprends à me méfier s'épanouit sur son visage.

– Tu me raccompagnes ?

Papa ne met qu'un quart d'heure à venir me voir après le départ de Sebastian. Il frappe à la porte de façon hésitante, presque comme s'il s'excusait.

– Entre.

Il s'exécute et referme soigneusement derrière lui.

Je ne sais pas si je devrais être en colère ou regretter, et cette association m'envoie de l'électricité statique sur la peau.

Mon père vient s'asseoir sur ma chaise de bureau.

– Déjà, je m'excuse de ne pas avoir frappé.

Allongé sur le lit, je pose mon livre ouvert sur mon torse.

– D'accord.

– Après, je ne sais pas quoi dire. (Il se gratte le menton.) Enfin, ce n'est pas tout à fait vrai. Je sais ce que je veux te dire, mais pas par où commencer.

Je me redresse et me déplace un peu pour lui faire face.

– D'accord ?

– Je sais ce que tu ressens pour Sebastian. Et j'ai toutes les raisons de croire que c'est réciproque.

– OK...

– Je sais aussi que tu ne ressens pas ça par simple curiosité ou rébellion.

Comment je réponds à ça ? Je hoche la tête, conscient que mon expression reflète ma vague confusion avant tout.

– Autumn est au courant ?

Je cligne des yeux.

– Autumn ?

– Oui, ta meilleure amie.

– Je n'ai rien dit à Autumn, papa. À personne, tu te souviens ? Comme veut maman ?

– Écoute, dit papa en me posant une main sur le genou. Deux autres choses que je veux te dire. Je vais commencer avec la plus facile. C'est tentant, quand tu tombes amoureux, de te fermer à tout le reste du monde.

– Je ne me ferme pas à Aut...

– Je n'ai pas fini, reprend papa d'un ton sévère, sans élever la voix. Tu dois me promettre que tu t'occupes aussi de tes autres relations. Que tu passes du temps avec Autumn, Eric, Manny. Que tu donnes toujours le bon exemple à Hailey. Que tu es un fils attentionné et serviable pour ta mère.

– C'est promis.

– Si je te dis ça, c'est parce que c'est important que tu gardes ta vie remplie, quelle que soit l'importance que prenne ta relation avec Sebastian. Quelle que soit sa religion. Si ça se poursuit, et que vous arrivez à la faire marcher, alors, tu voudras des amis qui t'acceptent et te soutiennent. Et si ça ne fonctionne pas, pour une raison ou pour une autre, tu auras besoin de gens vers qui te tourner.

Je regarde par terre, pris d'une étrange envie de rébellion. Il a raison. C'est logique. Mais je déteste qu'il sous-entende que je ne sais pas déjà tout ça.

– L'autre chose que je voulais te dire... (Papa détourne les yeux, l'air gêné.) Je ne partage pas le passé de ta mère avec l'Église, donc ma réaction concernant cette relation est extrêmement différente de la sienne. (Il croise de nouveau mon regard.) Cela dit, je trouve qu'elle n'a pas tort. Je ne suis pas forcément d'accord avec chacune de ses raisons pour te mettre en garde, mais je suis d'accord pour dire que c'est compliqué. Je suppose que les parents de Sebastian n'approuveraient pas ?

– Je pense que ça va un poil plus loin que la désapprobation.

Papa hoche déjà la tête.

– Donc, chaque fois que tu es avec lui, tu le fais dans le dos de ses parents.

– Oui.

– Ça ne me plaît pas trop, avoue-t-il doucement. J'aime à penser que si la situation était inversée, soit tu te confierais à nous, soit tu ne trahirais pas nos souhaits sous notre toit.

– La différence, papa, c'est que je peux me confier à vous.

– Mais, Tanner, tu as dix-huit ans. Ce que tu fais de ton corps est ton choix. Mais ce que tu fais sous mon toit, j'ai encore mon mot à dire dessus.

Oh.

– Je vous aime, toi, ta sœur et votre mère, plus que n'importe quoi sur cette planète, tu le sais.

– Je le sais.

– Et je sais que tu es attiré par les filles, et aussi par les garçons. Je sais que tu vas faire des expériences, et jamais, jamais je n'irai te reprocher ça. (Il capte mon regard.) La complexité, ici, ce n'est pas que Sebastian soit un garçon. Si je t'avais surpris avec quelqu'un qui n'est pas mormon, je n'aurais sans doute rien dit, on échangerait un regard entendu ce soir à table, et on en resterait là.

Mon désir de me rouler en boule dans un coin augmente. C'est trop la honte.

– Mais je ne veux pas que Sebastian et toi utilisiez notre maison pour vous retrouver dans le dos de ses parents.

– Papa, dis-je, le visage en feu. On n'a pas beaucoup d'autres possibilités.

– Sebastian est adulte. S'il souhaite avoir son propre espace avec ses propres règles, il peut déménager.

Et là, en gros, c'est papa qui ferme la porte à toute discussion. Je sais que son opinion est née de son expérience. Et assis ici, contemplant le visage que je connais presque aussi bien que le mien, je réalise combien c'est dur pour papa de me dire ça.

Après tout, selon sa famille, il est tombé amoureux de la mauvaise personne il y a vingt-deux ans.

12

La mère d'Autumn m'ouvre la porte et s'efface pour me laisser entrer. Elle a légué à sa fille le gène du sourire à fossettes, mais ça s'arrête là. Autumn, cheveux roux, nez couvert de taches de rousseur, yeux bleu vif. Sa mère, c'est cheveux noirs, yeux bruns, peau hâlée. Je me demande ce que ça fait de regarder tous les jours sa fille qui ressemble tellement à son mari décédé. C'est soit merveilleux, soit atroce. Sans doute un mélange des deux.

On a notre routine. Je l'embrasse sur la joue, elle me dit qu'elle a du lait chocolaté au frigo et je fais comme si j'étais tout content. C'est une marque chelou qui s'appelle Yoo-hoo, genre du chocolat à l'eau en briquettes. J'ai dit une fois à Mme Green que j'aimais bien, pendant mon premier été ici, et depuis, elle m'en achète systématiquement. Je me sens toujours obligé d'en emporter un dans la chambre d'Autumn, mais en fait, maintenant, ça me débecte et on conduit une petite expérience scientifique avec la plante sur son étagère : les violettes du Cap peuvent-elles survivre uniquement à partir de Yoo-hoo ?

Autumn, très princesse, est étalée sur son parquet avec un tirage de ses premiers chapitres devant elle. Elle l'annote même au stylo rouge. Sérieux !

– Autumn, tu es l'intello zélée la plus mignonne que j'aie rencontrée de toute ma vie.

Elle ne lève même pas les yeux à mon entrée.

– Arrête de me charrier !

– Tu n'es pas au courant que le stylo rouge peut être interprété comme agressif et peut nuire à l'estime de soi des élèves ? Tu ferais mieux d'utiliser du violet.

Ses yeux se posent sur mon visage.

– J'aime bien le rouge.

Ses cheveux roux sont amassés en un énorme chignon au sommet de son crâne.

– Je sais.

Elle se redresse, puis s'assied en tailleur.

– Qu'est-ce que tu fais là ?

C'est un peu douloureux, parce que ça me signale que mon père a raison. Avant Sebastian, ce n'aurait pas été bizarre de débarquer à l'improviste. Maintenant, je vois Autumn peut-être une fois par semaine en dehors du lycée, et je passe beaucoup plus de temps seul, à écrire, écrire, écrire sur lui, peu importe que mon cerveau me répète de commencer le nouveau roman.

– J'ai pas le droit de passer voir ma championne ?

– Tu étais occupé ces derniers temps.

– Toi aussi. (J'agite un sourcil d'un air suggestif.) Vous vous êtes bien amusés avec Eric, l'autre soir ?

– Si par « bien amusés », tu entends « embrassés jusqu'à ce que nos visages se décomposent », alors oui.

J'en suis scié.

– Sérieux ?

Elle hoche la tête en rougissant derrière ses taches de rousseur.

– Et combien il a fait de blagues « Monsieur-Madame » ?

– Aucune ! chantonne-t-elle en riant.

– Je te crois pas.

Pour Eric, tout est l'occasion de sortir un « Monsieur-Madame », peu importe qu'on lui rappelle cinquante fois qu'on est en 2018.

– C'était chouette, dit-elle en s'appuyant à son lit. Je l'aime bien.

Je lui pince la joue à bout de bras. Je sens un truc se serrer dans ma poitrine. Pas vraiment de la jalousie, mais un sentiment de perte, du genre ça ne sera plus Tanner et Autumn contre le reste du monde. On a tous les deux quelqu'un d'autre, maintenant.

Même si on ne le sait pas encore.

– C'est quoi, cette tête ? fait-elle en décrivant un cercle en l'air devant moi.

– Je réfléchis, c'est tout. (Je ramasse son stylo rouge et trace de vagues dessins sur la semelle de ma basket.) Je voulais te parler.

– Ouh ! C'est du sérieux.

– Mais non. Euh, en fait, si, sans doute. Je voulais juste m'excuser.

Elle ne répond rien, alors je relève les yeux pour tenter de déchiffrer son expression. Je connais Autumn mieux qu'à peu près n'importe qui au monde, mais en ce moment, je n'arrive pas à décrypter ce qu'elle pense.

– De quoi ? dit-elle enfin.

– D'avoir été aussi distant.

– On a beaucoup de boulot ce semestre. (Elle tire sur un fil décousu au bas de mon jean.) Désolée, je n'ai pas été une très bonne amie non plus, récemment.

– Ah bon ? Comment ça ?

– Je sais que tu es devenu proche de Sebastian, et je pense que j'étais jalouse.

Houlà. Une alarme se déclenche dans ma tête.

Elle déglutit de façon perceptible et, d'une voix hésitante, ajoute :

– Je veux dire, il a droit à du temps qui m'est réservé, d'habitude. Et c'est tellement intense, quand vous parlez, que j'ai l'impression qu'il me vole quelque chose qui m'appartient. Ça te paraît compréhensible ?

Mon cœur donne de grands coups dans ma poitrine.

– Je pense, oui.

Elle rougit, ce qui m'explique que cette conversation ne concerne pas seulement l'amitié. Si elle marquait juste son territoire de meilleure pote, elle ne serait pas dans cet état. Mais là, c'est autre chose. Même si elle ne connaît pas toute l'étendue de ce qui se passe entre Sebastian et moi, elle en ressent l'importance. Il y a une conscience qu'elle ne peut pas encore nommer.

– Je suis jalouse, dit-elle, et elle essaie de prendre un air courageux en levant le menton. Pour de nombreuses raisons, mais je travaille sur certaines.

C'est comme si on venait de me mettre un coup de marteau dans le torse.

– Tu sais que je t'aime, hein ?

Ses joues virent au rose vif.

– Oui.

– Genre, tu es l'une des personnes les plus importantes au monde pour moi, d'accord ?

Elle relève des yeux voilés.

– Oui, je sais.

En vérité, Autumn a toujours su qui elle est et ce qu'elle veut. Elle a toujours voulu être écrivaine. Elle est blanche, elle est hétéro, elle est très belle. Elle a un chemin prédéfini pour l'amener à ces choses, et personne ne lui dira jamais qu'elle ne peut pas ou ne doit pas les vouloir. Je suis bon en sciences, mais je ne suis pas sûr de suivre les traces de mon père et je n'ai aucune idée de ce que je pourrais faire d'autre. Je suis juste un ado bi moitié juif en train de tomber amoureux d'un mec mormon. La voie n'est pas toute tracée.

– Viens là, dis-je.

Elle vient sur mes genoux et je la serre dans mes bras, aussi longtemps qu'elle le veut bien. Elle sent son shampooing préféré, ses cheveux sont doux dans mon cou et, pour la centième fois, je souhaite ressentir un truc qui ressemble à du désir pour elle, mais en fait, c'est juste une affection farouche. Je vois ce que voulait dire papa, maintenant. C'est facile de dire que je maintiendrai mes amitiés, mais je dois faire plus que ça. Je dois aussi les protéger. Il y a toutes les chances qu'on n'aille pas dans la même fac l'an prochain et, maintenant, c'est le moment de s'assurer que c'est du solide entre nous. Si jamais je la perdais, je serais effondré.

Les Warriors affrontent les Cavs pour une revanche, et papa est cloué au canapé. Chaque ligne de son corps est tendue. La violence de son mépris pour LeBron James me dépasse, mais je ne peux pas lui reprocher de manquer de loyauté.

– J'ai vu Autumn aujourd'hui, lui dis-je.

Il grogne et hoche la tête. Clairement, il n'écoute pas.

– On est partis se marier à Las Vegas.

– Ah oui ?

– Si tu dois être aussi zombie devant la télé, il va te falloir de la bière et le bide qui va avec.

Il grogne encore et hoche la tête.

– Je suis dans la merde. Tu pourrais me donner cinq cents dollars ?

Enfin, papa me regarde, paniqué.

– Quoi ?

– Rien, je vérifie un truc.

Il cligne plusieurs fois des yeux, pousse un soupir soulagé quand la pause pub arrive.

– Tu disais ?

– Que j'ai vu Autumn aujourd'hui.

– Elle va bien ?

– Oui. Elle sort avec Eric.

– Eric Cushing ?

J'opine du chef. Cette info lui inspire la réflexion que j'attendais.

– Je croyais qu'elle t'aimait bien ?

Aucun moyen de répondre à ça sans passer pour un gros naze.

– Je crois que oui, un peu.

– Tu lui as parlé de Sebastian ?

– Ben non, tu rigoles ?

Le match reprend et je ne suis pas fier de faire ça maintenant, mais ce sont comme des termites qui dévorent une poutre. Si je ne sors pas ça de moi tout de suite, je serai dévoré d'anxiété.

– Papa, qu'est-ce qui s'est passé quand tu as annoncé à Bubbe que tu étais avec maman ?

Il lance un dernier regard de regret à la télé avant de prendre la télécommande pour couper le son. Et puis il se tourne vers moi en relevant une jambe sur le canapé.

– C'était il y a longtemps, Tann.

– Je veux juste le réentendre.

On m'a déjà raconté, mais parfois, quand on est petit, certains détails nous passent un peu au-dessus de la tête. L'histoire de la rencontre de mes parents, c'est une chose ; c'était romantique quand ils nous en ont parlé, et la réalité, les difficultés pour papa et sa famille, et pour maman, se sont perdues dans la grande histoire de leur amour-pour-toujours.

J'avais treize ans, Hailey en avait dix, et l'histoire avait été tronquée : Bubbe voulait que papa épouse la fille de sa meilleure amie, une femme qui avait été élevée en Hongrie et avait déménagé ici pour ses études. C'était normal, nous ont-ils dit, que les parents jouent les marieurs. Ils n'ont pas évoqué certains détails que j'ai appris avec le temps, auprès de tantes et de cousins, genre c'est beaucoup plus logique que la famille s'en mêle : le mariage, c'est à vie, alors que craquer sur quelqu'un, ça ne dure pas. Trouver quelqu'un qui vient de la même communauté, qui a les mêmes valeurs, c'est plus important que d'être avec la personne avec qui tu as envie de coucher pendant quelques mois.

Mais mon père a rencontré ma mère à Stanford, et comme dit maman, elle le savait. Il a lutté, mais en fait, il le savait aussi.

– J'ai rencontré ta mère mon premier jour de fac de médecine, raconte-t-il. Elle travaillait dans une sandwicherie un peu branchouille près du campus, où je suis entré, claqué et affamé. Je venais d'emménager la veille seulement, et la réalité de me retrouver loin de chez moi n'était pas ce à quoi je m'attendais. Tout coûtait cher, je n'arrêtais pas, et la somme de travail qu'on nous donnait était accablante. Elle m'a fait un sandwich au poulet parfait, et quand elle me l'a tendu, elle m'a demandé si elle pouvait m'inviter à dîner.

Cette partie-là, je la connais. Et j'adore, parce qu'en général, papa glisse une blague sur le fait que maman l'avait appâté avec la nourriture. Cette fois, il s'abstient.

– Je pensais que c'était pour être sympa, parce que j'avais l'air complètement à la ramasse. Je n'avais vraiment pas imaginé qu'elle veuille sortir avec moi. (Il rit.) Mais quand elle est arrivée le soir, ses intentions étaient très claires.

Je n'ai plus droit à la version de surface. J'ai la version qu'un homme adulte donne à son fils mûr.

Maman est très belle. Elle l'a toujours été. Son assurance la rend presque irrésistible, et en y ajoutant qu'elle est brillante, papa était obligé de succomber. Il n'avait que vingt et un ans, après tout – ce qui est jeune pour un étudiant en médecine – et ce premier soir, au dîner, il s'est dit que ça n'aurait pas de conséquence de prendre un peu de bon temps avec elle. Il avait eu une ou deux copines avant, mais rien de sérieux. Il avait toujours su qu'au bout du compte, il rentrerait au bercail, où il se marierait avec une fille des mêmes origines.

Mes parents se sont fréquentés pendant deux ans en secret, et même quand il restait dormir chez elle, il affirmait toujours qu'il épouserait une juive. Chaque fois qu'il disait ça, elle masquait sa douleur et répondait : « D'accord, Paul. »

Quand Bubbe et la sœur de papa, Bekah, sont venues en visite trois semaines, maman ne les a pas rencontrées. Il ne leur a pas parlé d'elle, et tout le temps qu'elles étaient là, maman n'a pas pu le voir une seule fois. C'était comme s'il avait disparu. Il n'a pas donné de nouvelles. Après leur départ, elle a rompu avec lui, et il n'a pas protesté. Il lui a souhaité bonne continuation dans la vie et l'a regardée partir.

Si papa ne disait rien sur leur période de rupture, maman l'appelait en blaguant « l'année noire ». Blague ou pas, j'ai vu des photos d'eux de cette époque, et elles m'ont toujours mis légèrement mal à l'aise. Mais parents sont Ultra-Amoureux, avec des majuscules et tout. Papa trouve maman belle et brillante. Il pense qu'elle est capable de tout faire. Elle trouve qu'il est l'homme le plus intelligent et le plus merveilleux au monde. Je suis sûr que leur pause leur a permis de réaliser ce qu'ils avaient à portée de la main, mais il est clair que même avant, ils étaient accros. Sur ces photos, ils ont tous les deux l'air un peu creux. Les cernes bleutés sous les yeux de papa ressemblent aux phases noires de la lune. Maman est plutôt mince, mais pendant l'année noire, elle était squelettique.

Aujourd'hui, papa m'avoue qu'il n'arrivait pas à dormir. Pendant presque un an, il a survécu avec seulement deux ou trois heures de sommeil par nuit. Ce n'était pas rare pour un étudiant en médecine qui passait toute la nuit à bosser ses cours, mais papa est quelqu'un d'organisé et de studieux, et il n'avait pas de problème pour tenir le rythme. S'il ne dormait pas, c'est parce qu'il était amoureux. Il avait l'impression d'être veuf.

Alors, il a fini par aller la voir à son appartement et l'implorer de se remettre avec lui.

Je n'avais jamais su. J'avais toujours entendu dire qu'ils s'étaient juste recroisés sur le campus et que papa avait alors compris qu'il ne pouvait pas rester loin d'elle.

– Pourquoi tu nous avais raconté que tu étais retombé sur maman ?

– Parce que c'est ce que j'ai dit à Bubbe, répond-il doucement. Pendant longtemps, elle a mal vécu que j'aie épousé Jenna. Mais penser que j'étais allé la chercher pour la supplier, ç'aurait été une trahison encore plus manifeste.

J'ai le cœur qui se serre à l'entendre dire ça. Chaque fois que je vais voir Sebastian, c'est une trahison manifeste de maman. Simplement, je n'avais pas de nom à lui attribuer avant.

– Jenna m'a fait asseoir et m'a gueulé dessus pendant une heure, a repris papa. Elle m'a dit à quel point ça faisait mal d'être mis en position d'impuissance. Qu'elle m'aimerait toujours, mais qu'elle ne me faisait pas confiance. (Il rit.) Elle m'a renvoyé dans mes buts et m'a dit de faire mes preuves.

– Qu'est-ce que tu as fait ?

– J'ai appelé Bubbe pour lui dire que j'étais amoureux d'une femme qui s'appelait Jenna Petersen. J'ai acheté une bague, je suis retourné à l'appartement de ta mère et je lui ai demandé de m'épouser.

Apparemment, maman aurait réagi par : « Quand ? » et papa a répondu : « Quand tu voudras. » Alors, ils se sont mariés au tribunal le lendemain matin, autre détail dont on ne m'avait jamais fait part. J'ai vu des tas de photos du mariage officiel : la signature du *ketouba*, maman planquée derrière son voile, qui attend de descendre l'allée, mon père qui brise le verre sous la *houppa* – le tissu –, la rangée de photos d'amis et de membres de la famille respectables qui donnent les sept bénédictions. Mes parents soulevés sur de grosses chaises en bois pendant que leurs amis dansent autour d'eux. Ces photos-là, elles sont accrochées dans le couloir d'en haut.

Je ne savais absolument pas qu'ils étaient mariés aux yeux de la loi depuis un an.

– Bubbe est au courant que vous étiez mariés avant ?

– Non.

– Tu t'es senti coupable ?

Papa me sourit.

– Pas une seule seconde. Ta mère est mon soleil. Mon monde n'est chaud que quand elle y est.

– J'arrive pas à imaginer ce que c'était pour toi. (Je regarde mes mains.) Je ne sais pas comment ne pas revoir Sebastian. Même si je pourrais. (J'ai besoin de poser la question, autant que j'en redoute la réponse.) Tu lui as dit que tu m'avais surpris avec Sebastian ?

– Oui.

– Elle était en colère ?

– Elle n'était pas surprise, mais elle était d'accord avec ce que je t'ai dit. (Il s'approche et m'embrasse sur le front.) Ce que Jenna a appris avec moi, c'est qu'elle avait toujours eu du pouvoir, même quand elle croyait que je l'avais rayée de ma vie. Tu n'es pas impuissant, là. Mais tu dois être au clair sur ce que tu es prêt à supporter ou pas. (Il pose un doigt sous mon menton pour relever mon visage.) Est-ce que tu es prêt à être un secret ? Tu l'es peut-être pour l'instant. Mais c'est ta vie, et elle va se prolonger devant toi, et tu es le seul à pouvoir en faire ce que tu veux qu'elle devienne.

13

Sebastian m'envoie des textos tous les soirs avant de se coucher, et en se levant tous les matins. Parfois, c'est aussi simple que « coucou ». D'autres fois, ils sont plus longs, mais à peine. Comme mercredi après le dîner chez lui, il m'a envoyé :

Je suis content qu'on soit d'accord sur la situation.

J'interprète ça comme : *On est vraiment ensemble.*

Mais aussi comme : *On le fait vraiment en secret.*

Du coup... on est un peu SDF. Ma maison est désormais rayée des possibilités. La sienne, inimaginable. On pourrait se retrouver dans ma voiture, mais non seulement c'est glauque mais en plus, c'est dangereux, comme être dans un aquarium sans intimité, sans murs.

Résultat : depuis le week-end où on a été surpris par mon père, on part en rando au moins deux fois par semaine. Non seulement ça nous permet de nous éloigner des regards curieux à une époque de l'année où personne d'autre ne se rend en montagne, mais – pour moi, en tout cas – ça me permet de brûler l'énergie superflue que je me coltine. Certains jours, on est frigorifiés, mais ça vaut le coup.

Trucs qu'on a faits dans les deux semaines qui ont suivi le moment où il a murmuré « mon mec » au milieu d'un baiser :

Fêter nos anniversaires d'une semaine et de deux semaines, à la manière la plus guimauve possible : des cupcakes et des cartes faites main.

Échanger des regards lourds de sens à chaque Séminaire où il est présent.

Se faire passer des lettres aussi subtilement que possible. En général, sous prétexte de lui donner des extraits de « mon livre » à lire et qu'il me les rende annotées. (Au passage : mon livre s'échappe de moi à la vitesse de l'éclair, mais ce n'est toujours pas celui que je devrais écrire. Y penser me plonge dans un gouffre de panique. Assez sur le sujet.)

Relire les lettres, limite jusqu'à ce que le papier se désagrège.

Trouver des usages créatifs aux emojis dans les textos.

Trucs qu'on n'a pas faits depuis qu'il a murmuré « mon mec » au milieu d'un baiser :

S'embrasser.

Je sais que c'est dur pour tous les deux de se sentir plus proches sans être plus près, mais tout le reste est tellement bien par ailleurs que je ne vais pas laisser l'absence de pelotage me priver de mon extase.

Autumn prend une feuille dans la pile à distribuer qui circule dans la pièce et laisse tomber les autres sur mon bureau, ce qui me tire de mon brouillard. Sebastian est à l'avant de la salle, penché sur un cahier avec Clive et Dave-fan-de-burritos. Clive sort avec Camille Hart, Dave avec la moitié des filles de première, mais n'empêche. La jalousie pointe douloureusement entre mes côtes.

Comme s'il sentait le feu de mon regard, Sebastian relève les yeux et les détourne vite en rougissant.

– Tu crois... ? commence Autumn. Non, rien.

– Je crois quoi ?

Elle me chuchote à l'oreille :

– Tu crois qu'il t'aime bien ? Sebastian ?

Mon cœur trébuche à sa question, et je me force à m'intéresser à mon ordi, sur lequel je tape sans discontinuer :

Jeudi

Jeudi

Jeudi

Jeudi

C'est dans trois jours, et c'est notre prochaine rando.

– Qu'est-ce que j'en sais, moi ?

J'ai dit ça d'un ton tranquille, genre je m'en fiche.

En fait, je devrais peut-être inviter Sasha au bal.

Fujita fait le tour, vient vérifier notre progression sur le décompte de mots, l'évolution des personnages, le développement de l'intrigue, le rythme. On est le 10 mars, et on est censés avoir écrit 20 000 mots, et avoir choisi notre binôme de critique. J'en suis à plus de 40 000. Mais je ne peux pas rendre ce texte.

Autumn n'a pas voulu travailler avec moi cette fois-ci ce qui a surpris tout le monde, sauf moi, donc je suis sans binôme et je compte passer inaperçu aussi longtemps que possible. Mais j'aurais dû me douter que ça ne passerait pas. Malgré ses ondes de hippie littéraire un peu bordélique, Fujita n'est pas dupe.

– Tanner, dit-il après être arrivé derrière moi si doucement que je sursaute.

Je referme violemment mon ordi. Il rit, se penche vers moi et chuchote théâtralement :

– Tu avances sur ton roman, mon garçon ? C'est quel genre, maintenant que tu as recommencé ?

– Euh, contemporain. (Au cas où il aurait vu ma colonne de « jeudi », j'ajoute.) Je suis juste un peu bloqué aujourd'hui.

– Nous avons tous des jours où ça coule tout seul et des jours où c'est plus difficile, dit-il, assez fort pour être entendu de toute la classe, avant de se repencher vers moi. À part ça, tu es sur les rails ?

– C'est surprenant, mais oui.

Selon la façon dont on voit les choses.

– Parfait. (Fujita s'agenouille pour être au niveau de mes yeux.) Bon, on dirait que tous les binômes sont formés. Comme tu es sur la voie mais que tu as du mal aujourd'hui, je vais demander à Sebastian de te coacher. (Mon cœur loupe un battement.) Je sais que vous avez échangé à propos de ton idée, et comme cette année, nous n'avons pas un nombre pair d'élèves, ça me paraît le plus facile. (Il me tapote le genou.) Ça te va ?

Je souris.

– Ça me va.

– Qu'est-ce qu'il y a ?

Fujita et moi regardons tous les deux Sebastian, qui se matérialise à nos côtés.

– J'annonçais juste à Tanner que tu serais son binôme pour la critique.

Sebastian affiche son sourire tranquille et confiant. Mais ses yeux se perdent sur moi.

– D'accord. (Des sourcils sombres parfaits se lèvent.) Dans tous les cas, tu devras me montrer la marchandise.

Je hausse les sourcils en retour.

– C'est encore brut. Des émotions mises à nu, quoi.

– Ce n'est pas grave, dit-il d'un ton enjoué. Je pourrai t'aider à leur donner corps.

Autumn se racle la gorge et Fujita nous tape sur l'épaule à tous les deux.

– Parfait ! On continue !

Sebastian pose une chemise sur mon bureau.

– Tiens, mes notes depuis la dernière fois.

Mon pouls s'emballe comme un cheval fou et c'est d'une voix tremblante que je tente un « super, merci » détaché. Je sens qu'Autumn me surveille dès la seconde où il s'éloigne. Sans regarder vers elle, je demande :

– Comment ça va, Autumn ?

Elle me chuchote :

– Toi et Sebastian venez d'avoir une conversation qui reposait entièrement sur des sous-entendus sexy.

– Ah bon ?

Je rencontre son regard et, avant de le quitter, je me demande si elle y voit tout. Je sais que c'est écrit sur mon visage aussi clairement que si c'était une banderole.

SEBASTIAN + TANNER = COUPLE

– Tanner, répète-t-elle, lentement, comme si elle approchait de la fin d'un Agatha Christie.

Je me retourne vers elle. J'ai la peau en feu sous mon tee-shirt, le torse brûlant qui me pique.

– Je crois que je vais inviter Sasha au bal.

* * *

T.,

Comment s'est passé ton week-end? Êtes-vous allés à Salt Lake en famille? La fin de semaine dans la famille Brother, c'était de la folie. On n'a pas arrêté de sonner à la porte. Samedi, il y avait quelques activités pour jeunes enfants. Lizzy et moi les avons chapeautés, mais tenter de mettre des enfants de six ans en file indienne, c'est comme essayer de travailler avec des chats sauvages. En plus, je crois que Sœur Cooper leur a donné des bonbons quand elle a terminé l'activité qui précédait la nôtre, alors ils étaient dans un état d'excitation impressionnant.

Je suis rentré samedi, je suis monté dans ma chambre et j'ai pensé à toi environ deux heures avant d'arriver à m'endormir. Ou plutôt, j'ai pensé à toi, j'ai prié, et puis j'ai encore pensé à toi. Ces deux activités me font me sentir vraiment bien. Plus je prie, plus je suis sûr que ce qu'on fait ensemble est bien. Mais je me sens seul, aussi. J'aimerais qu'on puisse être ensemble à la fin de journées comme celle-ci, à en parler au même endroit, plutôt que par lettres. Mais on a déjà ça.

Et on a jeudi. C'est normal que je sois aussi impatient? Tu vas peut-être devoir me maîtriser. Tout ce que je veux faire, c'est t'embrasser, t'embrasser et encore t'embrasser.

Quand vas-tu me faire lire ton nouveau livre? Tu es doué, Tanner. Je meurs d'envie de lire ce que tu écris maintenant. Je pars sur le campus et je serai là pour le Séminaire aujourd'hui, pour te remettre cette lettre. Quand tu l'auras finie, sache que je pensais à t'embrasser pendant que j'écrivais cette phrase (et toutes celles, d'avant, je crois).

Ton S

Je la lis environ dix-sept fois avant de l'enfoncer dans la pochette la plus profonde de mon sac à dos, où je la garderai jusqu'à la maison. Là, je la mettrai dans une boîte à chaussures sur la plus haute étagère de mon placard. (Maintenant que j'y pense, si je meurs aujourd'hui, une boîte à chaussures sur la plus haute étagère de mon placard, c'est sans doute le premier endroit où mes parents chercheraient des indices sur ce qui m'est arrivé. Je devrais trouver une meilleure cachette.)

Je laisse ces pensées emmêlées me distraire du malaise que je ressens à cause de la curiosité de Sebastian pour le livre.

Me faites pas dire ce que j'ai pas dit : j'adore ce que j'ai jusqu'ici, en fait. Mais je dois regarder la réalité en face : au stade où j'en suis, je ne vais pas avoir de roman à rendre. Jusqu'ici, cette vérité a été le repoussoir et mes pensées s'en éloignent en toute liberté. Je me suis répété que je peux démontrer que je l'ai fait, donner à Fujita quelques pages d'échantillon, avant l'apparition de Sebastian dans le récit – sous le sceau de la confidence – et lui demander de me noter à partir de là. Fujita est plutôt cool ; je pense qu'il serait prêt à le faire. Ou je peux avouer à Sebastian que ce livre est toujours sur nous et le pousser à noter certains projets, y compris le mien, sous couvert de décharger Fujita.

Mais si Fujita n'accepte pas ? S'il refuse de me donner la moyenne en se basant sur les vingt premières pages ? J'écris comme pris de fièvre. Depuis la fois où j'ai lamentablement changé des trucs dans les quatre premiers chapitres, je n'ai modifié aucun détail, même pas nos noms. Dans la version actuelle, tout est là, noir sur blanc, visible pour le monde entier, et je n'ai pas envie de le changer. Le Séminaire. L'évêque Brother.

Nos randos sur la montagne. mes parents, ma sœur, nos amis. Je sais que Sebastian a besoin que je le fasse, mais je n'ai pas envie de me cacher.

Jeudi, il m'attend au bas du sentier à quinze heures. Il ne nous reste pas beaucoup d'heures de jour, mais j'espère qu'on pourra rester plus longtemps ce soir, prolonger le moment dans l'obscurité. Je sais qu'il n'a pas cours avant l'heure du déjeuner demain, et moi, je fonctionne très bien avec peu de sommeil.

– Salut.

Il secoue la tête pour se dégager les yeux. J'ai la peau qui vibre. J'ai envie de le plaquer contre un arbre et de sentir ses cheveux entre mes doigts.

– Salut.

Merde, on est cons, de sourire comme si on venait de gagner une médaille d'or de la taille de l'État d'Idaho. Il a de la malice dans les yeux, et j'adore ce côté chez lui. Je me demande qui d'autre le voit. J'ai envie de penser que ce que je vois est sa vérité, pure et unique.

– Tu n'as pas oublié l'eau ?

Je me tourne pour lui montrer mon sac de rando avec poche à eau intégrée.

– J'ai tout ce qu'il faut.

– Parfait. On va jusqu'au sommet aujourd'hui. Tu es prêt ?

– Je te suivrais n'importe où.

Avec un sourire immense, il se retourne, accélère dans le sentier pour s'enfoncer dans les broussailles denses et trempées de pluie. Je le suis de près. Pendant qu'on monte, le vent se lève et on ne s'embarrasse pas à parler pour ne rien dire. Ça me rappelle quand on était allés à un buffet de fruits de mer avec papa, pendant une de ses conférences à la Nouvelle-Orléans. Papa a pris l'air ultra-concentré. *Ne mange pas la déco*, m'a-t-il dit. Il voulait parler des gressins, des canapés et même de minuscules biscuits magnifiques, mais sans goût. Il s'est jeté sur les pattes de crabe, les écrevisses et le thon grillé.

Parler de choses sans importance maintenant, ce serait s'enfiler des gressins. Ce que je veux, la prochaine fois qu'il dira quelque chose, c'est sentir le corps de Sebastian tout contre le mien.

La plupart des gens qui grimpent à la montagne s'arrêtent au premier point de vue, mais après l'avoir atteint, au bout d'une demi-heure, nous continuons et laissons la ville s'étendre en deçà de nous. On se dirige vers l'endroit où le sentier rétrécit et continue vers le sud, puis on prend à l'est, vers Slide Canyon. Ici, tout est plus sauvage, et on surveille nos pieds pour éviter les orties et les ronces. Enfin, on arrive à l'endroit de la montagne où poussent les pins. On n'en a pas spécialement besoin pour s'abriter du soleil – il fait de plus en plus froid, moins de zéro maintenant, heureusement, on est bien couverts par nos blousons – mais des regards, oui.

Sebastian ralentit et s'assied sous un bouquet d'arbres qui donnent sur Cascade Mountain et Single Mill Peak. Je m'affale à côté de lui ; ça fait largement plus d'une heure qu'on marche. Toutes les questions que je pouvais avoir sur l'éventualité qu'on se retrouve ici après le coucher du soleil sont envolées. On a marché plus loin que les autres fois, y compris le week-end, et ça nous prendra au moins une heure supplémentaire pour rentrer. Le soleil, bas à l'horizon, empreint le ciel d'une teinte sombre séductrice.

Sebastian me donne la main et s'étire en arrière, appuyant nos deux poings sur son torse. Même à travers son blouson molletonné, je sens la chaleur qui émane de lui.

– Eh ben... c'était quelque chose.

Je reste assis, appuyé sur mon autre main pour l'équilibre, et je contemple le canyon. Les montagnes sont d'un vert éclatant, avec des endroits couverts de neige. Les sommets pointus et leurs parois de pierre lisse sont parsemés d'arbres. C'est tellement différent de la vallée en dessous de nous, où tout semble parsemé de restos et de supérettes.

– Tann ?

Je me tourne pour le regarder. La tentation de venir me glisser contre lui et de l'embrasser pendant des heures est presque impossible à contenir, mais en même temps, c'est assez génial de pouvoir juste rester là, à se tenir les mains

avec

mon

mec.

– Oui ?

Il porte ma main à ses lèvres, m'embrasse à la base des doigts.

– Je peux le lire ?

C'est arrivé si vite. Je m'y attendais, mais quand même.

– Un jour. C'est juste... C'est pas fini.

Il se redresse.

– Je comprends. Tu viens de commencer, c'est ça ?

Le mensonge commence à me ronger de l'intérieur.

– En fait, j'ai du mal à m'y mettre. Je veux écrire autre chose. Vraiment. Mais chaque fois que je m'assieds à l'ordi, j'écris... sur nous.

– Je comprends aussi. (Il garde le silence quelques instants.) J'étais sérieux sur ce que je disais. Ce que j'ai lu, c'était vraiment bon.

– Merci.

– Donc, si tu veux, je pourrais me charger de la révision ? Pour rendre ça moins reconnaissable ?

Je suis sûr qu'il ferait un super-boulot, mais il a déjà assez d'occupations comme ça.

– Je veux pas que tu t'en fasses pour ça.

Il hésite, puis me presse la main.

– C'est quand même dur de ne pas m'en soucier. Tu ne peux pas rendre ce livre à Fujita. Mais si tu ne rends rien, tu auras un zéro.

– Je sais.

La culpabilité m'étreint froidement. Je ne sais pas ce qui serait le pire : lui demander son aide ou essayer de tout recommencer.

– J'aime penser à nous, aussi, me dit-il. Je crois que ça me plairait de travailler à réviser ce texte.

– Ben, je pourrais t'envoyer ce que j'ai en plusieurs parties pour que tu bosses dessus, mais je veux pas l'envoyer sur ton mail de la BYU.

Je vois que posséder une autre adresse mail ne lui a jamais effleuré l'esprit.

– Ah, OK.

– Tu peux te créer un compte gmail, et je l'enverrai dessus.

Déjà, il acquiesce, et de plus en plus vite à mesure qu'il considère les implications. Je sais exactement ce qu'il pense : *on pourrait s'écrire tout le temps.*

Il est tellement adorable que ça me déplaît de lui casser son plan.

– Mais attention à ce que tu fais chez toi. Ma mère a créé le logiciel Parentelligentsia. Je sais mieux que d'autres qu'on peut très facilement te suivre à la trace.

– Je ne pense pas que mes parents soient très au fait des technologies, dit-il avec un rire, mais c'est noté.

– Tu serais surpris de savoir comme c'est facile, dis-je, moitié fier, moitié navré pour ceux de ma génération qui ont été ficelés par la première invention de ma mère. C'est comme ça que mes parents ont su que... je m'intéressais aux mecs. Ils ont installé le logiciel dans notre cloud et ils ont pu voir toutes mes recherches, alors que j'avais effacé mon historique.

Son visage se décompose.

– Ils sont venus m'en parler, du coup, je leur ai raconté que j'avais embrassé un garçon l'été d'avant.

On avait fait allusion à ça, sans vraiment en parler librement.

Sebastian me fait face.

– Qu'est-ce qu'ils ont dit ?

– Ma mère n'était pas surprise. (Je ramasse un caillou, que je lance au bas de la pente.) C'était plus dur pour papa, mais il voulait que ce soit facile. Il gère ses émotions à son rythme, je pense. À la première conversation, il m'a demandé si je pensais que c'était une phase, et j'ai répondu peut-être. (Je hausse les épaules.) Sincèrement, je savais pas. Ce n'est pas comme si je l'avais déjà vécu avant. Je savais juste que je ressentais la même chose en regardant des photos de mecs à poil que de filles à poil.

Sebastian vire au rouge vif. Je crois que je n'ai jamais vu son visage aussi écarlate. Il n'a jamais regardé de photos de gens nus ? Je l'ai gêné ? C'est fou.

D'une voix un peu étranglée, il me demande :

– Tu as déjà couché avec quelqu'un ?

– Des filles, dis-je. Des garçons, j'en ai juste embrassé.

Il hoche la tête, comme s'il y avait une logique là-dedans. Je lui demande :

– Quand est-ce que tu as su ?

– Quoi ? Que tu étais bi ? fait-il, étonné.

– Non. (Je ris un peu, mais ensuite, je me retiens parce que je ne veux pas être moqueur.) Que tu es gay.

La perplexité s'intensifie dans son expression.

– Je ne le suis pas.

– Tu n'es pas quoi ?

– Je ne suis pas... *ça*.

Dans la roue que fait tourner mon pouls, un grain de sable enraye le mécanisme. Ma poitrine me brûle, le temps d'une respiration.

– Tu n'es pas gay ?

– Je veux dire, réessaie-t-il, nerveux, je suis attiré par des garçons, et je suis avec toi maintenant, mais je ne suis pas gay. C'est un choix différent, et je ne choisis pas cette voie.

Je ne sais même pas quoi dire. J'ai la sensation de me noyer.

Je lui lâche la main. Il se penche pour retrouver mon regard.

– Comme toi, tu n'es pas gay, tu n'es pas hétéro, tu es... toi, dit-il. Moi, je ne suis pas gay, je ne suis pas hétéro, je suis moi.

J'ai tellement envie de lui que j'en ai presque mal. Alors, quand il m'embrasse, j'essaie de faire comme si la sensation de Sebastian qui aspire ma lèvre inférieure occultait tout le reste. Je veux que son baiser soit la clarification, l'assurance qu'une étiquette n'a aucune importance – ce qui importe, c'est ça.

Mais ce n'est pas vrai. Pendant tout le temps qu'on s'embrasse, puis plus tard, quand on redescend, j'ai toujours la sensation de m'enfoncer dans l'eau. Il veut lire mon livre, le livre qui raconte que je tombe amoureux de lui. Mais comment puis-je lui envoyer mon cœur alors que ce qu'il vient de dire, en termes très clairs, c'est qu'il ne parle pas la même langue ?

14

Samedi, en fin d'après-midi, Autumn me suit d'un pas alerte quand nous nous éloignons de chez moi. Une fois qu'on est hors surveillance parentale, elle se lâche :

– C'est avec lui que tu étais au téléphone ?

– Oui.

– Et tu me dis qu'il ne s'intéresse pas à toi ? Tanner, je vois bien comment il te regarde.

Je suis vraiment pas d'humeur. Même après notre conversation de ce matin. Les mots de Sebastian rebondissent sans répit dans ma tête depuis jeudi.

Pas... ça.

Je ne suis pas gay.

– Tu sens pas son regard sur toi ?

– Autumn !

Elle devrait se contenter de ça pour l'instant. Elle monte dans la voiture et met sa ceinture, puis se tourne vers moi.

– Qui est ton meilleur ami ?

– Toi. Autumn Summer Green. (Je mets le contact et ris malgré ma sale humeur.) Toujours les prénoms les plus mal assortis du monde.

Elle n'écoute pas du tout.

– Et à qui tu fais le plus confiance au monde ?

– Mon père.

– Après lui, me dit-elle en levant la main. Et après ta mère, ta grand-mère, le reste de ta famille, et tutti quanti.

– Je ne fais pas confiance à Hailey.

Je me concentre sur l'allée pour faire marche arrière, parce que papa ne veut pas que je me fie seulement à la caméra de recul.

Autumn tape sur le tableau de bord.

– J'essaie de discuter. Arrête de changer de sujet !

– C'est toi, ma meilleure amie. (Je tourne le volant et m'engage dans la rue.) C'est à toi que je fais le plus confiance.

– Alors, pourquoi j'ai l'impression que tu me caches un truc important ?

Le chien avec son nonos, toujours. Mon cœur se transforme à nouveau en marteau et cogne, cogne, cogne sur mon sternum.

J'étais effectivement au téléphone avec Sebastian quand Autumn est arrivée. On parlait de son activité religieuse de l'après-midi.

Pas du fait qu'il n'est pas du tout gay.

Pas de mon livre pas du tout commencé.

– T'es tout le temps fourré avec lui, insiste-t-elle.

– OK... Déjà, on parle de mon roman, dis-je, et un couteau symbolique se plante dans ma conscience qui n'en mène pas large. Tu as choisi de bosser avec Clive – ce qui est très bien –, mais du coup, je me retrouve avec Sebastian. Ensuite, je ne sais pas s'il est gay ou quoi. (Franchement, ce n'est même pas un mensonge.) Enfin, son orientation sexuelle ne nous regarde pas.

Si ce sujet me regarde, c'est juste parce que...

Et là, je me rends compte du bien que ça me ferait de donner de l'oxygène à cette relation en dehors de notre bulle Sebastian + Tanner. Même l'idée de me confier à quelqu'un d'autre que mes parents me donne le sentiment de pouvoir prendre pleinement ma respiration, pour la première fois depuis des semaines. Plus que tout, j'ai envie de raconter à quelqu'un – Autumn, en particulier – ce qui s'est passé jeudi.

– S'il est vraiment gay, poursuit-elle en se rongeant un ongle, j'espère que sa famille n'est pas trop dure. Ça me rend un peu triste, ça. Le fils de l'évêque ne devrait-il pas avoir le droit d'aimer les mecs s'il en a envie ?

Cette conversation me met un peu en vrac. Mais pourquoi je n'ai pas fait mon coming out à Autumn ? D'accord, la panique de maman au moment d'arriver ici m'a légèrement traumatisé, et l'amitié d'Autumn est mon roc. Je n'ai jamais voulu la mettre en péril. Mais quand même. Autumn Summer Green est la personne la plus ouverte d'esprit que je connaisse, non ?

– Il faudrait une révélation, dis-je. Appelle le prophète et dis-lui que c'est le moment d'accepter les *queers* dans son cœur.

– Ça arrivera, répond-elle. Quelqu'un va avoir une révélation. Bientôt.

Les révélations, c'est un gros élément de la foi mormone. C'est une idée plutôt progressiste : le monde change et l'Église a besoin que Dieu l'aide à cheminer. Après tout, ce sont des saints des *derniers* jours.

Ils croient que n'importe qui peut avoir une révélation – c'est-à-dire une communication directe de Dieu – tant qu'il l'a recherchée avec l'intention de bien faire. Mais seul le prophète actuel en vie (le président de l'Église SDJ) peut avoir des révélations qui sont ajoutées à la doctrine de l'Église. Il (toujours un homme) travaille avec deux conseillers et le collège des Douze Apôtres (tous des hommes aussi) « sous l'inspiration de Dieu », pour déterminer la position de l'Église sur n'importe quel point, et décider si les règles doivent changer ou pas.

Par exemple, le sujet brûlant : dans le temps, la polygamie était acceptée. La mère d'Autumn m'avait expliqué qu'au moment des premières colonies mormones, il y avait beaucoup de femmes et seulement quelques hommes pour les protéger. En prenant plusieurs épouses, les hommes permettaient aux femmes de la communauté de vivre mieux. Mais, selon mes propres recherches, le gouvernement n'a jamais accepté ce système et a refusé au territoire de l'Utah le statut d'État. En 1890, le président Wilford Woodruff a déclaré que le mariage pluriel n'était plus acceptable aux yeux de Dieu. Après une révélation, bien entendu.

Pratique, c'est ce que le gouvernement avait envie d'entendre, et l'Utah a pu rejoindre les États-Unis !

L'idée d'une révélation sur l'acceptation véritable des LGBT dans l'Église mormone est un peu LE truc que j'espère quand je m'autorise à penser à l'avenir avec Sebastian. Brigham Young lui-même l'a dit, en substance, il espère que les membres de l'Église ne reçoivent pas simplement ce que disent les dirigeants comme la vérité de Dieu ; il souhaite qu'ils prient et trouvent cette vérité en eux-mêmes.

C'est clair que Papa Young ne pensait pas à l'homosexualité, mais ceux d'entre nous qui vivent dans le monde moderne, et qui ne sont pas SDJ, espèrent sincèrement une révélation qui absoudrait ce sujet de toute notion de péché. Mais même après la légalisation du mariage pour tous dans tous les États, toujours rien.

Autumn tape sur ses cuisses en rythme avec la musique. C'est une chanson sur l'amour. Rythme lent qui devient de plus en plus prenant et voix rauque, éraillée. Les paroles semblent innocentes au début, mais c'est évident que ça parle de sexe, comme quasiment toutes les chansons qui passent à la radio.

Forcément, mes pensées s'orientent par là, à ce que ce serait avec Sebastian. Comment on... serait. C'est un territoire inconnu, excitant et terrifiant à la fois.

– Tu as parlé à Sasha ? me demande Autumn de but en blanc.

– De quoi ?

Elle me regarde fixement.

– Du bal !

– Sérieusement, Autumn, pourquoi t'es aussi obsédée par ça ?

– Parce que tu avais dit que tu allais l'inviter.

– Pourquoi tu t'en fais autant ?

– Je veux que tu ailles à ton bal de promo. (Elle me lance un sourire victorieux.) Et je ne veux pas y aller seule avec Eric.

Une alarme se met à résonner dans ma tête.

– Euh... pourquoi ?

– Je veux juste y aller doucement avec lui. Je l'aime bien, mais...

Elle regarde par la vitre et perd de l'assurance en voyant qu'on est arrivés au lac.

– Mais quoi ? dis-je en me garant.

– Non, rien de ça. Il est bien. Je veux juste que tu sois là. (Elle soutient mon regard pendant une… deux… trois secondes.) Tu es sûr que tu ne veux pas y aller avec moi ?

– Mais tu veux que je t'accompagne ? Si tu as besoin de moi, je serai là.

Elle s'affaisse sur le siège.

– Je ne peux pas revenir sur mon engagement auprès d'Eric.

Je suis soulagée. Sebastian comprendrait, bien sûr, mais l'idée de danser avec Autumn alors que je préférerais être avec lui, ça ne paraît juste ni pour l'un ni pour l'autre.

Je coupe le contact et me repose en arrière en fermant les yeux. Je n'ai aucune envie d'être là, avec Manny ou aucun des autres élèves du lycée, et de m'amuser dans le parking avec des voitures téléguidées. Je préférerais rentrer chez moi et écrire sur ce nœud et cette chaleur dans ma tête. Je suis contrarié par Sebastian, et ça me déplaît qu'il soit parti pour la journée alors que je me sens tellement perdu.

– Tu as couché avec combien de filles ?

Je bats plusieurs fois des cils, halluciné par cette question impromptue.

– Quoi ?

Même rétrospectivement, je me sens bizarrement déloyal envers Sebastian d'avoir couché avec quelqu'un d'autre que lui.

Autumn rougit, l'air penaud.

– C'est juste par curiosité. Des fois, je me demande si je suis la dernière à être vierge.

Je secoue la tête.

– Je t'assure que non.

– Mouais, genre ! Je suis sûre que t'as tout un tas d'histoires que je ne connais même pas.

Oh putain, ce qu'elle me met mal à l'aise.

– Autumn, tu sais, j'ai couché avec trois filles : Jessa, Kailey et Trin. (Je lui attrape la main. J'ai besoin d'air.) Allez, viens.

Il paraît qu'avant, le lac Utah était magnifique. Plein à ras bord et parfaitement adapté à un tas de sports aquatiques écologiquement irresponsables qui ont scandalisé mes parents quand on est arrivés ici. D'après mon père, le jet-ski, c'est l'œuvre du diable.

Maintenant, le niveau de l'eau est bas et la couverture d'algues tellement épaisse que même si le temps était estival, on ne s'aventurerait sans doute pas à y mettre les pieds. Du coup, on zone entre le parking et la rive, on mange la pizza apportée par Manny et on lance des cailloux aussi loin qu'on peut à l'horizon.

Je rêve de la fac, de vivre dans une grande ville où je pourrais passer une journée entière dans les musées, ou accoudé au bar pour regarder du foot, ou n'importe quoi d'autre que rester avachi à parler tous les jours des mêmes trucs pourris. Je rêve de convaincre Sebastian de venir avec moi, de lui montrer qu'être gay, ce n'est pas si mal.

Kole, le frère de Manny, a ramené quelques potes de la fac que j'avais jamais vus, et ils font voler des hélicos téléguidés aux alentours. Ils sont grands, style joueurs de soccer, ils parlent fort et enchaînent les gros mots, bref, le genre de mecs qui m'ont toujours mis légèrement mal à l'aise. Je ne suis pas Manny, mais je suis loin d'être petit, et je sais que je dégage un certain calme qui peut souvent être interprété comme menaçant. L'un d'eux, Eli, me toise avec un rictus avant de dévisager Autumn comme s'il allait la rouler dans une part de pizza et la bouffer. Il est musclé, que c'en est louche, a le cou épais et une peau pleine de rougeurs et de cicatrices d'acné.

Autumn s'installe à côté de moi, pour se faire passer pour ma copine. Je prends tout de suite le rôle du petit ami, je la prends par le bras, je plonge mes yeux dans les siens. Eli détourne le regard. Pour rigoler, je chuchote :

– Tu veux pas tenter l'expérience avec lui ?

– Non, grommelle-t-elle.

Après notre appel écourté de ce matin, Sebastian est parti pour une activité à un parc de South Jordan. Je sais qu'il ne sera pas rentré avant dix-huit heures, mais ça ne m'empêche pas de vérifier toutes les deux minutes si je n'ai pas d'émojis suggestifs dans ma boîte.

Mais non.

Je déteste qu'on ait laissé les trucs comme ça, avec un simple « à plus tard », et je déteste surtout qu'il ne réalise pas à quel point ses paroles de jeudi m'ont affecté. C'est un truc que j'ai vu dans les brochures que me laisse maman : les ados LGBT peuvent éprouver ce doute qui plane, de savoir que quelqu'un pourrait nous rejeter, non seulement pour nous en tant que personne mais, plus profondément, pour notre identité. Et je ne l'avais jamais ressenti avant. Si Sebastian pense qu'il n'est pas gay, alors qu'est-ce qu'il fout avec moi ?

Je me rapproche d'Autumn, calmé par son allure solide contre moi.

Manny recrute quelques mecs pour l'aider à monter une énorme Jeep militaire téléguidée, et quand ils ont fini, ils la conduisent à tour de rôle sur le terrain cahoteux, le sentier qui mène au lac et les petits rochers qui bordent le parking.

Notre attention est attirée par des cris lointains, du côté de ma voiture. Les potes de Kole sont en train de se bagarrer pour rigoler et un grand mec qui, je crois, s'appelle Micah, fait un placage à Eli. Sous lui, Eli se débat, mais n'arrive pas à se relever. Je ne sais pas ce que ça fait de se faire plaquer au sol, mais même si ça n'a rien d'agressif, je ne peux pas m'empêcher d'apprécier la vision de ce mec réduit à l'impuissance par terre. On n'a pas échangé un seul mot. C'est juste qu'il dégage des ondes de sacré connard.

– Dégage, pédé, braille-t-il en voyant qu'il attire les regards.

Zéro absolu. Tout arrête de bouger chez moi. Chaque particule d'énergie est focalisée sur le fait de maîtriser mon expression.

À côté de moi, Autumn se fige aussi. Le mot « pédé » semble résonner à la surface du lac, mais les seuls pour qui ça a atteint un point sensible, c'est nous deux.

Micah se relève en riant plus fort et aide Eli à se remettre sur pied.

– J'parie que tu bandes comme un âne, espèce de tarlouze.

Eli époussette son jean. Il a le visage encore plus rouge qu'avant.

Je me détourne et je fais comme si je voulais juste admirer les superbes montagnes à l'horizon, mais quand j'observe Autumn du coin de l'œil, elle a l'air d'avoir envie d'arracher les couilles d'Eli à mains nues. Difficile de lui en vouloir. Je suis atterré de voir qu'il existe encore des gens qui parlent comme ça. Où que ce soit.

Micah s'éloigne sans être inquiété le moins du monde. Le reste du groupe marche vers l'endroit où il ramasse la télécommande tombée, et le moment s'efface aussi facilement qu'une vague qui s'écrase sur la berge rocheuse.

– Puant, chuchote Autumn.

Elle regarde vers moi et j'essaie de sourire pour masquer la rage que j'essaie de réprimer. J'imite Sebastian, et pour la première fois, je comprends son superbe sourire factice. Il a tellement de pratique.

Autumn se redresse et vire les herbes séchées de son jean.

– On devrait y aller.

Je la suis en demandant :

– Tu vas bien ?

– Oui, c'est pas mes potes, c'est tout. Pourquoi Kole fréquente ces connards ?

Pas mes potes non plus. Je suis soulagé.

– Alors là...

Manny nous rejoint en protestant.

– Ben, vous venez d'arriver ! Vous voulez pas faire de courses de voitures ?

– J'ai dit à Tanner ce matin que je ne me sentais pas très bien, ment Autumn. Ça ne s'arrange pas.

Tant mieux, les véhicules téléguidés et l'homophobie, c'est juste pas mon truc.

Manny nous raccompagne à ma voiture et s'arrête côté conducteur.

– Tanner, ce qu'Eli a dit là-bas...

Je sens un coup de chaud sur ma nuque.

– Qu'est-ce qu'il a dit ?

– Allez, mec... fait Manny avec un rire, en regardant de côté, style « me le fais pas répéter ». Bref, Eli est un abruti.

Je bouge pour me mettre au volant.

C'est trop bizarre.

C'est trop, trop la cata.

C'est comme s'il savait pour moi ? Comment ?

Sans se laisser perturber, Manny relève ses lunettes de soleil et me regarde, ébloui par le soleil et perplexe.

– Mais Tann, attends. Je veux juste que tu saches, on est cool. OK ? Je laisserai personne te dire des saloperies.

Je ne résiste pas quand il me serre dans ses bras, mais j'ai l'impression d'être une bûche. Quelque part dans mon cerveau, un pauvre cinéphile sous-payé essaie de retrouver la vidéo du moment où Manny comprend que j'aime les mecs. Je n'arrive pas à localiser le souvenir, la possibilité, nulle part.

– Manny, mec. On est cool. Je comprends même pas de quoi tu parles.

Il se détache et regarde alors Autumn qui est très, très immobile. Puis il tourne de nouveau les yeux vers moi.

– Ah, désolé. Je savais pas.

Il recule et repart, me laissant avec Autumn dans le silence et le vent.

– C'était quoi, ça ? demande-t-elle en le regardant s'éloigner.

– Va savoir.

Je la regarde, désemparé. Je suis plutôt vif d'habitude. Mais aujourd'hui, je sais pas, je suis peut-être fatigué. J'en ai peut-être ras-le-bol de me protéger. Je suis peut-être abattu par le déni de Sebastian.

– Tanner, qu'est-ce qui se passe ?

C'est le ton qu'avait Sebastian sur la montagne. Comme Sebastian, elle comprend. Elle veut juste que je le dise.

– Je suis... (Je regarde le ciel. Un avion vole loin en haut, et je me demande où il va.) Je crois que je suis amoureux de Sebastian.

15

Autumn sourit, mais c'est un rictus bizarre, trop éclatant, presque de robot. La première pensée qui me vient, c'est que Sebastian est carrément meilleur en termes de sourires forcés, mais ce serait le pire truc à sortir en ce moment précis. Je suggère :

– On discute dans la voiture ?

Elle se dirige vers le côté passager, de façon tout aussi robotique. Je suis dans un curieux état de choc, avec les mots et l'expression de Manny qui tournent dans ma tête. Je sais que cette conversation avec Autumn va avoir lieu, et je l'attends depuis si longtemps que, par-dessus tout, je ressens un soulagement hallucinant.

La portière claque. Je monte de l'autre côté, mets le contact juste pour enclencher le chauffage.

– Donc.

Elle se tourne vers moi en glissant une jambe sous elle.

– OK. Qu'est-ce qui vient de se passer ?

– Apparemment, Manny a compris que j'aimais les mecs.

Elle cille. Je sais qu'elle est pour les droits des gays. Mais c'est une chose de soutenir en théorie. C'en est une autre d'avoir quelqu'un à soutenir juste là, sous ses yeux. Chez son meilleur ami.

– Techniquement, je suis bi. Je l'ai sans doute toujours su, mais j'en suis certain depuis mes treize ans.

– Si je n'ai pas l'air cent pour cent cool avec l'idée, répond-elle avec un geste vers son visage, s'il te plaît, comprends que je suis juste fâchée que tu ne m'en aies pas parlé plus tôt.

Je hausse les épaules. Je n'ai pas vraiment besoin de faire remarquer que ce n'était pas à elle de décider du timing.

– Oui. Bon, ben voilà.

– J'ai l'impression que c'est très important.

Cette réaction me fait rire.

– C'est très important. Je t'explique comment bat mon cœur.

Elle cligne des paupières.

– Mais tu as embrassé Jen Riley en seconde. Je t'ai vu. Et tu as couché avec des filles.

– Je t'ai aussi embrassée, toi. (À ce rappel, elle rougit et je pointe un doigt sur ma poitrine.) Bi.

– Ça ne te ferait pas bizarre s'il y avait une fille au lycée, dont on a parlé, qu'on trouve tous les deux hyperbelle, sympa, parfaite... Que j'étais amoureuse d'elle et que je gérais ça toute seule, sans t'en parler ?

Je n'y avais vraiment pas réfléchi de cette façon et cette hypothèse me rend un tout petit peu triste : tout ce temps, j'aurais été là, disponible, investi, et Autumn ne serait pas venue me voir parce qu'elle ne me faisait pas confiance.

– OK, je vois. Mais, pour ma défense, on est à Provo. Et tu connais ma mère. Elle est vraiment militante sur ces trucs-là. Si on ne me soutient pas à fond, on est contre moi. Je ne voulais pas prendre le risque si tu avais eu le moindre problème avec ça.

– Oh, purée. Tout s'explique, maintenant.

Elle pousse un long soupir, essaie d'embuer la vitre. Un nuage de condensation apparaît et elle dessine un cœur dont elle prend un Snap, où elle tape une énorme « ÇA ALORS ! » avant de le poster.

– Et donc, Sebastian.

– Oui. Il est au courant, dis-je en faisant exprès de mal comprendre. Il a découvert par accident. Le mini-résumé de mon livre. J'ai oublié d'enlever le mot *queer*, et c'est assez évident que c'est autobiographique.

Elle ouvre de grands yeux à la façon dont le mot sort si facilement de ma bouche : j'avais oublié que tout le monde ne vit pas dans une maison où l'un des parents dort en chemise de nuit qui proclame MON ENFANT EST QUEER ET IL EST GÉNIAL.

– Ton livre parle de lui ?

– Ça démarrait sur moi, qui je suis, dans cette ville. Et puis Sebastian est arrivé et... oui. C'est sur le fait de tomber amoureux de lui.

– Est-ce qu'il est... ?

– Il ne m'a jamais dit qu'il était gay. (Sur le principe, je ne mens pas. Ce n'est pas à moi de révéler ça sur lui, quoi qu'il arrive par ailleurs.) Et il part toujours en mission cet été, donc je suppose...

Elle sourit et me prend la main.

– Ça ne veut rien dire, Tann. Des tas de mormons sont gays. Beaucoup de missionnaires, beaucoup d'hommes mariés, même.

– J'imagine. Je suis juste… déprimé.

Autumn me presse les doigts et, les joues cramoisies, me demande :

– Tu as déjà couché avec un mec ?

– Non. Juste embrassé. À Palo Alto, j'ai eu un copain pendant quelques mois.

– Eh ben, fait-elle en se mordant la lèvre. L'idée de toi et Sebastian en train de s'embrasser, c'est…

J'éclate d'un rire soulagé.

– Et voilà. Autumn est de retour !

Elle me bombarde de questions, et on décide d'aller au centre commercial.

Comment ont réagi mes parents ?

Qu'en pense Hailey ?

Y a-t-il d'autres mecs au lycée qui m'ont tapé dans l'œil ?

Combien de mecs j'ai embrassés ?

Est-ce que c'est différent d'embrasser des filles ?

Qu'est-ce que je préfère entre les deux ?

Est-ce qu'un jour, je serai ouvertement bi pour tout le monde ?

Je réponds à tout, enfin presque. Évidemment, je ne peux pas lui dire qu'embrasser Sebastian, c'est mieux que tout ce que j'ai pu faire avant.

Et, bien sûr, je réponds que dès mon arrivée à l'université, je serai ouvertement bi. Je l'étais à Palo Alto. À la seconde où les roues de ma caisse passent la frontière de l'Utah, je descends ma vitre et je brandis mon drapeau.

La conversation reste plombée par le fait qu'elle est vexée que je ne lui en aie pas parlé avant. Heureusement,

Autumn est facilement distraite par des câlins, des blagues et de la glace. Un ressort en moi commence à se desserrer.

Autumn est au courant.

Passer le reste de la journée sous le feu de ses questions a aussi l'avantage de m'empêcher de me prendre la tête sur Sebastian qui n'est pas là, Sebastian qui « n'est pas gay » et, peut-être encore plus, sur ce qu'a dit Manny au lac. C'est pour le mieux, je suppose, mais ça me dérange quand même de me dire que je passerai sans doute ma vie à diviser les gens en deux catégories : ceux qui me soutiennent sans poser de questions et ceux qui devraient. Je suis content que Manny se retrouve du bon côté, mais vaut mieux que j'évite de me demander comment il l'a su. Je suis partagé entre le soulagement et l'inquiétude que ça puisse paraître évident pour d'autres... Laissez-moi juste partir de Provo avant que ça tombe dans toutes les oreilles !

On lèche nos cônes glacés et on se balade au milieu des nombreux clients du week-end. Tout le monde fait ses courses le samedi ; le dimanche est réservé à la prière et au repos. Les mormons, en principe, ne doivent rien faire qui implique que quelqu'un travaille, donc en général, ils restent chez eux après l'office. Du coup, aujourd'hui, c'est la ruée générale.

Un autre truc facile à remarquer, c'est que le bal de fin d'année est à l'horizon : toutes les vitrines des magasins de fringues vantent leurs robes, costumes, chaussures, boucles d'oreilles, fleurs. Soldes, soldes, soldes. Bal, bal, bal.

Comme Eric s'est enfin décidé à inviter Autumn, je me retrouve obligé de remplir mon rôle de « meilleur ami », traduction : attendre patiemment qu'elle essaie robe sur robe dans la cabine d'essayage à l'éclairage cru.

La première est noire, descend jusqu'aux pieds, avec des manches très courtes et un décolleté peut-être un peu trop plongeant. Et une fente qui remonte jusqu'en haut de la cuisse.

– C'est un peu *too much*... (Je fais une grimace théâtrale en gardant les yeux à hauteur de son visage.)

– *Too much*, dans le bon sens ?

– C'est possible de porter ça à un bal de lycée dans l'Utah ? C'est... (Je m'arrête et secoue la tête.) Je sais pas... (Je désigne ses jambes et Autumn se penche pour voir où est le problème.) Autumn, je vois presque ton vagin.

– Oh, Tanner. Ne dis pas « vagin » !

– Tu peux t'asseoir, avec ça sur le dos ?

Autumn va s'installer sur une chaise recouverte de duvet rose et croise les jambes pour me faire la démo. Je détourne vite le regard.

– Merci, j'avais donc raison.

Elle sourit, pensant que je mens.

– De quelle couleur est ma culotte ?

– Bleue.

Elle se relève et tire sur la robe.

– Merde. Je la trouvais bien.

Elle va se replacer face au miroir, et une petite étincelle d'instinct protecteur bourdonne dans ma poitrine quand j'imagine Eric, ses mains, ses hormones de mec de dix-huit ans, le tout sur elle. Elle croise mon regard dans la glace.

– Donc, t'aimes pas ?

Je me sens con : elle est parfaite et devrait porter ce qu'elle veut, mais ce raisonnement est en conflit direct avec mes réflexes de grand frère qui me donnent envie de lier les mains d'Eric dans son dos.

– Ben, t'es sexy dedans. C'est juste... osé.

– Je suis sexy dedans ? demande-t-elle, pleine d'espoir, et je sens mes sourcils se rapprocher.

– Tu sais que tu l'es.

Elle fredonne en scrutant son reflet.

– Je la classe dans la pile « pourquoi pas ».

Elle disparaît dans la cabine, et au bas du rideau, je vois le tissu noir s'écraser à ses pieds avant de se faire mettre de côté.

– Et ton roman, au fait ? Maintenant que j'en sais plus, je suis encore plus curieuse.

Je grogne tout en faisant défiler des posts Instagram.

– J'en suis content, mais je peux pas l'utiliser.

Elle passe un œil par le rideau.

– Pourquoi ?

Je reste dans le vague.

– Parce que c'est évident que c'est sur moi qui tombe amoureux du fils de l'évêque, et je ne pense pas qu'il apprécierait particulièrement d'être la star de mon histoire gay.

D'une voix temporairement étouffée quand elle passe une autre robe, elle répond :

– J'arrive pas à croire que c'est sur lui. Je pourrais être ta bêta-lectrice ?

La suggestion fait souffler un vent de panique en moi. Je me sentirais moins à nu si j'envoyais une série de selfies à poil à la direction du lycée que si je faisais parvenir mon livre à quelqu'un. Même à Autumn.

Le rideau se rouvre et elle ressort avec une robe qui fait le tiers de la surface de la précédente, et j'ai l'impression d'avoir loupé un truc. Autumn s'est déjà changée devant moi avant, mais là, c'est autre chose. Un peu… provocant.

Merde, je me sens mal rien que de l'avoir pensé. Tout haut, je commente :

– On dirait un maillot de bain.

Pas découragée pour deux sous, elle passe ses cheveux derrière son épaule et ajuste la minuscule partie en dessous de la taille.

– Donc, je peux le lire ou pas ?

– J'en suis pas encore là. Bientôt. (Je la regarde se trémousser dans sa robe, mécontent des deux orientations que peut prend la conversation. Mais je sais que le plus sûr, c'est la tenue.) Je l'aime bien. Tu seras privée de sortie jusqu'à la remise des diplômes, mais c'est cool.

Elle regarde encore dans le miroir, se tourne pour se voir de derrière.

– Peut-être trop courte, réfléchit-elle. (Ses fesses sont à peine couvertes par le tissu. Si elle se penchait pour rajuster sa chaussure, toute la robe remonterait dans son dos.) Mais je n'achèterai rien aujourd'hui. Je fais seulement un repérage.

– Comme pour une robe de mariée ?

Elle lève un majeur vers moi avant de retourner dans la cabine.

– T'es sûr que tu veux pas venir au bal ? Sans toi, ça sera pas pareil.

Quand elle me lance un regard de derrière le rideau, je lui oppose un visage neutre et patient.

– Oui, oui, je sais, dit-elle en disparaissant de nouveau. Remarque, tu pourrais l'inviter, lui.

Étrange que ce soit la réalité maintenant. Parler de mon orientation sexuelle à quelqu'un d'autre que mes parents. Parler de lui.

– Je suis pas sûr que ça passerait.

– C'est trop dommage.

Je m'inquiète qu'elle commence à estimer qu'il y a forcément un truc entre Sebastian et moi, même si je n'ai rien dit dans ce sens.

– Liste des raisons pour lesquelles c'est irréaliste : Je ne sais pas s'il est gay. Il est mormon. Il n'est plus au lycée. Il part bientôt pour la promo de son livre, et ensuite, sa mission. Je te jure, la dernière chose qu'il voudrait, c'est venir au bal avec moi.

Pendant mon monologue, Autumn a émergé de la cabine d'essayage, mais maintenant, elle regarde derrière moi, les yeux ronds. Je me retourne juste à temps pour voir Julie et McKenna quitter le magasin en tapant comme des folles sur leurs téléphones.

Autumn pense qu'elles n'ont rien entendu, mais comment être sûr ? Tout ce temps, elle était dans la cabine. J'essaie de ne pas flipper grave, et bien que ce soit une belle démonstration pour elle de la précarité d'être gay ici, son gentil bla-bla en arrière-plan de mon cerveau version centrifugeuse ne m'aide pas à me calmer.

Malgré mes tentatives renouvelées de faire exploser son téléphone, Sebastian ne m'a pas donné de nouvelles. Maintenant, pour la première fois, je suis soulagé qu'il soit hors réseau, pour ne pas être tenté de lui révéler les événements de la journée : Manny, Autumn, Julie, McKenna. Je dois réparer les dégâts, ou alors, il va péter un câble. En tournant dans la rue d'Autumn, je lui demande :

– Tu crois que j'envoie un texto à Manny pour savoir de quoi il parlait ?

– Hum. Ou alors moi ?

– Non, je pourrais, mais... C'est peut-être mieux de laisser couler ? Faire comme si de rien n'était.

Je m'arrête au bord du trottoir.

– Comment Manny a su, d'abord ? demande-t-elle.

Ça, je ne comprends pas. Et si Manny est au courant, tout le monde l'est peut-être aussi. Et si on m'aperçoit avec Sebastian... alors, on saura pour lui aussi.

Pour me calmer, je m'offre un épisode de *Pretty Little Liars* quand le premier SMS de Sebastian arrive. Tout juste si je bondis pas du canap'.

Je viens de rentrer. Je peux passer ?

Je regarde la maison vide autour de moi. Hailey est chez une copine et mes parents sont de sortie en amoureux. Il est presque vingt et une heures, mais personne ne sera rentré d'ici plusieurs heures. Je sais, mon père m'a interdit d'utiliser la maison pour faire des trucs dans leur dos, mais il peut juste « passer », non ? On pourra se poser, regarder la télé. Rien de mal à ça.

Oui, je suis seul. Viens quand tu veux.

Sa réponse arrive presque tout de suite.

Cool. J'arrive de suite.

Je cours changer de tee-shirt. J'attrape la poubelle de la cuisine, je débarrasse mes cannettes de soda, mes miettes de chips et je jette le carton de pizza. Je remonte juste du garage quand la sonnette retentit et je dois m'arrêter pour respirer avant de traverser la pièce et d'ouvrir la porte.

Il est là, en tee-shirt noir, jean usé déchiré au genou, Converse rouges délavées aux pieds. Même sans son côté impeccable habituel, il est... à couper le souffle.

Ses cheveux lui tombent dans les yeux, ce qui ne masque pas l'étincelle que j'y vois. Je souris si largement que j'en ai mal aux joues.

– Salut.

Je recule pour qu'il puisse entrer, il attend à peine que je m'éloigne de la porte et il me plaque contre le mur. Ses lèvres sont chaudes, comme sa main sur ma hanche, où son pouce s'enfonce dans la chair juste au-dessus de ma ceinture. Ce contact est comme un feu d'artifice dans mon sang et je bascule en avant, tellement en ébullition de penser à sa main, au fait qu'il soit si près d'autres parties de mon corps, que je ne peux même pas me rappeler pourquoi il n'a pas le droit d'être là. J'ai envie de me débarrasser de mon jean. De l'emmener dans ma chambre et de voir s'il rougit de partout.

Encore quelques baisers, puis Sebastian inspire à grand-peine et promène ses lèvres le long de ma mâchoire. Je laisse partir ma tête en arrière, qui heurte le mur avec un petit bruit sourd, et ce n'est qu'à ce moment-là que je vois que je n'ai pas fermé la porte.

– Attends, je...

Sebastian recule d'un pas. Pour la première fois, il regarde autour de lui, légèrement paniqué, comme s'il s'apercevait seulement d'où il est.

Je suis son regard et lui assure que nous sommes seuls.

Je vois qu'il est choqué d'avoir débarqué ici et de m'avoir embrassé sans accorder une pensée à ce qui se passait autour. Je ne vais pas dire que ça ne me surprend pas non plus. C'est le genre d'impulsivité dont je suis capable, mais il a toujours semblé tellement plus mesuré. Et ça me plaît de titiller son aspect « monsieur parfait ». Ça me donne un sentiment de puissance et de l'espoir.

Je l'entraîne sur le canapé, je le regarde s'affaler à côté de moi. Voilà. Je parie qu'il a passé sa journée à se démener à construire des maisons, creuser des fossés ou à accomplir d'autres bonnes actions.

– T'as passé une bonne journée ?

Il m'attrape par l'épaule pour m'attirer plus près.

– Pas mal. (Je recule la tête juste assez pour le voir s'empourprer.) Tu m'as manqué.

Ce que vous entendez, là, c'est mon cœur qui prend son élan et qui saute en parachute. Il vole. Avant que Sebastian le dise, je ne me rendais pas compte à quel point j'avais besoin de l'entendre. C'est comme une gomme qui efface le « pas... ça ».

– Tu m'as manqué aussi, au cas où tu n'avais pas deviné avec les innombrables textos.

Quelque temps de silence tranquille, puis :

– Tann ?

– Hum ?

Il est en train de bloquer sur la télé.

– Qu'est-ce que c'est, ça ?

– Ah ! *Pretty Little Liars.* C'est l'équivalent pour ados d'un soap-opera avec des rebondissements à n'en plus finir et des fausses pistes, mais j'te jure, j'arrive pas à arrêter. Combien de morts encore avant qu'ils se décident à appeler la police ? (Je prends un sachet de chips pour lui en proposer.) Je suis étonné que vous ne l'ayez pas encore vu, Frère Brother, avec tout votre temps libre.

Il rit.

– Qu'est-ce que tu as fait, aujourd'hui ?

Mon cœur me donne un uppercut.

– J'étais avec Autumn.

– Je l'aime bien. Elle a l'air sympa.

Mon estomac se noue et je me demande si je devrais lui dire qu'elle sait, maintenant. Puis je laisse tomber l'idée aussitôt. Elle ne sait pas pour nous, de toute façon. Ça serait cool que plus tard, on se retrouve tous les trois, mais je pense qu'il est loin, très loin d'être prêt.

– Elle est géniale.

Comme une ombre qui me suit, je revois Manny, Julie, McKenna.

Mais Manny n'est pas non plus au courant pour nous deux. Et puis, si Julie et McKenna m'ont vraiment entendu au magasin, elles pensent que Sebastian n'est pas gay et qu'il refuserait d'aller au bal avec moi. Ça devrait le protéger, non ?

Le téléphone de Sebastian vibre sur la table et il l'attrape. Après, il m'étreint plus fort. Si je tournais la tête, je pourrais encore l'embrasser.

Il tape son code et regarde l'écran d'un air maussade.

– Tout va bien ?

– Oui. C'est juste... ma mère.

Il jette son téléphone à l'autre bout du canapé. Je me redresse pour mettre un peu de distance entre nous, pour la première fois depuis qu'il est entré. Il a les yeux gonflés et injectés de sang. Pas comme s'il avait pleuré, mais comme s'il s'était beaucoup, beaucoup frotté les paupières, un geste que je reconnais de ses moments de stress.

– Ah, zut. Qu'est-ce que c'est, maintenant ?

En plus de la fac, du tutorat et de son deuxième bouquin en cours, il a sa mission à organiser.

– Ça va, fait-il avec un geste vague. Elle veut qu'on parle de ce qui s'est passé au camp.

Une petite alarme se déclenche dans mon cerveau.

– Et qu'est-ce qui s'est passé ?

– On a fait une activité et ça m'a un peu chamboulé.

– Quel genre d'activité ?

Je vois la lumière de la télé qui se reflète dans ses yeux, mais je sais qu'il ne regarde pas ; sa tête est de nouveau sur la montagne.

– On a fait la Marche vers la Lumière. Tu en as entendu parler ?

Mon expression doit être assez perdue, parce qu'il rit et n'attend pas de réponse.

– Tout un groupe reçoit un bandeau sur les yeux et chacun se met en rang en s'accrochant à l'épaule de celui qui le précède.

Des bandeaux sur les yeux dans les bois ? Ça ressemble plus à un film d'horreur qu'à une activité religieuse.

– Le chef du groupe nous donne des instructions. Prendre à gauche, tourner à droite, aller tout doucement... Et ça va, parce que tu sens la personne qui est devant toi, tu as le poids d'une main sur ton épaule. (Il inspire, baisse les yeux, les relève vers l'écran.) Et puis, tu ne la sens plus. D'un coup, elle est partie. Et c'est à ton tour de lâcher prise et de suivre les ordres.

– Ça a l'air terrifiant.

Sebastian prend ma main et aligne nos doigts.

– Ce n'est pas si horrible. La plupart d'entre nous ont déjà fait cet exercice avant, et on sait à quoi s'attendre, mais cette fois-ci, ça ne m'a pas fait le même effet.

– C'était plus déroutant ?

Non, sincèrement, ça a l'air atroce, leur truc.

– Je ne sais pas comment le décrire. La personne qui te guide hors du chemin t'amène quelque part et te dit de t'asseoir et de chercher diligemment l'Esprit, comme à chaque fois. Mais c'était différent. Je ne me sentais pas pareil.

Je me redresse pour lui faire complètement face.

– Ils vous laissent seuls au milieu des bois ?

– Je suis sûr que si on n'avait pas les yeux bandés, on se rendrait compte qu'on n'est pas si éloignés les uns des autres, ni du chemin. Mais on ne peut pas regarder, alors on reste assis en silence, les yeux fermés, on attend et on prie.

J'enlace mes doigts avec les siens.

– Tu pries pour quoi ?

– Ce que je voudrais à ce moment-là. (Comme moi, il regarde nos mains. Je vois son menton trembler légèrement.) Alors je suis là, par terre, je n'y vois rien et au bout d'un moment, j'entends quelque chose au milieu des arbres. Quelqu'un m'appelle. C'est mon père. Au début, ce n'est pas fort, mais ça le devient de plus en plus à mesure qu'il se rapproche. Il crie mon nom et me dit de rentrer à la maison.

Une larme coule sur sa joue.

– Je l'avais déjà fait, et c'est toujours un peu flippant. Logique puisque tu ne peux pas voir, mais là, c'était différent. Pour moi. Urgent comme jamais. Alors, je me suis levé et j'ai suivi sa voix. Je n'y voyais toujours rien, je descendais la pente en trébuchant, en espérant ne pas tomber d'un rocher ou me cogner dans un arbre. Mais j'ai continué, tout en sachant que mon père n'aurait pas voulu que je me fasse mal, mais j'avais l'impression de devoir me dépêcher. Quand enfin je suis arrivé à lui, il m'a serré très fort dans ses bras, m'a dit « Bienvenue à la maison », il m'a dit qu'il m'aimait et qu'il était fier de l'homme que je deviens. Et tout ce que j'arrivais à penser, c'était : « Vraiment ? Et tu le serais toujours, si tu savais pour Tanner ? »

Mon cœur se serre.

– Sebastian...

Il secoue la tête et s'essuie les yeux d'un revers de main.

– Tu sais, je fais un rêve où je leur raconte tout, quand j'ai craqué sur un garçon en quatrième, et puis quelques autres après ça, et que personne n'a jamais rien su. Dans le rêve, je leur dis que je n'ai jamais eu envie d'embrasser une fille – pas une seule fois – et je ne peux pas promettre que je voudrai me marier un jour. Et puis, j'attends dans les bois, et personne ne vient jamais. Tous les autres repartent avec leur famille, mais moi, j'attends les yeux fermés, j'attends... (Il cille et lève les yeux au plafond.) J'étais tellement soulagé que papa soit là ce week-end, que j'ai failli me promettre de ne jamais rien faire pour risquer ça. Mais... et si je ne veux jamais ce qu'il souhaite pour moi ? Si je ne peux pas ?

Ma gorge est comme remplie de sable mouillé. Je ne sais pas quoi dire. Alors, j'attire son visage au creux de mon cou.

– J'y pense tellement, en ce moment, dit-il, la voix étouffée contre ma peau. J'essaie de comprendre ce que ça veut dire, mais il n'y a de réponse nulle part. On trouve des tas de textes sur le fait de tomber amoureux, se marier, devenir parent. Même perdre un enfant ou avoir des doutes sur sa foi. Mais rien sur le sujet qui pourrait être d'une aide quelconque. Juste : « L'attirance pour le même sexe n'est qu'un terme technique. Elle ne vous définit pas. Il est possible que vous ne parveniez pas à maîtriser vos sentiments, mais vous pouvez contrôler votre manière de réagir... » et quel mensonge c'est ! On nous apprend à remettre notre existence entre les mains du Christ, et il nous montrera le chemin.

Mais quand je prie, le Père céleste dit oui. (Il se frotte les yeux avec sa paume de main.) Il me dit qu'il est fier de moi et qu'il m'aime. Quand je t'embrasse, je sens que c'est ce qu'il faut faire, même si tout ce que je lis répète que je devrais trouver ça mal. Ça me rend fou.

Il tourne la tête et je dépose un baiser sur sa tempe, luttant pour ne pas perdre mes moyens. Pas étonnant qu'il ne soit « pas... ça ». Une étiquette lui enlèverait toute sa vie. Je veux être fort. C'est tellement facile pour moi. J'ai tant de soutien. C'est dur de voir qu'il n'a rien de tout ça. Je lui chuchote :

– Mon Sebastian, je suis tellement désolé.

– On est censés prier et écouter. C'est ce que je fais. Mais ensuite, quand je me tourne vers les autres, c'est comme... (Il secoue la tête.) C'est comme si j'avançais dans le noir. Je sais qu'il n'y a pas de danger devant moi, mais personne ne me suit jusque-là.

Quelques jours plus tard, au moment où je me gare devant la maison de Sebastian, je suis encore secoué.

Après son aveu, il est passé aux toilettes et quand il est revenu s'asseoir à côté de moi, il a souri et c'était comme si rien ne s'était passé. Je n'ai jamais rencontré quelqu'un d'aussi doué pour changer de vitesse et ravaler ses émotions pour s'en préoccuper plus tard. Je ne sais pas si c'est la chose la plus impressionnante que j'aie jamais vue, ou la plus déprimante.

On s'est tenus par la main en regardant la télé, mais quand son téléphone s'est remis à vibrer, il a dit qu'il devait rentrer chez lui. Il m'a embrassé à la porte, a regardé vers moi en s'avançant dans l'allée et, plus tard dans la nuit, il m'a envoyé un mail pour me dire que tout allait bien.

Sebastian est vraiment doué pour « aller bien ».

L'Église mormone a récemment modifié, il est vrai, ses formulations, en mettant l'accent sur l'acceptation et la bienveillance – toujours la bienveillance – envers ceux qui ont des problèmes avec leur sexualité. Mais ce n'est pas un vrai changement de position ; c'est juste une « façon de » envers la communauté LGBT. En lisant, j'ai découvert qu'elle ne s'était prononcée que récemment contre la thérapie de conversion, affirmant qu'on ne pouvait demander un changement d'attirance. Donc, techniquement, Sebastian pourrait dire qu'il est gay et ne pas être expulsé, mais il ne pourrait pas être avec moi. Avoir un petit ami, ce serait « s'adonner à un style de vie homosexuel », ce qui serait contre les règles.

Donc, en gros, ça change rien.

Je sors de la voiture en vitesse. La mère de Sebastian est devant moi en train de rentrer les provisions, et même si j'ai plutôt envie de lui demander comment on peut adhérer à une religion qui exclut les gens pour qui ils sont, je me précipite pour l'aider.

– Oh, Tanner, comme c'est gentil ! Merci, dit-elle en attrapant son sac à main.

Je la suis dans la maison et pose les sacs sur le comptoir avant d'aller en chercher d'autres. Je n'aperçois pas Sebastian, mais Faith est allongée sur la moquette, en train de colorier.

– Bonjour, Tanner, me dit-elle avec un sourire édenté.

– Salut, Faith.

Je regarde le dessin et comprends que ça doit être un livre de coloriage sur le thème des Dix Commandements. Ils ne font rien qui ne soit pas en rapport avec leur religion ? Elle en est à la moitié de la page, sur laquelle un Jésus aux cheveux bleus, debout sur une montagne, s'adresse à une foule arc-en-ciel. Elle est trop chouette, cette fille.

– Super, les couleurs, dis-je avant de désigner un chameau à qui elle a dessiné des ailes. Très créatif.

– Après, je vais coller des paillettes dessus, mais j'ai le droit de faire ça que dans la cuisine. Tu cherches mon frère ?

– Oui, dis-je. Il va m'aider pour mon roman.

Ce qui est faux, mais reste un excellent alibi.

Mme Brother arrive dans la pièce et nous sourit à tous les deux.

– Eh bien, dit-elle à Faith. Des cheveux bleus ?

– Jésus peut avoir les cheveux bleus.

Le crayon de Faith gratte le papier avec défi et j'ai envie de lui dire de s'en souvenir, de se souvenir de ce qu'elle croit et de ne laisser personne changer ça par d'autres règles.

– Oh oui, c'est sûr, dit Mme Brother avant de se tourner vers moi. Tanner, je crois que Sebastian est dans sa chambre.

– Merci, lui dis-je. Très joli, Faith.

– Je sais, répond la petite fille en me souriant.

– Il y a des cookies sur le comptoir, me dit encore la mère de Sebastian. Tu peux les lui descendre ? Il travaille sur quelque chose et il refait à peine surface.

Mais oui, Madame Brother, je peux apporter des cookies dans la chambre de votre fils hypersexy. Tout le plaisir est pour moi.

– Bien sûr.

Je rassemble mes affaires et la suis dans la cuisine.

– J'emmène bientôt Faith à la danse, donc si vous avez besoin d'autre chose, servez-vous.

Une assiette où se trouvent six cookies aux pépites de chocolat est posée sur le comptoir en granit. Je m'apprête à descendre quand un bout de tissu bleu capte mon regard du côté du portique. Sebastian portait une chemise bleue en cours, aujourd'hui. Elle mettait en valeur son torse bien défini et dessinait ses biceps. Je me demande s'il s'habille tous les matins dans le but de me torturer.

La baie vitrée glisse silencieusement sur ses rails et je sors sur la terrasse. Je l'aperçois, la tête baissée, assis sur une balançoire, en train de passer abondamment son livre au stabilo jaune.

Je m'avance dans l'herbe et il relève la tête quand il m'aperçoit.

– Salut, toi, dit-il. Tu m'apportes des cookies ?

– En fait, c'est ta mère qui les a faits. Elle vient de me les donner.

– Elle t'aime bien, commente-t-il en raclant les pieds dans l'herbe. Ils t'aiment tous bien. Je savais qu'ils t'apprécieraient.

Je ris.

– Je vois vraiment pas pourquoi.

– Allez, Tanner, tout le monde t'aime bien. Les filles, les garçons, les profs, les parents. Ma grand-mère a dit que tu étais « le garçon adorable avec plein de cheveux ».

– Ta grand-mère me trouve adorable ?

Il regarde vers moi, ébloui par le soleil.

– Je crois que tu le sais, que tu es adorable.

J'ai envie de noter ces mots pour pouvoir les relire, encore et encore.

– Tu me donnes un cookie ou pas ? reprend-il.

Je soutiens son regard un moment avant de lui en tendre un. Le chocolat est encore fondant.

– Elle m'a dit de les apporter dans ta chambre, dis-je en haussant un sourcil d'un air suggestif. Elle pense que tu es en bas, au fait.

Il a l'air tellement mieux aujourd'hui, heureux, traumatisme laissé derrière lui. Sa résilience est un genre de super-pouvoir.

Quand il sourit, mon cœur fait un petit soubresaut.

– Si elle me croit dedans, je propose qu'on se cache ici.

– Elle va emmener Faith à la danse.

– Oh, mais il fait beau dehors. (Sebastian ramasse ses affaires et je le suis à l'ombre d'un arbre énorme.) Pour n'importe qui à l'intérieur, on est invisibles, complètement masqués par le feuillage vert vif du printemps.

Je prends l'un des cookies et le casse en deux.

– Tu bosses sur quoi ?

– Psycho.

Il referme le livre et s'étire dans l'herbe. Je fais des efforts pour garder les yeux sur son visage, mais le fait que j'ai maté le chemin sous son nombril ne lui a pas échappé.

– C'était comment, de travailler en groupe avec les McAsher aujourd'hui ? demande-t-il.

Ça m'éclate qu'il ait l'air tellement au-dessus des petites histoires, mais qu'en fait, il ne le soit pas du tout. Il voit tout.

– Tout juste si elle est pas tombée de sa chaise, à exposer son décolleté.

– J'ai remarqué, oui.

Il rit, ferme les yeux et mord dans son cookie.

– Et le reste de ta journée, ça a été ?

– Devoir d'éco. (Il prend une autre bouchée, mâche et avale. Regarder sa mâchoire bouger m'hypnotise.) Devoir de latin aussi. Répétition de chorale.

– J'aurais bien aimé voir ça.

– La prochaine fois, tu pourrais sécher et venir y assister. (Il rouvre un œil.) Je sais que tu aimes beaucoup te rebeller contre l'autorité.

– C'est tout moi, élève aux notes parfaites et délinquant juvénile. (Je lèche le chocolat sur mon pouce et surprends Sebastian à suivre ce geste. Un frisson me parcourt l'échine.) Autumn a presque terminé son roman.

Il réfléchit. Perçoit peut-être l'inquiétude dans mes yeux.

– C'est bien, mais pas nécessaire. Après tout, vous avez encore un mois. Certaines personnes ont besoin de davantage de temps pour reprendre leur texte. D'autres moins. Tu dois juste rendre un premier jet terminé à la fin du semestre. Pas un vrai manuscrit.

J'évite son regard, et il vient le chercher.

– Tu vas m'envoyer des chapitres ?

Je déteste l'idée de lui faire reprendre mon roman.

Je déteste aussi l'idée qu'il lise mes angoisses et mes névroses exposées si clairement.

Je détourne la conversation :

– Quand est-ce que tu avais fini d'écrire le tien ?

Il regarde les branches au-dessus de nous.

– Euh, j'avais terminé en mai. Juste pour la date butoir, si je me souviens bien. Et j'ai rendu mon texte une semaine plus tard. Je ne savais toujours pas si ça valait quelque chose.

– Apparemment, c'était le cas.

– Tout le monde n'a pas les mêmes goûts. Tu pourrais lire mon livre et le trouver nul.

– Alors là, ça m'étonnerait.

– C'est possible. Ma mère a sans doute déjà promis la majorité de mes exemplaires d'auteur, mais je vais t'en réserver un. Comme ça, on sera quittes, parce que tu vas me donner ton roman à toi.

Il me décoche son sourire le plus charmeur. Je tapote son talon du bout de ma chaussure.

– Tu as déjà un éditeur super-classe de New York qui a lu et acheté le tien. Tu sais que c'est pas nul.

– Ton roman n'est pas nul, Tanner. Ce n'est pas possible. Bien sûr, il faut changer certains détails pour protéger les innocents, mais il n'est pas nul. Tu es trop dans la réflexion, trop sensible... (Il sourit.) Malgré ta désinvolture apparente.

– Ma « désinvolture »...

Je m'arrête d'un coup en entendant des voix plus loin.

– Qu'est-ce que tu fais là ? demande la mère de Sebastian, ce qui nous pousse à nous recroqueviller, comme si on avait fait quelque chose de mal. Tu ne devais pas rentrer avant le dîner ?

Quand je m'étire pour voir, j'aperçois la fenêtre de la salle de bains ouverte juste au-dessus de notre arbre. C'est à quelqu'un d'autre qu'elle parle.

Sebastian commence à prendre ses livres.

– On rentre, murmure-t-il. Je ne veux pas...

– Brett Avery a épousé son petit ami en Californie la semaine dernière.

Nous nous immobilisons en entendant la voix grave de son père, son ton dur et désapprobateur.

Sebastian me fixe, les yeux écarquillés.

Je ne peux qu'imaginer l'expression affligée de sa mère, parce que le père soupire et confirme tristement :

– Eh oui.

– Oh, non, fait-elle. Non, non. Je savais qu'il avait déménagé, mais je ne savais pas du tout qu'il était...

(Elle s'arrête avant d'avoir à prononcer le mot interdit et baisse la voix.) Comment vont ses parents ?

Un court instant, Sebastian a l'air abattu. J'ai envie de lui couvrir les oreilles de mes mains, l'entraîner dans ma voiture et partir vite.

– Ils tiennent le coup, je crois, lui répond le père. Apparemment, Jessica l'a pris plus sereinement que David. Frère Brinkerhoff les a ajoutés à la liste de prières du temple. Je leur ai dit que je leur rendrais visite, donc je suis passé me changer.

Leurs voix s'éloignent, on entend qu'ils passent dans une autre pièce. Sebastian regarde dans le vague, et le tonnerre de mon silence résonne en moi pendant que je peine à trouver quoi dire.

Comment vont ses parents ?

Sebastian a forcément remarqué que sa mère n'a posé aucune question sur Brett, n'a pas demandé s'il se sentait heureux. Elle a voulu savoir comment allaient ses parents, comme si avoir un fils gay était quelque chose qu'ils devaient supporter, expliquer, gérer.

Il n'est pas mort, il aime les hommes ! Personne n'est blessé. Je sais que les parents de Sebastian sont gentils, mais putain de merde, ils viennent sans le faire exprès de faire comprendre à leur propre fils qu'il y a un truc de travers chez lui. Bravo la tolérance et l'acceptation !

– Je suis désolé, Sebastian.

Occupé à reprendre ses stabilos, il me regarde, un sourire contrit aux lèvres.

– De quoi ?

Plusieurs secondes de silence dérouté s'écoulent entre nous.

– Tu ne trouves pas bizarre de les entendre parler comme ça ?

– Dire que Brett est gay ?

Quand j'acquiesce, il hausse les épaules.

– Je pense que personne n'est surpris que ses parents réagissent comme ça.

Je le dévisage en me demandant pourquoi il semble aussi résigné.

– Je sais pas... Peut-être que si assez de gens se révoltaient, les choses changeraient.

– Peut-être. Ou pas. (Il se penche vers moi, essayant de croiser mon regard.) C'est comme ça, c'est tout.

Comme ça, c'est tout.

Est-il défaitiste ou réaliste ?

Se rend-il seulement compte que ça le concerne aussi ?

– C'est comme ça, c'est tout ? Alors, tu vas partir où on te dira, prêcher le gospel et véhiculer le message que c'est mal d'être gay ?

– Ce n'est pas mal d'être gay, mais ce n'est pas non plus le projet du Seigneur.

Il secoue la tête et je pense que là, maintenant, c'est le moment où je me rends compte que ce qui fait l'identité de Sebastian, ce n'est pas son homosexualité. Ce n'est pas le fait qu'il joue au foot, qu'il soit mon mec, qu'il soit le fils de ses parents.

C'est le fait qu'il soit mormon.

– Je sais que ça ne doit pas te paraître logique, dit-il en choisissant ses mots, ce qui n'empêche pas la panique de m'étreindre. Je suis sûr que tu ne comprends pas ce que tu fais avec moi, ce que je fais avec toi, et si tu...

– Non. (Je lui presse les doigts. Je m'en fous que quelqu'un nous voie.) Ce n'est pas ce que je dis. Je veux être avec toi. Mais ça m'horripile de penser que tes parents pourraient nous regarder un jour en estimant qu'on est un truc à réparer.

Un long moment passe avant qu'il réponde et je vois qu'il n'aime pas des masses ce que je viens de lui balancer, parce qu'il dégage sa main et la serre entre ses genoux.

– Je n'ai pas la présomption de savoir pourquoi le Père céleste fait ce qu'Il fait, mais je sais dans mon cœur qu'Il a un plan pour chacun de nous. S'Il t'a mis dans ma vie, c'est pour une raison, Tanner. Cette raison, je ne la connais pas, mais je sais qu'il y a un sens là-dessous. J'en suis certain. Être avec toi, ce n'est pas *mal*. Ressentir ce que je ressens pour toi, ce n'est pas *mal*. On trouvera une solution.

Je hoche la tête, que je garde baissée.

– Tu devrais venir avec nous le week-end prochain, propose-t-il avec douceur. On fait une activité avec les jeunes, ça devrait être sympa.

J'entends dans sa voix qu'il souhaite de toutes ses forces que je résolve le problème en me convertissant. Qu'il soulève un coin du tapis pour planquer avec adresse toute la poussière dessous.

– Tu veux amener ton *mec* à une activité du temple ?

Il fronce les sourcils, puis reprend une expression neutre.

– Je veux t'amener, *toi*.

16

Je crois que Sebastian ne s'attendait pas à ce que j'accepte. Même Autumn m'a dévisagé, muette de stupeur, quand je lui ai dit que j'allais aller à une activité du temple. Et pourtant, nous y voilà, Sebastian et Tanner, en train de nous garer à côté du terrain de foot au bon vieux parc de Fort Utah.

On descend de ma voiture et je le suis dans la petite pente où tout le monde s'est rassemblé en cercle autour d'énormes cartons, laissés fermés. Pour la mi-avril, il fait un temps splendide. Je suis sûr que, du coup, on tombera tous malades quand on perdra deux degrés, mais pour l'instant, il fait plus de quinze et personne en dessous de vingt ans ne porte de pantalon. Partout, on voit des jambes couleur cachet d'aspirine.

Mais attention : contrairement aux mini-trucs déchirés que porte Hailey, qui montrent la moitié de ses fesses, les shorts ici sont plutôt sages. Ça ne paraît pas bizarre, cette façon très décente de se vêtir ici. Mais je me demande quand même ce que ça doit être pour les enfants SDJ qui vivent dans des endroits où ils ne sont pas en majorité.

Les filles regardent et s'agitent quand Sebastian s'approche. Je repère aussi un ou deux garçons qui le fixent un peu plus longtemps que la normale. Est-ce qu'il remarque l'effet qu'il produit ? Ce n'est même pas lui qui encadre l'activité, mais on dirait que tout le monde attendait son arrivée.

Plusieurs personnes viennent lui serrer la main. Je suis présenté à un Jake, un Kellan, deux McKenna et un Luke avant d'arrêter de prendre la peine de retenir les prénoms. À la place, je réponds par un sourire et une poignée de main affirmée. Un mec de notre âge, peut-être un peu plus vieux, sort d'un noyau de gens à l'arrière et vient se présenter à moi. Il s'appelle Christian et il est ravi que je vienne me joindre au groupe. Clairement, c'est lui qui mène l'exercice.

Là-dessus, on commence.

– Aujourd'hui, c'est service, nous annonce-t-il.

Le silence se fait dans l'assistance. L'attention de chacun se focalise sur les six énormes cartons. Il va s'appuyer contre l'un d'eux et déclare :

– Les équipements de ce parc commencent à se faire vieux, il est temps de leur donner un coup de jeune. (Il tapote son carton.) Là-dedans, chers amis, vous trouverez tout ce qu'il vous faut pour monter une table ou un banc. (Un large sourire s'épanouit sur son visage.) Le petit challenge, c'est que vous n'aurez ni notice ni outils.

Je regarde autour de moi. Personne d'autre dans le groupe ne paraît surpris le moins du monde par ces règles. Pas de notice, je veux bien, mais pas d'outils ?

Mon esprit s'écrie, paniqué : *Mais... les échardes !*

– Nous allons nous diviser en six équipes. (Dès qu'il prononce ces mots, je sens Sebastian s'éloigner de moi, mine de rien, et je le regarde, mais il me fait signe de rester là.) D'abord, nous allons déplacer les tables et bancs existants vers le parking, où les meubles seront emportés par l'équipe de frère Atwell. Ensuite, c'est le montage. Des pizzas arriveront dans quelque temps. N'oubliez pas de vous hydrater. Je vous rappelle que ce n'est pas une course. Prenez le temps de bien faire les choses. Voilà comment on rétribue la communauté.

Il sourit, et d'un coup, c'est le gros malaise quand je l'entends dire :

– Et maintenant, que quelqu'un dise une prière.

Je suis pris par surprise et j'entrevois le regard contrit que m'adresse Sebastian avant de baisser la tête.

Un grand ado, en face de moi dans le cercle, s'avance.

– Père céleste, nous Te remercions de nous avoir rassemblés en cette belle journée de printemps. Nous Te remercions pour les nombreuses chances que nous avons, pour les corps robustes que nous allons utiliser aujourd'hui. Puissions-nous retenir cette leçon et l'appliquer dans notre vie quotidienne, nous rappeler que ce n'est que par Toi que nous serons sauvés. Veuille guider frère Davis afin qu'il vise juste et que nous n'ayons pas à visiter les urgences comme la semaine dernière. (Une vague de rires s'élève dans le groupe et le garçon réprime son sourire avant de terminer.) Fais que chacun rentre chez soi sans dommages. Au nom de Jésus-Christ, amen.

Lorsque nous redressons la tête, je comprends vite la distance prise par Sebastian, car Christian nous fait compter de un à six pour déterminer notre équipe. Mon mec vient de s'assurer qu'on serait dans la même équipe et qu'on aurait droit aux mêmes échardes.

Notre équipe, qui porte le numéro 3, comprend aussi deux filles de treize ans qui rient beaucoup, un troisième du nom de Toby, un première qui s'appelle Greg. Les garçons vont tous déplacer les anciennes tables de pique-nique. Les filles restent plantées là et regardent ; elles lorgnent surtout Sebastian.

J'essaie d'imaginer Hailey dans cette situation. Si on commençait à transporter des trucs sans attendre d'aide de sa part, elle péterait une durite.

Moi qui pensais que l'exercice de montage serait plutôt évident, je suis surpris de découvrir qu'il y a environ soixante-dix pièces de bois dans le carton, sans indication de ce qui va où. Il est évident que Sebastian et Greg ont fait ça toute leur vie. Ils se mettent aussitôt à trier les morceaux par taille et forme, pendant que Toby et moi jouons les gros bras, à déplacer les pièces là où ils nous disent.

Sebastian rappelle les filles, Katie et Jennalee.

– Vous pouvez trouver chaque pièce de cette taille ? (Il leur montre une cheville d'une dizaine de centimètres. Elles sont dispersées partout dans l'herbe, où on a renversé le contenu du carton.) Et assurez-vous qu'il y en a le même nombre que de trous dans les planches, OK ?

Il montre les endroits où les chevilles doivent s'enfoncer dans les planches et les filles, contentes d'avoir une tâche à accomplir, se mettent aussitôt au travail.

– Tann, me dit-il, et la familiarité dans sa voix me fait frissonner, viens m'aider à aligner ça.

On travaille côte à côte, on dispose les planches destinées à former la table, celles qui seront les pieds. On se dit qu'on devra utiliser l'une des planches les plus courtes et les plus massives comme maillet pour enfoncer les chevilles, et que pour la dernière planche, on se servira d'une botte de Greg. Je m'éclate à fond sur le problème à résoudre, mais pour être honnête, ce n'est rien comparé au bonheur de m'accroupir à côté de Sebastian, de sentir son corps se mouvoir près du mien.

Sérieux, s'il avait l'intention que je vienne là pour trouver la foi, mission accomplie.

On est le premier groupe à finir et on se sépare pour rejoindre ceux qui galèrent. Ce serait exagéré de dire que c'était un boulot éreintant, mais ce n'est pas du tout cuit non plus. Quand les pizzas arrivent, je suis très content de voir un énorme empilement de boîtes, parce que je suis af-fa-mé.

Sebastian et moi nous effondrons contre un arbre, un peu à l'écart du groupe. Les jambes étendues devant nous, on dévore comme si on n'avait rien mangé depuis des semaines.

J'adore le voir manger. C'est tellement fascinant de voir ses bonnes manières, mais là, il se la joue ouvrier du bâtiment brut de décoffrage : il plie sa part de pizza en deux et en ingurgite le plus gros en une bouchée. N'empêche, il ne s'en met pas sur le menton ni sur la chemise. Moi, au bout d'une bouchée, j'ai de la graisse de pepperoni sur le tee-shirt.

– Pfff, putain de merde !

– Tann.

Je le regarde, et il est souriant, mais penche la tête, comme pour me dire de surveiller mon langage.

– Pardon, dis-je, penaud.

– Ça me dérange pas, me dit-il doucement, mais certains tiqueraient.

On est assez éloignés pour que j'aie un sentiment d'intimité, même si ce n'est pas tout à fait ça.

– Tu connais ces gens depuis longtemps ?

– Certains depuis toute leur vie, répond-il en regardant vers le groupe. La famille de Toby n'est arrivée qu'il y a deux ans, et d'autres sont des convertis récents. Je crois que c'est la première activité de service pour Katie.

– J'aurais jamais deviné, dis-je moqueur.

– Oh, allez, elle est gentille.

– Gentille, ce qui ne l'a pas aidée à mettre moins de vingt minutes à compter quarante chevilles.

Il reconnaît que j'ai raison par un rire étouffé.

– Au fait,désolé pour la prière, tout à l'heure. J'oublie toujours.

Je fais signe que ce n'est pas grave et je regarde les ados éparpillés dans le parc avec des yeux nouveaux.

– Tu es déjà sorti avec quelqu'un ici ?

Il lève le menton vers une fille assez grande de l'autre côté du terrain de foot, qui mange près des buts.

– Manda.

Je vois qui c'est. Elle est de l'âge de Sebastian et elle faisait partie des élèves délégués. Elle est jolie, intelligente, et je n'ai jamais entendu le moindre ragot sur elle. Je suis persuadé qu'elle serait la fille parfaite pour Sebastian.

– Combien de temps ?

Houlà, mon ton était un peu acerbe, ce qui ne lui échappe pas non plus.

– Tu es jaloux ?

– Un peu.

Je vois bien que ça lui plaît. Il rougit d'un coup.

– Un an, à peu près. En seconde.

Eh bien. Je voudrais lui demander ce qu'il a fait avec elle, s'ils se sont beaucoup embrassés, jusqu'où ils sont allés, mais je me retiens.

– Mais tu savais, même là…

Il relève les yeux brusquement, regarde autour de nous, mais se détend en constatant que personne ne peut nous entendre.

– Oui, je savais. Mais je pensais que si j'essayais, peut-être…

C'est comme m'enfoncer une centaine d'aiguilles lentement dans la chair. Une relation d'un an, c'est beaucoup essayer.

Je ne suis pas… ça.

– Mais tu n'as pas couché avec elle ?

Il prend encore une énorme bouchée de pizza et fait signe que non.

– Et donc, tu penses que tu pourrais épouser une Manda, un jour ?

Je discerne son exaspération. Il avale et regarde autour de nous d'un air entendu.

– Tu crois que c'est le meilleur endroit pour discuter de ça ?

– On peut le faire plus tard.

– C'est avec toi que j'ai envie d'être, dit-il tout doucement, avant de manger de nouveau. (Quand il a avalé, il garde les yeux droit devant lui.) Personne d'autre.

– Tu crois que l'Église changera d'avis à notre sujet ? (Je désigne ses pairs sur le terrain.) Tu crois qu'eux finiront par changer d'avis ?

Il hausse les épaules.

– J'en sais rien.

– Mais tu te sens heureux avec moi.

– Plus heureux que jamais.

– Donc, tu sais que ce n'est pas mal.

Le voile se lève de ses yeux et, enfin, il me regarde.

– Bien sûr que je le sais.

L'émotion monte, dure dans ma gorge. J'ai envie de l'embrasser. Il pose le regard sur ma bouche et le détourne, les joues rougies de nouveau.

– Tu sais à quoi je pense, dis-je. À quoi je pense toujours.

Il acquiesce en se penchant pour attraper sa gourde.

– Oui. Moi aussi.

Le soleil est bas dans le ciel quand nous mettons tous les meubles en place et vérifions leur solidité. Les gens rient, jouent à chat perché, se lancent un Frisbee. C'est tellement mieux que le tour au lac l'autre jour, avec la bagarre et les insultes. Il y a un niveau indéniable de respect dans tout ce qu'on fait ici. Pour la communauté, les uns envers les autres, envers nous-mêmes, envers leur Dieu.

Presque tout le monde s'entasse dans un grand fourgon pour retourner sur le parking de l'église, mais Sebastian et moi restons derrière, en leur faisant des signes pendant qu'ils disparaissent de notre vue.

Il se tourne vers moi et son sourire s'efface.

– Alors ? C'était horrible ?

– Je pensais justement que c'était pas trop mal. (Il rit.) Non, c'était même plutôt sympa. Tout le monde est tellement gentil.

– Gentil, répète-t-il en secouant un peu la tête.

– Ben quoi ? Je rigole pas. C'est un groupe de gens gentils.

J'aime bien être avec sa communauté, pas parce que je m'y retrouve mais parce que j'ai besoin d'avoir cette fenêtre sur sa personnalité. J'ai besoin de comprendre comment il peut sortir des trucs du genre « j'ai senti l'Esprit très fortement ce week-end », ou pourquoi il prie pour trouver des réponses. La réalité, c'est que c'est dans ce langage qu'il est né et qu'il a été élevé. Les mormons ont tout un vocabulaire qui me paraît hyperguindé, mais qui leur échappe naturellement, et je commence à comprendre qu'en gros, ça veut juste dire « j'essaie de faire le meilleur choix » ou « j'ai besoin de savoir si ce que je ressens, c'est mal ».

Les seuls sons qui persistent dans le parc sont ceux d'oiseaux dans les arbres au-dessus de nous et le vrombissement lointain des pneus sur l'asphalte. Je demande:

– Qu'est-ce que tu veux faire ?

– J'ai pas envie de rentrer tout de suite.

Mon corps entier se met à vibrer.

– Alors, on n'a qu'à traîner un peu.

On va dans ma voiture, avec cette attente qui pèse dans le silence et se répercute sur ma peau. Je sors du parking et je roule. Comme ça. Je ne sais même pas où on va ni ce qu'on fera en s'arrêtant, mais quand on se retrouve à des kilomètres de Provo, Sebastian glisse la main sur mon genou et, lentement, la remonte le long de ma cuisse. Bientôt, on ne voit plus de maisons. On est sur une petite route tranquille et, sur une impulsion, j'emprunte un petit chemin de terre qui amène à un côté du lac.

Sebastian regarde par-dessus son épaule pendant qu'on franchit la barrière marquée du panneau « Accès interdit » presque masqué par la végétation.

– Tu crois qu'on peut aller par là ?

– Sans doute pas, mais cette barrière m'a l'air d'être fermée depuis longtemps, donc j'imagine qu'on n'est pas les premiers à essayer.

Il ne répond pas, mais je sens son incertitude dans la raideur de sa main sur ma cuisse, dans la rigidité de sa posture. J'espère qu'il se détendra une fois qu'il verra que c'est vraiment isolé ici à la nuit tombée.

Le chemin est de plus en plus boueux, et je me gare sur un carré d'herbe ferme. J'éteins les phares, puis enfin, le contact. Le moteur laisse place au silence. Dehors, il fait presque entièrement noir, à part le reflet de la lune qui miroite à la surface du lac. Mon père tient toujours à ce que je garde un kit d'urgence dans mon coffre, y compris une grosse couverture, et même s'il commence à faire froid avec la disparition du soleil, j'ai une petite idée. J'ouvre ma portière.

– Viens.

Un peu réticent, Sebastian me suit.

J'attrape la couverture dans le coffre et je l'étale sur le capot encore chaud. Avec une serviette de plage qui traîne, j'improvise des oreillers près des essuie-glaces.

Comme ça, on pourra s'allonger pour contempler les étoiles.

Quand il voit ce que je suis en train de faire, Sebastian m'aide à tout arranger, et puis on monte, on s'étend et, à l'unisson, on pousse un soupir satisfait.

Sebastian éclate de rire.

– À voir, c'était hyperdouillet.

Je me rapproche un peu, et le capot proteste avec un bruit métallique.

– C'est pas si inconfortable.

Au-dessus de nous, la lune pointe à l'horizon, comme accrochée aux étoiles par des fils.

– S'il y a un truc que j'aime dans cet endroit, dis-je, c'est qu'on peut voir les étoiles la nuit. À Palo Alto, c'était impossible. Trop de pollution lumineuse.

– Un truc que tu aimes ?

Je me tourne pour l'embrasser brièvement sur les lèvres.

– Pardon. Deux.

– Je ne connais pas du tout les constellations, dit-il quand je relève les yeux vers le ciel. Je me dis toujours que je vais apprendre, mais je trouve jamais le temps.

Je pointe le doigt en l'air et dis :

– Juste au-dessus, c'est la Vierge. Tu vois les quatre étoiles d'en haut, en forme de trapèze un peu biscornu ? Après, tu as Porrima et l'Épi. Comme des ficelles de cerf-volant, en dessous ?

Sebastian plisse les yeux, s'approche de moi pour mieux voir ce que je lui montre.

– Cette forme, là ?

– Non, je crois que tu regardes le Corbeau. Ces deux-là font partie de la Vierge, et c'est... (Je lui déplace la main, qui se retrouve sur mon cœur. Il va s'échapper de ma poitrine, de mon corps.) Juste là.

– D'accord, d'accord, chuchote Sebastian avec un sourire.

– La plus brillante, c'est Vénus.

Il prend une inspiration enthousiaste.

– C'est vrai, je me souviens.

– Et juste à côté, le petit amas ? Ce sont les Pléiades. Elles se rapprochent de plus en plus.

– Où tu as appris tout ça ? demande-t-il.

Je me tourne vers lui.

Il me regarde aussi, tout près.

– Mon père. En camping, il n'y a pas grand-chose à faire le soir, à part faire griller des chamallows, raconter des histoires flippantes et regarder les constellations.

– Tout seul, je peux juste trouver la Grande Ourse, dit-il.

Ses yeux se posent sur ma bouche.

– Sans mon père, j'y connaîtrais rien non plus.

Il se remet à regarder en l'air.

– Il a l'air cool, ton père.

– Il l'est.

Je sens mon cœur se serrer parce que mon père est le meilleur, en partie parce qu'il me connaît et m'aime absolument. Et pourtant, il y a tout cet aspect de Sebastian que son père ne connaît pas du tout. Je pourrais rentrer chez moi et raconter à papa ce qui s'est passé aujourd'hui. Je pourrais même lui dire qu'on s'est allongés sur le capot de la vieille Camry de maman. Ça ne changerait rien entre nous.

Sebastian doit être exactement dans les mêmes pensées parce que, dans le silence, il déclare :

– J'arrête pas de repenser à mon père l'autre jour, qui m'étreignait tellement fort. Je te jure, toute ma vie, la seule chose que j'ai voulue, c'était le rendre fier de moi. C'est bizarre de l'avouer à haute voix, mais si papa est fier de moi, c'est comme la confirmation externe que Dieu est fier de moi aussi.

Alors là, je reste sans voix.

– Je n'arrive même pas à imaginer ce que ferait mon père s'il savait où je suis. (Il rit et pose une main sur sa poitrine.) Sur un chemin interdit, allongé sur une voiture avec mon mec...

Ces deux mots me font encore comme une décharge électrique.

– J'ai tellement prié pour ne pas être attiré par les garçons, reconnaît-il.

Je me tourne vers lui. Il secoue la tête.

– Je me sentais toujours hypermal après, de demander quelque chose d'aussi mineur alors que d'autres gens ont d'énormes problèmes. Mais ensuite, je t'ai rencontré et...

On laisse tous les deux la phrase tomber dans l'oubli. Je choisis de penser que la fin serait : *Et Dieu m'a dit que tu étais le bon choix pour moi.*

– Oui.

– Donc, au lycée, personne n'est au courant que tu n'aimes pas que les filles, dit-il.

Je remarque qu'il évite les mots gays, bi, *queer* encore une fois. Ce serait le moment parfait pour aborder le sujet Autumn-Manny-Julie-McKenna, mais c'est facile de laisser tomber. Après tout, va savoir ce que les deux copines ont entendu, Manny n'a pas crié sur les toits ce qu'il savait et Autumn a promis sous peine de mort de ne rien dire. Sebastian a ses secrets à lui ; je suppose que je peux garder celui-ci.

– Non. Comme je suis sorti avec des filles, les gens partent du principe que je suis hétéro, je pense.

– Je ne comprends toujours pas pourquoi tu ne choisis pas simplement d'avoir une copine.

– Ce qui compte, c'est la personne, pas ce que je peux faire avec. (J'emmêle mes doigts aux siens.) C'est pas un choix. Pas plus que pour toi.

Je vois que mes paroles ne lui plaisent pas.

– Mais tu penses que tu pourrais le dire à plus de gens un jour ? Si tu te mettais avec un garçon, par exemple, tu serais... *out* ?

– Si tu venais au bal de fin d'année avec moi, tout le monde saurait.

– Quoi ? s'exclame-t-il, horrifié.

Mon sourire est un peu faiblard. Je n'avais pas prévu de dire ça, mais ce n'était pas une plaisanterie non plus.

– Qu'est-ce que tu dirais si je t'invitais ?

Le conflit est clair sur son visage.

– Je… Non, je pourrais pas.

Un tout petit espoir se rétracte dans ma poitrine, mais je ne suis pas surpris.

– C'est pas grave, lui dis-je. Enfin, bien sûr, je t'y emmènerais, mais je m'attendais pas à ce que tu acceptes. Je ne suis même pas sûr d'être à cent pour cent prêt.

– Tu vas y aller ?

Je regarde le ciel et réponds :

– Peut-être avec Autumn, si elle lâche Eric. On est un peu cavaliers par défaut. Elle veut que j'invite Sasha.

– Sasha.

J'esquisse un geste vague, style « ça vaut pas le coup de t'expliquer ».

– Tu es sorti avec Autumn ? m'interroge-t-il.

– On s'est embrassés une fois. C'était pas la folie.

– Pour toi, ou pour elle ?

Je souris.

– Pour moi. Je ne sais pas pour elle.

Son regard se promène sur mon visage, atterrit sur mes lèvres.

– Je crois qu'elle est amoureuse de toi.

Je n'ai pas envie de parler d'Autumn maintenant.

– Et toi ?

Il ne comprend pas tout de suite ma question. Une petite ligne se creuse entre ses sourcils, entaillant le paysage lisse de son front.

Et puis elle disparaît et ses yeux s'agrandissent.

Plus tard, je regarderai en arrière et je me demanderai s'il m'embrasse maintenant parce qu'il n'a pas envie de répondre ou si sa réponse est tellement évidente qu'il a besoin de m'embrasser. Mais au moment où il se penche, où il vient sur moi, sa bouche chaude et familière sur la mienne, mon émotion se transforme en liquide. C'est un océan qui remplit ma poitrine.

Je découvre la véritable impossibilité de l'écriture quand je repense à ce moment, maintenant, où il me touche, où ses paumes me marquent au fer rouge, le bout de ses doigts comme de minuscules points de chaleur sur ma peau. Je veux le capturer d'une façon ou d'une autre, pas seulement pour m'en souvenir mais pour pouvoir l'expliquer. Il n'y a quasiment pas de moyen de transcrire cette transition frénétique, cet emmêlement fou qu'on devient, à part si on y pense comme à une vague sur la plage, à la force physique de l'eau impossible à arrêter.

La seule chose dont je suis sûr, au moment où ses mains passent de l'exploration à la détermination, à savoir ce qu'elles font, au moment où ses yeux restent bien dans les miens, emplis de joie pendant que je tombe, c'est qu'on pense tous les deux comme c'est bon, comme c'est bien. Ce moment, et les moments plus calmes après, ne peuvent pas être révisés. Ils ne peuvent pas être réécrits. Ils ne peuvent pas être effacés.

17

Quand je rentre, papa est encore debout, mug de tisane à la main, avec cette expression maussade qui me signale que je suis très proche de l'heure du couvre-feu.

Je sens l'ombre d'une excuse altérer mon sourire, mais non, il est indestructible. Je suis dans une caisse de résonance et le contact de Sebastian retentit tout autour de moi.

Papa soulève légèrement les sourcils, comme s'il essayait de déterminer ce que cache mon sourire.

– Autumn ? m'interroge-t-il sans conviction.

Il sait que je ne ressemble pas à ça quand j'ai passé du temps avec Autumn. Ni avec personne.

– Sebastian.

Sa bouche forme un « Aaah », il hoche la tête et, encore une fois, il me scrute.

– Vous prenez vos précautions ?

Oh mon Dieu !

Mon sourire faiblit sous le poids de la mortification.

– Papa !

– C'est une question légitime.

– On n'a p... (Je me tourne vers le frigo pour y attraper un Coca. Des images contradictoires s'affrontent dans mon esprit : Sebastian au-dessus de moi, sur moi. Papa assis là, les yeux sérieux.) Tu sais que maman te tuerait, de plus ou moins donner ta bénédiction pour que je déflore le fils de l'évêque.

– Tanner !

Je ne sais pas s'il a envie de rire ou de me gifler. Pour être franc, il ne le sait peut-être pas non plus.

– Je rigole. On n'en est pas là.

Mon père repose son mug, la céramique crisse sur le comptoir.

– Tann, il se pourrait que vous en arriviez là. Je veux juste m'assurer que tu fais attention.

L'opercule de mon soda cède avec un sifflement satisfaisant.

– Je te promets que je le mettrai pas enceinte.

Il lève les yeux au ciel, et maman choisit juste ce moment pour entrer. Elle s'arrête net à la porte.

– Quoi ? s'exclame-t-elle d'une voix blanche, les yeux écarquillés.

Je prends un temps pour apprécier sa chemise de nuit, qui proclame LA VIE EST TROP COURTE et l'acronyme LGBT éclairé des couleurs de l'arc-en-ciel. Papa rit.

– Non, Jenna. Il était avec Sebastian, mais ce n'est pas ce que tu penses.

Elle nous regarde, chacun notre tour, d'un air mauvais.

– Et qu'est-ce que je pense ?

– Qu'entre lui et Sebastian, c'est... du sérieux.

Je bats des cils vers papa.

– Mais *c'est* du sérieux.

– Sérieux, comme amour ? demande maman. Ou sérieux comme sexe ?

Je gémis :

– Ce serait quoi, le plus grave ?

– Aucun des deux ne serait un problème, Tanner, répond mon père d'un ton prudent, les yeux fixés sur maman.

À voir leur échange silencieux, je suis convaincu que mes parents passent plus de temps à parler de ma relation avec le fils de l'évêque que de n'importe quel autre sujet en ce moment.

– Vous avez de la chance, quand même.

Après leur avoir sorti ça, je viens faire un gros câlin à ma maman. Elle se coule contre moi et m'enlace la taille.

– Ah bon ? demande-t-elle.

– Je vous avais jamais fait flipper avant.

Papa éclate de rire.

– Oh, tu nous as donné quelques crises cardiaques !

– Mais là, vous avez vraiment l'air déroutés.

– Je crois que c'est plus dur pour ta mère, répond-il, l'expression de nouveau sérieuse. (Maman a l'air d'approuver, tout contre moi.) Cette affaire a fait remonter tout un tas d'émotions, beaucoup de colère. Sans doute de la tristesse, aussi. Elle veut te protéger de tout ça.

Mes poumons sont comme à l'étroit dans ma cage thoracique et je la serre plus fort.

– Je sais.

Sa voix étouffée monte.

– On t'aime tellement, mon p'tit gars. On voudrait que tu sois dans un endroit plus bienveillant.

– Genre, dès que je reçois mes lettres d'admission à l'université, faut que je me mette à courir sans jamais regarder en arrière.

Papa rit.

– En tout cas, sois prudent, d'accord ? Ne fais pas n'importe quoi.

Je sais qu'il ne parle pas que de notre relation physique. Je m'approche de lui et lui passe un bras autour de l'épaule.

– Vous allez arrêter de vous faire du souci pour moi ? Je vais bien. J'aime beaucoup Sebastian, mais je suis au courant des obstacles.

Maman va se prendre un truc à manger dans le frigo.

– Donc, si on oublie ses parents, tu sais qu'il pourrait être renvoyé de sa fac juste parce qu'il était avec toi ce soir ? Il y a peut-être plus de tolérance que pendant ma jeunesse, mais tu dois être au courant que le code d'honneur de la BYU ne lui permet pas de faire ce que vous avez pu faire tout à l'heure ?

– Maman, quand est-ce que ça pourra juste être chouette, ce qui m'arrive ? (Sérieusement, ma dernière envie, c'est d'analyser le moindre truc qui pourrait foirer. Je le fais assez à longueur de temps, de toute façon.) Le problème, ce n'est pas Sebastian et moi, c'est les règles.

Maman me lance un regard réprobateur et papa intervient :

– Je comprends bien, mais ce n'est pas si simple. Tu n'as pas le droit de dire que parce que les règles sont injustes, tu peux faire tout ce que tu veux.

C'est un peu la descente, après les mains de Sebastian sur moi, après tout ce qu'on a fait. J'ai envie de déguerpir d'ici aussi vite que possible. C'est nul de me sentir comme ça avec mes parents. Ça me plaît de tout leur dire. Qu'ils me connaissent aussi bien. Mais chaque fois qu'on en parle, leur inquiétude devient cette ombre noire qui vient masquer la lumière. Tout éclipser.

Alors, je ne réponds pas. Plus je vais protester, plus ils vont raisonner calmement. Papa pousse un soupir avant de me faire un petit sourire et de lever le menton pour me dire d'y aller. Il a l'air de voir que j'ai besoin de m'échapper et de m'épancher ailleurs.

J'embrasse maman, puis je file dans ma chambre. Les mots explosent, se déversent de ma tête, de mes mains. Tout ce qui s'est passé, tout ce que j'éprouve se répand hors de moi, en un soulagement liquide.

Lorsque les mots sont sortis, mais que la sensation emplit toujours ma poitrine – voir Sebastian s'allonger sur le capot de ma voiture, avec ce sourire tranquille qui est une révélation –, je ramasse un bloc de Post-it et je me mets au lit.

On a passé l'après-midi à monter des meubles
« Pour le service », dit-il.
De nouveaux morceaux, de nouveaux endroits, de nouvelles parties
Qui seront placés là et que personne ne regardera.
Mais j'ai aimé, et je lui ai dit.
Il a posé une planche sur son épaule
Comme une baïonnette.
Et j'ai failli rigoler en me demandant :
C'est ce que ça fait, de tomber amoureux
D'un soldat de l'autre camp ?

Je ferme les yeux.

Sebastian ne relève pas les yeux de sa lecture quand j'arrive au Séminaire lundi, mais je sais qu'il ressent ma présence comme je perçois la sienne, parce qu'il redresse légèrement les épaules, plisse les yeux et déglutit avec peine.

Même Autumn s'en rend compte. À côté de moi, elle pose ses livres sur le bureau et me chuchote :

– C'est quoi, ça ? Ça va, entre vous ?

– Ben quoi ?

Je regarde vers lui comme si je ne voyais pas ce qu'elle veut dire, puis je hausse les épaules. Mais à l'intérieur, je trébuche sur mes propres pulsations cardiaques. Il ne m'a envoyé aucun message hier. Refuse de me regarder aujourd'hui.

Il y a un truc qui ne va pas, et ma façon insouciante d'écarter les appréhensions de mes parents me revient en pleine figure.

Tout à coup, Asher débarque dans la salle, McKenna perchée sur son dos en train de piailler. Tout le monde se fige pendant qu'il la fait descendre de la manière la plus lubrique possible. Elle atterrit en riant et il a, grosso modo, les mains collées à ses fesses. Leur entrée est tellement ridicule, ils cherchent tellement à attirer l'attention que même Dave-fan-de-burritos lâche, halluciné :

– Sérieux, mec ?

Ils s'embrassent devant toute la classe pour annoncer leur réconciliation. Je lance :

– OK, c'est bon.

J'ai la colère qui gronde dans ma poitrine. Les McAsher peuvent montrer autant qu'ils le veulent leur affection en public dans tout le lycée, et en dehors de quelques soupirs exaspérés, personne n'y trouve rien à redire. Ah, au fait, ils sont tous les deux mormons, et si je ne me trompe pas, ils ne devraient en aucun cas s'adonner à ce genre de comportement, nulle part, encore moins dans un établissement scolaire. Est-ce que pour autant, on va se moquer d'eux, les éviter ou les menacer? Rien du tout. Personne ne va les dénoncer à l'évêque. Ils ne peuvent pas être renvoyés. Et pourtant, ce sont des graines de chaos, ils se remettent ensemble parce qu'ils s'ennuient inconsciemment de ne pas susciter de ragots, donc ils en créent. Je suis prêt à parier que les McAsher ont couché ensemble de toutes les manières possibles, et ça n'empêchera pas Asher de partir en mission, de revenir et d'épouser une bonne jeune fille mormone – peut-être même McKenna – et d'être aussi donneur de leçons que les autres sur les valeurs des SDJ. En attendant, Sebastian ne peut même pas me regarder pendant le cours, sans doute parce qu'il s'en veut de nos caresses de samedi.

Je l'ai mauvaise. Je commence à bouillir.

– Je crois que le bal qui arrive les met d'humeur câline, dit Autumn à côté de moi.

– Ou prêts à tout.

Je sors mon ordi et jette de nouveau un regard vers Sebastian. Il ne s'est toujours pas retourné.

J'aimerais pouvoir lui envoyer un truc derrière la tête et lui crier sans honte: « SALUT, TU TE SOUVIENS DE MOI? » devant tout le monde. Mais je prends mon téléphone et, planqué sous la table, je lui envoie un rapide:

Youhou, je suis là.

Je le regarde sortir son portable et lire.

Il se retourne, m'envoie un faible petit sourire par-dessus son épaule en gardant les yeux au-dessus de ma tête, et me tourne de nouveau le dos.

Mon cerveau est un mixeur. La voix de ma mère atteint la surface, apaisante, pour me rappeler que Sebastian part bientôt et subit des pressions que je ne comprendrai jamais. Et si, pour la première fois, il avait prié et s'était senti pire après ?

Le cours passe lentement, pendant que je continue de trépigner. Tout le monde ou presque a fini son premier jet, et Fujita donne des conseils pour la relecture. Enfin, je crois. Je suis content qu'Autumn prenne scrupuleusement des notes, parce que moi, j'entrave pas une rame. Je me penche sur un Post-it pour écrire :

La lune était partie,
Ne laissant que le halo jaune des lampadaires
Au loin.
Le chemin de terre s'étirait à l'infini derrière nous
Et pour une fois, nous étions seuls.
Je choisirais ta chaleur sur la petite voiture
N'importe quand
Plutôt que le souvenir de toi dans mon lit.
Dans ma main, si pesant.
Une vie de désir, qui emplit ma paume.
Tu m'as mordu le cou en prenant ton plaisir
Et tu as gardé les yeux fermés
Quand tu m'as embrassé.

Et je fais tout ce que je peux pour ne pas rester à le fixer.

Dès la sonnerie, je rassemble mes affaires et je sors en quelques secondes. Autumn me rappelle, mais je ne l'attends pas. Je lui enverrai un texto pour lui expliquer. Je suis au bout du couloir quand j'entends mon nom. Ce n'est pas Autumn.

– Tanner, attends.

Mes pieds ralentissent contre ma volonté.

Je marmonne un « salut », les yeux rivés sur l'alignement de casiers près de moi. Je ne devrais pas. J'ai mal, je suis énervé, gêné qu'il m'ait évité, j'ai peur de ce que je pourrais dire.

– Salut ? lance-t-il, visiblement dérouté.

Pas étonnant ; ce doit être la première fois que c'est lui qui me poursuit.

Immobiles au milieu du couloir, nous sommes comme un rocher dans la rivière, avec un flot continu d'élèves qui nous contournent. Je ne décrirais pas cet emplacement comme discret, mais s'il est là, je suis là.

– Tu allais en cours ? demande-t-il.

Je ne sais pas pourquoi l'orage choisit ce moment. Pourquoi maintenant ? C'était tellement bien, ce week-end. Un jour de silence, un cours foireux, et boum ! mon cerveau amène ça à des niveaux de panique alerte rouge.

Je suis de retour sur la montagne, je l'entends encore me dire qu'il n'est pas gay. Et il y a quelque chose aujourd'hui, une position de la mâchoire, de tout son corps, qui me dit que samedi a fait plus de mal que de bien. Il lutte contre quelque chose et il n'en est même pas conscient. Il est tellement enfoui dans son dogme, dans son monde de « il faut », qu'il ne peut pas s'avouer qu'il est porté sur les mecs, le sera toujours, que c'est une partie de lui, une partie parfaite, qui mérite admiration, respect et intimité comme, d'ailleurs, tout le reste chez lui.

– Je n'ai plus de cours, après, dis-je. Je rentrais chez moi.

Il secoue la tête.

– C'est vrai. Je le savais. Tanner, je suis d…

Sebastian ne termine pas, parce que Manny, qui se dirige vers nous, fait :

– Salut, vous deux, avec un sourire.

Et il ne dit pas juste « salut », il dit aussi « vous deux ». Comme si on était ensemble. Un couple. Vu la réaction de Sebastian, il a bien fait la distinction aussi.

Eh merde, Manny. Tu pourrais pas nous soutenir de façon un peu plus discrète ?

– Ah, Manny, bonjour, dit Sebastian.

– T'as un match, ce soir ? fais-je en prenant garde de garder le ton de la conversation.

Même si j'ai l'impression qu'une constellation de petites explosions a débuté dans ma poitrine. Je n'ai pas parlé à Sebastian de l'autre fois avec Manny. Je ne lui ai pas dit qu'il était au courant.

– Oui, de basket. Dis, on découvre la piscine chez moi ce week-end, et je voulais vous inviter, tous les deux. Il y aura des gens du coin, des potes de mon frère… Mais pas ceux qui étaient au lac, Tanner. Tout le monde sera cool, vous n'avez pas à vous en faire, ni rien.

Sebastian penche lentement la tête de côté avant de demander :

– Qu'est-ce que tu veux dire ?

L'air quitte mes poumons d'un seul coup.

Manny ouvre grand les yeux. La seule manière dont il pourrait nous mettre plus mal à l'aise, ce serait de balancer qu'on forme un très joli couple.

– Eh ben, juste… (Il attend de l'aide de ma part.) Désolé, c'est que je vous ai vus tous les deux en randonnée l'autre jour, et j'ai cru…

Sebastian pâlit à vue d'œil.

– Manny… je commence, mais il m'arrête d'un geste.

– Non, non, je comprends. C'est pas grave. Vous êtes invités tous les deux, ou... chacun séparément, comme vous voulez.

Il est super, comme mec, et j'espère que ça rassure Sebastian : clairement, il se fiche bien de ce qu'on fait ou ne fait pas ensemble. Mais Sebastian est comme une statue à côté de moi. Manny s'en va avec un dernier coup d'œil, et Sebastian se tourne vers moi.

Merde.

– Qu'est-ce que tu lui as dit ?

Je lève aussitôt les mains.

– Hé, doucement ! Je lui ai rien dit du tout. Apparemment, il nous a vus à la montagne.

Au secours. C'était quelle fois ? Il y en a eu tant, et à force, on a cessé de se méfier, on s'est embrassés comme si personne ne pouvait nous voir. L'idée que Manny ait assisté à ça... que quelqu'un ait pu être avec lui ! Mon estomac est comme un chaudron bouillonnant.

Sebastian se tourne, et son profil témoigne d'une colère blanche. C'est sans doute la première seconde où j'ai l'impression qu'on est vraiment un couple. Quelle ironie, que ça se passe alors qu'on est au lycée, en plein couloir, où tous ceux qui passent près de nous n'ont pas la moindre idée qu'on est ensemble, qu'on s'est embrassés, que j'ai vu son expression quand il s'est noyé de plaisir, que je l'ai regardé pleurer et lui ai tenu la main. Que j'ai vu sa générosité et éprouvé cette fierté que je sens quand j'ai compris qu'il était à moi. Aucun de ces moments ne paraît aussi réel, aussi intime, que celui-ci où je sais qu'on va se disputer.

– Qu'est-ce qui s'est passé au lac ?

– Y avait une bande de mecs cons, alors ensuite, il est venu me voir quand j'étais avec Autumn...

– Autumn aussi est au courant ? s'écrie-t-il, plusieurs octaves plus haut.

Quelqu'un passe, il revient à lui, se recompose un masque et fait tranquillement :

– Salut, Stella.

Quand elle est repartie, j'entraîne Sebastian vers la porte pour sortir sur le parking. Là-dehors, c'est mort. Genre, zéro élève, pas de profs, quasi personne sur le trottoir. Mais malgré tout, Sebastian reste à une distance mesurée de moi. Une distance mormone, se moque mon esprit.

– C'est clair qu'il nous a vus. Il est venu quand je partais avec Autumn, parce qu'on avait entendu des insultes homophobes, et il s'est excusé pour ses potes. C'était trop bizarre – comme là, à l'instant. Et ensuite, Autumn m'a bombardée de questions pendant, genre, deux heures.

– Tanner, c'est horrible.

Sebastian me fusille du regard, puis se détourne en poussant un lent soupir. J'imagine un dragon qui crache du feu.

– Écoute, Manny nous a vus. Pas juste moi, nous. Je me balade pas avec un drapeau arc-en-ciel, je te signale. Je ne dis à personne que je suis bi. Autumn, qui est ma meilleure amie, ne l'a su qu'il y a quelques jours, et je ne lui ai pas parlé de toi. Je lui ai dit que j'avais des sentiments pour toi, pas qu'ils étaient partagés.

– J'ai cru… après samedi soir… (Il secoue la tête.) J'ai cru que tu en avais parlé à Manny ou Eric.

– Mais pourquoi je ferais ça ?

Je sais que je ne devrais rien ajouter. C'est puéril et mesquin, mais ma bouche ignore ces raisons.

– Si ce n'est que j'aurais envie de parler à quelqu'un de cet événement crucial de ma vie ?

– Qu'est-ce que ça veut dire ?

– Juste que ç'aurait été sympa d'avoir de tes nouvelles hier, que tu me confirmes aujourd'hui que tu m'as vu et que tu n'es pas en train de flipper.

Sebastian fronce un visage irrité.

– Tanner, hier, j'étais occupé.

Et vlan, la gifle. Paume ouverte, marque de sa main sur ma joue.

– Plein de trucs à faire pour le temple, hein.

Sebastian réagit au quart de tour.

– C'est ce qu'on fait le dimanche. Dis à ta mère de t'enseigner comment nous fonctionnons. Si elle s'en souvient.

Un...

Deux...

Trois...

Quatre...

Cinq...

Je continue de compter. Je me rappelle qu'il a juste peur. Je me rappelle qu'il est paumé. Si je prends du recul une seconde, je sais que je voudrais me dire : « Ce n'est pas ton combat, c'est celui de Sebastian. Laisse-le souffler. » Mais ce n'est pas le mien, non plus ? Même un petit peu ? Est-ce qu'on est là-dedans comme une équipe, est-ce qu'on négocie ce premier heurt ensemble ?

Il s'est détourné de moi et tire sur ses cheveux en faisant les cent pas sur le petit bout de parking. Il a l'air prêt à prendre la fuite. Rigolo, parce que c'est précisément ce qu'il doit avoir envie de faire. Ce n'est pas juste qu'il ne veut pas avoir cette discussion ici. Il ne souhaite l'avoir nulle part. Il voudrait qu'on soit ensemble sans attendre rien l'un de l'autre, sans discuter de nous. C'est une formation nuageuse. Ici pour l'instant, partie un jour dans le futur nébuleux et indéfini.

– Tu imagines dire un jour à tes parents que tu es gay ?

Il n'est même pas surpris que j'aborde ce sujet aussi vite. Pas de sursaut. Il tire encore plus la tronche et s'éloigne encore un peu de moi.

– J'aurais besoin de résoudre beaucoup de choses avant d'avoir une conversation de ce genre avec eux.

Je le dévisage.

– Sebastian ? Est-ce que tu es gay ?

Et je veux dire, bien sûr qu'il l'est.

Pas vrai ?

Il me regarde comme s'il ne me connaissait même pas.

– Je ne sais pas comment répondre à cette question.

– C'est simplement oui ou non, tu sais.

– Je sais qui je veux être.

– Qui tu veux être ?

Qu'est-ce que ça veut dire, putain ?

– Je veux être bon, généreux et semblable au Christ.

– Mais quel rapport avec ma question ? Tu es déjà tout ça. Tu es aussi doué, attentionné et loyal. Toutes ces qualités font de toi la personne que j'aime. Tu es déjà cette personne. Être gay, ça n'y change rien.

Et je vois le moment où il capte, le moment où le mot se pose sur sa peau, où il est absorbé. Je l'ai dit. Pas le mot « gay ». J'ai dit que je l'aime.

Il murmure « Tanner » » et regarde de côté.

Je viens de lui dire que je l'aime et il ne me regarde même pas.

Et ma question suivante me paraît tellement plus importante que celle d'avant.

– Sebastian, tu as entendu ce que je t'ai dit ? Je t'aime. Ça a fait tilt, ou bien ?

Il hoche la tête.

– Ça a fait tilt.

Il rougit. C'est une rougeur heureuse. Maintenant, je sais différencier les couleurs de ses émotions.

Bizarre, non ?

Ça lui plaît d'entendre que je l'aime, mais en même temps, ça le dérange.

– C'est trop pour toi, c'est ça ?

– Oui. Je veux dire, honnêtement, ça fait beaucoup, là, tout de suite. Et ce n'est même pas à cause de ce que tu as demandé avant. (Il baisse la voix et regarde autour de lui.) Si je suis gay. C'est beaucoup à me demander, parce que j'ai un livre qui sort, je pars en mission et j'ai tellement de choses qui m'arrivent.

– Donc, c'est malvenu d'entendre que je t'aime,

– Tanner, non. Je veux juste dire, je ne suis pas sûr de pouvoir te donner la même chose que tu veux me donner.

– Mais il est pas question de vouloir « donner » mes sentiments. (Là, je ris carrément.) C'est juste ce que je ressens.

Il me regarde comme si j'étais dérangé.

Comme s'il ne me croyait pas, peut-être.

– Je t'aime à cause de ce que tu es, pas à cause de ta façon de rougir, de tes yeux ou de ce que tu me fais sentir quand tu me touches. (Il rougit encore.) Ce que j'aime chez toi, ce sont des trucs qui ne vont pas s'envoler quand tu partiras en mission. Je serai toujours là et j'y penserai toujours. J'essaierai toujours d'être quelqu'un de meilleur, un meilleur ami, un meilleur fils. Je me demanderai encore ce que ce serait d'être un meilleur petit ami pour toi. Et tu seras en mission, en train de penser combien tu souhaiterais ne pas être gay.

Il est énervé, je le vois. Mon premier instinct est de retirer ce que j'ai dit, mais il part en fumée quand je me rends compte que je pensais chaque mot.

– Je ne souhaiterais pas... commence-t-il, mais il se détourne, sa mâchoire bouge sous l'effet de la colère.

– Alors voilà ? On a atteint la limite de ce que tu veux bien donner ?

Il secoue la tête, mais dit :

– Tu veux que je sois quelque chose que je ne suis pas. Quelque chose, pas quelqu'un.

– Je veux juste que tu acceptes qui tu es maintenant. Je sais que je ne suis pas le seul à avoir des sentiments ici.

Il vise et tire, un masque de calme sur le visage.

– Je pense qu'on devrait rompre. (Il m'observe pendant que mes organes se transforment en briques et se décomposent à l'intérieur.) Ce n'est plus possible.

Le reste de ma journée va être dur à expliquer.

Je suis parti dès que ces mots ont quitté sa bouche, et même maintenant, je ne me rappelle plus bien ce que j'ai fait. Je suis allé au lac, peut-être. J'ai roulé, roulé, roulé sans but.

Une fois qu'il fait sombre, et que mon téléphone s'éclaire de dix mille textos, tous d'Autumn et jamais de Sebastian, je fais demi-tour et je m'arrête en douceur près de chez elle.

Je n'avais jamais remarqué jusque-là que sa chambre sent la bougie à la vanille et que sa lampe projette une lumière bleue apaisante. Je n'avais jamais remarqué avant qu'elle me câline par phases : elle me prend dans ses bras et serre, puis serre plus fort, et dans ma tête on passe par différents niveaux de réconfort, depuis *Alors, qu'est-ce qui s'est passé ?* à *Tanner, parle-moi* et à *Oh mais c'est pas vrai, c'est quoi le problème ?*

Et puis on arrive à un tout autre stade, parce qu'elle m'entraîne doucement vers le sol. Elle a les mains sur mon visage – je pleure. Je ne m'en étais pas rendu compte. Elle efface mes larmes de ses baisers, et je déballe tout. J'avoue qu'on était ensemble avec Sebastian, je lui raconte comment il a rompu, je lui dis que je me sens tout petit.

Sa bouche est près de la mienne, sur la mienne, qui s'ouvre de surprise, et ensuite, d'autre chose.

Et là, je déconne.

Je fous tout en l'air.

18

Je ne sais pas ce que je fabrique. C'est clair que je ne devrais pas être là. J'ai les yeux rouges et les cheveux en bataille. Je pourrais porter encore les vêtements dans lesquels j'ai dormi à part que a) je me suis douché à la seconde où je suis rentré chez moi et b) de toute façon, j'ai pas dormi. Je suis en piteux état.

Je scrute le couloir jusqu'à son casier. D'habitude, on la repère facilement : ses cheveux sont une flamme dans une mer de brun, et sa voix porte d'un bout à l'autre du lycée, comme personne.

Rien.

Je compose le code de son cadenas, tourne à droite, à gauche, puis à droite, pour découvrir que son blouson et son sac à dos ne sont pas là non plus.

Fait chier.

La sonnerie retentit, les élèves s'engouffrent dans les classes, les couloirs se vident doucement. L'adrénaline s'ajoute à la crainte. Je reste seul, j'anticipe les petits claquements des talons de la proviseure sur le lino. Je devrais être en cours de littérature moderne – avec Autumn qui, finalement, n'a pas changé son emploi du temps. J'arrive devant la salle, où je passe la tête par la porte, juste assez pour vérifier que sa chaise n'est pas occupée, et je fais demi-tour. Je suis prêt à sécher et à assumer tout ce qui va avec, parce que je suis trop nerveux pour rester à discuter de James Frey et de toutes ses histoires.

Mais je ne veux pas rentrer. Mon père n'est pas de service ce matin, et même si au bout du compte, il faudra que je parle à mes parents, je ne suis pas prêt à supporter ce regard – déception et pitié mêlées – me signifiant qu'ils savaient que ça arriverait, que ce n'était qu'une question de temps avant que ça m'explose à la figure. Je mérite chaque « je te l'avais bien dit », parce qu'ils avaient raison, sur tous les plans.

Il y a un banc en haut des marches, en dehors du champ de vision des profs et des membres de l'administration qui rôdent dans les couloirs pour choper les sécheurs pas très malins comme moi, qui n'ont même pas la présence d'esprit de quitter les lieux. J'attrape mon téléphone en priant quelques instants qu'il y ait du nouveau quand je l'allumerai.

Mais non. Zéro notif.

Depuis hier soir, Autumn n'a pas répondu à son portable. Je tente chez elle. Ça sonne deux fois avant qu'une voix réponde :

– Allô ?

– Bonjour, Madame Green.

Je me redresse, me racle la gorge. Avant, j'étais presque aussi proche de la mère d'Autumn que de la mienne, mais d'un coup, je suis nerveux. Autumn lui a-t-elle raconté ce qui s'est passé ? Est-ce qu'elle sait ?

– Tanner, bonjour.

– Je me demandais si Autumn était là, par hasard ?

J'essuie ma main libre sur mon jean.

Il y a un instant de silence, et je me rends compte que même si elle prend le téléphone, je ne sais pas du tout quoi dire. Que je l'aime ? Mais pas comme elle le voudrait ? Qu'on a fait une erreur – moi, plutôt –, mais que j'ai quand même besoin d'elle dans ma vie ? Est-ce que ça suffira ?

– Oui, elle est là. Elle s'est réveillée avec une gastro et elle a dû rester au lit, la pauvre. Elle ne t'a pas prévenu ?

Le mot « sortie » brille en haut de l'escalier et je ferme les yeux. Cette nuit, je suis sorti du lit d'Autumn et je suis parti sans un regard en arrière. Quand j'ai enfin retrouvé mes esprits, elle n'a pas répondu. J'ai appelé, envoyé des SMS, des mails.

Je me tamponne les yeux du revers de la main.

– Je n'ai pas dû voir.

– Je suis désolée, Tann. J'espère que tu ne l'as pas attendue ce matin.

– Non, non. Elle est réveillée ? Ce serait possible de lui parler ? (Ma voix cassée est du pur désespoir.) Il y a un contrôle de maths et j'espérais qu'elle ait ses notes dans son casier.

– La dernière fois que j'ai regardé, elle dormait. Tu veux que je la réveille ?

J'hésite une seconde.

– Non, c'est bon. Ça ira.

– Je pars au travail, mais je vais accrocher un mot sur sa porte. Comme ça, elle le verra en se réveillant.

Je garde une voix égale le temps de terminer, puis je range mon téléphone dans ma poche.

C'est la sonnerie, les couloirs se remplissent et se vident de nouveau, mais je ne bouge pas. Je ne sais même pas quelle heure il est.

Je dois ressembler à une statue, assis sur le banc, devant une grande fenêtre. Je suis penché, les coudes sur les genoux, je regarde à terre et je me force à l'immobilité complète. Mon cerveau est un chaos, mais figé comme je suis, mes pensées commencent à se calmer aussi.

Il m'est très facile de reconnaître que je suis un connard, que j'ai agi de manière impulsive – rien de nouveau – et que j'ai éventuellement brisé un autre cœur pour me distraire de l'état déplorable du mien. Je reste là, je me mets à faire comme si j'étais taillé dans une matière froide qui ne ressent rien. Je ne sais pas si les gens ne me remarquent pas ou s'ils voient qu'il faut me laisser tranquille, mais je vois des pieds passer devant moi, et personne ne parle.

Jusqu'au moment où...

– Tanner.

Je sursaute et me redresse. Sebastian est au milieu de l'escalier. Il avance d'un pas hésitant, puis un autre, pendant que les élèves le dépassent, dans l'espoir d'arriver en cours avant la deuxième sonnerie.

Lui non plus n'a pas l'air bien, pour la première fois. Je suis frappé d'avoir à peine pensé à lui, dans tout ça. Est-ce que je lui parle d'Autumn ?

– Qu'est-ce que tu fais là ?

Il monte encore, les mains dans les poches de son sweat à capuche, et il s'arrête à la dernière marche.

– Je suis passé chez toi.

– J'y suis pas.

C'était une réplique pince-sans-rire, mais je n'avais pas l'intention que ça sonne aussi agressif. La statue se craquelle plus lentement que je ne pensais. Peut-être que je suis froid et sans émotions.

– Oui, j'ai compris quand je suis tombé sur ton père.

Sebastian n'a pas revu mon père depuis l'après-midi où il nous a surpris tous les deux, et étant donné la rougeur qui s'étend sur ses pommettes, il doit y penser aussi.

– Tu lui as parlé ?

– Une petite minute. Il a été gentil. Il m'a dit que tu étais en cours. (Il regarde ses pieds.) Je sais pas pourquoi j'y avais pas pensé tout seul.

– Tu ne devrais pas y être aussi ?

– Probablement.

– On sèche les cours ! (J'essaie de sourire, mais ça doit être une grimace.) Alors, Sebastian le parfait n'est pas si parfait.

– Je crois qu'on est au courant tous les deux.

Je ne sais même pas comment mener cette conversation. De quoi on parle ?

– Pourquoi tu es là ?

– Je ne voulais pas rester sur notre conversation d'hier.

Rien que le fait qu'il en parle, je ressens comme un coup de poing dans le ventre.

– La rupture, tu veux dire ?

Le visage d'Autumn flotte dans ma tête, et une vague de nausée monte dans ma gorge. J'ai franchement peur de vomir, je lève la tête vers le plafond et inspire une fois profondément.

– Oui, répond-il à voix basse. Je suis sûr que c'était horrible de m'entendre réagir comme ça.

– Ouais. C'est assez horrible de dire je t'aime et de se faire larguer.

La rougeur revient, et je peux presque voir qu'il exulte en entendant ces simples mots. Je suis puéril, mais c'est trop injuste qu'il ressente de la joie de quelque chose qui, pour moi, est comme une corde nouée autour de ma poitrine, et qui se resserre chaque fois que je prononce les mots.

Il déglutit et a un petit spasme de la mâchoire.

– Je suis désolé.

Il est *désolé* ? J'ai envie de lui balancer ce que j'ai fait – parce qu'il y a eu trahison de mon côté aussi –, mais je ne pense pas pouvoir articuler la moindre phrase sans m'effondrer. Là, on parle assez doucement pour que personne ne nous entende. Mais si je perdais le contrôle et que je me mettais à pleurer... la teneur de notre discussion serait évidente pour n'importe qui. Je ne suis pas prêt, et, même après tout ce qui s'est passé, je veux le protéger aussi.

Je croise son regard.

– Tu m'as déjà imaginé dans ta vie après la fin du semestre ?

Un instant, il paraît ne pas comprendre. Ce qui suit a toujours été abstrait. Il avait des projets, bien sûr : tournée de promo, mission, retour à la maison, fin des études, sans doute rencontrer une gentille fille et suivre le plan de Dieu. Mais je ne figurais nulle part là-dedans. Peut-être dans un recoin secret de son esprit, mais pas de façon concrète.

– Je crois que je ne m'imaginais pas grand-chose, répond-il prudemment. Je ne sais pas comment se déroulera la tournée de promotion de mon roman, je n'en ai jamais fait. Je ne sais pas ce que ce sera de partir en mission. Inconnu. Et je n'ai jamais vécu ça non plus.

Il ébauche un geste de l'index entre nous deux, que je ressens comme accusateur, quelque chose que je lui aurais imposé.

– Tu sais ce que je ne comprends pas ? Si tu n'as jamais eu aucune intention que quelqu'un soit au courant un jour, aucune intention que ça veuille dire quelque chose, pourquoi tu m'as exhibé devant ta famille et ton Église ? Tu voulais qu'on se fasse prendre ?

Je vois une ombre passer sur son visage. Il ouvre la bouche, la referme.

– Je...

Mais il n'y a plus de place pour les réponses faciles ou les formules toutes faites sorties d'un manuel religieux.

– Tu m'as dit que tu avais prié et prié, que Dieu ne condamnait pas le fait qu'on soit ensemble. (Quand je dis ça, Sebastian détourne le regard pour vérifier derrière lui qu'il n'y a personne. Je ravale ma colère. Il m'a suivi jusqu'ici, alors merde !) Mais quand tu l'as fait, est-ce que tu as pris du temps pour réfléchir à comment ça s'intègre à ton avenir, à qui tu es, à ce que ça signifie d'être gay ?

– Je ne suis pas...

– Je sais... je gronde. J'ai compris. T'es « pas gay ». Mais quand tu priais, est-ce qu'une fois seulement, tu as sondé en toi et essayé de trouver le germe de qui tu es, plutôt que de demander et redemander à Dieu la permission de regarder ?

Voilà. Je ne peux plus rien faire pour aucun de nous. Sebastian va partir, et je dois le laisser.

Je me relève pour la première fois depuis ce qui me paraît des heures. J'ai un petit éblouissement quand le sang revient dans mes jambes, mais ça fait du bien de bouger, d'avoir de nouveau un but : Autumn.

– Que tu me brises le cœur, je m'en fous, Sebastian. Je me suis engagé là-dedans en sachant que ça pouvait arriver, et je te l'ai ouvert quand même. Mais je ne veux pas que tu brises le tien. Avec toute la place que tu as pour ton Église dans ton cœur, est-ce qu'elle en a pour toi ?

À peine sorti de la voiture, j'entends la musique. Les fenêtres de la petite maison à un étage d'Autumn sont fermées, mais le martèlement des basses death metal fait vibrer les vitres. Elle est passée de la tristesse, planquée sous la couette, au metal.

L'un dans l'autre, c'est bon signe.

En général, c'est moi qui passe la tondeuse l'été, et en ce moment, l'herbe a bien besoin d'une coupe. On voit des touffes inégales qui atteignent le bord du trottoir. Je prends note de m'en occuper la prochaine fois... si Autumn veut bien. Si ça se trouve, on ne se parlera plus jamais.

J'essaie de bien respirer calmement en sonnant à la porte, sauf qu'elle a peu de chances de m'entendre, avec cette musique. Rien ne bouge. Je la rappelle encore une fois sur son portable. Je relève la tête d'un coup quand, pour la première fois depuis hier soir, ça sonne au lieu de me renvoyer direct sur la messagerie. Elle ne répond pas, cela dit, alors, je lui laisse encore un message : Autumn, c'est moi. Rappelle-moi, s'il te plaît.

Je remets mon téléphone dans ma poche d'un geste dégoûté et ressaie la sonnette, avant de m'asseoir sur le perron. Je sais qu'elle est là : je vais juste devoir attendre.

J'ai vu passer douze voitures, deux personnes qui promenaient leur chien et un facteur avant d'entendre enfin quelque chose. La musique s'arrête si soudainement que le silence me laisse des bourdonnements dans les oreilles.

Je me retourne à temps pour voir une Autumn aux yeux rougis qui avance la tête par la porte. Dans ma hâte à me lever, je manque dégringoler de la terrasse. Elle a un sourire en coin.

Ma poitrine brûle d'espoir.

– J'avais vu ta voiture s'arrêter, dit-elle. (Elle sort sur la terrasse en clignant des yeux dans l'après-midi ensoleillé. Elle sait donc que je suis là depuis presque une heure.) Je me suis dit qu'il valait mieux que je sorte avant que les voisins appellent la police.

– J'ai essayé de t'appeler.

– J'ai vu. (Avec un soupir, elle regarde dans le jardin avant de reposer les yeux sur moi.) Tu entres, peut-être ?

Je hoche la tête avec empressement. Elle ouvre plus grand et, de sa main pâle, me fait signe de la suivre.

Son salon est littéralement un fort constitué de couvertures, comme elle fait toujours quand elle a besoin de s'isoler du monde : les rideaux sont tirés, la télé est allumée, mais sans le son. Le canapé est englouti sous les coussins et les couvertures, et dans le coin, un paquet de cookies semble avoir été ouvert par une colonie de furets. Son téléphone est là, sur la table basse, impassible. L'écran rempli de notifs. Toutes de moi, je parie.

Je suis venu dans cette maison un paquet de fois, j'ai dîné ici, j'y ai fait des devoirs, j'ai regardé des dizaines de films sur ce canapé, mais je ne suis jamais resté comme ça debout, avec une montagne de malaise entre Autumn et moi. Je ne sais pas comment l'escalader.

Elle se déplace vers le canapé, vire la majeure partie des couvertures par terre avant de me faire signe d'approcher. D'habitude, on ne discute pas spécialement, ici. On regarde des films, tranquilles, on mange dans la cuisine, mais nos conversations, depuis qu'on est amis, c'est toujours dans sa chambre.

Je suis pas persuadé qu'on soit prêts à y retourner. Ni l'un ni l'autre.

J'ai l'estomac complètement noué. Quel intérêt d'être resté assis sur mon banc toute la matinée à me calmer si, une fois ici, je n'arrive pas à articuler une idée ?

Je l'observe et j'essaie de me concentrer. Quand je suis venu hier soir, elle portait un pyjama blanc et noir. Un éclair de couleur passe dans ma tête, chassé par la question : Est-ce qu'elle s'est habillée ? Ou est-ce qu'elle a foncé sous la douche ?

Est-ce qu'elle a voulu laver ce qui venait de se passer aussi rapidement que moi ?

Elle porte maintenant un jogging et un tee-shirt de l'université de l'Utah qu'on a pris à un match l'an dernier. J'ai l'impression que c'était il y a un siècle. Elle a les cheveux ramenés sur le côté en une seule tresse. Ils ont l'air mouillés. Pourquoi je suis soulagé qu'elle se soit douchée ? Mes pensées divaguent dans une autre direction : je me souviens des cheveux de Sebastian contre mon visage quand il m'embrassait du menton à la poitrine, mais je n'ai aucun souvenir des cheveux d'Autumn cette nuit, s'ils étaient lâchés ou attachés, ou simplement de les avoir sentis.

Ce détail fait remonter ma culpabilité à la surface, et les mots s'échappent :

– Je n'étais pas du tout venu pour... (J'essuie une larme et j'essaie de nouveau.) J'avais pas l'intention que...

ça arrive. J'avais mal, je réfléchissais de travers, pas comme il fallait, je voulais pas du tout profiter de toi, et je...

Autumn lève la main pour m'arrêter.

– Attends. Avant que tu partes dans les grands discours nobles, c'est moi qui parle.

Je hoche la tête. Je respire tellement fort qu'on croirait que je viens de faire quinze kilomètres en courant pour venir.

– OK.

– Quand je me suis réveillée ce matin, je me suis dit que c'était un rêve. (Elle parle, les yeux fixés sur ses genoux, ses doigts jouent avec le lien à la taille de son jogging.) J'ai cru que j'avais rêvé ce qu'on a fait. (Elle rit et me regarde.) Ça m'était déjà arrivé.

Je ne sais pas quoi répondre. Ce n'est pas que je sois vraiment surpris, mais l'attirance d'Autumn pour moi a toujours été un concept abstrait, rien de solide, pas de fondation pour la faire durer.

– Oh.

Ce qui n'est sans doute pas une réaction exceptionnelle.

Elle entortille sa tresse autour de son doigt jusqu'à ce que sa peau blanchisse.

– Je sais que tu penses que tu as profité de moi et... peut-être que oui, un peu. Mais tu n'étais pas seul. Tann, quand je t'ai expliqué que toute cette histoire avec Sebastian était dure à digérer pour moi, je ne mentais pas. Pour plusieurs raisons. Je crois que quelque part, tu l'as toujours su. Toujours su pourquoi.

Elle me regarde pour que je le lui confirme et j'éprouve cette sensation ignoble qui me transperce la poitrine.

– Je crois que c'est pour ça que je me sens aussi mal, dis-je. C'est la définition de profiter de quelqu'un.

– Bon, d'accord, admet-elle, mais ce n'est pas aussi simple. Notre relation a tellement changé ces derniers mois, et je crois que j'essayais encore de comprendre. De te comprendre.

– Qu'est-ce que tu veux dire ?

– Quand tu m'as dit que tu étais bi... ah, je suis vraiment nulle, mais comme on ne se cache plus rien, littéralement, il faut que je le dise. D'accord ? (Je hoche la tête, elle ramène ses jambes contre sa poitrine et repose le menton sur ses genoux.) Au début, je sais pas si je t'ai cru. J'ai eu un moment où je me suis dit super, maintenant, je vais devoir me méfier, des filles *et* des garçons. Mais ensuite, j'ai aussi pensé que je pouvais te faire changer d'avis.

– Oh, dis-je encore, sans savoir quoi répondre d'autre.

Évidemment, elle n'est pas la seule à penser que la bisexualité est un choix et non une nature, donc je peux pas trop le lui reprocher. Surtout maintenant.

– Tu étais au plus mal et... je te connais. Je sais comment tu réagis quand tu es mal. Tu te réfugies vers moi, et cette nuit... (Elle se mord les lèvres et réfléchit.) Je t'ai attiré contre moi. J'ai profité aussi.

– Autumn, non...

– Quand tu as dit que Sebastian ne t'aimait pas, c'est comme si un fusible avait fondu dans ma poitrine. (Les larmes lui envahissent les yeux et elle secoue la tête, essayant de les chasser.) J'étais trop énervée contre lui. Et puis le pire, comment tu as pu le laisser te faire souffrir ? C'était tellement évident.

Je ne sais pas pourquoi – sincèrement, je sais pas –, mais ça me fait rire. Mon premier rire sincère depuis des jours et des jours.

Elle me tend les bras, prend ma tête contre son épaule.

– Viens là, idiot.

Je m'appuie sur elle et avec l'odeur de son shampooing, son bras autour de mon cou, des images brouillées qui défilent devant mes yeux, un petit sanglot m'échappe.

– Autumn, je suis vraiment désolé.

– Moi aussi, chuchote-t-elle. Je t'ai fait tromper ton copain.

– On avait rompu.

– Il doit bien y avoir une période de deuil à respecter.

– Je voudrais t'aimer comme ça...

Elle laisse les mots suspendus entre nous, et j'attends toujours que l'atmosphère s'épaississe, devienne bizarre, mais ce n'est pas le cas.

– Ce sera bientôt du passé.

Elle m'embrasse sur la tempe. C'est un truc que sa mère a dû lui dire un millier de fois. Là, Autumn ressemble à une fille qui s'essaie à la sagesse, et je la serre plus fort.

– Tu vas bien ?

Elle hausse les épaules contre moi.

– Ben, ça va. J'ai encore un peu mal.

– Mal... je répète doucement, tentant de suivre.

Comment ?

Comment ça ne m'a pas traversé l'esprit une seule seconde ?

Une pression dans la poitrine me fait tomber en avant.

– Autumn. Putain de merde !

Elle essaie de m'attraper le visage.

– Tann.

– Oh. Mon. Dieu ! (Je mets ma tête entre mes genoux pour éviter de m'évanouir.) Tu étais vierge. Je le savais. Je le savais, mais…

– Non, non, ça v…

J'émets une espèce de gémissement-lamentation, avec l'envie, en gros, de mourir sur ce canapé, mais Autumn me frappe sur le bras, et je me redresse.

– Arrête.

– Je suis Satan.

– Tu vas arrêter, oui ? (Pour la première fois, elle a l'air énervée.) On était sobres. Tu étais malheureux, j'étais à la maison en train de lire. Je n'étais pas droguée. Je savais ce qui se passait. J'en avais envie.

Je ferme les yeux. Reviens, Tanner Statue. Écoute ce qu'elle dit, rien d'autre.

– D'accord ? fait-elle en me secouant. Fais-moi un peu confiance, et tant que tu y es, à toi aussi. Tu as été super-doux avec moi, et on a pris nos précautions. C'est ça, l'important.

Je secoue la tête. J'ai de petits flashes. L'ensemble reste enveloppé d'un étrange brouillard d'émotions.

– Je voulais que ce soit toi, continue Autumn. Tu es mon meilleur ami, et c'est peut-être tordu, mais ça me semblait bien que ce soit toi. Même si tu le faisais pour t'échapper de la réalité une demi-heure… (Là, je ricane carrément. Je suis certain que ça n'a pas duré une demi-heure, et elle me frappe encore, mais cette fois, elle sourit.) C'est avec moi que tu fais des erreurs de ce genre. C'est moi, cette personne.

– Vraiment ?

– Vraiment. (Ses yeux se changent en phares criant sa vulnérabilité et j'ai envie de me foutre un coup de poing à moi-même.) S'il te plaît, ne me dis pas que tu regrettes. Ça serait horrible pour moi.

– Ben... dis-je, cherchant à être honnête. Je sais pas quoi répondre. Est-ce que ça me plaît un peu d'avoir été ton premier ? Oui. (Elle me fait un grand sourire.) Mais c'est naze, Autumn. Ça aurait dû être avec...

Elle lève un sourcil sceptique.

– Bon, pas Eric, reconnais-je. Je sais pas. Quelqu'un qui t'aime de cette façon. Qui prend son temps, tout ça.

– Qui prend son temps, tout ça, répète-t-elle. Sérieux, t'es trop le gentleman, je comprends pas du tout pourquoi Sebastian a cassé avec toi.

J'aboie un rire qui semble s'éteindre immédiatement.

– Donc on est cool ? dis-je, au bout d'une minute de silence.

– Oui, vraiment, m'assure Autumn en me passant une main dans les cheveux. Et à lui, tu lui as parlé ?

Je me remets à gémir. C'est comme naviguer d'une horreur à l'autre. Passé le vestibule du comportement abominable de meilleur ami, j'entre dans la salle des cœurs brisés et du fondamentalisme religieux.

– Il est venu aujourd'hui pour s'excuser.

– Et, du coup, vous êtes de nouveau ensemble ?

Je l'adore pour la pointe d'espoir dans sa voix.

– Non.

Elle émet un petit bruit compatissant qui me rappelle hier. Je pense qu'on s'en rend compte tous les deux en même temps. Autumn dégage son bras et je me redresse.

– Je crois qu'il voulait juste reconnaître qu'il avait été con. J'ai beau vouloir le détester, je ne pense pas qu'il avait prévu de me blesser.

– Je pense qu'il n'avait pas prévu grand-chose de tout ça, dit-elle.

Je relève le menton pour voir ses yeux.

– Qu'est-ce que tu entends par là ?

– Je suppose qu'au début, il était intrigué. Parfois, Tanner, tu peux vraiment être aussi charmant que tu t'imagines. Il a dû te voir comme une manière d'écarter une hypothèse, et en fait, tu l'as confirmée.

– Pff, c'est déprimant.

– C'est pas bien, si je le plains un peu ? dit-elle. Je sais que ça fait mal, que tu as l'impression que ça n'ira jamais mieux, mais si. Un jour, tu te réveilleras et tu souffriras un peu moins, et encore un peu moins, jusqu'au moment ou un garçon ou une fille te sourira et te rendra débile à nouveau.

C'est vrai que ça paraît impossible.

– Tout mon livre est sur lui. Il allait m'aider à l'éditer. Je ne le lui ai jamais envoyé. Maintenant, c'est fichu, et sincèrement, je sais pas ce que je vais faire.

19

Ce n'est pas parce que les choses paraissent rentrées dans l'ordre après la conversation avec Autumn que ça veut dire retour à la normale. Et au fait, c'est quoi, la normale, désormais ?

Autumn est de retour au lycée mercredi, mais entre nous, la communication n'est plus aussi naturelle. Quand on sort de ma voiture, elle blague sur le fait que ma braguette est ouverte, et quand je la referme, on se transforme tous les deux en robots maladroits. Je lui glisse le bras autour de l'épaule quand on arrive dans le couloir et elle se raidit avant de relâcher la tête, de façon tellement forcée que j'ai envie de rire. Après l'avoir dévisagée un court instant (anxieuse, pleine d'espoir de tout arranger), j'essaie de lui faire un gros câlin, mais on se fait rentrer dedans par des élèves qui courent vers leur classe. Ça va prendre du temps de retrouver une façon naturelle d'occuper l'espace.

Je me demande si c'est parce que, après le chaos des excuses mutuelles, la réalité s'est installée : on a couché ensemble. Le genre de truc qu'en temps normal, on analyserait ensemble dans les moindres détails. Si c'était n'importe qui d'autre, c'est à Autumn que je me plaindrais, mais vous voyez un peu le problème...

Je ne peux pas non plus en parler à mes parents, parce que, malgré tout leur amour, ça changerait l'image qu'ils ont de moi. J'en suis sûr. Tout ce qu'ils savent, c'est que Sebastian a rompu avec moi et que je suis un pauvre taré.

Maman a refait le plein de stickers pour voiture. Dans les trois derniers jours, j'ai reçu une cargaison, sous ma taie d'oreiller, de citations de Morgan Freeman, Ellen DeGeneres et Tennesse Williams. Je me moque, n'empêche, c'est touchant. En rentrant chez moi, je pousse un long soupir. Je ne fuirai jamais ses câlins. On n'a pas toujours besoin d'échanger à voix haute pour qu'ils sachent ce que je ressens.

Le compte à rebours enclenché jusqu'à la fin de l'année scolaire est à la fois bienvenu et redouté. Je suis impatient de dégager d'ici, mais l'arrivée du diplôme sonne le moment où il faudra que je rende ce roman. Pour le moment, ma seule stratégie est de remettre à Fujita les vingt premières pages en lui expliquant que le reste est trop personnel, et espérer qu'il comprenne.

Autre élément en concurrence dans la colonne « redouté » : Autumn et moi avons été débiles et n'avons aucune fac en commun dans nos candidatures. J'ai donc été accepté à l'UCLA, l'université de Washington, Tufts et Tulane, alors qu'elle peut choisir entre l'université de l'Utah, Yale, Rice, Northwestern et Oregon. Elle opte pour Yale. Sur la côte Est. Et moi, pour l'UCLA. En Californie.

On pourrait pas s'éloigner plus. C'est dans quelques mois, et je redoute déjà la souffrance des adieux. C'est la fin d'une ère. C'est nul ? Sans doute. Tout le monde prend un air tellement solennel quand on évoque la fin du lycée. Et puis nos parents nous écoutent et rigolent, genre on est encore hyperjeunes et on ne connaît rien à rien.

Ce qui est sans doute vrai. Mais j'ai quand même une petite idée.

Je sais que mes sentiments pour Sebastian ne faiblissent pas dans les deux semaines qui suivent. Je sais que le livre que j'écris est comme un ennemi, une tâche à accomplir. Il n'a ni cœur ni fin. Je me rends compte maintenant que ce que je croyais facile, écrire un livre, l'était vraiment. Je veux dire, raisonnablement. N'importe qui peut en commencer un. C'est le finir qui est impossible.

Autumn suggère de modifier les noms et les lieux, mais je lui assure que ça ne m'a pas bien réussi la première fois. Elle me propose également de le retravailler ensemble. Elle pense qu'il y a des tas de façons de m'en sortir sans rien révéler sur Sebastian. Moi, je n'en suis pas si sûr.

Avec le recul, ce livre est tellement basique que c'est presque gênant : c'est l'autobiographie la plus pourrie du siècle sur le fait de tomber amoureux. L'amour, il y a des milliers de raisons pour que ça ne marche pas. La distance, l'infidélité, la fierté, la religion, l'argent, la maladie. Pourquoi cette histoire-là vaudrait mieux ?

C'était l'impression que j'avais. Que c'était important. Vivre dans cette ville, c'est étouffant à tellement de niveaux.

Mais si un arbre tombe dans les bois, peut-être qu'il ne fait pas de bruit.

Et si un garçon tombe amoureux du fils de l'évêque qui ne veut pas révéler son homosexualité, peut-être que ça ne fait pas une histoire.

Sebastian est venu en cours une fois seulement dans les deux dernières semaines. Fujita nous informe qu'il fait une pause pour passer ses examens et qu'il sera de retour à temps pour nous voir rendre nos textes.

La dernière fois, il s'est assis à l'avant de la classe, plongé dans les derniers chapitres de Sabine et Levi. Il avait les cheveux qui lui tombaient sur les yeux et il les chassait sans y faire attention. Sa chemise moulait son dos, et je me souvenais de lui torse nu, des muscles et des os qui formaient une carte au trésor. Me trouver dans la même pièce que lui après la rupture, c'était sincèrement douloureux. Je me demande comment c'est possible d'être assis là, sans que personne ne me touche, et d'avoir quand même mal. Ma poitrine, mes membres, ma gorge... je souffre de partout.

Pendant tout ce temps, Autumn est restée à côté de moi, le dos courbé sous la culpabilité, et elle a essayé d'écouter les derniers conseils de Fujita. Chaque fois qu'elle regardait Sebastian, elle reposait les yeux sur moi et je lisais la question dans ses yeux : *Tu lui as dit ?*

Mais elle connaît la réponse. Pour lui dire quelque chose, il faudrait que je lui parle. On ne s'est pas envoyé de textos ni de mails, on ne s'est même pas fait passer de notes dans des chemises. Je ne vais pas mentir : ça me tue lentement.

Quand j'étais petit, j'ai vu un film, sûrement pas du tout adapté à mon âge, mais il y avait une scène qui m'a tellement marqué que, parfois, je la revois et qu'elle me fait frissonner. C'est une femme qui traverse la rue avec son enfant, l'enfant court devant elle et se fait renverser par une voiture. Je ne sais même pas ce qui se passe après, mais la mère se met à hurler et elle essaie de marcher à reculons, pour défaire ce qui vient de se passer. Elle est tellement en transe, tellement torturée, que pendant une minute, son esprit se sépare en deux et qu'elle croit qu'il y a moyen de tout refaire.

Je ne compare pas ma rupture à la mort d'un enfant, hein. Je donne pas à ce point dans le mélodrame. Mais ce sentiment d'impuissance, d'impossibilité de changer son destin, donne tellement le vertige que, parfois, ça me file la nausée sans prévenir. Je ne peux rien faire pour arranger ça.

Je ne peux rien faire pour le récupérer.

J'ai dit à mes parents qu'on avait explosé en plein vol, et ils ont beau essayer de me remonter le moral, Autumn et moi avons beau essayer de retrouver notre relation tranquille et naturelle d'avant, j'ai ce nuage qui me suit partout. Je n'ai pas faim. Je dors énormément. Je me tape de ce bouquin.

Trois semaines après notre rupture, huit jours avant la date de remise du livre, Sebastian m'attend sur le perron quand je rentre chez moi.

Je n'en suis pas fier, mais je me mets aussitôt à pleurer.

Pas à m'effondrer sur le trottoir, mais j'ai la gorge qui se serre et les yeux qui piquent. Je pleure peut-être par peur qu'il soit venu faire encore plus de dégâts, raviver mes sentiments pour me laisser tomber de nouveau comme une vieille chaussette.

Il se lève et s'essuie les mains sur son jogging. Il a dû venir après son entraînement.

– J'ai séché le foot, me dit-il en guise de salut.

Il a la voix qui tremble.

– Vraiment ?

La mienne vibre aussi.

– Oui.

Il sourit, le genre de sourire qui pointe d'un seul côté, incertain, plutôt comme une question. Est-ce qu'on est cool ?

C'est comme une gifle : je me rends compte que je suis son refuge. J'ai droit à ses vrais sourires.

Il n'a jamais eu une Autumn, ou des parents à la Paul et Jenna Scott, un Manny, ni même une Hailey qui, tout en le détestant, l'accepte.

J'abandonne le combat et je lui souris aussi : il devient expert de l'école buissonnière. Pff, le bien que ça me fait de le voir ! Il m'a tellement manqué que c'est comme un animal en moi, un marionnettiste hyperdoué qui essaie de diriger mes bras autour de ses épaules, mon visage au creux de son cou.

La question est suspendue comme un cumulus au-dessus de ma tête.

– Qu'est-ce que tu fais là ?

Il toussote nerveusement et regarde vers la rue. Il a les yeux rouges et gonflés. Cette fois-ci, je pense qu'il a pleuré.

– Je ne suis pas en super-forme. Je ne savais pas où aller. (Il rit en fermant les yeux.) C'est nul.

Il est venu me voir, moi.

– Non. (Je m'approche de lui, suffisamment pour le toucher si je le voulais, pour le scruter et m'assurer qu'il va bien.) Qu'est-ce qui s'est passé ?

Sebastian baisse les yeux. Il porte des crampons. Ce sont des Adidas noires, avec des bandes orange. Moi, je porte des Vans bien éraflées. Pendant qu'il réfléchit à sa réponse, j'imagine nos pieds se déplacer pour une danse.

Mon cerveau est un sale traître. Il passe sans transition du « aïe, Sebastian est là » à « ils vécurent heureux pour l'éternité ».

– J'ai parlé à mes parents.

Pour le coup, tout s'arrête dans un grand crissement.

– Quoi ?

– Je n'ai pas fait mon coming out, précise-t-il doucement, et c'est un tel changement de l'entendre employer ce terme que j'ai les genoux qui céderaient presque. Mais j'ai discuté sur le mode de l'hypothèse.

Je lui propose d'un geste qu'on aille derrière la maison pour avoir plus d'intimité, et il me suit.

Je voudrais pouvoir décrire ce qui se produit dans ma poitrine quand je sens sa main se glisser dans la mienne au moment où on passe à côté de la treille de lierre, le long du garage. Dans mes veines, c'est une fête déchaînée, électrique, qui fait vibrer mes os.

– Je peux ? demande-t-il.

Je regarde nos mains, si semblables en taille.

– Je sais pas trop, pour tout dire.

Dans ma tête, j'arrive à distinguer la voix d'Autumn, qui me recommande d'être prudent. Mais je ne lâche pas la main de Sebastian.

On se trouve un coin, sous le saule pleureur préféré de maman, et on s'y assied. L'herbe est encore mouillée, mais je pense qu'on s'en fiche autant l'un que l'autre. J'étends les jambes et il fait de même, collant sa cuisse contre la mienne.

– Par quoi on commence ? demande-t-il en fixant nos pieds. Mes excuses ou le reste ?

Il va s'excuser ?

– Je sais pas si mon cerveau a encore bien assimilé.

– Tu vas bien ? Ça a été ?

Je ris une fois, sèchement.

– Pour nous ? Non. Pas du tout.

– Moi non plus.

Je compte mes battements de cœur. Un, deux, trois, quatre. Au-dessus de nous, un oiseau piaille et le vent passe entre les feuilles.

– Si j'ai rompu, ce n'est pas parce que je ne voulais plus de toi, commence-t-il.

– Je sais. C'était pire, je pense.

Il se tourne vers moi, oriente ma tête des deux mains pour que je le regarde en face.

– Je suis désolé.

Il a les mains très chaudes et elles tremblent. Je me mords les lèvres pour éviter de craquer. Sebastian s'approche encore, lourdement, sans fermer les yeux, même quand ses lèvres touchent les miennes. Je crois que je ne l'embrasse même pas. Je reste là, la bouche ouverte de stupeur.

– Moi aussi, je t'aime.

Il revient à ma bouche pour un baiser, plus long, et cette fois, je lui rends son baiser.

Je me détache, parce que peut-être, en fait, j'ai besoin de craquer un petit peu. Je presse les mains sur son visage. Évidemment, ce moment se déroule exactement comme je le voulais, fidèle à toutes les fois que j'ai fantasmé sur lui. Mais il y a encore beaucoup de souffrance là-dessous, et je ne sais pas si je peux m'en défaire proprement, avec lui qui me regarde. Il me faudrait peut-être une demi-heure pour trouver comment réagir de façon un peu plus mesurée qu'en l'attirant contre moi, allongés sur la pelouse.

– J'ai besoin d'une minute pour digérer. Raconte-moi ce qui s'est passé.

Il hoche la tête, les joues empourprées.

– Donc, tu te souviens du fameux Brett, dont mes parents avaient parlé ?

Le mec qui a épousé son copain, et la mère de Sebastian qui s'inquiétait pour ses parents.

– Oui, je me rappelle.

– Lui et son mari ont déménagé à Salt Lake. Ça a fait du remue-ménage dans la congrégation... (Sebastian retourne nos mains, suit du doigt le relief des tendons sous ma peau.) Et ça, je peux ?

– Je crois.

Je ris, parce que le ton de ma voix est l'équivalent acoustique de remuer la queue, mais je ne peux même pas prendre la peine d'être gêné.

– Donc, il est revenu dans l'Utah, mes parents en discutaient au dîner. Mes grands-parents étaient là. (Il rit et me regarde.) J'ai pas choisi le meilleur moment, je sais, mais... fallait que ça sorte.

– Du placard !

Il rit de nouveau.

– Et donc, ils parlaient de Brett et Joshi, j'ai reposé mes couverts et je leur ai demandé de but en blanc ce qui se passerait si l'un de nous était gay.

– C'est vrai ?

– Oui. (Il opine, et il continue, comme s'il n'arrivait pas à y croire.) Je n'étais pas bien pendant ces dernières semaines. Je ne pense pas pouvoir me remettre à penser que ça va passer. J'ai envisagé toutes les hypothèses dans ma tête : si tu passais à autre chose, est-ce que je cesserais d'être attiré par les mecs ? Serais-je capable d'épouser quelqu'un comme Manda un jour ? Mais la vérité, c'est que non. Avec toi, c'était ce qui me convenait. En partie parce que tu es toi, mais en partie parce que...

Je me désigne du doigt :

– Mec.

Sebastian fait son vrai sourire.

– Oui. (Il s'arrête, je sais ce qui va sortir avant même qu'il le prononce, et c'est comme si le soleil avait choisi ce moment pour s'infiltrer à travers le branchage dense du saule.) Je suis gay.

Un rire allègre s'échappe de ma gorge. Je lance les bras autour de son cou et le fais basculer au sol.

Sous moi, il rit, me laisse l'embrasser partout dans le cou, sur le visage.

– Je te dis ça de façon pas du tout condescendante : je suis hyperfier de toi.

– Je me suis entraîné, avoue-t-il. Je l'ai dit dans mon oreiller. Ensuite, je l'ai chuchoté quand j'étais à vélo. Je le dis tous les jours depuis qu'on a rompu ; je ne trouve plus ça bizarre.

– Parce que ça ne l'est pas. (Je le laisse se relever et je me souviens qu'il était en train de me raconter.) Et donc, tu leur as suggéré sous forme d'hypothèse...

– Maman s'est tue. (Nos sourires s'effacent, parce que d'un coup, on ne joue plus.) Papa et Grand-père se sont regardés, genre « Et voilà, on y est ». Grand-mère est devenue tout à coup très occupée à découper son steak en tout petits morceaux. Lizzy s'est levée, elle a pris Faith et Aaron et elle les a emmenés hors de la pièce. (L'air peiné, il souligne.) Lizzy, ma plus proche amie, voulait les écarter de la conversation. Et franchement, je crois que *personne* n'a été surpris.

Je crois que c'est ce qui s'appelle se faire briser le cœur. J'émets un son de compassion un peu vague.

– Et finalement, papa a dit : « Tu parles d'attirance ou de comportement, Sebastian ? » Et il ne m'appelle jamais par mon prénom entier. (Avec effort, il déglutit.) J'ai balancé : « N'importe. Les deux. » Et il a répondu, en gros, que notre famille croit que les actes sacrés de la procréation sont destinés à être partagés seulement entre un homme et son épouse, et que tout ce qui se situe en dehors sape les fondations de notre foi.

– Donc tu t'y attendais, dis-je avec prudence.

C'est dire si cette situation est tordue, que je puisse entendre cela et penser : « Bon, ça aurait pu être pire. » Je reprends :

– Tu crois qu'au moins, ils sont ouverts à la discussion ?

– C'était il y a une semaine, chuchote-t-il. (Il relève des yeux pleins de larmes.) Personne ne m'a adressé la parole depuis.

Une semaine.

Une semaine !

Je ne peux même pas m'imaginer ne pas parler à mes parents pendant une semaine. Même quand ils sont partis pour le boulot, ils appellent tous les soirs et demandent des comptes-rendus bien plus détaillés que quand ils sont à la maison. Mais Sebastian vit dans une maison avec une famille qui se déplace autour de lui comme s'il était un fantôme.

On passe vite à autre chose, car rien de ce que je pourrais dire n'atténuerait la tristesse de la situation. J'essaie, mais je me plante, et finalement, je préfère le faire s'allonger à côté de moi, regarder les branches et lui parler de ragots débiles rapportés par Autumn.

Oups. Autumn. Faudra que je lui en parle, à un moment.

Mais pas encore. Pour l'instant, on se tient la main, allongés l'un à côté de l'autre. Nos paumes deviennent moites et glissantes, mais il ne me lâche pas et moi non plus.

– Qu'est-ce que tu deviens ?

– Je broie du noir.

– Moi aussi. (Il se gratte le menton. Qui, pour une fois, s'orne d'une petite barbe de trois jours, et je valide à fond.) Et puis, je vis quasiment au temple, en ce moment.

– Qu'est-ce que tu y fais ?

– Je sais pas. (Il tourne la tête vers moi.) Je pars en tournée de promo dans trois semaines.

Le livre, j'avais oublié. Comme si cette promo s'était confondue avec sa mission et avait cessé d'avoir un objectif légitime. Je suis un petit con.

– Mes parents n'auront pas envie qu'on les voie se comporter comme des salopards.

Il ne dit rien, ce qui veut dire qu'il n'est pas spécialement en désaccord.

– Je suis désolé. Je ne veux pas dire du mal de tes parents, parce que je sais que vous êtes très proches. Je suis juste très énervé.

– Moi aussi. (Il pose la tête sur mon épaule et les mots qu'il prononce ensuite sont étiolés, comme s'il les avait pensés tant de fois qu'ils sont usés.) Je crois que je ne me suis jamais senti aussi minable.

C'est comme un couteau dans le ventre pour moi, et dans l'échauffement du moment, j'ai envie qu'il se barre de Provo pour de bon. J'espère que son livre se vendra à un million d'exemplaires, que tout le monde trouvera que c'est un génie. J'espère qu'il aura un ego énorme et qu'il deviendra insupportable. Tout, plutôt que cette voix tremblante qui répète ces mots-là.

Je l'attire contre moi et il roule de côté, étouffe un sanglot dans mon cou.

J'ai des tas de platitudes sur le bout de la langue, toutes plus nulles les unes que les autres.

T'es génial.

Ne laisse personne te faire sentir minable.

Je n'ai jamais rencontré quelqu'un comme toi.

Etc.

Mais on a tous les deux été élevés dans le souci de ce que notre famille pense de nous. Leur estime est précieuse. Et en plus de ça, Sebastian a le jugement de l'Église comme une épée de Damoclès: partout où il regarde, on lui dit que le Dieu qu'il aime pense qu'il est un être humain méprisable. C'est impossible de savoir comment réparer le mal qu'ils lui font. Je lui dis quand même:

– T'es génial. (Il étouffe un sanglot rieur.) Allez, laisse-moi embrasser ce merveilleux visage.

Maman nous trouve dans cet état – en train de pleurer-rire-pleurer en tas sous l'arbre Sesame Street – et un seul regard la lance dans une réflexion intense.

Elle porte la main à sa bouche en voyant le visage de Sebastian, et les larmes lui montent aux yeux. Elle vient à nous, m'embrasse, puis sans un mot, prend Sebastian dans ses bras. C'est lui qu'elle embrasse le plus longtemps, et c'est à lui qu'elle parle doucement à l'oreille. Et ça brise quelque chose en moi, parce que ça le fait pleurer plus fort. Et peut-être qu'elle dit juste des trucs du genre « t'es génial. Ne laisse personne te faire sentir minable ». Peut-être qu'elle lui dit qu'elle comprend ce qu'il traverse et que ça va s'arranger. Peut-être qu'elle lui promet des livraisons hebdomadaires de stickers. En tout cas, c'est ce dont il a besoin, parce que finalement, les larmes s'arrêtent, et il hoche la tête à ce qu'elle lui dit.

Le soleil est prêt à se coucher et personne ne se demande si Sebastian reste dîner. On enlève l'herbe de nos pantalons et on suit maman à l'intérieur. On est en fin de printemps, et même si dans la journée il fait plutôt chaud, les températures chutent drastiquement une fois le jour terminé, et ce n'est que là que je m'aperçois comme il faisait froid sous le saule. Dedans, mes parents font un feu de cheminée et passent du Paul Simon à fond. Hailey est à la table de la cuisine, en train d'expédier des devoirs de chimie à coups de crayon sombres et vengeurs.

Soudain, c'est impossible de se réchauffer. On rit, on se tient l'un l'autre, c'est légèrement surréaliste, on plane un peu – il est là, chez moi, avec ma famille – et puis j'entraîne Sebastian dans le couloir avec moi, je lui passe un hoodie accroché à une patère de la porte d'entrée. Il est rouge sombre avec les lettres blanches de STANFORD qui se détachent bien dessus.

Il me laisse patiemment lui remonter la fermeture Éclair et j'admire mon œuvre.

– Ces couleurs te vont bien.

– Malheureusement, je suis inscrit à l'université d'ici.

Pour l'instant. C'est fou, sa décision de reprendre – nous – affecte tellement de choses. S'il veut rester à la BYU, il ne peut pas être *out*, c'est clair. Même pour être ici, il enfreint un code d'honneur. Mais il y a d'autres universités...

C'est irréel. Je regarde vers la cuisine, où mes parents sont pliés de rire parce que ça dégoûte mon père de toucher du poulet cru, au point d'en devenir hystérique. Ils semblent tous les deux avoir mis leur inquiétude de côté pour la soirée. Ils comprennent qu'on a besoin de ça : quelques heures où on peut simplement profiter d'être ensemble, comme n'importe quel autre couple. Ils ne nous donnent aucune instruction, à part de nous laver les mains avant de passer à table.

– À propos d'universités...

Je suis surpris quand Sebastian lance le sujet. C'est là que je prends conscience : ça ne fait que quelques semaines qu'on a passées séparés, mais il est arrivé tant de choses, du type décisif pour l'avenir. Il ne sait pas où je pars en août prochain.

– J'imagine que tu as eu des réponses à la plupart de tes demandes ?

– Oui.

Finalement, j'avance la main pour redescendre un peu la fermeture Éclair, juste assez pour avoir une belle vue sur sa gorge. Sa peau a cet aspect parfait, lisse et bronzé. J'ai envie de le mettre torse nu et de faire une petite séance photo.

Je retarde le moment.

– Et donc ?

Je le regarde dans les yeux.

– Je vais à l'UCLA.

Il reste sans voix pendant quelques secondes chargées, et le pouls visible à sa jugulaire accélère.

– Tu ne restes pas dans l'Utah ?

J'ai un mouvement de recul avant de confirmer que non, et j'espère que le sourire que je lui décoche rend mes paroles moins agressives :

– Mais toi non plus, a priori.

Ça le calme un peu.

– Va savoir… (Il pose la main sur mon torse, à plat, la descend de mon épaule à mon ventre. Tout se raidit.) Quand est-ce que tu emménages là-bas ?

– En août, normalement.

– Et ton roman, ça va ?

Je sens mon estomac faire des spasmes et j'écarte doucement sa main de mon nombril.

– Bien. Viens, je t'ai pas offert à boire.

Il envoie un SMS à ses parents pour les prévenir qu'il rentrera tard. Il ne reçoit pas de réponse.

Je crois que je me souviendrai de cette soirée pour le restant de mes jours, et je ne dis pas ça pour verser dans l'hyperbole. On dirait que mes parents ont pris un truc. À tous les deux, ils nous font mourir de rire. Hailey, jusqu'aux larmes. Sebastian s'étrangle presque quand mon père raconte sa blague préférée sur un canard qui entre dans un bar et commande des raisins secs. Quand on termine de manger, je prends la main de Sebastian sur la table et mes parents nous regardent quelques instants, avec un mélange de bienveillance et d'inquiétude. Puis ils nous proposent un dessert.

C'est ce que je veux pour nous. Et quand je regarde vers lui et que ses yeux rencontrent les miens, j'essaie de lui passer le message : « Tu vois ? Ça pourrait être comme ça. Tous les jours. »

Mais je vois mes propres paroles balayées par ses pensées : « Oui. Mais je perdrais ceux que j'aime. »

Je ne peux pas lui en vouloir si, pour l'instant, ça ne suffit pas.

Mes parents se retirent dans leur chambre une vingtaine de minutes seulement après le début du film. Ils relèvent Hailey, qui ronfle dans son fauteuil, et l'aident à monter avec eux. Papa regarde vers moi par-dessus son épaule, moitié encourageant, moitié pour me rappeler la règle du « pas de sexe sur le canapé », puis il disparaît.

Et on est seuls dans le salon, avec l'étrange lueur bleutée de la télé et un énorme saladier de pop-corn à peine entamé devant nous. Au début, on ne bouge pas. On se tient seulement la main sous une petite couverture. J'arrête pas d'avoir des éclairs de conscience. Je me demande si ça lui arrive aussi. Je n'arrive pas à croire qu'il est là, qu'on est de nouveau ensemble, que mes parents viennent juste de passer un bout de soirée avec nous comme si ça ne posait aucun problème.

Mais cette voix qui a occupé mes pensées toute la journée s'éclaircit, et je ne peux plus la repousser.

– J'ai quelque chose à t'avouer.

Le côté gauche de son visage est éclairé par la télé, et avec sa mâchoire bien définie, ses pommettes saillantes et son expression légèrement inquiète, il ressemble un peu à Terminator.

– D'accord.

– J'ai merdé, dis-je avant de prendre une grande inspiration. Quand tu m'as plaqué, j'étais en vrac. Je me rappelle pas bien cette journée. Je sais que j'ai roulé dans le coin pendant des heures et, ensuite, je suis allé chez Autumn. Je pleurais, et je ne réfléchissais pas très clairement.

Je vois qu'il comprend à la minute où les mots sortent de ma bouche, parce qu'il inspire d'un coup par le nez, comme pour dire : « Oh. »

Je hoche la tête et je lâche lentement, plein de remords :

– Oui.

Il acquiesce et se retourne vers la télé.

– Elle va bien. Je vais bien. On en a parlé, et forcément, c'est bizarre, mais on va s'en sortir. C'est juste que... je voulais pas te le cacher.

– Juste pour être sûr de bien comprendre, tu as couché avec elle ?

Je marque une pause, sous la pression de la culpabilité et de la honte.

– Oui.

Il bouge la mâchoire involontairement.

– Mais tu ne veux pas être avec elle ?

– Sebastian, si je voulais être avec Autumn, je serais avec Autumn. C'est ma meilleure amie, et je me suis réfugié chez elle parce que j'avais le cœur brisé. Je sais que ça sonne complètement con, mais on est entrés dans une spirale de réconfort chelou qui s'est transformée en partie de jambes en l'air.

Je crois que ça le fait rire malgré lui. Mais il me regarde de nouveau.

– Je vais pas te dire que ça me fait plaisir.

– Je me doute.

Il se frotte le sternum du poing d'un air absent. Je lui embrasse les doigts.

– Je sais que j'ai mal agi, dit-il doucement. Je suppose que je n'ai pas le droit d'avoir le genre de réaction que je voudrais.

– Tu peux. Je comprends. Si la situation était inversée, je serais dingue.

– Mais tu ne pourrais pas me dire ce que je peux faire si tu venais de rompre avec moi.

Apparemment, c'est son côté serein qui l'emporte. Je ne sais pas si je suis soulagé ou si je préférerais qu'il montre un éclair de colère jalouse.

– Sans doute.

– Mais si on est ensemble, tu es avec moi, d'accord ? me demande-t-il. Même si je suis loin ?

Je me détache et l'observe une seconde.

– Je croyais que tu ne pouvais pas avoir une relation avec quelqu'un parce que tu pars ?

Il baisse la tête.

– Je vais devoir décider quelles règles je suis et celles que je ne suis pas.

– Tout en gardant le secret.

Sebastian se tourne vers moi, enfouit le visage au creux de mon épaule et pousse un grondement très mignon.

– Je sais pas encore, répond-il, la voix étouffée. J'aime tant de choses de notre Église. Parler à Dieu, c'est instinctif, comme si j'étais connecté à lui. Je ne peux pas m'imaginer ce que je ferais si je la quittais. C'est comme être au milieu d'un champ et essayer de montrer où sont les murs. Il n'y a pas de cadre dans ma vie sans l'Église.

Je me demande s'il doit la quitter, si son choix est binaire.

– Peut-être quand dans d'autres congrégations, ils sont plus détendus. Genre, à Los Angeles.

Il rit, je sens ses dents sur ma clavicule.

Et pendant un temps, on communique sans paroles.

Je garde une oreille en alerte pour guetter des pas dans l'escalier, et l'autre écoute les sons que Sebastian fait à côté de moi.

20

Un conseil, les amis ! Si vous dormez à deux sur un canapé, ne restez pas au bord ; déjà, vous allez tomber, et ensuite, vous vous réveillerez avec un torticolis. Et probable, quand vous vous retrouverez par terre avec votre père qui regarde de toute sa hauteur votre torse nu parsemé de pop-corn chu du saladier retourné, vous serez privé de sortie.

– Sebastian est resté dormir ?

– Euh... (Je me lève. Inutile de me regarder dans un miroir pour savoir que j'ai les cheveux dressés sur la tête. J'enlève un éclat acéré de pop-corn dangereusement proche de mon téton.) Je sais pas, en fait. Je crois qu'il est parti.

– Comme ton tee-shirt ?

– Papa...

– *Tanner.*

Pas facile de prendre au sérieux son ton sévère alors qu'il porte le pantalon de pyjama Macaron offert par Hailey au Noëloukka[2] d'il y a deux ans.

– Tu vas être en retard, dit-il en se retournant, mais je capte une esquisse de sourire. Habille-toi et mange un bout.

Je me sers un bol de céréales, puis je cours dans ma chambre. J'ai beaucoup de trucs à écrire.

Sebastian ne répond pas à mon emoji de plage, popcorn et poulet que je lui envoie juste avant le début des cours, et cet après-midi, il n'est pas au Séminaire. À mon retour à la maison, j'envoie un petit mail sur sa boîte privée.

Coucou, c'est moi. Je voulais juste vérifier que tout va bien. Je suis là ce soir si tu veux passer. Tann.

Il ne répond pas.

J'essaie de passer outre la douleur qui s'installe dans mon ventre, mais au dîner, je n'ai pas faim. Quand mes parents me demandent si j'ai eu Sebastian aujourd'hui et que je réponds par un grognement, ils échangent un regard inquiet. Hailey propose même de prendre mon tour de vaisselle.

Le lendemain, je ressors notre vieux classique, l'emoji montagne, mais je ne reçois aucune réponse.

Au déjeuner, je l'appelle. Messagerie direct.

À partir de là, les textos que je lui envoie se présentent sous forme de bulle verte, comme si sa messagerie avait été désactivée.

2 Contraction de Noël et Ranoukka.

Aujourd'hui, rien.

Aujourd'hui, toujours rien.

Ça fait quatre jours qu'il est venu, et j'ai reçu un mail.

Tanner,

Je suis désolé s'il a pu exister un malentendu avec toi au sujet de mes sentiments ou de mon identité. J'espère que mon manque de clarté ne t'a pas causé trop de souffrance.

Je te souhaite le meilleur pour tes aventures à venir à l'UCLA.

Bien cordialement,

Sebastian Brother

Je ne sais même pas quoi penser. Évidemment, je l'ai lu dix fois, parce que les neuf premières, je n'arrivais pas à croire que je déchiffrais bien les mots.

Je prends mon dossier, celui où je range mes lettres de lui. Complètement soufflé par la froideur et la distance de ce mail, je relis quelques phrases.

C'est normal si j'ai envie qu'on passe chaque seconde ensemble ?

Parfois, c'est dur de ne pas rester à te regarder en classe. J'ai l'impression que si les gens me voyaient te regarder même une seconde, ils comprendraient.

Je sens encore tes lèvres dans mon cou.

Mais non, il y a eu un malentendu au sujet de ses sentiments.

Je renvoie ma lettre officielle d'acceptation à l'UCLA, mais j'ai la main qui tremble au moment où je signe être conscient que mon admission définitive est soumise à mes notes du semestre. L'idée est que je déménage le

7 août. La journée d'accueil sera le 24. Je l'annonce par texto à Sebastian, mais il ne répond pas.

J'ai compté aujourd'hui : dans les six derniers jours, je lui ai envoyé vingt emojis. Est-ce que je suis fou ? Ce n'est rien, comparé au nombre de vrais SMS, avec des mots que j'ai entamés et annulés. J'ai Autumn, ma mère et mon père prêts à m'écouter quand j'en ai besoin. Même Hailey se montre sympa en ce moment.

Mais j'ai juste envie de lui parler, à lui.

Je dois rendre mon livre demain et je n'ai aucune idée de quoi faire. Sebastian arrive au chapitre 2. Fujita m'a dit que je devais remettre au moins cent pages pour être noté, mais il sait bien que j'en possède davantage. Si je lui donnais les cent premières, il arriverait juste au moment où Sebastian me dit qu'il est attiré par les mecs. Là où on s'embrasse.

L'ironie, c'est que je pourrais situer mon roman dans un univers parallèle, sur une planète appelée SkyTron-A, rebaptiser Sebastian Steve et moi Bucky, nous donner à tous les deux des super-pouvoirs, le sujet de ce livre serait quand même évident. Quand il est dans la pièce, je ne peux rien cacher, et mon cœur est posé sur chaque page, quels que soient les détails.

Si j'ai en dessous de la moyenne pour cette matière – logique, si je ne rends pas le livre ou que je ne donne que vingt pages à Fujita –, j'aurai toujours mon diplôme d'études secondaires, mais je perdrai les félicitations. Je pense que l'UCLA me prendrait toujours. Enfin j'espère.

Je suis conscient que la fin de ce livre est pourrie, et je n'ai rien fait pour la rendre potable, mais c'est ma fin. Quel idiot j'ai pu être, de me lancer dans un livre sur le fait d'écrire, et de m'imaginer que la fin serait heureuse ? C'est mon train-train, fins heureuses, vie facile. Mais il vaut sûrement mieux que j'apprenne cette leçon trop tôt que trop tard, quand je ne vivrai plus chez mes parents et que la vie ne sera plus aussi facile.

Jusqu'ici, j'étais un veinard qui ne réfléchissait pas, qui n'avait aucune idée du fonctionnement du monde.

Je suis devant le bureau de Fujita. Il est avec une élève – Julie, je crois – qui pleure de stress, mais moi, bizarrement, je me sens anesthésié. Non, ce n'est pas tout à fait vrai. Je me sens soulagé, comme si mes deux grandes peurs, celle que Sebastian rompe de nouveau et celle de devoir me débrouiller avec le livre, étaient derrière moi, et qu'au moins, je n'avais plus besoin de m'inquiéter d'aucune des deux.

Arrivé à mon tour, j'entre. Fujita regarde l'ordinateur dans mes mains.

– Tu ne m'as pas imprimé d'exemplaire ?

– Non.

Il me scrute, essaie de comprendre.

– Je n'ai rien à rendre.

Il y a quelque chose de presque électrique à entendre un prof dire :

– Tu me racontes n'importe quoi.

– Non. (Je me balance d'un pied sur l'autre, mal à l'aise sous l'intensité de son regard.) J'ai écrit, mais je ne peux pas vous faire lire. Même pas cent pages.

– Pourquoi ?

Même ça, je ne peux pas le comprendre. Je regarde derrière lui, son bureau en bazar.

– Qu'est-ce que tu veux que je fasse ? demande-t-il doucement.

– Me mettre un zéro.

– Assieds-toi, demande-t-il. Prends cinq minutes pour y réfléchir. Tu as perdu la tête ?

Oui. Quelle autre explication y aurait-il ?

Alors, j'ai mon ordi ouvert sur mes genoux et je tape des mots

des mots

des mots

des mots.

Sebastian

La nuit, quand Sebastian ne dort pas, il fixe son plafond blanc nu et ressent un trou cuisant qui s'étend lentement dans sa poitrine. Il commence toujours à se creuser juste en dessous du sternum et il s'allonge vers le bas, noir et tournoyant, comme une allumette contre du cellophane.

La première nuit, il a pensé à une indigestion.

La deuxième nuit, il a compris que ce n'en était pas une.

Il a redouté la troisième nuit, mais à la quatrième, il est allé au lit plus tôt, anticipant les prémices, la toute petite pointe qui se transforme ensuite en brûlure aiguë qui gagne du terrain, envahit son estomac en bouillonnant. Comme par hasard, ça arrive juste après le moment où sa tête touche l'oreiller, ce qui d'ordinaire déclenchait un flot d'images de Tanner : son sourire, son rire, la courbe de son oreille, ses épaules minces, ses yeux qui se plissaient juste avant que son humour se fasse mordant, chassé par le remords immédiat visible dans ses pupilles qui se dilataient. Et maintenant, au moment où il pose la tête sur l'oreiller, Sebastian se souvient que Tanner n'est plus à lui, et ensuite, il ne ressent plus que la douleur.

Il n'aime pas dramatiser, mais la douleur est meilleure que la culpabilité. Meilleure que la peur, meilleure que le regret et meilleure que la solitude.

Lorsqu'il se réveille, la douleur est partie, mais l'odeur du petit déjeuner est là, ce qui lance la routine de la journée : Se lever. Prier. Manger. Lire. Prier. Courir. Se doucher. Écrire. Prier. Manger. Écrire. Prier. Manger. Lire. Prier. Avoir mal. Dormir.

Les notes du dernier semestre doivent être rendues dans deux jours, et dans un accès de désespoir, Fujita a délégué à Sebastian trois des livres à lire. Apparemment, le semestre a été prolifique : chaque élève a rendu plus de soixante mille mots. Et il se trouve que presque un million de mots, ça fait trop pour une seule personne en cinq jours.

Mais on ne lui a pas donné le livre de Tanner, et même si Sebastian a eu mille fois la tentation de le demander, il a fini par se sortir cette idée du crâne. Il a lu le manifeste incompréhensible d'Asher, le polar maladroit de Dave-fan-de-burritos et le thriller magnifiquement ficelé de Clive. Il a écrit des bilans des points forts et faiblesses de chaque œuvre. Il a proposé des notes.

Il rend le tout avec deux jours d'avance, ce qui donne à Fujita le temps de parcourir l'ensemble avant d'attribuer les notes finales. Et il rentre chez lui, prêt à reprendre sa routine au repas suivant, mais il trouve Autumn debout devant la porte.

Elle porte un hoodie, un jean et des claquettes.

Elle a aussi un sourire mal assuré et tient quelque chose dans ses mains fermées.

– Autumn. Bonjour.

Son sourire se fait encore plus incertain.

– Je suis désolée de... débarquer comme ça.

Il ne peut s'empêcher de lui sourire. Les gens « débarquent comme ça » tout le temps, elle l'a donc si vite oublié ?

Mais la voir est également un peu douloureux, parce qu'elle, elle le voit, *lui*, quand elle en a envie.

– Il vaut mieux qu'on rentre ? demande-t-elle.

Il secoue la tête.

– C'est préférable de parler ici, je pense.

À l'intérieur, Il fait trop chaud, c'est tendu et silencieux. Dans ses rares moments de temps libre, Sebastian recherche sur Internet de vastes appartements à Atlanta, New York, Seattle, Los Angeles.

– Alors, d'abord, commence Autumn à voix basse, je veux m'excuser. Je sais que Tanner t'a parlé de ce qui s'est passé entre nous. J'espère que tu comprends dans quel état il était. J'en ai profité, et je suis désolée.

Un muscle se crispe dans la mâchoire de Sebastian. Ce rappel de l'épisode entre Tanner et Autumn n'est pas plaisant, mais au moins, ça répond à la question : « Sont-ils ensemble, maintenant ? »

– J'apprécie, mais ce n'est pas nécessaire. Personne ne me doit d'explication.

Elle l'observe un instant. Il n'a même pas à se demander quelle tête il a pour quelqu'un d'extérieur. Bien sûr, Autumn sait ce que c'est que le chagrin, et maintenant, Sebastian le sait aussi, comment il peut s'installer dans les minuscules espaces d'un visage où les muscles n'arrivent pas à esquisser un sourire forcé. Sa peau n'est pas vraiment pâle, mais elle a une teinte cireuse, elle ne reçoit plus assez la lumière du jour.

– OK, mais je tenais à te le dire. (Autumn ouvre la main et lui montre une petite clé USB rose. Elle rougit de sa trahison.) Et je voulais te donner ça.

Jusque-là, Sebastian n'avait jamais ressenti la brûlure pendant la journée, mais la voilà. En plein soleil, elle se répand plus vite, nourrie comme un feu de forêt attisé par le vent. Il lui faut un moment pour se rappeler comment on parle.

– Où tu as eu ça ?

– Dans l'ordi de Tanner.

Son cœur est comme serré dans sa poitrine en une sensation étrange, puis il se met à cogner sourdement.

– J'imagine qu'il ne sait pas que tu l'as pris.

– Exact.

– Autumn, tu ne peux pas. C'est une violation de sa vie privée.

– Tanner a dit à Fujita qu'il n'avait rien à rendre. On sait tous les deux que c'est faux. Fujita lui-même le sait.

La chaleur se retire du visage de Sebastian et ses mots sont un chuchotement.

– Tu veux que je le rende à sa place ?

– Non. Je ne te demanderais jamais de faire ça. Je voudrais que tu le lises. Tu pourrais peut-être en parler au prof, lui demander si tu peux le noter toi-même. Il paraît que tu en as noté certains. Il sait que Tanner n'était pas à l'aise pour le rendre, mais il voudra sûrement bien que tu le lises. Je n'ai pas ce pouvoir. Toi, si.

Sebastian hoche la tête, regarde la clé dans sa main. Son désir de lire ce qu'elle recèle est presque aveuglant.

– C'est un peu un conflit d'intérêts pour moi...

Autumn rit.

– Euh, carrément. Mais je ne sais pas quoi faire d'autre. S'il le rend, tu es outé devant un prof sans ton consentement. Sinon, il se tape un zéro pour son plus gros coefficient, ce qui risque de lui faire louper l'admission à l'UCLA.

– C'est vrai.

– Personnellement, je ne sais pas à quoi il pensait, dit Autumn, qui regarde ensuite Sebastian. Il savait bien qu'il devrait rendre quelque chose au bout du compte. Mais c'est tout Tanner, ça : je ressens d'abord, je réfléchis après.

Sebastian s'assied sur la première marche, les yeux rivés sur le trottoir.

– Il m'a dit qu'il en écrivait un autre.

– Sincèrement, tu y as cru, ou ça te rendait les choses plus faciles ? Il n'arrivait pas à penser à autre chose.

Sebastian est rempli d'un sentiment oppressant de colère. Il voudrait qu'elle parte. La présence d'Autumn est comme un doigt qui appuie avec insistance sur un bleu.

Elle s'assied à côté de lui sur la marche.

– Tu n'es pas obligé de répondre, parce que ça ne me regarde pas du tout... (Elle rit, puis hésite. Sebastian se concentre sur le fait d'essayer de retrouver la douleur.) Est-ce qu'ils sont au courant pour Tanner ?

Il pose les yeux sur elle, les détourne aussi vite.

Sont-ils au courant ?

C'est une sacrée question, et la réponse est évidemment non. S'ils savaient. S'ils connaissaient vraiment sa capacité à la tendresse, à l'humour, au silence et à la conversation, il serait avec Tanner en ce moment. Il le pense vraiment.

– Ils savent que je me suis intéressé à quelqu'un et que c'était lui. Je ne leur ai pas tout raconté, mais ça n'a pas eu d'importance. Ils ont quand même disjoncté. C'est pour ça...

C'est pour ça qu'il lui a envoyé le mail.

– On avait des tas de citations et de photos inspirantes chez moi, avant, dit Autumn. Je me souviens d'une qui disait : « La famille est un cadeau pour toujours. »

– On a celle-là quelque part, oui.

– Mais il n'y avait pas d'astérisque pour préciser : « *Seulement sous certaines conditions. » (Elle tire un fil invisible de son jean et le regarde.) Ma mère s'est débarrassée de la plupart de ses trucs. Je crois qu'elle a gardé la photo de mariage devant le temple, mais je suis même pas sûre. Elle était vraiment énervée. Possible qu'elle ait atterri à la poubelle avec le reste.

– Tanner m'a un peu parlé de ton père. Je suis navré.

– Je n'ai pas compris la réaction de maman à l'époque, mais maintenant, ça me parle. Je sais que les citations étaient censées aider à se ressourcer, mais ça te donne surtout l'impression que tu as quelqu'un en train de regarder par-dessus ton épaule et de te rappeler en mode passif-agressif où tu n'es pas au top, ou pourquoi ta tragédie personnelle est pour le bien du plus grand nombre, tout ça selon le plan de Dieu. Maman n'en avait plus l'utilité.

Il cille, les yeux rivés à ses pieds.

– C'est compréhensible.

Elle vient donner un petit coup d'épaule contre la sienne.

– Je sais pas pourquoi, je vais m'aventurer à deviner qu'en ce moment, c'est pas la joie.

Il se penche, un peu pour la fuir, pose ses coudes sur ses genoux. Ce n'est pas qu'il ne veuille pas être touché : c'est qu'il le veut tellement que ça brûle presque.

– C'est tout juste s'ils me parlent.

Autumn gronde :

– Il y a soixante ans, ils auraient été aussi outrés si tu avais ramené une fille noire à la maison. Elle aurait eu les bons organes, mais pas la bonne couleur de peau. Tu vois le ridicule ? Ce n'est pas penser de façon indépendante ; c'est décider comment aimer ton enfant, ton propre enfant, à cause d'enseignements périmés. (Elle s'arrête.) Ne baisse pas les bras.

Sebastian se relève et époussette son pantalon.

– Le mariage est éternel, et il a lieu entre un homme et une femme. L'homosexualité va à l'encontre de ce plan.

Il est complètement détaché, comme s'il lisait un script.

Autumn se lève lentement et lui adresse un sourire indéchiffrable.

– Quel évêque formidable tu feras !

– Sans doute. Je connais la musique.

– Ils sont en colère, mais ils vont bien finir par comprendre qu'on peut soit avoir toujours raison, soit être aimé. Il n'y en a que quelques-uns qui ont droit aux deux en même temps.

Il caresse la clé USB.

– Donc, tout est là-dessus ?

– Je n'ai pas tout lu, mais ce que j'ai lu...

Il laisse passer une, deux, trois secondes de silence entre eux avant de respirer enfin.

– C'est d'accord.

Sebastian n'est pas habitué à éviter sa famille. Il est le fils qui aide sa mère à faire le ménage pour qu'elle ait le temps de se détendre avant le repas, qui va à l'église tôt pour passer du temps avec son père. Mais, ces derniers jours, il est plutôt traité comme un invité qu'on tolère. Quand la voiture d'Autumn fait marche arrière dans l'allée et disparaît dans la rue, il regrette d'avoir à retourner à l'intérieur.

L'ambiance est tendue depuis qu'il a demandé à ses parents – sur le mode de l'hypothèse – ce qu'ils feraient si l'un de leurs enfants était homo. Apparemment, son défaut d'hétérosexualité criante avait déjà été remarqué et fait l'objet de discussions. Il avait lancé une allumette dans une flaque d'essence.

C'était il y a deux semaines. Sa mère lui reparle, mais à peine. Son père n'est jamais là parce qu'il a toujours besoin, dirait-on, d'être ailleurs, pour aider une autre famille en crise. Ses grands-parents ne sont pas revenus. Aaron ne fait pas très attention ; Faith sait que quelque chose ne va pas, mais elle ne comprend pas quoi. Seule Lizzy comprend bien et – ce qui lui brise le cœur – met de grandes distances entre eux deux, comme s'il était le patient zéro d'une grave épidémie.

Ce qui est terrible, c'est que Sebastian ne sait pas s'il mérite d'avoir le cœur brisé. Avoir le cœur brisé impliquerait qu'il est l'innocent dans tout ça, la victime d'une tragédie romantique, et qu'il n'est pas le principal responsable de sa propre souffrance. C'est lui qui a agi dans le dos de ses parents. C'est lui qui est tombé amoureux de Tanner, qui a rompu avec lui.

Voir Autumn a dénoué quelque chose en son for intérieur, et il ne peut plus faire comme si de rien n'était, comme si Tanner n'avait pas renversé son monde.

Il a toujours été doué pour faire semblant, mais il ne sait pas s'il est capable de continuer.

Lorsque les rideaux se sont ouverts, puis fermés pour la troisième fois, Sebastian finit par rentrer. Sa mère ne perd pas de temps et dès que la porte se referme derrière lui, elle le talonne.

– Autumn est repartie ?

Il voulait descendre directement dans sa chambre, mais sa mère bloque la cage d'escalier. Alors, il va dans la cuisine, attrape un verre qu'il remplit d'eau. Dans sa poche, la clé USB brûle. Il a les mains qui tremblent.

Il vide le verre en quelques secondes et le pose dans l'évier.

– Oui. répond-il. Elle est repartie.

Sa mère contourne l'îlot de la cuisine pour mettre en marche le robot, et des senteurs de beurre et de chocolat emplissent l'air. Elle fait des cupcakes. Hier, c'étaient des cookies. Avant-hier, des biscotti. Ses habitudes n'ont pas bougé d'un pouce. Leur famille n'est pas en train de s'effriter. Rien n'a changé.

– Je ne savais pas que vous étiez amis.

Il n'a pas envie de répondre à des questions sur Autumn, mais il sait que s'il ne le fait pas, ça va seulement en provoquer encore plus.

– J'étais son tuteur en cours.

Silence chargé. En théorie, il était le tuteur de Tanner également, donc cette réponse n'est pas très rassurante. Mais sa mère n'insiste pas ; lui et ses parents n'ont plus de conversations, désormais. Ils échangent des banalités de type : « Tu peux me passer les pommes de terre ? » ou « Il faudrait que tu tondes la pelouse. » Sebastian avait toujours cru que leur relation évoluerait avec le temps, à mesure qu'il aurait plus d'expérience, qu'ils pourraient se comprendre entre adultes. Mais il ne s'attendait pas à découvrir les coins mal dégrossis et les limites de ses parents si tôt, et si brusquement. C'est comme découvrir qu'en fait, la terre est plate. D'un coup, il n'y a plus de merveilles ni d'aventures. Arrivé au bord, on tombe.

Une fois le robot éteint, elle regarde son fils depuis l'autre côté du plan de travail.

– Tu n'avais jamais parlé d'elle.

Se rend-elle compte qu'il n'a jamais parlé d'aucune fille, même de Manda ?

– Elle a déposé quelque chose pour Fujita.

Sebastian la regarde faire le lien. Ses soupçons se lèvent comme un soleil noir sur son visage.

– Autumn le connaît aussi, je suppose ?

« Le » connaît...

– Ils sont amis.

– Mais sa visite n'avait rien à voir avec ça ?

Tout comme il n'existe qu'un « lui » honni, il y a un seul « ça » indigne d'être mentionné.

L'irritation le gagne. Ils refusent même d'utiliser son nom.

– Il s'appelle Tanner.

Prononcer ce nom réveille son cœur dans sa poitrine et il a envie de le griffer à l'intérieur.

– Tu crois que je ne connais pas son nom ? C'est une blague ?

Soudain, elle a le visage rouge, du haut du front jusqu'au cou.

Elle a les yeux vitreux et brillants. Sebastian n'a jamais vu sa mère aussi en colère.

– Je ne sais même pas comment nous en sommes arrivés là, Sebastian. Ça ? Ce que tu « traverses », fait-elle avec des doigts violemment incurvés dans l'air pour former les guillemets. C'est toi qui en es seul fautif. Le Père céleste n'est pas responsable de tes décisions. C'est ton libre arbitre et rien d'autre qui te prive du bonheur. (Elle prend la spatule pour la plonger dans la pâte.) Et si tu penses que je suis dure, parles-en à ton père. Tu ne mesures pas à quel point tu l'as blessé.

Mais il ne peut pas parler à son père, parce que Dan Brother n'est jamais à la maison. Depuis le dîner fatidique, il reste à l'église après le travail, enchaîne les visites, rentre quand tout le monde est au lit. Avant, les dîners étaient animés. Maintenant, ce sont des couverts qui raclent et, de temps en temps, une évocation de devoirs pour l'école, avec une chaise vide en bout de table.

– Je suis désolé, lui dit-il, toujours en fils repentant.

Incontestablement, il sait que la colère de sa mère vient de l'intensité de son amour. Imagine, se dit-il, t'inquiéter que ta famille soit séparée de toi pour l'éternité. Imagine croire vraiment que Dieu aime tous Ses enfants, sauf quand ils s'aiment de la mauvaise façon.

Sebastian s'approche de sa mère.

– Elle apportait un truc pour le cours.

– Je croyais que c'était fini.

– Je dois encore critiquer un des manuscrits que Monsieur Fujita n'a pas encore lu.

Pas de véritable mensonge là-dedans.

– Mais tu le ne vois pas ? Tu ne l'appelles pas ?

– Je ne lui ai pas parlé depuis des semaines.

Là aussi, c'est vrai. Il s'est tenu à l'écart du lycée, de tous les endroits où ils se rendaient ensemble.

Il voudrait aller donner ses cours, mais sait que la tentation serait trop forte. Ce serait trop facile de s'arrêter chez lui, de l'attendre sur le perron.

Il a même supprimé les vieux messages vocaux, quelques minutes seulement avant que son père lui confisque son portable.

– Bon, dit sa mère, visiblement plus calme. (Elle débranche le robot et commence à racler le bol pour verser la pâte dans les moules qui attendent.) Tu es redevable à monsieur Fujita pour tout ce qu'il a fait, donc tu peux lire ce livre si tu en as le temps. Tu as ton rendez-vous avec Frère Young et la dernière de tes demandes d'interview à compléter.

Sa mère n'est jamais plus heureuse que quand elle a une liste de choses à cocher, déléguer et organiser, donc Sebastian la laisse, même si c'est la seule manière qu'elle lui parle.

– Termine tes obligations et ensuite, s'il te plaît, passons à autre chose, conclut-elle.

Ensemble, Frère Young et Sebastian s'agenouillent au sol et prient pour que Sebastian puisse être fort, pour qu'il puisse redevenir un exemple pour sa communauté, pour qu'il puisse encore faire ressortir quelque chose de bon de tout ça.

Il voit que Frère Young se sent mieux quand ils se relèvent, parce qu'il a la tête de quelqu'un qui a fait quelque chose de significatif de sa journée. Il donne l'accolade à Sebastian, lui assure qu'il est prêt à l'écouter n'importe quand, lui dit qu'il est fier de lui. Il prononce ces paroles avec la sagesse d'un vieil homme, alors qu'il n'a que vingt-deux ans.

En fait, quand l'aîné repart, Sebastian se sent encore pire. Pour lui, la prière est un réflexe, un rituel, une partie de lui. Mais elle ne détient plus les mêmes promesses de soulagement qu'auparavant. On l'appelle à table, mais Sebastian n'a pas faim. Ces derniers temps, il mange parce que priver son corps serait encore un péché de plus, et dans l'état actuel des choses, il en a assez comme ça.

Dans sa chambre, l'ordi portable bourdonne doucement sur son lit. Il l'a allumé dès qu'il s'est retrouvé seul, il y a presque une demi-heure, et a lentement regardé la batterie se vider. Ce motif devient un rituel pour se calmer. L'écran s'obscurcit avec le sommeil et Sebastian passe un doigt sur le pad pour le réveiller.

Sur le bureau, il y a un nouveau dossier intitulé « Autoboyographie », et il contient le seul fichier qui l'intéresse, mais il ne peut pas. En partie, c'est la douleur à laquelle il s'attend, et il sait qu'elle ne deviendra que plus aiguë dès qu'il se mettra à lire. Mais aussi, il y a quelque chose de fascinant dans l'organisation et la netteté des notes pour le Séminaire de Tanner. Le dossier contient plusieurs versions du document, toutes clairement définies, avec des dates. Il y a aussi des photos de Sebastian :

Sebastian 2014
Sebastian 2014A
Sebastian Salt Lake Tribune
Sebastian *Publishers Weekly* 2016
Sebastian *Deseret News* 2017

Et voilà le hic. Ce livre est la clé pour entrer dans la tête de Tanner. Sebastian a envie d'y entrer plus que tout, de décortiquer chaque détail. Mais la torture en vaut-elle la peine ? Ne vaudrait-il pas mieux supprimer le dossier, remercier Autumn et lui demander de transmettre un message à Tanner ? Des mots authentiques et définitifs, qui ne peuvent pas être imprimés, qu'on ne pourrait pas lui passer en silence à la table du dîner, comme l'a fait son père avec tous ses SMS et mails ?

Sans qu'il l'ait remarqué, la chambre est maintenant sombre. Sebastian passe les doigts sur le pad et cligne des yeux devant la luminosité. Les mains tremblantes, il clique sur l'icône et l'écran se remplit de mots.

Ça s'ouvre sur un garçon et une fille, un défi, des miettes sur un lit.

Mais là où ça commence vraiment, c'est avec un regard qui s'attarde et les mots : *« Son sourire me fout en l'air. »*

Sebastian lit presque toute la nuit. Ses joues, à certains moments, sont mouillées de larmes. D'autres fois, il rit. Sincèrement, il n'a jamais autant ri qu'en étant amoureux de Tanner. Il les suit pour gravir la montagne, se souvient de ce premier baiser. Il voit l'inquiétude des parents de Tanner – les premiers avertissements de Jenna paraissent quasi prophétiques, maintenant.

Il regarde Tanner rester évasif, laisser Autumn dans le noir. Son pouls résonne dans ses oreilles quand il voit évoqués les gémissements qu'ils poussent, les doigts, les lèvres, les mains qui cherchent plus bas.

Il tombe amoureux sous une nuit étoilée.

Le soleil commence à pointer et Sebastian reste face à l'écran, les yeux dans le vague. À part pour brancher l'ordinateur, il n'a pas bougé depuis des heures.

Il inspire, se sent vide mais agité, c'est sans conteste l'euphorie. Il est terrifié. Sa famille sera bientôt réveillée, il lui faut partir avant que quelqu'un le voie. Il pourrait simplement appeler Fujita, lui suggérer une note.

Ses muscles protestent quand il se lève, débranche l'ordi et sort de sa chambre sans un bruit.

Tanner

Tanner scotche sur l'écran de son ordi. Il cligne des yeux.

Sa mère s'approche.

– Tu es sur quoi ?

– Mes résultats.

– Oh, ils sont rapides ! s'écrie-t-elle, tout excitée.

Elle s'appuie contre lui et lui presse les épaules en parcourant la liste.

Ça ne change rien, de toute façon. Il est déjà en train de rassembler ses affaires, il se prépare à partir pour L.A. dans sa vieille Camry. Ses notes ne sont pas mauvaises du tout. Son A en littérature moderne n'est pas une surprise. Il n'en avait fait qu'une bouchée. Pareil pour les maths. Pour le reste, ce sont de bonnes surprises, mais pas le gros choc non plus. Par contre, il a obtenu un A en Séminaire, alors qu'il n'a pas rendu son livre.

En pilotage automatique, il attrape son téléphone et compose le numéro du lycée.

– Je pourrais avoir monsieur Fujita, s'il vous plaît ?

La voix de madame Hill, la secrétaire principale, lui parvient nettement à l'autre bout du fil.

– Oui, une seconde.

– Qu'est-ce que tu fais ? lui demande sa mère qui essaie de capter son regard.

Il lui montre le A, en plein milieu de l'écran.

– C'est pas normal.

En fait, c'est presque mal, comme s'il s'en tirait après avoir commis le délit dont Autumn l'accuse toujours. C'est une chose d'user de son charme, c'en est une autre de recevoir une super-note sans avoir fait ce qu'il fallait pour l'obtenir.

Une seule sonnerie, et on lui répond :

– Allô ?

– Monsieur Fujita ?

Tanner tripote l'agrafeuse noire et lisse sur le bureau de ses parents.

– Oui.

– Bonjour, c'est Tanner Scott. (Il y a une pause, et c'est fou comme elle semble lourde de sens. Elle décuple son anxiété.) Je viens d'apprendre mes résultats.

La voix de Fujita semble encore plus rocailleuse au téléphone.

– Et donc ?

– Je ne comprends pas comment j'ai pu obtenir un A.

– J'ai adoré ton livre, mon garçon.

Tanner en reste bouche bée.

– Mais je ne l'ai pas rendu.

Au bout du fil, c'est le silence, comme s'ils avaient été coupés. Finalement, Fujita se racle la gorge.

– Il ne t'en a pas parlé ? Ah, zut. C'est un peu gênant...

– Parlé de quoi ?

– C'est Sebastian qui me l'a remis.

Tanner ferme très fort les yeux, il essaie de percuter.

– Vous voulez dire, les vingt premières pages ?

– Non. Tout le livre.

Il ouvre la bouche, mais n'arrive pas à trouver un seul mot.

– Il est super, Tann. Enfin, bien sûr, j'ai repéré des corrections, parce que je ne peux pas m'en empêcher, et ta fin est ratée, mais en même temps, comment pouvait-il en être autrement ? Dans l'ensemble, j'ai beaucoup aimé.

Il marque une pause, et cette fois, Tanner sait quoi dire.

Auparavant, quand il avait lu l'expression « mes pensées tourbillonnent », l'idée lui paraissait exagérée. Mais en cet instant, les souvenirs défilent à toute vitesse, comme une bobine de film : son ordi dans son tiroir ; les mots « je suis gay » sur une page ; le visage de Sebastian juste avant qu'il s'endorme sur le canapé à côté de lui, satisfait, arrogant et un peu timide ; la fin en queue de poisson du document.

– Peut-être que « aimer », ce n'est pas le bon terme, reprend Fujita. J'ai souffert pour toi. Et pour lui. J'ai déjà vu cette histoire se dérouler tant de fois. Je suis content que vous ayez trouvé une solution pour la faire fonctionner.

Fujita s'arrête encore, et ce serait le bon moment pour dire quelque chose, mais Tanner s'abstient. Maintenant, il est scotché sur la dernière phrase. Avant tout, il est décontenancé. Il n'a pas parlé à Sebastian depuis des semaines.

– Quoi ?

– Je crois que tu as accompli quelque chose, ajoute Fujita sans tenir compte de sa stupeur. En lui ouvrant ton cœur. Et ta voix est vivante. Je ne savais pas que tu étais un tel écrivain !

C'est officiel, Tanner est largué. Son ordi, autant qu'il sache, est resté planqué sagement dans sa commode avec ses chaussettes, ces protège-tibias et une pile de magazines que ses parents ne peuvent pas repérer avec leurs logiciels magiques.

Tanner se relève, file dans sa chambre.

– Ça va, Tanner ?

Il farfouille dans son tiroir. Son ordi est là.

– Euh... oui. Je digère.

– Écoute, si tu veux venir pendant l'été pour que je te montre mes notes, ce sera avec plaisir. Je serai encore là les deux prochaines semaines pour boucler l'année scolaire.

Tanner regarde par la fenêtre. La rue, sa Camry garée contre le trottoir. Ce serait vraiment cinglé de se pointer sans prévenir chez Sebastian ? De lui demander comment il s'est procuré un exemplaire de son livre, comment il a réussi à le mettre entre les mains de Fujita ?

La réalité lui revient et la panique s'empare de lui. Sebastian l'a lu. En entier.

– Tanner ? Tu es toujours là ?

– Oui, fait-il d'une voix qui se brise. Merci.

– Tu viendras à la rencontre, tout à l'heure ?

Tanner cille, se sort de son brouillard. Il a la lèvre supérieure humide de transpiration : son corps entier et au bord des sueurs froides.

– La quoi ?

– La dédicace, à la... Mais qu'est-ce que je raconte ? Bien sûr que tu n'y seras pas. Ou alors, si ?

– Sincèrement, je sais même pas de quoi vous parlez.

Tanner entend le fauteuil du prof craquer. Peut-être qu'il s'est redressé.

– Le livre de Sebastian est sorti hier.

Le temps semble se ralentir.

– Il signe à la librairie Deseret Book à dix-neuf heures. Mais je ne sais pas si je dois m'attendre à t'y voir. (Il a un rire un peu maladroit.) J'espère que tu viendras. J'espère que ça se passera comme le scénario que j'ai en tête. Il me faut une fin à cette histoire.

Autumn monte dans la voiture.

– Tu te montres bizarrement mélancolique et sibyllin. On va où?

– J'ai besoin de tes pouvoirs « meilleure amie ». (Il ne démarre pas, se tourne vers elle.) Je ne sais pas comment c'est arrivé, mais Sebastian a rendu mon livre à...

Un regard vers elle, à son teint rosi, et il comprend.

Il ne voit pas pourquoi il n'y a pas pensé tout de suite. Peut-être aimait-il l'image d'un Sebastian héroïque qui aurait grimpé jusqu'à sa fenêtre, fouillé dans ses tiroirs pour trouver son ordi, copié le fichier et serait reparti sur son cheval – ou vélo – blanc, pour aller remettre le manuscrit et sauver Tanner. Mais évidemment, c'est une explication plus banale: Autumn. Elle l'a lu. Elle l'a donné à Sebastian. Et paf, Sebastian s'est laissé submerger par la culpabilité et n'a pas pu laisser Tanner se planter.

Il l'a fait par pitié.

– Oh, soupire Tanner, déçu.

– Tu veux dire qu'il l'a rendu?

– Tu veux dire que tu savais pas?

– Je ne savais pas qu'il l'avait donné à Fujita. Je te jure. Je voulais juste qu'il le lise, et je pensais qu'il pourrait peut-être le noter lui-même. Il a gardé ma clé une journée, puis il me l'a rendue.

– C'est une décision importante que tu as prise à ma place.

– J'étais dans tous mes états, se justifie-t-elle, pas très contrite. Et ton livre est génial ! C'était une situation de crise, OK ? (Elle sourit.) Je venais de perdre ma virginité.

Tanner rit et lui pince la cuisse. Au moins, ça, c'est revenu à la normale dans les dernières semaines. Et pour tout dire, Autumn fait ce qu'elle veut ces jours-ci. Malgré le retour du naturel entre eux, il n'est pas encore entièrement à l'aise pour la mettre sur le gril.

– Ben, j'ai obtenu un A. Et le monde n'a pas explosé. Enfin, j'imagine pas le cran qu'il lui a fallu pour faire ça. Maintenant, Fujita est au courant, évidemment.

Les cours sont terminés depuis environ deux semaines. Tout le monde pourrait être au courant. Ou alors Sebastian a fait trois pas en arrière et il est retourné bien vite au placard.

– Le roman de Sebastian est sorti hier, poursuit Tanner. Il est en dédicace à Deseret.

Autumn écarquille les yeux, ravie, en comprenant où ils vont.

– On va pas faire ça.

– Oh, que si !

La file se prolonge tout autour de la librairie, débordant du centre commercial sur une demi-rue environ. Ça rappelle à Tanner l'aéroport de Salt Lake City, où il y a des tas de gens qui attendent aux tapis roulants le retour de leurs missionnaires. Quand les mormons sont de sortie, ils le font en masse.

Tanner et Autumn se mettent en bout de file. On est début juin, le vent est sec et chaud. À part les montagnes, qui s'élèvent droit du sol, la ville semble s'étendre plate, à perte de vue. C'est exagéré, mais elle est plongée dans cette ambiance où on n'attend rien, cet agencement urbain atone pour une ville sans ambition.

Un tout petit frisson s'installe dans le ventre de Tanner et dégage de la chaleur. Autumn lui manquera, mais il sera de nouveau près de l'océan.

Un homme en chemisette à carreaux écossais s'approche, une bonne dizaine de livres sous le bras.

– Vous êtes là pour la dédicace ?

– Oui, répond Tanner.

– Vous avez apporté votre exemplaire, ou vous en achetez un sur place ?

Autumn et Tanner échangent un regard incertain.

– Euh, on achète ici ? suppose Autumn.

Le libraire leur tend à chacun un livre tiré de la pile qui s'amenuise et y colle deux Post-it. Tanner n'est pas loin du fou rire. Ces derniers sont bleus, comme ceux qui ont reçu toutes ses angoisses, son amour et son mélo.

– Inscrivez vos noms dessus, leur dit-il. Ce sera plus facile pour Sebastian de les personnaliser quand votre tour sera arrivé.

Tanner sent son cœur malmené et Autumn lâche un petit soupir.

– Une fois que vous aurez vos dédicaces, vous pourrez passer en caisse.

Les employés n'imaginent même pas que quelqu'un puisse recevoir un livre et repartir sans payer.

Il s'en va et Autumn se tourne vers Tanner, les doigts serrés sur son exemplaire.

– C'est vraiment, vraiment bizarre, ce qu'on fait.

– Oui, confirme Tanner.

Il contemple le roman dans sa main. Sur la couverture, un paysage en feu: une vallée brûlée, des montagnes encore bien vertes, qui se dressent au-dessus des flammes qui gagnent du terrain. Elle est belle. Les couleurs sont riches, presque en trois dimensions. Au pied d'une montagne se tient un garçon encapuchonné qui porte une torche. Le titre s'élève au-dessous de lui, épais.

INCENDIE

Sebastian Brother

Le titre n'a pas de sens à ce jour pour Tanner. Il n'en aura peut-être jamais. Et ces quatre cents pages de la plume de Sebastian lui paraissent insoutenables. Un jour, qui sait, quand il sera allé de l'avant et que ce ne sera plus qu'une anecdote triste de son passé, il pourra l'ouvrir, regarder son nom écrit là comme ceux des autres, et être capable d'apprécier l'histoire couchée sur papier.

– Parce que c'est déjà bizarre pour moi, dit Autumn, interrompant ses pensées. Je ne peux même pas imaginer ce que ça doit être pour toi.

– Je commence à me demander ce qu'on fout là. Ça pourrait être une catastrophe?

– Tu crois pas qu'il s'attend un peu à ce que tu viennes?

Tanner essaie d'y réfléchir encore. Il n'a pas voulu contacter Sebastian depuis le mail qui le congédiait. Clairement, il pense que Sebastian va juste disparaître. Et c'est probablement ce qu'il devrait faire aussi.

– Non.

Elle lui montre quelque chose devant eux, un peu plus loin.

– En tout cas, si tu as besoin de quelque chose, on a tout ce qu'il faut juste là, pratique, non ?

– Tellement mormon ! marmonne Tanner.

Ils regardent le panneau du centre commercial, avec les trois plus grandes enseignes annoncées en gras : Librairie Desert. En cas d'urgence. Robes de mariée Avenia.

– Incroyablement mormon, approuve Autumn.

– Ça te manque, l'Église ?

Elle se penche contre lui. Sa tête arrive à peine à l'épaule de Tanner, alors, quand il la prend par l'épaule, elle se loge bien sous son menton.

– Parfois. (Elle le regarde. Aux yeux du premier venu, ils ressemblent à un couple.) Ce qui me manque, c'est les activités, et la certitude que si tout le monde est content de toi, alors, tu es sur le droit chemin.

Tanner fronce le nez.

– Beurk.

– Exactement, dit-elle en lui tapotant le torse. C'est exactement ce que je veux dire. Sebastian ne faisait rien de mal avec toi. Et tu ne fais rien de mal à venir ici.

La queue commence à avancer et Tanner sent son estomac faire un soubresaut. Ne font-ils vraiment rien de mal, même pas un peu ? Si ce n'est pas la définition du harcèlement, on n'est pas loin. Oui, Sebastian et Autumn ont rendu le livre sans son accord, mais là, on est en public. Sebastian devra garder son calme. Tanner aussi.

Il prend le stylo des mains d'Autumn quand elle a fini d'écrire son nom, et il note le sien. Ce n'est pas pour faire le malin, c'est juste pratique : c'est tout à fait possible que Sebastian, sous le coup de l'émotion, ne se rappelle pas comment orthographier T-a-n-n-e-r.

La file avance lentement. Tanner imagine Sebastian assis à une table ou derrière un comptoir, occupé à charmer tous ceux qui se présentent.

Son estomac gronde. Le soleil s'affiche bas dans le ciel avant de renoncer et de se coucher derrière les montagnes. Avec son départ, l'air rafraîchit pour la première fois de la journée.

Autumn écrase un moustique sur le bras de Tanner. Il prend une inspiration heurtée.

– Bon, je vais juste le remercier pour ce qu'il a fait – il saura ce que je veux dire – et lui souhaiter bonne chance pour sa tournée de promo, puis pour sa mission.

– C'est tout ?

– C'est tout.

Elle s'étire pour l'embrasser sur la joue.

– T'es mignon.

– T'es dingue.

– Au moins, je suis plus une vierge dingue.

Les gens devant eux se retournent, scandalisés.

– Oups, fait Autumn, faussement mortifiée.

Tanner baisse la tête en se retenant de rire.

– Un de ces jours, cette blague va nous causer des ennuis.

– C'était pas loin.

Ils arrivent presque à la porte et voient qu'à l'intérieur il ne reste qu'une quinzaine de personnes devant eux. Avant Sebastian.

D'un côté, une table propose des cupcakes et des bâtonnets de légumes à tremper. Quelqu'un a cuisiné un gâteau. Ce n'est pas qu'une dédicace, c'est une fête de lancement.

Les parents de Sebastian sont là, en demi-cercle, accompagnés d'une dame qui porte un badge et d'un homme en costume-cravate. Autumn entre et Tanner la suit, tient la porte pour la personne suivante. La porte heurte une table et Dan Brother relève la tête en l'entendant, sourit instinctivement, puis son visage se pétrifie.

Tanner n'avait pas pensé voir les parents de Sebastian, être reconnu, être associé au cancer qui s'abat sur leur fils. Mais c'était évident.

– Et voilà le père, souffle Autumn en désignant Dan.

– Oui.

La mère de Sebastian scrute son mari pour évaluer sa réaction, comme si elle cherchait à être guidée. Après une pause, ils parviennent tous les deux à arborer une expression neutre.

– Tanner, ça va? souffle Autumn en lui prenant le bras.

– J'ai envie de décamper. Mais c'est trop tard.

C'est vrai. Il n'y a plus que deux personnes devant eux et Tanner aperçoit Sebastian. Il se rince l'œil, même, de lui en chemise bleue impeccable et cravate sombre, les cheveux plus courts. Il porte son masque du sourire. Mais même dans ce lieu mormon, derrière un mur de pratiquants mormons, il ressemble encore au mec des randos, au mec qui mange chinois, au mec sur le capot de la voiture.

Et puis Sebastian relève les yeux. Le masque s'effrite, une seconde. Non, un peu plus longtemps. Il doit se reprendre, et c'est douloureusement familier.

Tanner s'avance en tendant son livre.

– Salut. Félicitations.

Sebastian a un tic de la mâchoire, il s'éclaircit la gorge, les sourcils froncés.

– Salut. (Il baisse les yeux, rapproche le livre d'Autumn, en décolle lentement le Post-it.) Euh...

Il expire, et son souffle sort tremblant. Il se racle de nouveau la gorge, ouvre le livre à la page de titre et soulève son stylo d'une main tremblante.

Le regard d'Autumn passe de l'un à l'autre avec frénésie.

– Bonjour, Sebastian.

Il la regarde, cligne des yeux comme pour se concentrer.

– Autumn. Bonjour, comment tu vas ?

– Bien. Je pars pour le Connecticut dans deux semaines. Tu pars où, ensuite, pour ta tournée ?

– Après aujourd'hui ? Je vais à Denver, répond-il, avant d'égrener, en mode robot : Portland, San Francisco, Phoenix, Austin, Dallas, Atlanta, Charleston, Chicago, Minneapolis... euh... Philadelphie, New York et ensuite, je reviens.

– Ça alors, dit-elle. C'est fou.

Sebastian a un rire sec et il dédicace d'abord le livre d'Autumn, par un simple : *Bonne chance à Yale. Tous mes vœux de réussite, et merci. Sebastian Brother.*

Il passe son livre à Autumn, puis attrape l'exemplaire de Tanner. Après un regard maussade sur le Post-it, il le froisse dans son poing et le jette dans une corbeille à ses pieds.

Tanner garde le silence, et Autumn lui donne doucement des coups de coude. « Parle », articule-t-elle en silence.

– Je suis venu te remercier, dit Tanner à voix basse, en espérant échapper à l'oreille des gens autour d'eux, et notamment ces parents. (Sebastian se raidit et se concentre sur ce qu'il est en train d'écrire.) Pour ce que tu as fait. Je ne comprends pas forcément pourquoi tu l'as fait, mais merci.

– Merci beaucoup d'être venu ce soir, Tanner, lance Sebastian, héroïque.

Ayant réussi à retrouver une contenance, il projette sa voix au-delà de l'espace protégé de la table.

Son ton est faux à donner la nausée. Tanner en rirait presque. Enfin, il croise le regard de Sebastian et c'est une horreur. Sa voix a peut-être repris le dessus, mais pas ses yeux, qui sont brillants de larmes.

– Oh, merde, je suis désolé, chuchote Tanner. J'aurais pas dû venir.

– Tu es amateur de fantasy ?

Sebastian a la voix trop enjouée. Il agrandit les yeux, essaie de retenir les larmes.

Ils en souffrent tous les deux et, maintenant, Tanner a l'impression d'être un monstre.

– J'espère que tu t'éclateras pendant ta tournée, dit-il sans se soucier de répondre à la fausse conversation. Pendant ta mission aussi. Je pars à L.A en août, mais tu peux m'appeler n'importe quand. (Il relève les yeux une dernière fois.) Quand tu veux.

Il reprend le livre de la main de Sebastian sans même regarder la dédicace et s'éloigne en laissant Autumn payer. Il fend la foule et ressort dans la rue, où il y a de l'oxygène, de l'espace et une absence totale de regards oppressants.

Sebastian

La tournée de promotion de son livre, c'est pouvoir respirer à nouveau. Pas de chaperons ni de parents. Pas d'Église.

Non que ça mère n'ait pas essayé de s'imposer. Elle a envoyé un mail à son attachée de presse deux jours avant son départ. Heureusement, celle-ci a expliqué que les billets d'avion et les chambres d'hôtel étaient payés, et à moins qu'elle ne soit prête à faire ses propres réservations pour treize villes différentes, c'était impossible.

Sebastian est déjà sorti de l'Utah lors de voyages scolaires ou de vacances en famille, mais jamais dans ces conditions. Sa maison d'édition envoie un chauffeur le récupérer à l'aéroport et le déposer à son hôtel, puis quelqu'un pour l'amener aux rencontres, mais le reste du temps est libre.

À Denver, c'est moins la foule que chez lui, évidemment, mais il attire tout de même pas mal de monde.

Seules quelques chaises restent vides pendant les interviews. C'est d'un surréalisme délicieux de se dire que les inconnus dans la salle savent qui il est.

Dans la file pour la séance de dédicace, ce sont surtout des femmes, mais également quelques hommes. Sebastian sait que Tanner ne viendra pas, mais ça n'empêche pas son stylo de se redresser à chaque voix grave au bout de la file, ou ses yeux de se relever dans l'espoir d'apercevoir des cheveux bruns qui dépassent.

Parfois, il a du mal à croire que Tanner était vraiment là. Ses parents n'ont sûrement pas fait mine de s'en rendre compte. Il n'avait personne vers qui se tourner après coup et demander : « J'ai rêvé, ou c'était Tanner ? »

Il aurait voulu lui dire combien il avait aimé son roman, que sa lecture avait changé quelque chose en lui, qu'il l'avait imprimé dès le petit matin pour l'emporter dans sa tournée promotionnelle. Mais il n'avait pas pu, pas là. Il ne souhaitait pas que Tanner s'en aille, mais il n'avait rien d'intelligent à dire, parce que les mots « tu me manques » se perdraient devant les autres, envahissants et stridents.

C'est ce manque qui le tient éveillé la nuit – à Denver, à Austin, à Cleveland – et c'est toujours à ce moment-là que Sebastian cherche le manuscrit de Tanner dans son sac. Il peut l'ouvrir n'importe où, page vingt, page quatre-vingt, parce qu'à chaque endroit, il trouvera une histoire d'amour qui éclaire les coins sombres et poussiéreux de sa haine envers lui-même, qui lui rappelle qu'il s'est vraiment passé quelque chose, que c'était réel. Et que ça n'avait rien de mal.

Parfois, il repense à sa dédicace dans l'exemplaire d'*Incendie*, se demande si Tanner l'a lue.

Bien à toi, toujours
Sebastian Brother

Sebastian se heurte à un mur de chaleur en sortant de l'aéroport international de Salt Lake City, et il regrette de ne pas avoir enlevé sa chemise et sa cravate avant de quitter New York.

– La chance que t'as d'être allé à New York ! dit Lizzy en serrant contre son cœur une petite Statue de la Liberté scintillante.

Elle est redevenue elle-même, ce qui pose à Sebastian la question : est-ce parce que tout le monde s'attend à ce que lui aussi redevienne celui qu'il était avant ?

– C'est aussi bien qu'à la télé ? demande-t-elle.

– Encore mieux. (Il la serre contre lui, l'embrasse dans les cheveux. C'était chouette de partir, mais elle lui a énormément manqué.) On pourrait peut-être y aller ensemble un jour, dit-il. Pour la sortie du prochain livre.

Lizzy pirouette sur le passage piéton.

– Yes !

– Si Lizzy peut aller à New York, alors moi, je devrais avoir le droit d'aller à San Francisco et de visiter Alcatraz. Tu y es allé ? demande Faith.

– Non, mais je l'ai aperçue depuis la jetée. La personne de la librairie m'a emmené dîner dans un restaurant de fruits de mer. Je ne savais pas que tu voulais y aller, sinon, je t'aurais envoyé une photo. Je dois en avoir une sur mon téléphone.

Faith oublie toute récrimination quand son frère la prend pour la porter sur son épaule. Son couinement ravi rebondit sur la structure en béton du parking souterrain.

Mme Brother déverrouille la portière de la voiture et Sebastian pose la question qui lui écrase la poitrine.

– Papa et Aaron n'ont pas pu venir ?

– Ton père a emmené Aaron faire des visites aujourd'hui, mais ils seront là pour le dîner.

Sebastian l'a eu au téléphone plusieurs fois ces deux dernières semaines, mais l'absence de son père à son retour, c'est comme un battement au bout du doigt qu'on s'est coupé. Il le ressent avec intensité, avec constance, parce que ce n'est pas normal.

Heureusement, il ne peut pas s'étendre dessus : à peine Lizzy chantonne-t-elle que le menu est une surprise que Faith, incapable de garder le secret, se met à crier :

– C'est des pizzas !

Lizzy lui met la main sur la bouche et lui fait un gros bisou qui claque.

– T'es bête, tu as gâché la surprise.

Sebastian aide Faith à s'attacher.

– Des pizzas pour moi ?

Elle hoche la tête, ses rires encore étouffés par la main de Lizzy.

Sebastian pose son sac à l'arrière.

– Et avant qu'elle ne te dise tout, poursuit leur mère en attachant sa ceinture sur le siège passager, il y a autre chose. (Elle lui envoie un sourire.) J'ai envoyé tes papiers.

Il acquiesce et lui adresse un sourire satisfait, mais les mots refusent de sortir tout de suite, parce qu'il a le souffle coupé. C'était bien de partir. L'Église lui manque, ainsi que la communauté : être entouré de gens qui pensent comme lui. Tanner aussi lui manque, mais il sait que la mission reste sa meilleure voie.

C'est juste qu'il pensait envoyer lui-même ses papiers pour la mission en rentrant. Il avait espéré que cela fortifierait sa décision, que ça la rendrait réelle et que ça le mettrait en marche.

Le sourire de sa mère s'éteint, et il comprend qu'elle était anxieuse. Elle s'inquiétait de recevoir la réaction qu'il affiche justement : l'incertitude.

Il fait tout ce qu'il peut pour l'effacer de son visage, la remplacer par ce sourire qui lui vient à la bouche comme un réflexe, comme le simple fait d'inspirer.

– Merci, maman. Ça... me facilite les choses. Un point de moins dont me soucier.

Apparemment, ça fonctionne. Elle s'adoucit et se retourne vers le volant. Ils progressent dans un labyrinthe de cônes de chantier. Quand elle arrive au guichet, elle glisse le ticket de parking dans l'appareil et se tourne vers lui.

– Qu'est-ce que tu dirais de le faire avec toute la famille rassemblée ?

– Faire quoi ?

– Ouvrir ta lettre.

Elle paie le parking et, dans ce répit de dix secondes, Sebastian s'efforce d'enfouir la panique qui suit la réalité de ces trois mots. Elle parle de son attribution de mission.

À l'intérieur de sa tête, derrière, une voix crie non.

C'est comme être schizophrène. Il ferme les yeux, inspire lentement. C'était tellement plus facile d'être loin. De là-bas, sa mission qui arrive restait acceptable. Sa mère qui s'impose constamment, le poids de ce qu'on attend de lui... au bout de dix minutes, le retour à la maison devient insupportable.

Il sent le moteur repartir, se rend compte qu'elle a redémarré. Quand il la regarde, elle a la mâchoire serrée et les yeux durs.

Sebastian fait mine de bâiller.

– Mince alors, je suis vraiment vanné. Oui, maman, pourquoi pas ? Grand-père et grand-mère seraient là aussi, j'imagine ?

Elle se détend et son sourire revient.

– Tu plaisantes ? Ils ne manqueraient ça pour rien au monde.

Un sablier vient de se retourner dans son estomac, et il déverse du plomb. Sebastian respire avec peine.

– Mais je veux pas qu'il reparte, moi, s'écrie Faith à l'arrière. Il vient juste de rentrer.

– Il ne va pas repartir tout de suite, ma chérie, répond sa mère en la regardant dans le rétroviseur. Pas avant deux ou trois mois.

Sebastian se tourne pour envoyer à sa sœur un sourire encourageant, et sans pouvoir l'expliquer, il éprouve le besoin de la prendre dans ses bras. Deux ans. Quand il reviendra, elle aura presque treize ans. Aaron apprendra à conduire et Lizzy sera à l'université. Il est nostalgique alors qu'il n'est même pas encore parti.

– Alors, ça t'irait ? demande sa mère. Ça ne serait pas trop épuisant nerveusement d'avoir tout le monde présent ?

Sebastian s'affale contre l'appuie-tête et ferme les yeux.

Père céleste, je Te supplie de me donner la force. Donne-moi la sagesse dont j'ai besoin, l'assurance de la décision. Je Te suivrai là où Tu me guideras.

– Très bonne idée, murmure-t-il. Ça me paraît parfait.

L'avantage d'être parti, c'est que ses problèmes semblaient bien plus petits, vus de loin. La sensation est irréelle, il en prend conscience dès qu'il entre dans la maison. Avec la familiarité de ce qui parvient à ses yeux, ses oreilles, ses narines, la réalité revient à grand fracas.

Il vient de poser sa valise sur son lit quand on frappe à la porte entrouverte.

– Je peux entrer ? demande son père en passant la tête par l'embrasure. Je vois que notre grand voyageur est de retour.

– Oui. Et épuisé.

À la sortie du livre, un cessez-le-feu hésitant s'est mis en place, et ses parents ont pu voir la fierté de toute leur communauté centrée sur Sebastian. Mais il a passé très peu de temps seul avec son père ces derniers mois et cette présence dans sa chambre lui donne l'impression d'être prisonnier.

– Tu as tout le temps de te reposer avant le dîner, dit Dan Brother. Je voulais juste t'apporter ton courrier et te souhaiter la bienvenue à la maison. Nous sommes très fiers de toi, mon fils. Je sais que tu as vécu un passage difficile, et ça me rend d'autant plus fier de t'avoir vu le surmonter et n'en ressortir que plus fort. « L'adversité est comparable à un vent déchaîné : elle nous arrache tout, sauf l'essence de ce que nous sommes véritablement. »

Sebastian, perplexe, essaie de reconnaître le passage.

– Je ne connais pas cette Écriture.

L'évêque Brother rit et regarde son fils avec affection.

– Arthur Golden, *Geisha*[3].

– Ah d'accord, je n'y aurais jamais pensé.

Son père rit plus fort, il a les yeux qui brillent.

---

3 Arthur Golden, *Geisha*, traduit de l'anglais par Annie Hamel, J.-C. Lattès, 1999.

– Je ne citerai peut-être pas celle-là la semaine prochaine au Sacrement. (Il va jusqu'à la porte, mais s'arrête.) Au fait, ta mère a dit qu'il y avait une lettre de monsieur Fujita ? dit-il en désignant le courrier qu'il a mis dans la main de Sebastian. C'est peut-être ton dernier chèque, donc ne tarde pas trop à l'ouvrir.

– Je vais regarder tout ça dès que j'aurai rangé mes affaires.

Après le départ de son père, l'air s'échappe lentement de ses poumons. Il referme la porte et commence à déballer ses affaires. Trousse de toilette, pulls, costume, jeans. Au-dessous, le manuscrit de Tanner qu'il avait imprimé.

Les pages sont usées, il y a une tache de graisse sur la première depuis un restaurant à Denver, et elles sont écornées en haut à droite, là où il les tournait. Il a dû le relire en entier au moins dix fois, mais après la première lecture, il n'a jamais recommencé au tout début. Il feuilletait et s'arrêtait, reprenait au hasard. Parfois, il tombait sur un moment où Tanner faisait du shopping avec sa mère et Autumn. D'autres fois, il ouvrait au moment du lac, du « pédé » proféré, de l'échange mortifiant avec Manny.

Être loin de chez lui l'avait aussi éloigné de *ça*.

Sebastian glisse la liasse de feuilles derrière sa tête de lit avant d'ouvrir l'enveloppe de Fujita.

Mon cher Sebastian,

J'espère que quand tu recevras cette lettre, tu seras allégé de nombreux exemplaires et enrichi de nombreuses aventures.

Je souhaitais te donner des nouvelles du manuscrit de notre ami commun. Je ne sais pas si tu es en contact avec Tanner, mais il est au courant de la façon dont j'ai eu son roman. Il m'a appelé au moment de l'arrivée des notes, persuadé que j'avais dû commettre une erreur. J'ai eu le plaisir de l'informer que ce n'était pas le cas.

Je travaille avec lui à certaines révisions, et je l'ai incité à opérer des changements significatifs. Pas au sujet en lui-même, mais comme j'estime qu'il pourrait vraiment tenir quelque chose, j'ai suggéré de modifier les noms et caractéristiques des deux protagonistes, ainsi que tout autre détail qui permettrait de les identifier. Je suis en contact avec plusieurs éditeurs, et il n'est pas impossible que le Séminaire fasse publier un auteur deux années de suite. Bien évidemment, nous te consulterions d'abord.

Toute ma gratitude, Sebastian, pour ton courage. Je ne te souhaite que des bonnes choses. Tu es un être humain exceptionnel, plein de cœur et de profondeur. Ne laisse rien ni personne affaiblir cette lumière en toi.

Sincèrement,

Tim Fujita

En effet, derrière cette lettre, il trouve son dernier chèque et envoie sa gratitude silencieuse vers le Ciel : lorsque ses parents demanderont de quoi il s'agit, il n'aura pas à mentir.

En scrutant la lettre, Sebastian comprend pourquoi sa mère était si pressée d'envoyer son inscription. Au bout d'un quart d'heure, il est de nouveau au point où il a commencé. Tanner lui manque avec une telle intensité que chacun de ses muscles est tendu, prêt à le propulser hors de la pièce.

C'est trop d'imaginer le livre de Tanner publié, alors il repousse cette perspective, soudain content de partir bientôt, peut-être même dans un autre pays. Assez loin pour dépasser l'envie oppressante et la tentation de le revoir, juste une fois pour tout lui avouer.

Les semaines suivantes se déroulent dans un autre espace-temps. Visites avec son père, passage de tondeuse pour tout le monde. Sebastian a tout juste le loisir de fouiller derrière son lit le soir et de relire quelques passages du livre de Tanner avant que ses yeux se ferment d'épuisement.

Sa lettre d'attribution de mission arrive un mardi, et l'enveloppe reste sur le comptoir de la cuisine, sans être ouverte, pendant quatre jours. La famille de sa mère prend l'avion depuis Phoenix. Son arrière-grand-mère doit arriver de St George avant dix-sept heures. Une dizaine d'amis et de membres de la famille vont venir de Salt Lake, et des tas d'autres de juste à côté.

Dès quinze heures, la mère de Sebastian étale une petite armée de hors-d'œuvre sur du papier cuisson. Des raviolis chinois, des mini-quiches, des chips au chili gratinées, plus un énorme plat de légumes. Faith et Lizzy ont des robes jaunes assorties. Lui et Aaron portent un costume bleu marine identique.

Il a les mains qui tremblent. Sa mâchoire est douloureuse à force de la serrer. Ils font tous les cent pas, parlent de tout et de rien, attendent.

La voix de Tanner lui parvient en une boucle douce et moqueuse dans sa tête. « Si ça te déplaît autant, pourquoi accepter ? »

La réponse est simple. Quand il pense au départ, il se détend. Ces derniers temps, quand il parle à Dieu, il se sent mieux. Ce n'est pas la mission de foi qui le fait douter. C'est le poids de la honte de ses parents et la pression de leurs attentes.

Le cœur en feu, il se rend à la cuisine.

– Papa, je peux t'emprunter la voiture quelques minutes ?

L'évêque le regarde, soucieux.

– Tu vas bien ?

– Je suis stressé, avoue-t-il. Je vais bien. J'ai juste... besoin d'aller au temple un petit moment.

Cette réponse convient à son père, qui lui pose la main sur l'épaule avant de lui remettre les clés.

Sebastian a l'intention d'aller au temple, vraiment. Mais en fait, il tourne à gauche plutôt qu'à droite, prend tout droit alors qu'il devrait tourner et, finalement, trouve le chemin barré du panneau interdisant l'accès. Il s'y gare, prend une couverture dans le coffre et, le regard sur les cieux bleutés, essaie de se souvenir des étoiles.

Ce n'est pas la même ambiance, aujourd'hui. Déjà, l'air est torride et envahi de moustiques. La deuxième différence, l'absence d'un corps à côté de lui, est encore plus notable. Il se donne dix minutes, puis vingt. Il essaie de faire ses adieux à Tanner, mais même quand il ferme les yeux et demande à Dieu de lui donner les mots justes et le sort qui déverrouillera son cœur, ils ne viennent pas.

Sebastian a appris lors de sa tournée qu'il lui incombe, en tant qu'auteur publié, d'être actif sur les réseaux sociaux. Il possède quelques comptes, mais ceux-ci restent inactifs la plupart du temps, avant tout parce que la tentation est trop grande.

Jusqu'ici, il a résisté, mais, allongé sur le capot, il craque enfin et lance Instagram, où il cherche le nom de Manny. En faisant défiler la liste des followers, il trouve ce qu'il cherche : tannsetire_mercipourledélire.

Un rire s'échappe de sa gorge.

Le compte de Tanner n'est pas verrouillé, et il pose le pouce sur son image de profil pour l'agrandir. Très mauvaise idée. Il le sait. Mais quand le visage de Tanner apparaît, son cœur semble se remplir de chaleur, repousser tout le reste. C'est une photo de Tanner qui tient une énorme fleur rose. Elle lui cache la moitié du visage, mais ses cils sont comme en trois dimensions. Il a des yeux lumineux, des cheveux plus en bataille que la dernière fois qu'il l'a vu, la bouche incurvée dans cette moue unique et joyeuse.

Les posts Instagram de Tanner sont encore plus addictifs qu'il s'y attendait : une photo de lui sur la banquette arrière d'une voiture, en train de faire semblant d'étrangler son père qui conduit. Hailey, qui dort à poings fermés à côté de lui, avec en légende : J'AI BESOIN D'UN ALIBI #AUCUNREGRET. Un hamburger, des aliens vraiment très mal faits, la Camry garée devant une résidence appelée Dykstra et puis – Sebastian en sangloterait presque – une photo d'un Tanner souriant dans une chambre d'étudiant vide, en tee-shirt UCLA.

Sebastian laisse le pouce planer au-dessus de l'icône « j'aime ». S'il la touchait, Tanner le verrait. Serait-ce si terrible ? Tanner saurait qu'il pense à lui. Peut-être qu'avec le temps, ils pourraient se suivre, garder le contact, communiquer.

Mais c'est là que Sebastian s'enfonce dans les problèmes. Dans sa tête, ça ne s'arrêterait pas là. Ils passeraient aux coups de fil, puis à se retrouver quelque part, s'embrasser et... aller plus loin. Parce que même maintenant, alors que des gens débarquent chez lui – tous pour le voir –, lui pense à Tanner. Encore.

Dans quelques semaines, il sera admis à la prêtrise de Melchisédek, ensuite, ce sera l'ordonnance du Temple, ce sera son investiture... et il pense à Tanner. Il essaie de s'imaginer porter ses sous-vêtements sacrés – chose qu'il a pensé faire toute sa vie...

Et il ne peut pas respirer.

Il est gay. Il ne sera jamais rien d'autre. Ce soir, ils attendront que Sebastian donne son témoignage et évoque la joie qu'il a d'avoir été appelé à répandre la parole de Dieu là où Il aura choisi de l'envoyer, et il ne sait même pas où il se retrouve dans la parole de Dieu.

Mais qu'est-ce qu'il fait ?

Lorsqu'il rentre chez lui, les odeurs de nourriture lui donnent l'eau à la bouche. Sa mère vient le voir, lui presse la main et lui donne un cookie.

Elle a l'air tellement heureuse, et Sebastian s'apprête à tout gâcher.

Il s'éclaircit la voix avant de déclarer :

– Bonjour, tout le monde.

Ils ne sont pas encore tous arrivés, mais les plus importants sont présents. Cinq visages souriants se retournent vers lui. Faith tire sur sa robe et se redresse avec fierté quand il la regarde. Il se souvient de ce que c'est, d'être petit comme ça et de regarder quelqu'un qui s'apprête à ouvrir sa lettre. C'est comme être dans la même pièce qu'une célébrité.

Son cœur se fend en deux.

– Vous êtes tous très beaux.

Sa mère s'approche de la table de la salle à manger. Son tablier dit : KEEP CALM AND SERVE ON[4], et tout ce qu'il arrive à avoir en tête, c'est la mère de Tanner avec son tablier arc-en-ciel qui embarrassait son fils. Il donnerait tout pour avoir un parent qui l'accepte pour ce qu'il est, et peu importe le reste.

---

4 Garde ton calme et continue de faire le service.

– Sebastian ? fait sa mère en s'avançant vers lui. Tu vas bien, mon chéri ?

Il hoche la tête, mais sent un sanglot monter dans sa gorge.

– Je suis désolé. Je suis vraiment, vraiment désolé. Mais je vais devoir parler à mes parents quelques minutes.

Épilogue

L'autre jour, j'ai dit pour rigoler à Autumn au téléphone que je ne sais pas ce qui est le pire : Provo ou Los Angeles. Elle n'a pas compris, évidemment, parce qu'elle vit dans un pays des merveilles idyllique du Connecticut, vêtue de pulls rapiécés aux coudes et de chaussettes qui lui montent aux genoux. (Si, si. Ne détruisez pas mon image.) Ne vous méprenez pas, L.A., c'est génial, mais c'est juste énorme. J'ai grandi près de San Francisco, donc les grandes villes, je connais, mais L.A., c'est encore autre chose, et l'UCLA, c'est carrément une ville dans la ville. Vu du ciel, Westwood Village, c'est un réseau dense d'artères et d'artérioles dans l'immense système vasculaire de Los Angeles, pris en sandwich entre Wilshire et Sunset Boulevard. Ça m'a pris environ trois semaines pour ne plus avoir l'impression de me noyer dans un océan urbain.

Ma mère, mon père et Hailey m'ont accompagné ici en août, dans ce que nous décririons tous, je pense, comme le pire road-trip de l'histoire de l'humanité. À plusieurs reprises, on a dû prier chacun de notre côté pour qu'une apocalypse zombie terrasse nos êtres chers. Les problèmes de fond : Hailey a du mal à supporter les espaces confinés, papa conduit comme un grand-père aveugle et on n'est jamais d'accord sur la musique.

Pour la suite : la journée d'accueil s'est déroulée dans un brouillard. Beaucoup de formations sur comment ne pas devenir un violeur ou mourir d'intoxication éthylique, deux sujets qui, faut le reconnaître, sont bons à aborder. On nous a parlé du code d'honneur – aimable suggestion bien intentionnée si on la compare à la monstruosité en armure de fer imposée à la BYU. Trois semaines plus tard, je ne suis pas sûr de me rappeler ce qu'il y avait dedans, parce qu'il est clair que personne n'écoutait.

On m'a attribué une chambre à Dykstra, ce qui apparemment n'est pas trop mal, parce que la résidence a été rénovée il y a quelques années. Mais vu mon manque d'expérience en la matière, je peux juste dire : c'est une résidence étudiante. Deux lits par chambre, salles de bains séparées pour garçons et filles, longues enfilades de douches sur un mur et longue enfilade de toilettes en face. Laveries. Wi-Fi.

Mon coloc, Ryker, est sûrement le plus gros fêtard que je connaisse. C'est comme si l'univers s'était dit : « Ah, tu veux quitter Provo pour connaître des trucs un peu plus vivants ? Tiens, voilà. » La mauvaise nouvelle, c'est qu'il fait la fête à peu près tout le temps et qu'il pue la bière. La bonne nouvelle, c'est qu'il n'est quasiment jamais là.

On n'a pas besoin de choisir de spécialité avant la deuxième année, mais je pense que je vais faire médecine. Qui l'eût cru, hein ? Les programmes de sciences sont hyperintéressants ici, et si je prends littérature en option, ça me fera un bon équilibre niveau charge de travail. Et voilà, je deviens prévoyant, et tout.

Les sciences, c'était l'évidence, mais je crois qu'on sait tous que je peux pas trop m'éloigner de la littérature non plus. D'une, parce qu'Autumn m'a tellement bien entraîné que ce serait presque du gâchis de ne plus m'en servir. Et de deux, l'écriture a déclenché un truc en moi dont je ne connaissais pas l'existence. Peut-être qu'il va vraiment arriver un truc à ce roman. Ou alors non, mais que je serai de nouveau inspiré, et j'en écrirai un autre. On verra bien. L'écriture est un lien, si ténu qu'il soit, avec lui. Je peux avouer maintenant que j'en ai besoin.

Il est toujours présent, à presque chaque pas que je fais. À la première fête où je suis allé, j'ai joué le jeu et rencontré quelques personnes, bu des bières, flirté ici et là, mais je suis rentré seul. Je me demande quand j'aurai dépassé cet état de regret constant et que j'aurai envie d'être avec quelqu'un d'autre. Dans certaines situations, je me dis : « S'il n'y avait pas Sebastian, j'aurais sans doute passé la nuit avec quelqu'un. » Mais c'est lui que je veux. Même si ça paraît fou – surtout après tout ce qui s'est passé –, je peux le dire sans crainte ici : je n'ai pas perdu espoir. Sa réaction quand il m'a vu à la librairie m'est restée ancrée dans le crâne. Et il m'a dessiné une montagne dans mon exemplaire. Il m'aime. Je le sais.

Ou, en tout cas, il m'aimait.

Et être ici, c'est différent, pas seulement niveau décor. Quoi qu'il se passe dans le reste du pays, L.A. est arc-en-ciel. Les gens sont ouvertement *queer*, ils sont fiers. Des couples de toutes sortes se tiennent la main dans la rue, et personne ne cille. J'ai du mal à imaginer ça dans des rues lambda des petites villes, et sûrement pas à Provo. Les mormons sont en général trop gentils pour dire quoi que ce soit en face, mais il soufflerait un petit vent de gêne et de jugement.

Je ne sais même pas où Sebastian est parti en mission, mais je m'inquiète pour lui. Est-ce qu'il s'amuse ? Est-ce qu'il est malheureux comme les pierres ? Est-ce qu'il met sous clé une partie de son cœur juste pour contenter les gens autour de lui ? Je sais qu'on n'a pas le droit de le contacter, donc je n'essaie pas, mais juste pour relâcher la valve de pression dans ma poitrine, il m'arrive de taper des SMS ou des mails, que je m'envoie à moi-même, histoire qu'au moins, les mots sortent, arrêtent de me priver de mon air.

Autumn m'a averti que sa mère organisait un événement Facebook pour l'ouverture de sa lettre de mission. Elle a dû sous-mariner pour suivre ce qui se passe, et elle me jure qu'elle ne sait pas où il est parti. Même si elle mentait, de toute manière, je lui ai fait promettre de ne rien me dire. Et s'il est à Phoenix ? À San Diego ? Je ne pourrais pas m'empêcher de prendre ma voiture pour foncer là-bas et sillonner les quartiers pour trouver l'Aîné Brother, le mec le plus sexy de la terre, avec ses cheveux flottants de skater, à vélo en chemise blanche.

Parfois, quand je n'arrive pas à dormir ni à m'arrêter de penser à tout ce qu'on a fait ensemble, je m'imagine craquer et demander à Autumn où je peux le trouver. Je me vois débarquer là où il se trouve, n'importe, le voir dans son uniforme de missionnaire, assister à sa surprise. Je crois que j'accepterais le marché : je veux bien me convertir si tu acceptes d'être avec moi, même en secret, pour toujours.

Le premier week-end d'octobre, j'appelle Autumn, comme d'habitude : le dimanche à onze heures du soir. Au début, il y a toujours une pointe de douleur infligée par le ton familier de sa voix. Bizarrement, même si ça n'a pas été facile de dire au revoir à mes parents une fois installé, dire au revoir à Autumn a été plus dur. Quelque part, ça m'énerve trop de ne pas tout lui avoir dit plus tôt. On aura d'autres refuges, mais on a été le premier refuge l'un de l'autre. Peu importe ce qu'on dit ou les promesses qu'on se fait, à partir de maintenant, tout change.

– Tanner, oh là là, attends un peu, faut que je te lise cette lettre.

Oui, c'est vraiment comme ça qu'elle répond. Je ne peux même pas répliquer qu'elle déjà posé son téléphone, logiquement pour aller chercher le dernier manifeste de Natachiante.

Sa coloc est une vraie chieuse, dont le vrai prénom est Natacha, qui lui laisse des mots passifs-agressifs sur son bureau, au sujet du bruit, de la propreté, du partage du dentifrice et du nombre de tiroirs de la commode qu'Autumn a le droit d'occuper. Truc sympa à savoir : on est à peu près sûrs qu'elle se masturbe quand elle croit Autumn endormie. Aucun rapport, mais je trouve ça authentiquement fascinant et j'ai réclamé beaucoup de détails avant de souscrire à cette théorie.

Son téléphone racle sur une surface avant qu'elle revienne avec un joyeux :

– Oh purée !

– C'est un bon cru ?

– Peut-être le meilleur que j'aie eu. (Autumn inspire et souffle en riant.) Tu te souviens, je t'avais dit qu'elle était malade, en début de semaine ?

J'ai un vague souvenir du texto. On s'écrit beaucoup.

– Ouais.

– Alors du coup, elle m'écrit : « Chère Autumn, Je te remercie encore de m'avoir apporté mon petit déjeuner l'autre fois. J'étais tellement mal ! Je ne me sens pas sympa de te dire ça...

J'ai un rire incrédule, anticipant la suite.

– Aïe, aïe aïe.

– ... mais je n'arrête pas d'y penser, donc je dois vraiment le dire. La fourchette et l'assiette étaient toutes les deux mal lavées, il restait des saletés incrustées. Alors, je me suis demandé : est-ce qu'Autumn l'a fait exprès ? J'espère que non. Je sais que parfois, je peux avoir mes manies, mais je veux qu'on reste toujours aussi proches qu'on l'est maintenant...

– Wah, elle prend ses rêves pour des réalités.

– ... alors je préfère demander, tout simplement. Ou alors, je voulais peut-être te dire que je sais, et que si c'était exprès, c'était plutôt méchant de ta part. Bien sûr, si c'était un accident, ne tiens pas compte de ce mot. T'es tellement gentille. Bisous bisous, Nat. »

Je me passe une main sur le visage.

– Autumn, sérieux, faut que tu te trouves une autre coloc. Même à côté de Ryker, elle est trash.

– Je peux pas ! De ce que j'ai pu voir, les changements de coloc, c'est le cauchemar !

– Et là, c'est pas le cauchemar ?

– Si, mais il y a aussi l'aspect absurde. Objectivement, c'est fascinant.

– Je veux dire, je comprends quand elle s'était plainte de tes miettes de crackers. Je t'en parle depuis des années. Mais regarder à la loupe ses couverts quand tu lui apportes à manger au lit ?

– Bah, fait Autumn en riant, on dirait qu'elle ne prend jamais ses repas à la cafétéria. Les couverts sont plus ou moins propres.

– Comment osent-ils, voyons ? Ils ne savent pas que vous êtes des étudiants de Yale ?

– Tais-toi. Alors, comment ça va, L.A. ?

Je regarde par ma fenêtre.

– Il fait beau.

Autumn grogne.

– T'as passé un bon week-end ? Fait des trucs intéressants ?

– Hier, c'était UCLA contre Washington State, donc je suis allé au match.

– Qui aurait cru que t'étais un fan de foot américain ?

– Je dirais pas tant fan que conscient des règles tacites. Quelques mecs d'Hedrick faisaient une fête hier soir. J'y suis allé avec Breckin.

Mon premier et plus proche ami jusqu'ici a échappé à une petite ville du Texas et par une étrange coïncidence, il est 1) gay et 2) mormon. Ça ne s'invente pas. Il est aussi hyperintelligent et il lit presque autant qu'Autumn. Si mon cœur n'était pas déjà pris, je craquerais pour lui.

– Plutôt sympa, je conclus. Et toi, qu'est-ce que t'as fait ?

– Deacon avait une course, alors je suis allée voir.

Deacon. Son nouveau mec, un dieu de l'équipe d'aviron, apparemment.

J'ai un petit relent de jalousie, je ne peux pas le nier. Mais, franchement, il a l'air cool. Il est irlandais, superamoureux d'Autumn, donc il me plaît déjà. Il m'a même envoyé un texto la semaine dernière pour me demander des idées pour son anniversaire. Recruter le meilleur ami, c'est malin.

– Tu me manques, lui dis-je.

– Toi aussi.

On échange nos futurs itinéraires pour Thanksgiving, on se promet de s'appeler la semaine prochaine et on raccroche en s'envoyant des bisous.

Pendant le quart d'heure qui suit, je me sens déprimé.

Et puis je vois Breckin à ma porte avec un Frisbee.

– Lequel, cette fois-ci ? demande-t-il.

Après une nuit, un marathon *Breaking Bad* accompagné d'un pichet de vodka-tonic dans ma chambre, il est au courant de tout.

– Les deux.

Il agite son disque.

– Allez ! Il fait beau dehors.

Il y a eu quelques moments dans ma vie où j'ai pensé sentir une puissance supérieure. La première fois, c'était quand j'avais six ans et Hailey trois. C'est mon premier souvenir net. J'en ai d'autres flous antérieurs, où je jette des pâtes, où je regarde le plafond le soir quand mes parents me lisent une histoire, mais ce moment, c'est le premier où chaque détail est gravé dans mon esprit. Maman, Hailey et moi, on était dans un magasin. Les portants étaient tellement bourrés de vêtements que c'était presque impossible de passer entre sans toucher de la laine, du satin ou du jean.

Hailey était déchaînée, et elle s'est cachée plusieurs fois dans le portant que regardait maman. Mais ensuite, elle a disparu. Complètement. Pendant dix minutes, on a couru dans le magasin en criant son nom avec une angoisse croissante, en fouillant derrière chaque tringle, chaque étagère, chaque portant. On ne la trouvait pas. On a alerté la vendeuse qui a appelé la sécurité.

Maman était dans tous ses états. Moi aussi. Ça ne m'était jamais arrivé avant, mais j'ai fermé les yeux et j'ai prié – pas une personne, pas une puissance, peut-être juste l'avenir – pour qu'elle aille bien. À peine quelques semaines plus tôt, j'avais appris le sens du mot « kidnapping », j'ai percuté, et du coup, je voyais tout sous l'angle d'un scénario possible d'enlèvement.

J'ai été soulagé en répétant « faites qu'elle aille bien, faites qu'elle aille bien, faites qu'elle aille bien », et c'est peut-être pour ça que j'ai toujours compris quand Sebastian m'a dit se sentir mieux quand il priait. Je savais que j'étais impuissant, mais j'avais quand même l'impression que mes bonnes intentions avaient du pouvoir, qu'elles étaient capables de changer la trajectoire de ce qui était arrivé à ma sœur.

Je me rappellerai toujours le calme qui s'était emparé de moi. Je me le suis psalmodié dans ma tête, et je suis allé enlacer maman pendant que la vendeuse courait, hystérique, et mon calme s'est transféré à elle ; on est restés là, à inspirer et expirer, à se dire en silence qu'elle était quelque part tout près, pendant que la sécurité aboyait des ordres dans les talkies et que les vendeuses fouillaient dans les stocks. On est restés comme ça jusqu'à ce que Hailey bondisse d'un portant de promo poussiéreux tout au fond du magasin, toute fière, un gigantesque sourire aux lèvres, en criant : « HAILEY ELLE A GAGNÉ ! »

Il y a eu d'autres fois aussi. Le sentiment que quelqu'un m'avertit de ne pas aller à la plage, un jour où elle sera fermée à cause des vagues dangereuses. Le soulagement quand je suis contrarié par quelque chose et que j'arrive à m'extirper des scénarios catastrophe pour respirer lentement, en me demandant ce qui m'a permis de stopper la spirale de panique et m'a rappelé de me détendre. Parfois, ce sont de petits moments, parfois plus grands, mais j'ai toujours eu l'impression qu'ils faisaient partie du fait d'être humain, d'être élevé par des gens attentionnés.

Malgré tout, « être élevé par des gens attentionnés » n'explique pas ce qui s'est passé samedi après-midi. Breckin et moi, on est sortis jouer au Frisbee. Il faisait un temps radieux. Vingt-trois degrés, pas de vent ni de nuages. La légère brume marine qui s'attarde jusqu'à l'heure du déjeuner s'était évaporée et le ciel était de ce bleu irréel, celui qui plaît tant aux touristes. Le Frisbee vert fluo de Breckin contrastait sur le fond du ciel, allant de lui à moi. On évitait les gens sur la pelouse, on s'excusait quand le disque atterrissait aux pieds de quelqu'un, ou, comme c'est arrivé une fois, dans son tibia. On a commencé avec le soleil à notre gauche, mais à mesure qu'on lançait, qu'on courait, qu'on rattrapait, j'ai fini par avoir le soleil directement dans les yeux.

Je romance peut-être, maintenant. Bon en fait, je suis sûr que je romance, mais il m'arrive d'avoir des doutes. Avec le recul, je vois notre jeu comme un Spirograph qui décrit des boucles méticuleuses. Avec chaque lancer de Breckin que j'ai rattrapé, j'ai bougé d'un certain nombre de degrés. Dix, quinze, vingt, trente, jusqu'à avoir fait un exact angle droit par rapport à l'endroit où j'avais commencé.

Tout le monde a une démarche unique, reconnaissable autant qu'une empreinte digitale. Sebastian se déplaçait toujours le dos bien droit, allure tranquille et prudente. Chaque pas égal au précédent. Je connaissais ses épaules larges et musclées, son port de tête élégant, menton bien levé. Je savais qu'il marchait le pouce droit légèrement rentré dans sa paume, ce qui lui donnait toujours l'air de serrer le poing, alors que sa main gauche restait détendue de l'autre côté.

Et cette fois, il était là, mais à contre-jour. Aucun de ses traits n'était visible, mais je reconnaissais sa dégaine, et il s'avançait vers moi.

Breckin a lancé le Frisbee, mes yeux grands ouverts se sont trouvés face au soleil et le disque est passé largement à côté de moi.

Quand enfin les points lumineux se sont dissous, j'ai encore regardé derrière Breckin. La silhouette était maintenant plus proche, mais en fait, ce n'était pas Sebastian. C'était quelqu'un d'autre qui avait un maintien élégant, menton relevé, main droite un peu serrée.

Ressemblant, mais ce n'était pas lui.

Je me rappelle avoir appris en bio en première que les neurones qui transmettent la douleur, appelés les fibres C, ont les axones les plus lents. La sensation de douleur arrive plus lentement au cerveau que quasiment toutes les autres informations – y compris la conscience que la souffrance va arriver. La prof nous a demandé en quoi ça pouvait être un avantage pour l'évolution, et sur le moment, ça paraissait tellement simple : on devait pouvoir fuir la source de la douleur avant qu'elle nous nuise.

J'aime à penser que c'est comme ça que j'étais, plus ou moins déjà armé contre la douleur de la prise de conscience. Dans tous les cas, c'est la lumière aveuglante qui m'a atteint en premier, m'avertissant de la souffrance à venir : l'espoir. Me rappelant, bien sûr, que ça ne pouvait pas être Sebastian. J'étais à Los Angeles. Il était ailleurs, en train de recruter des âmes. Évidemment que ce n'était pas lui.

Il ne reviendra jamais, me suis-je dit.

Est-ce que je l'acceptais ? Non. Mais qu'il me manque tous les jours du reste de ma vie, ce serait toujours plus facile que le combat que lui devrait mener : s'enfermer dans une boîte tous les matins, placer cette boîte dans son cœur et prier pour que ce dernier continue de battre. Tous les jours, je pouvais aller en classe en étant juste la personne que je suis, rencontrer des gens nouveaux, puis aller prendre l'air et jouer au Frisbee. Tous les jours, je serai reconnaissant que personne d'important pour moi ne me trouve trop masculin, trop féminin, trop ouvert ou trop fermé.

Tous les jours, je serai reconnaissant de ce que j'ai, de pouvoir être moi-même sans subir de jugements.

Alors, tous les jours, je me battrai pour Sebastian, pour les gens dans la même galère, qui n'ont pas ma chance, qui ont du mal à se trouver dans un monde qui leur dit que Blancs, hétéros, bornés seront les premiers choisis dans le jeu de ballon de la vie.

J'avais la poitrine congestionnée par les regrets, le soulagement, la détermination. Encore, ai-je pensé, pour qui pouvait m'entendre – que ce soit Dieu, Oz ou les trois Parques. Je veux encore de ces moments où je crois qu'il revient vers moi. Je peux supporter la douleur. Le rappel constant qu'il ne reviendra pas – et la raison – me pousseront à continuer de lutter.

J'ai ramassé le Frisbee, que j'ai lancé à Breckin. Il l'a rattrapé d'une main et j'ai sauté d'un côté à l'autre, les bras pliés, l'énergie retrouvée.

– Vas-y, fais-moi courir.

Il a levé le menton en riant.

– Fais gaffe, mec.

– J'suis trop doué. Lance ce truc.

Breckin a encore levé le menton, plus pressant.

– Attention, tu vas le taper.

Étonné, j'ai relâché les bras et je me suis retourné pour m'excuser.

Et c'était lui, à moins d'un mètre de moi, qui faisait un pas en arrière, comme si j'allais effectivement lui donner des coups de coude.

Un instant, j'ai perdu le contrôle de mes jambes et je me suis assis dans l'herbe. Il n'était plus à contre-jour. Plus de halo de soleil derrière lui. Juste le ciel.

Il s'est baissé en posant les avant-bras sur les cuisses, avec une moue inquiète.

– Tu vas bien ?

Breckin s'est approché en courant :

– Ça va, mec ?

– Que... que... ai-je commencé, avant d'expirer longuement. Sebastian ?

Breckin a reculé lentement. Je ne sais pas où il est allé, mais quand j'ai regardé de nouveau, il n'y avait plus que moi, Sebastian, une grande étendue d'herbe verte et le ciel bleu.

– Oui ?

– Sebastian *?*

Oh, la vache.

– Oui *?*

– Je te jure, je viens juste d'imaginer que tu débarquais de nulle part, je me suis dit que Dieu me faisait une leçon de vie, et quelques secondes plus tard, tu es juste là !

Il a tendu la main, a pris la mienne.

– Coucou.

– T'es censé être au Cambodge.

– Cleveland, en fait.

– Je savais pas, je viens d'inventer.

– J'avais compris. (Il a encore souri, et cette vision a construit un échafaud autour de mon cœur.) Je ne suis pas parti.

– Tu devrais pas être en prison mormone ?

Il a ri, s'est assis et m'a fait face. Sebastian. Ici. Il m'a pris les deux mains.

– On est en train de régler les détails de ma liberté conditionnelle.

Toute blague a quitté ma tête.

– Sérieusement, je... (J'ai cillé, pris d'un léger vertige. C'était comme si le monde reprenait sa netteté, trop lentement.) Je ne comprends même pas ce qui se passe.

– J'ai pris l'avion pour L.A. ce matin. (Il a observé ma réaction.) Pour venir te voir.

Je me suis souvenu du jour où je l'avais trouvé devant chez moi, abattu par le silence de ses parents. La panique m'a étreint. À mon tour, j'ai demandé :

– Tu vas bien ?

– Ben, l'aéroport de LAX, c'est un peu le cauchemar.

Je me suis mordu la lèvre en réprimant un sourire, en réprimant un sanglot.

– Je déconne pas.

Il fait un petit non de la tête.

– J'y arrive. Je me sens beaucoup mieux de te voir, en tout cas. (Une pause.) Tu m'as manqué.

Il a regardé vers le ciel, puis vers moi. Au retour, ses yeux sont brillants et tendus.

– Tu m'as énormément manqué. J'ai beaucoup à me faire pardonner. Si tu veux bien.

Ses mots sont une masse confuse dans ma tête.

– Qu'est-ce qui s'est passé ?

– Te revoir à la dédicace, ça m'a vraiment remué. C'était comme si on me secouait pour me réveiller. (Il a plissé les yeux à cause du soleil.) J'ai continué ma tournée de promotion. J'ai lu ton livre à peu près tous les jours.

– Quoi ?

– C'est un peu devenu un nouveau livre sacré, a-t-il expliqué avec une gêne craquante. C'est fou à dire, mais c'est vrai. C'était une lettre d'amour. Ça me rappelait tous les jours qui j'étais et combien j'étais aimé.

– Combien tu *es* aimé.

Il a eu une petite inspiration rapide, a ajouté d'une voix plus douce :

– Quelques semaines après mon retour de New York, ma lettre est arrivée. Mon attribution de mission. Ma mère avait prévu une énorme fête. Il devait y avoir une cinquantaine de personnes présentes, et encore plus prêtes à regarder sur Facebook.

– Autumn m'a prévenu. Je crois qu'elle a regardé, mais je n'ai pas voulu qu'elle me raconte.

Il a dégluti et secoué la tête.

– En fait, j'ai annulé. Ce soir-là, j'ai dit à mes parents que je ne pensais pas pouvoir y aller. Je veux dire, je pouvais parler à des gens de notre Église, donner mon témoignage, raconter ce que notre Père céleste veut pour nous. (Il s'est agenouillé, a pressé sa bouche sur mes doigts, j'avais l'impression d'être vénéré.) Mais je ne pensais pas pouvoir faire comme ils le voulaient. Coupé de toi, d'eux, et en essayant d'être quelqu'un que je ne suis pas.

– Et donc, tu n'y vas pas.

Il a secoué la tête, effleurant de ses lèvres le dos de ma main, partout.

– J'ai aussi quitté la BYU. Je vais sans doute transférer mon dossier dans une autre fac.

Cette fois, un vrai espoir a abattu toute autre réaction :

– Ici ?

– On verra. L'avance sur droits de mon livre me donne de quoi respirer. J'ai un peu de temps pour y réfléchir.

– Et ta famille ?

– Là, c'est le foutoir. On essaie de se retrouver, mais je ne sais pas à quoi ça va ressembler. (Il a incliné le visage vers le ciel en grimaçant.) Je ne sais pas encore.

Je veux avoir à supporter ça, ai-je pensé. Et c'est probablement ce qui venait de se passer. Peut-être avais-je gagné ce fardeau. Je veux être au moins en partie responsable de lui montrer que ce qu'il perd est compensé par le fait de diriger sa vie, entièrement.

– Qu'on ait du boulot devant nous, ça ne me fait pas peur.

– À moi non plus.

Il m'a souri, a découvert ses dents contre ma main et avec son grondement taquin, le sang s'est échauffé à la surface de ma peau.

Il m'a fallu dix secondes, les yeux fermés, pour me calmer. Inspire, expire, inspire, expire, inspire, expire...

Et puis je me suis élancé, je l'ai plaqué au sol. Sous le coup de la surprise, il est tombé à la renverse et j'ai atterri sur lui, les yeux dans ses prunelles de lac étincelant. Mon cœur tambourinait contre mon sternum, contre le sien, tapait à la porte pour qu'on le laisse entrer.

– Tu es là, ai-je dit.

– Je suis là.

Il a regardé autour de nous étalés dans l'herbe, d'instinct sur ses gardes. Pas une seule personne ne faisait attention à nous.

Alors, il m'a laissé l'embrasser, juste une fois. Mais je n'ai pas lésiné, et je lui ai offert ma lèvre inférieure.

– Tu es là, ai-je répété.

J'ai senti ses bras m'enlacer la taille, ses mains se nouer sur mes reins.

– Je suis là.

Remerciements

Ce n'est pas forcément juste de demander à des auteurs d'avoir seulement un livre à la première place dans leur cœur, mais c'est vrai que si nous devions choisir, c'est *Autoboyographie* qui remporterait cette place.

Cela fait des années que nous avons commencé à parler de ce livre : Christina a travaillé comme conseillère pédagogique d'un collège dans l'Utah, et a vu plus d'un ado qui croyait honnêtement, de façon déchirante, que ses parents préféreraient avoir un enfant mort plutôt que gay. Ayant grandi, en étant bi, dans le monde bienveillant envers les *queers* de la baie de San Francisco, Lauren éprouvait l'obligation sociale de tendre la main à des jeunes dont l'expérience n'était pas aussi facile que la sienne. Nous avons fait beaucoup de recherches avant de commencer à écrire notre premier jet, et nous avons fait un petit voyage à la BYU, à Temple Square avec notre cher ami Matty Kulisch. Au moment où nous

nous sommes vraiment mises à écrire l'histoire de Tanner, elle est quasiment sortie en un seul jet.

Pour les incitations et les encouragements à ÉCRIRE CE LIVRE, nous vous aimons, Christopher Rice, Margie Stohl et Cecilia Tan. Merci pour le soutien, l'enthousiasme, les conseils avisés. Et Chris, oui, nous sommes écrivaines, mais nous ne serons jamais capables d'exprimer ce que c'était de lire tes notes. Le temps, la réflexion, tout ce que tu as mis de TOI dans cette critique, c'était indubitablement l'acte le plus généreux que nous pouvions imaginer, et nous te sommes à jamais dévouées.

Dahlia Acler, merci d'avoir lu le premier jet de ce manuscrit, merci pour les allers-retours, merci d'avoir été si ouverte à toutes les questions – y compris les plus bêtes, même si tu ne les qualifierais jamais comme ça. Tu es vraiment une perle pour tes collègues auteurs, et nous espérons que tu sais à quel point nous te sommes reconnaissantes de ce que tu nous as donné.

Kiersten White, tes retours étaient fabuleux et ton accroche nous fait encore pleurer à ce jour. Ton estime nous est extrêmement précieuse. Merci infiniment. Candice Montgomery, Amy Olsen et Tonya Irving, nous vous remercions d'avoir pris le temps dans vos vies bien remplies de lire ceci, de nous donner des impressions réfléchies et de nous encourager à grand bruit comme vous le faites depuis si longtemps maintenant.

Notre équipe a été forte pour notre dix-huitième livre. Erin Service, c'est toi qui nous permets de ne pas sombrer dans la folie. Adam Wilson, tes yeux et tes mains dirigent le bateau, chaque fois. Holly Root, tu es plus que notre roc, tu es notre centre de gravité. Kristin Dwyer, tu es le ciment et le cœur. Nos familles nous ont vues complètement excitées par ce projet dès la seconde où il a commencé, et elles sont aussi enthousiastes que nous ; nous avons vraiment beaucoup de chance. Zareen Jaffery, merci d'avoir contribué à étoffer ce manuscrit, d'aimer ces garçons comme nous. Et merci à tout le monde chez Simon & Schuster d'avoir travaillé pour porter ce livre entre les mains des lecteurs.

Enfin, et le plus important, ces derniers mots de remerciement :

Anne Jamison, rien de tout ça ne serait arrivé si tu n'en avais pas parlé en profondeur avec nous, que tu ne nous avais pas incitées à rendre les choses plus difficiles pour nos garçons, à épouser la réalité et l'angoisse. Merci de nous avoir mises en relation avec Matty, d'avoir toujours pris du temps pour nous – oserons-nous dire : « d'avoir pris le temps de guider des brebis égarées » ? OUI, ON OSE !

Et à Matty… Que dire ici qu'il ne sera pas mieux de garder pour le moment où nous pourrons te remettre ton exemplaire et partir en live ensemble ? C'est presque un espace trop public pour partager quelque chose d'aussi personnel, mais nous savons tous les trois que cette expérience a changé notre vie. On t'aime de tout notre cœur. Merci pour tout, pour chaque seconde parfaite, honnête et aimante de ce premier voyage, et pour tous ceux qu'on fera ensemble.

Les ressources qu'on aime

Les livres et ressources qui suivent sont ce vers quoi nous nous sommes tournées avant, pendant ou juste après l'histoire de Tanner et Sebastian. Chacun d'entre eux traite de l'identité LGBT d'une façon qui a résonné en nous, ou a étendu notre réflexion d'une manière importante. Nous vous les recommandons chaudement.

Livres (documents)

- *Avant la nuit* de Reinaldo Arenas, traduit de l'espagnol par Lilianne Hasson, Actes Sud, 2000.
- *Lost Prophet* (Prophète perdu) de John d'Emilio.
- *And the Band Played On* (Et l'orchestre a continué) de Randy Shilts.
- *Fun Home : une tragi-comédie familiale* de Alison Bechdel, traduit de l'américain par Lili Sztajn et Corinne Julve, Denoël, 2006.
- *Stonewall* (Mur de pierre) de David Carter.

- *Same-Sex Dynamics Among 19th Century Americans: A Mormon Example* (Dynamiques entre personnes du même sexe chez les États-Uniens du XIXe siècle: un exemple mormon) de C. Michael Quinn.

Livres (fiction et poèmes)

- *Deux garçons, la mer* de Jamie O'Neill, traduit de l'anglais par Carine Chichereau, Paris, Passage du Marais, 2005.
- *Le chant d'Achille* de Madeline Miller, traduit de l'anglais par Christine Auché, Rue Fromentin, 2014.
- *Vie animale* de Justin Torres, traduit de l'anglais par Laetitia Devaux, L'Olivier, 2012.
- *Appelle-moi par ton nom* d'André Aciman, traduit de l'anglais par Jean-Pierre Aoustin, Grasset, 2018.
- *Autobiography of red* (Autobiographie du rouge) de Anne Carson.
- *Ciel de nuit blessé par balle* d'Ocean Vuong, traduit de l'anglais par Marc Charron, Mémoire d'encrier, 2018.
- *An Arrow's Flight* (La course d'une flèche) de Mark Merlis.
- *La chambre de Giovanni* de James Baldwin, traduit de l'anglais par Élisabeth Guinsbourg, Rivages, 1997.
- *Comment réparer un cœur mécanique* de J.C. Lillis, traduit de l'anglais par Noémie Saint Gal, MxM Bookmark, 2016.
- *At the Edge of the Universe* (Au bord de l'univers) de Shaun David Hutchinson.
- *A Density of Souls* (Une densité d'âmes) de Christopher Rice.
- *The Snow Garden* (Le jardin enneigé) de Christopher Rice.

- *Last Seen Leaving* (La dernière fois, il partait) de Caleb Roehrig.
- *True Letters from a Fictional Life* (Lettres vraie d'une vie inventée) de Kenneth Logan.
- *Moi, Simon, 16 ans, Homo sapiens* de Becky Albertalli, traduit de l'anglais par Mathilde Tamae-Bouhon, Hachette roman, 2015.
- *Aristote et Dante découvrent les secrets de l'univers* de Benjamin Alire Sáenz, traduit de l'anglais par Hélène Zilberait, Pocket jeunesse, 2015.
- *More Happy than Not* (Plutôt heureux) de Adam Silvera.
- *Georgia Peaches and Other Forbidden Fruit* (Pêches de Géorgie et autres fruits défendus) de Jaye Robin Brown.
- *Two Boys Kissing* (Deux garcons qui s'embrassent) de David Levithan.
- *Boy Meets Boy* (Garçon rencontre garçon) de David Levithan.
- *How to Make a Wish* (Comment faire un vœu) de Ashley Herring Blake.

Films

- *Moonlight* de Barry Jenkins, 2016.
- *Carol* de Todd Haynes, 2016.
- *Tangerine* de Sean Baker, 2015.
- *Week-end* d'Andrew Haigh, 2012.
- *A Single Man* de Tom Ford, 2009.
- *Harvey Milk* de Gus Van Sant, 2009.
- *C.R.A.Z.Y.* de Jean-Marc Vallée, 2006.
- *Hedwig and the Angry Inch* de John Cameron Mitchell, 2001.
- *But I'm a Cheerleader* de Jamie Babbit, 1999.
- *Happy Together* de Wong Kar-Wai, 1997.

- *Priscilla, folle du désert* de Stephan Elliott, 1994.
- *Paris is Burning* de Jennie Livingstone, 1990.

Sites web

- The Trevor Project: thetrevorproject.org
- GLAAD Resource List: glaad.org/resourcelist
- American Psychological Association, LGBT Youth Resources :
- apa.org/pi/lgbt/programs/safe-supportive/lgbt
- It Gets Better Project: itgetsbetter.org
- LGBT National Help Center: glbthotline.org

Groupes

- Encircle : encircletogether.org
- LDS Family Fellowship : ldsfamilyfellowship.org
- Utah Pride Center : utahpridecenter.org
- LGBT Therapists Guild : lgbtqtherapists.com
- PFLAG : pflag.org
- Affirmation : affirmation.org
- Soulforce : soulforce.org

Sites recommandant des livres

- LGBTQ Reads: LGBTQReads.com
- The Gay YA : gayya.org
- Bisexual Books : bisexualbooks.com
- Lambda Literary : lambdaliterary.org
- https://rainbowtheque.tumblr.com/
- http://www.cestcommeca.net/livres-jeunesse-home.php
- http://homo.libris.free.fr/Jeunesse.htm
- http://librairiecomptines.hautetfort.com/archives/category/bibliographie-lgbt/index-0.html
- https://ottawa.bibliocommons.com/list/share/69872484/95626797